GUSTAVE FLAUBERT

# Madame Bovary

# I

NOUS étions à l'étude quand le proviseur entra, suivi d'un *nouveau* habillé en bourgeois et d'un garçon de classe qui portait un grand pupitre. Ceux qui dormaient se reveillèrent, et chacun se leva, comme surpris dans son travail.

Le proviseur nous fit signe de nous rasseoir; puis, se tournant vers le maître d'études:

— Monsieur Roger, lui dit-il à mi-voix, voici un elève que je vous recommande, il entre en cinquième. Si son travail et sa conduite sont méritoires, il passera dans les *grands*, où son âge l'appelle.

Resté dans l'angle, derrière la porte, si bien qu'on l'apercevait à peine, le *nouveau* était un gars de la campagne, d'une quinzaine d'années environ, et plus haut de taille qu'aucun de nous tous. Il avait les cheveux coupés droits sur le front, comme un chantre de village, l'air raisonnable et fort embarrassé. Quoiqu'il ne fût pas large des épaules, son habit-veste de drap vert à boutons noirs devait le gêner aux entournures et laissait voir, par la fente des parements, des poignets rouges habitués à être nus. Ses jambes, en bas bleux, sortaient d'un pantalon jaunâtre très tiré par les bretelles. Il était chaussé de souliers forts, mal cirés, garnis de clous.

On commença la récitation des leçons. Il les écouta de toutes ses oreilles, attentif comme au sermon, n'osant même croiser les cuisses, n'y s'appuyer sur le coude, et, à deux heures, quand la cloche sonna, le maître d'études fut obligé de l'avertir, pourqu'il se mit avec nous dans les rangs.

Nous avions l'habitude, en entrant en classe, de jeter nos casquettes par terre, afin d'avoir ensuite nos mains plus libres; il fallait, dés le seuil de la porte, les lancer sous le banc, de façon à frapper contre la muraille, en faisant beaucoup de poussière: c'était là le *genre*.

Mais, soit qu'il n'eût pas remarquer cette manoeuvre ou qu'il n'eût osé s'y soumettre, la prière ètait finie que le nouveau tenait encore sa casquette sur ses deux genoux. C'était une de ces coiffures d'ordre composite, où l'on retrouve les élèments du bonnet à poils, du chapska, du chapeau rond, de la casquette de loutre et du bonnet de coton, une de ces pauvres choses, enfin, dont la laideur muette a des profondeurs d'expression comme le visage d'un imbécile. Ovoïde et renflée de baleines, elle commençait par trois boudins circulaires; puis s'alternaient, séparés par une bande rouge, des losanges de velours et de poil de lapin.; venait ensuite une façon de sac qui se terminait par un polygone cartonné, couvert d'une broderie en soutache compliquée, et d'où pendait, au bout d'un long cordon trop mince, un petit croisillon de fils d'or, en manière de gland. Elle était neuve; la visière brillait.

— Levez-vous, dit le professeur.

Il se leva ; sa casquette tomba. Toute la classe se mit à rire. Il se baissa pour la reprendre. Un voisin la fit tomber d'un coup de coude, il la ramassa encore une fois.

— Debarrassez-vous donc de votre casque, dit le professeur qui était un homme d'esprit.

Il y eut un rire éclatant des écoliers qui décontenança le pauvre garçon, si bien qu'il ne savait s'il fallait garder sa casquette à la main, la laisser par terre ou la mettre sur sa tête. Il se rassit et la posa sur ses genoux.

— Levez-vous, reprit le professeur et dites-moi votre nom.

Le *nouveau* articula, d'une voix bredouillante, un nom inintelligible.

— Répétez !

Le même bredouillement de syllabes se fit entendre, couvert par les huées de la classe.

— Plus haut ! cria le maître, plus haut !

Le *nouveau*, prenant alors une résolution extrême, ouvrit une bouche demesurée et lança à pleins poumons, comme pour appeler quelqu'un, ce mot : CHARBOVARY.

Ce fut un vacarme qui s'élança d'un bond, monta en *crescendo*, avec des éclats de voix aigus (on hurlait, on aboyait, on trépignait, on repétait : CHARBOVARY ! CHARBOVARY ! ), puis, qui roula en notes isolées, se calmant à grand' peine, et parfois qui reprenait tout à coup sur la ligne d'un banc où saillissait encore çà et là, comme un pétard mal éteint, quelque rire étouffé.

Cependant, sous la pluie des pensums, l'ordre peu à peu se rétablit dans la classe, et le professeur parvenu à saisir le nom de Charles BOVARY, se l'étant fait dicter, épeler et relire, commanda tout de suite au pauvre diable d'aller s'asseoir sur le banc de paresse, au pied de la chaire. Il se mit en mouvement, mais avant de partir hésita.

— Que cherchez-vous ? demanda le professeur.

— Ma cas..., fit timidement le nouveau, promenant autour de lui des regards inquiets.

— Cinq cents vers à toute la classe ! exclamé d'une voix furieuse, arrêta comme le *Quos Ego*, une bourrasque nouvelle — Restez donc tranquilles ! continuait le professeur indigné, et s'essuyant le front avec son mouchoir qu'il venait de prendre dans sa toque — Quant à vous, le *nouveau*, vous me copierez vingt fois le verbe *ridiculus sum*.

Puis, d'une voix plus douce :

— Eh ! vous la retrouverez, votre Casquette ; on ne vous l'a pas volée !

Tout reprit son calme. Les têtes se courbèrent sur les cartons, et le *nouveau* resta pendant deux heures dans une tenue exemplaire, quoiqu'il y eût bien, de temps à autre, quelque boulette de papier lancée d'un bec de plume qui vint s'éclabousser sur sa figure. Mais il s'essuyait la main, et demeurait immobile, les yeux fermés.

Le soir, à l'étude, il tira ses bouts de manches de son pupitre, mit en ordre ses petites affaires, régla soigneusement son papier. Nous le vîmes qui travaillait en conscience, cherchant tous les mots dans le dictionnaire et se donnant beaucoup de mal. Grâce, sans doute, à cette bonne volonté, dont il fit preuve, il ne dut pas descendre dans la classe inférieure; car, s'il savait passablement ses règles, il n'avait guère d'élégance dans les tournures. C'était le curé de son village, qui lui avait commencé le latin, ses parents, par économie, ne l'ayant envoyé au collège que le plus tard possible.

Son père, M. Charles-Denis-Bartholomé Bovary, ancien aide-chirurgien-major, compromis vers 1812, dans les affaires de conscription, et forcé, vers cette époque, de quitter le service, avait alors profité de ses avantages personnels pour saisir du passage une dot de soixante mille francs qui s'offrait en la fille d'un marchand bonnetier, devenue amoureuse de sa tournure. Bel homme, hâbleur, faisant sonner haut ses éperons, portant des favoris rejoints aux moustaches, les doigts toujours garnis de bagues et habillé de couleurs voyantes, il avait l'aspect d'un brave, avec l'entrain facile d'un commis voyageur. Une fois marié, il vécut deux ou trois ans sur la fortune de sa femme, dînant bien, se levant tard, fumant dans de grandes pipes en porcelaine, ne rentrant le soir qu'après le spectacle, et fréquentant les cafés. Le beau-père mourut et laissa peu de choses.; il en fut indigné, se lança dans la « fabrique », y perdit quelque argent, puis se retira dans la campagne où il voulut "faire valoir". Mais, comme il ne s'entendait guère plus en culture qu'en indienne, qu'il montait ses chevaux au lieu de les envoyer au labour, buvait son cidre en bouteilles au lieu de le vendre en barriques, mangeait les plus belles volailles de sa cour et graissait ses souliers de chasse avec le lard de ses cochons il ne tarda point à s'apercevoir qu'il valait mieux planter là toute spéculation.

Moyennant deux cents francs par an, il trouva donc à louer dans un village, sur les confins du pays de Caux et de la Picardie, une sorte de logis moitié ferme, moitié maison de maître; et, chagrin, rongé de regrets, accusant le ciel, jaloux contre tout le monde, il s'enferma, dès l'âge de quarante-cinq ans, dégoûté des hommes, disait-il, et décidé à vivre en paix.

Sa femme avait été folle de lui autrefois; elle l'avait aimé avec mille servilités qui l'avaient détaché d'elle encore davantage. Enjouée jadis, expansive et tout aimante, elle était, en vieillissant, devenue (à la façon du vin eventé qui se tourne en vinaigre) d'humeur dificile, piaillarde, nerveuse. Elle avait tant souffert sans se plaindre, d'abord, quand elle le voyait courir après toutes les gotons de village et que vingt mauvais lieux le lui rendaient le soir blasé et puant l'ivresse! Puis l'orgueil s'était revolté. Alors elle s'était tue, avalant sa rage dans un stoïcisme muet, qu'elle garda jusqu'à sa mort. Elle était sans cesse en courses, en affaires. Elle allait chez les avoués, chez le président, se rappelait l'échéance des billets, obtenait des retards; et, à la maison, repassait, cousait, blanchissait, surveillait les ouvriers, soldait les mémoires, tandis que, sans s'inquiéter de rien, Monsieur, continuellement engourdi dans une somnolence boudeuse dont il ne se reveillait que pour lui dire des choses désobligeantes, restait à fumer au coin du feu, en crachant dans les cendres.

Quand elle eut un enfant, il le fallut mettre en nourrice. Rentré chez eux, le marmot fut gâté comme un prince. Sa mére le nourrissait de confitures; son père le laissait courir sans souliers, et, pour faire le philosophe, disait même qu'il pouvait bien aller tout nu, comme les enfants des bêtes. A l'encontre des tendances maternelles, il avait en tête un certain idéal viril de l'enfance, d'après lequel il tâchait de former son fils, voulant qu'on l'élevât durement, à la spartiate, pour lui faire une bonne constitution. Il l'envoyait se coucher sans feu, lui apprenait à boire de grands coups de rhum et à insulter les processions. Mais naturellement paisible, le petit répondait mal à ses efforts. Sa mère le traînait toujours après elle; elle lui découpait des cartons, lui racontait des histoires, s'entretenait avec lui dans des monologues sans fin, pleins de gaîtés mélancoliques et de chatteries babillardes. Dans l'isolement de sa vie, elle reporta sur cette tête d'enfant, toutes ses vanités éparses, brisées. Elle rêvait de hautes positions, elle le voyait déjà grand, beau, spirituel, établi, dans les ponts et les chaussées ou dans la magistrature. Elle lui apprit à lire, et même lui enseigna, sur un vieux piano qu'elle avait, à chanter deux ou trois petites romances. Mais à tout cela, M. Bovary, peu soucieux des lettres, disait que ce *n'était pas la peine*. Auraient-ils jamais de quoi l'entretenir dans les écoles du gouvernement, lui acheter une charge ou un fonds de commerce? D'ailleurs, « avec du toupet, un homme réussit toujours dans le monde ». Madame Bovary se mordait les lévres, et l'enfant vagabondait dans le village.

Il suivait les laboureurs, et chassait, à coups de mottes de terre, les corbeaux qui s'envolaient. Il mangeait des mûres le long des fossés gardait les dindons avec une gaule, fanait à la moisson, courait dans le bois, jouait à la marelle sous le porche de l'église, les jours de pluie, et, aux grandes fêtes, suppliait le bedeau de lui laisser sonner les cloches, pour se pendre de tout son corps à la grande corde et se sentir emporter par elle dans sa volée.

Aussi poussa-t-il comme un chêne. Il acquit de fortes mains, de belles couleurs. A douze ans, sa mére obtint que l'on commençât ses études. On en chargea le curé. Mais les leçons étaient si courtes et si mal suivies, qu'elles ne pouvaient servir à grand'chose. C'était aux moments perdus qu'elles se donnaient, dans la sacristie, debout, à la hâte, entre un baptême et un enterrement; ou bien le curé envoyait chercher son eleve aprés l'Angélus, quand il n'avait pas à sortir. On montait dans sa chambre, on s'installait. Les moucherons et les papillons de nuit tournoyaient autour de la chandelle. Il faisait chaud, l'enfant s'endormait; et le bonhomme, s'assoupissant, les mains sur son ventre, ne tardait pas à ronfler, la bouche ouverte. D'autres fois, quand M. le curé, revenant de porter le viatique à quelque malade des environs, apercevait Charles qui polissonnait dans la campagne, il l'appelait, le sermonait un quart d'heure, et profitait de l'occasion pour lui faire conjuguer son verbe au pied d'un arbre. La pluie venait les interrompre, ou une connaissance qui passait. Du reste, il était toujours content de lui, disait même que *le jeune homme* avait de la mémoire.

Charles ne pouvait en rester là. Madame fut energique. Honteux, ou fatigué plutôt, Monsieur céda sans resistance et l'on attendit encore un an que le gamin eût fait sa première communion.

Six mois se passèrent encore; et, l'année d'après, Charles fut définitivement envoyé au collège de Rouen, où son père l'amena lui-même, vers la fin d'octobre, à l'epoque de la foire de Saint-Romain.

Il serait maintenant impossible à aucun de nous de se rien rappeler de lui. C'était un garçon de tempérament moderé, qui jouait aux récreations, travaillait à l'étude, écoutant en classe, dormant bien au dortoir, mangeant bien au refectoire. Il avait pour correspondant un quincaillier en gros de la rue Ganterie, qui le faisait sortir une fois par mois, le dimanche, après que sa boutique était fermée, l'envoyait se promener sur le port à regarder les bateaux, puis le ramenait au collège dès sept heures, avant le souper. Le soir de chaque jeudi, il ecrivait une longue lettre à sa mère, avec de l'encre rouge et trois pains à cacheter; puis il repassait ses cahiers d'histoire, ou bien il lisait un vieux volume d'Anacharsis qui traînait dans l'étude. En promenade, il causait avec le domestique, qui était de la campagne comme lui.

A force de s'appliquer, il se maintint toujours vers le milieu de la classe; une fois même, il gagna un 1er accessit d'histoire naturelle. Mais à la fin de sa troisième, ses parents le retirérent du collège.

pour lui faire étudier la médecine, persuadés qu'il pourrait se pousser seul jusqu'au baccalauréat.

Sa mère lui choisit une chambre, au quatrième, sur l'Eau-de-Robec, chez un teinturier de sa connaissance. Elle conclut les arrangements pour sa pension, se procura des meubles, une table et deux chaises, fit venir de chez elle un vieux lit en merisier, et acheta de plus un petit poêle en fonte, avec la provision de bois qui devait chauffer son pauvre enfant. Puis elle partit au bout de la semaine après mille recommandations de se bien conduire, maintenant qu'il allait être abandonné à lui-même.

Le programme des cours, qu'il lût sur l'affiche, lui fit un effet d'étourdissement: cours d'anatomie, cours de pathologie, cours de physiologie, cours de pharmacie, cours de chimie, et de botannique, et de clinique, et de thérapeutique, sans compter l'hygiène ni la matière médicale, tous les noms dont il ignorait les étymologies et qui étaient comme autant de portes de sanctuaires, pleins d'augustes ténèbres.

Il n'y comprendit rien; il avait beau écouter, il ne saisissait pas. Il travaillait pourtant, il avait des cahiers reliés, il suivait tous les cours, il ne perdait pas une seule visite. Il accomplissait sa petite tâche quotidienne à la manière du cheval de manège, qui tourne en place les yeux bandés, ignorant de la besogne qu'il broie.

Pour lui épargner de la dépense, sa mère lui envoyait chaque semaine, par le messager, un morceau de veau cuit au four, avec quoi il déjeunait le matin, quand il était rentré de l'hôpital, tout en battant la semelle contre le mur. Ensuite, il fallait courir aux leçons, à l'amphithéâtre, à l'hospice, et revenir chez lui à travers toutes les rues. Le soir, après le maigre dîner de son propriétaire, il remontait à sa chambre et se remettait au travail, dans ses habits mouillés qui fûmaient sur son corps, devant le poêle rougi.

Dans les beaux soirs d'été, à l'heure où les rues tièdes sont vides, quand les servantes jouent au volant sur le seuil des portes, il ouvrait sa fenêtre et s'accoudait. La rivière, qui fait de ce quartier de Rouen, comme une ignoble petite Venise, coulait en bas, sous lui, jaune, violette ou bleue entre ses ponts et ses grilles. Des ouvriers, accroupis au bord, lavaient leurs bras dans l'eau. Sur des perches partant du haut des greniers, des écheveaux de coton séchaient à l'air. En face, au de-là des toits le grand ciel pur s'étendait, avec le soleil rouge se couchant. Qu'il devait faire bon là-bas ! Quelle fraîcheur sous la hêtraie ! Et il ouvrait les narines pour aspirer les bonnes odeurs de la campagne, qui ne venaient pas jusqu'à lui.

Il maigrit, sa taille s'allongea, et sa figure prit une sorte d'expression dolente qui la rendit presque intéressante. Naturellement, par nonchalance, il en vint à se délier de toutes les résolutions qu'il s'était faites. Une fois, il manqua le cours, le lendemain la visite, et, savourant la paresse, peu à peu n'y retourna plus.

Il prit l'habitude du cabaret, avec la passion des dominos. S'enfermer chaque soir dans un sale appartement public, pour y taper sur des tables de marbre de petits os de mouton marqués de points noirs, lui semblait un acte précieux de sa liberté, qui le rehaussait d'estime vis-à-vis de lui-même. C'était comme l'initiation du monde, l'accès des plaisirs defendus ; et en entrant, il posait la main sur le bouton de la porte avec une joie presque sensuelle. Alors, beaucoup de choses comprimées en lui se dilatèrent ; il apprit par coeur des couplets qu'il chantait aux bienvenues, s'ensthousiasma pour Bèranger, sut faire du punch et connut enfin l'amour.

Grâce à ces travaux prepdratoires, il échoua complètement à son examen d'officier de santé. On l'attendait le soir même à la maison pour fêter son succès !

Il partit à pied et s'arrêta vers l'entrée du village, où il fit demander sa mère, lui conta tout. Elle l'excusa, rejetant l'échec sur l'injustice des examinateurs, et le raffermit un peu, se chargeant d'arranger les choses. Cinq ans plus tard seulement M. Bovary connut la vérité ; elle était vieille, il l'accepta, ne pouvant d'ailleurs supposer qu'un homme issu de lui fût un sot.

Charles se remit donc au travail et prepara sans discontinuer les matières de son examen, dont il apprit d'avance toutes les questions par coeur. Il fut reçu avec une assez bonne note. Quel beau jour pour sa mère ! On donna un grand dîner.

Où irait-il exercer son art ? A Tostes. Il n'y avait là qu'un vieux médecin. Depuis longtemps, Mme Bovary guettait sa mort, et le bonhomme n'avait point encore plié bagage, que Charles était installé en face comme son successeur.

Mais ce n'était pas tout que d'avoir elevé un fils, de lui avoir appris la médecine et découvert Tostes pour l'exercer : il lui fallait une femme. Elle lui en trouva une : la veuve d'un huissier de Dieppe, qui avait quarante cinq ans et douze cents livres de rente.

Quoiqu'elle fût laide, sèche comme un cotret, et bourgeonnée comme un printemps, certes Mme Dubuc ne manquait pas de partis à choisir. Pour arriver à ses fin, la mère de Bovary fut obligée de les evincer tous, et elle déjoua même fort habilement les intrigues d'un charcutier qui était soutenu par les prêtres.

Charles avait entrevu dans le mariage l'avènement d'une condition meilleure, imaginant qu'il serait plus libre et pourrait disposer de sa personne et de son argent. Mais sa femme fut le maître ; il devait devant le monde dire ceci, ne pas dire cela, faire maigre tous les vendredis, s'habiller comme elle l'entendait, harceler par son ordre les clients qui ne payaient pas. Elle décachetait ses lettres, épiait ses démarches, et l'écoutait, à travers la cloison, donner ses consultations dans son cabinet, quand il y avait des femmes.

Il lui fallait son chocolat tous les matins, des égards à n'en plus finir. Elle se plaignait sans cesse de ses nerfs, de sa poitrine, de ses humeurs. Le bruit des pas lui faisait mal ; on s'en allait, la solitude lui devenait odieuse ; revenait-on près d'elle, c'était pour la voir mourir, sans doute. Le soir, quand Charles rentrait, elle sortait de dessous ses draps ses longs bras maigres, les lui passait autour du cou, et, l'ayant fait asseoir au bord du lit, se mettait à lui parler de ses chagrins ; il l'oubliait, il en aimait une autre ! On lui avait dit qu'elle serait malheureuse ; et elle finissait en lui demandant quelque sirop pour sa santé et un peu plus d'amour.

# II

UNE nuit, vers onze heures, ils furent réveillés par le bruit d'un cheval qui s'arrêta juste à la porte. La bonne ouvrit la lucarne du grenier et parlementa quelques temps avec un homme resté en bas, dans la rue. Nastasie descendit les marches en grelottant et alla ouvrir la serrure et les verrous, l'un après l'autre. L'homme venait chercher le médecin; il avait une lettre. Il laissa son cheval, et, suivant la bonne, entra tout à coup derrière elle. Il tira de dedans son bonnet de laine à houppes grises une lettre enveloppée dans un chiffon, et la présenta délicatement à Charles, qui s'accouda sur l'oreiller pour la lire. Nastasie, près du lit, tenait la lumière: Madame, par pudeur, restait tournée vers la ruelle et montrait le dos.

Cette lettre, cachetée d'un petit cachet de cire bleue, suppliait M. Bovary de se rendre immédiatement à la ferme des Bertaux, pour remettre une jambe cassée. Or, il y a, de Tostes aux Bertaux, six bonnes lieues de traverse, en passant par Longueville et Saint-Victor. La nuit était noire, Mme. Bovary jeune redoutait les accidents pour son mari. Donc, il fut décidé que le valet d'écurie prendrait les devants. Charles partirait trois heures plus tard, au lever de la lune. On enverrait un gamin à sa rencontre, afin de lui montrer le chemin de la ferme et d'ouvrir les clôtures devant lui.

Vers quatre heures du matin, Charles bien enveloppé dans son manteau se mit en route pour les Bertaux. Encore endormi par la chaleur du sommeil, il se laissait bercer au trot pacifique de sa bête. Quand elle s'arrêtait d'elle-même devant ces trous entourés d'épines que l'on creuse au bord des sillons, Charles, se reveillant en sursaut, se rappelait vite la jambe cassée, et il tâchait de se remettre en mémoires toutes les fractures qu'il savait. La pluie ne tombait plus: le jour commençait à venir, et, sur les branches des pommiers sans fleurs ni sans feuilles, des petits oiseaux se tenaient immobiles, hérissant leurs petites plumes au vent froid du matin. La plate campagne s'étalait à perte de vue, et les bouquets d'arbres autour des fermes faisaient, à intervalles éloignés, des taches d'un violet noir sur cette grande surface grise, qui se perdait à l'horizon dans le ton morne du ciel. Charles, de temps en temps, ouvrait les yeux; puis, son esprit se fatiguant et le sommeil revenant de soi-même, bientôt, il entrait dans une sorte d'assoupissement où, ses sensations récentes se confondant avec des souvenirs, lui-même se percevait double, à la fois étudiant et marié, couché dans son lit, comme tout à l'heure, traversant une salle d'opérés comme autrefois. L'odeur chaude des cataplasmes se mêlait dans sa tête à la verte odeur de la rosée; il entendait rouler sur leur tringle les anneaux de fer des lits et sa femme dormir... Comme il passait par Vassonville, il aperçut, au bord d'un fossè un jeune garçon assis sur l'herbe.

— Etes-vous le médecin? demanda l'enfant.

MARCHAND
D'ETOFFES

Lion d'or

Y. Mathieu St Laurent
51

# Gustave Flaubert

# Madame Bovary

## desenhos da juventude de **Yves Saint Laurent**

Tradução de Carol Colffield
Prefácio de Maxime Catroux

TORDSILHAS
Rio de Janeiro, 2024

# Madame Bovary



Tordesilhas é um selo da Alaúde Editora Ltda, empresa do Grupo Editorial Alta Books (Starlin Alta Editora e Consultoria LTDA)

ISBN: 978-65-5568-190-1

*Translated from original Madame Bovary. ISBN 9782072930263. This translation is published and sold by permission of Éditions Gallimard. PORTUGUESE language edition published by Starlin Alta Editora e Consultoria Eireli, Copyright © 2024 by Starlin Alta Editora e Consultoria Eireli.*

*Impresso no Brasil – 1ª Edição, 2024 – Edição revisada conforme o Acordo Ortográfico da Língua Portuguesa de 2009.*

**Dados Internacionais de Catalogação na Publicação (CIP)**
**(Câmara Brasileira do Livro, SP, Brasil)**

Flaubert, Gustave, 1821-1880
Madame Bovary: desenhos da juventude de Yves Saint Laurent / Gustave Flaubert. -- 1. ed. --Rio de Janeiro : Tordesilhas, 2024.

Título original: Madame Bovary
ISBN 978-65-5568-190-1

1. Ficção francesa I. Título.

24-197651 CDD-843

**Índices para catálogo sistemático:**

1. Ficção : Literatura francesa 843

Tábata Alves da Silva - Bibliotecária - CRB-8/9253



**Produção Editorial:** Grupo Editorial Alta Books
**Diretor Editorial:** Anderson Vieira
**Editor da obra:** Rodrigo de Faria e Silva
**Vendas Governamentais:** Cristiane Mutüs
**Gerência Comercial:** Claudio Lima
**Gerência Marketing:** Andréa Guatiello

**Produtora Editorial:** Caroline David
**Tradução:** Carol Colffield
**Copidesque:** Renan Amorim
**Revisão:** Ederli Fortunato
**Diagramação:** Rita Motta

ALTA BOOKS
GRUPO EDITORIAL

Rua Viúva Cláudio, 291 – Bairro Industrial do Jacaré
CEP: 20.970-031 – Rio de Janeiro (RJ)
Tels.: (21) 3278-8069 / 3278-8419
**www.altabooks.com.br** – altabooks@altabooks.com.br
**Ouvidoria:** ouvidoria@altabooks.com.br

Editora **afiliada à:**

# Prefácio

Pouco mais de um século separa o surgimento de *Madame Bovary*, em 1857, dos desenhos de um aluno do colégio Sacré Coeur, em Orã. Em 1951, Yves Mathieu Saint Laurent tinha quinze anos de idade. Certamente, estava estudando o romance de Flaubert em sala de aula. Um ano antes, no sábado, 6 de maio de 1950, o jovem adolescente assistiu à estreia de *L'École des femmes*, dirigido por Louis Jouvet. Os cenários de Christian Bérard o deslumbraram: "Uma cidade pintada em perspectiva... Uma praça. Um jardim. Pintados sobre um céu cor de malva, lustres como chuvas de estrelas. Onde estamos? Nenhum detalhe histórico remete precisamente a uma época. Tudo é insinuado. E, no entanto, estamos no século XVII. São os jardins do Palais-Royal. É Paris."[1]

Os maravilhosos desenhos reunidos no início deste romance ilustrado, no qual ele se deu ao trabalho de copiar na íntegra o texto do primeiro capítulo e o início do segundo, em uma escrita tão cuidadosa que seus traços transbordam entusiasmo e fantasia, contam a história do nascimento de um estilo, alimentado por um apetite voraz por influências e talentos. Falam sobre o tempo que ele passou sonhando, observando a infusão do vestido de *barège* "cor de açafrão pálido, realçado por três ramalhetes de minirrosas misturados com folhagens"[2], o elegante jogo de *whist* entre os convidados para o baile em Vaubyessard, a valsa de Emma Bovary com o visconde.

---

1 Laurence Benaïm, *Yves Saint Laurent, biographie*, Grasset, 2002, p. 22.

2 Gustave Flaubert, *Madame Bovary*, Primeira Parte, Capítulo VIII.

Esse baile, amplamente evocado nesses desenhos da juventude, ressoa com um dos primeiros encantamentos de Yves Saint Laurent quando criança, durante a guerra. A precisão do olhar, o senso de detalhe e a magia da aparência se revelam nessa lembrança, que é uma verdadeira pintura viva: "Nós nos encontrávamos perto de Orã, no campo. Meu pai estava fora, e minha mãe deu uma pequena escapada: foi a um baile que ocorria em uma base militar americana. Nós, as crianças, a seguimos secretamente, acompanhadas pelos empregados: queríamos ver a mamãe dançar. Como as janelas eram altas, uma criada me levantou nos braços, e pude ver minha mãe no salão de baile. Ela estava usando um vestido em crepe preto com mangas quadradas, decote em bico e saia até a altura do joelho. Havia prendido nele um buquê de margaridas, centáureas e papoulas e, como colar, tinha uma cruz branca de plástico suspensa em uma fita de veludo preto. Era belíssimo."[1]

A vestimenta, quer se trate dos vestidos de Emma Bovary ou dos de sua mãe, é, para ele, a pintura de uma personagem: a literatura lhe faz ver a variedade de humores e o uniforme da convenção. Um sobrenome irônico é o daquele sr. Lheureux, um comerciante de tecidos que precipita a ruína e o fim de Madame Bovary e que sempre evocará para Yves Saint Laurent, o "desamparo das mulheres, que é o mesmo hoje como era há um século".[2] Isso diz tudo sobre a admiração que ele sente pelas mulheres e sobre a luta pela emancipação delas que fará sua ao longo da vida.

Livro refúgio, livro fetiche, *Madame Bovary* é uma das chaves do imaginário de Yves Saint Laurent, assim como está no âmago do culto dedicado a Flaubert por Pierre Bergé, que se orgulhava muito de ter em sua extraordinária biblioteca os planos preparatórios e uma primeira edição de *Madame Bovary*.[3]

Contemplemos novamente essas ilustrações em tinta preta, com leves toques de guache, que expressam o ardor do leitor adolescente de quadrinhos e de livros ilustrados: sua heroína tem o pescoço nu, uma testa larga e cílios postiços, quase uma *pin-up*. Também é a alegria do mundo que se abre para ele, de uma vida "dupla" arrancada da gravidade da vida provinciana e finalmente da liberdade que ele logo conquistará. "Éramos uma família muito alegre. Mas em nossa casa havia alegria, e o mundo que eu inventava para

---

1 Entrevista com Yvonne Baby, "Yves Saint Laurent au Metropolitan de New York. Portrait de l'artiste", *Le Monde*, 8 de dezembro de 1983.

2 Entrevista com Catherine Deneuve, *Globe*, 1º de maio de 1986.

3 Pierre Bergé, entrevistas com Laure Adler, *L'encre, c'est le sang*, Gallimard, 2019, p. 282.

mim mesmo através de meus desenhos, meus cenários, meus figurinos, meu teatro; do outro lado, em uma escola católica, havia as provações e um mundo do qual, sonhador, pensativo, tímido, eu me via excluído e onde meus colegas zombavam de mim, me aterrorizavam e me batiam. [...] Durante esses anos, desenvolvi uma determinação inabalável de lançar-me à conquista de Paris e chegar ao topo. Mentalmente, eu me dirigia aos meus colegas de classe e lhes dizia: vou me vingar de vocês; vocês não serão nada, eu serei tudo."[1]

Quem confessaria dessa maneira a candura de seu coração senão alguém loucamente apaixonado pela literatura e pelo ideal?

MAXIME CATROUX
Vice-Presidente da Fundação
Pierre Bergé - Yves Saint Laurent

---

1 Entrevista com Yvonne Baby, *op. cit.*

# A
# MARIE-ANTOINE-JULES SENARD

Membro da Ordem dos Advogados de Paris,
ex-presidente da Assembleia Nacional e
ex-ministro do Interior

*Caro e ilustre amigo,*
*Permita-me inscrever seu nome na parte superior deste livro, até mesmo acima da dedicatória, já que é ao senhor, acima de tudo, que devo sua publicação. Graças à sua magnífica arguição em favor de minha obra, ela adquiriu para mim uma autoridade inesperada. Aceite, portanto, o tributo de minha gratidão que, por maior que possa ser, nunca estará à altura de sua eloquência e dedicação.*

GUSTAVE FLAUBERT
Paris, 12 de abril de 1857.

*A Louis Bouilhet*

# Primeira Parte

# I

Estávamos na sala de estudos quando o diretor entrou, seguido de um *novato* vestido como um burguês e de um contínuo que carregava uma grande carteira. Os que estavam dormindo acordaram, e todos nos levantamos como se tivéssemos sido surpreendidos em nosso trabalho.

O diretor gesticulou, pedindo que nos sentássemos novamente; depois, voltando-se para o supervisor de estudos:

— Sr. Roger — disse a meia voz —, apresento-lhe este aluno. Está entrando no quinto ano. Se o trabalho e o comportamento dele forem meritórios, passará à *classe dos mais velhos,* correspondente à sua idade.

O *novato,* que havia ficado atrás da porta, onde mal conseguíamos vê-lo, era um rapazinho do campo, de uns quinze anos de idade e de estatura bem mais alta do que qualquer um de nós. Tinha os cabelos cortados com uma franja reta, como um cantor de aldeia, e tinha um ar sensato, mas muito acanhado. Embora não tivesse ombros largos, seu casaco de pano verde e botões pretos parecia estar desconfortável na altura da cava e permitia ver, pela abertura da vestimenta, os pulsos avermelhados de alguém habituado a ter as mangas arregaçadas. Suas calças amareladas, muito puxadas pelos suspensórios, deixavam ver parte das pernas cobertas com meias azuis. Calçava sapatos robustos, mal engraxados e guarnecidos de tachas.

Começamos a recitar as lições. Ele as escutava com toda atenção, tão atento quanto a um sermão, sem mesmo atrever-se a cruzar as pernas nem se apoiar nos cotovelos, e, às duas horas, quando tocou o sino, o supervisor de estudos teve que avisar-lhe para que se juntasse a nós, na fila.

Ao entrar na sala, tínhamos o hábito de jogar os chapéus no chão para ficar com as mãos mais livres; era preciso arremessá-los da soleira da porta até debaixo das carteiras, de maneira que batessem contra a parede e levantassem muita poeira; era *desse jeito*.

Porém, seja porque não notou tal manobra ou porque não se atreveu a submeter-se a ela, o fato é que já havíamos acabado as orações, e o *novato* continuava com o chapéu sobre os joelhos. Era uma daqueles adereços de cabeça combinados, onde se encontram elementos de chapéu de pelo, de *chapska*, de chapéu redondo, de chapéu de lontra e de chapéu de algodão, uma dessas tristes peças cuja feiura silenciosa tem a mesma profundeza de expressão que o rosto de um imbecil. Ovoide e armado com varetas de reforço, começava por três rolos em formato de salsicha; em seguida, separados por uma faixa vermelha, alternavam-se losangos de veludo e de pele de coelho; depois vinha uma espécie de saco que terminava por um polígono cartonado, coberto por um intrincado bordado em sutache de onde pendia, na ponta de um longo cordão bem fino, uma pequena peça entrelaçada de fios dourados, em formato de borla. Via-se que era novo; a viseira brilhava.

— Levante-se — disse-lhe o professor.

Ele se levantou; o chapéu caiu no chão. A turma inteira riu.

Abaixou-se para apanhá-lo. Um colega que estava ao lado derrubou-o com o cotovelo, e ele o apanhou mais uma vez.

— Esqueça seu chapéu — disse-lhe o professor, que era um homem inteligente.

Houve uma gargalhada geral dos alunos que desconcertou o pobre rapaz, tanto que já não sabia se ficava com o chapéu na mão, se o deixava no chão ou se o vestia. Voltou a sentar-se e o apoiou sobre os joelhos.

— Levante-se — insistiu o professor — e diga-me o seu nome.

O *novato* articulou, com uma voz balbuciante, um nome ininteligível.

— Repita!

O mesmo balbucio de sílabas se fez ouvir, abafado pelas vaias da classe.

— Mais alto! — gritou o mestre. — Mais alto!

O *novato*, tomando então uma resolução extrema, escancarou a boca e, a plenos pulmões, como se estivesse chamando alguém, lançou esta palavra: *Charbovari*.

Foi uma barulheira que se iniciou de repente e subiu *in crescendo*, com explosões de vozes agudas (uivávamos, latíamos, batíamos com os pés no chão e repetíamos sem parar: *Charbovari! Charbovari!*); depois, o barulho foi diminuindo, aparecendo em notas isoladas, atenuadas a duras penas, às vezes recomeçando subitamente em alguma fileira de carteiras onde algum riso abafado ainda rompia, aqui e ali, como um petardo mal-apagado.

Entretanto, sob uma chuva de punições, a ordem foi sendo pouco a pouco restabelecida na classe, e o professor, depois de assimilar o nome de Charles Bovary, de exigir-lhe que o ditasse, soletrasse e relesse, mandou o pobre coitado sentar-se imediatamente no banco dos preguiçosos, ao pé do púlpito. O rapaz traçou o movimento, mas, antes de ir, hesitou.

— O que está procurando? — perguntou o professor.

— Meu cha... — falou timidamente o *novato*, lançando olhares inquietos ao redor.

— Quinhentos versos para toda a classe! — exclamou o professor com uma voz furiosa, conseguindo deter, como o *Quos ego*, uma nova borrasca. — Fiquem quietos de uma vez por todas! — prosseguiu o professor indignado e, enxugando a testa com um lenço que acabara de pegar de sua boina: — Quanto ao senhor, *novato*, copiará vinte vezes o verbo *ridiculus sum*.

Depois, com uma voz mais suave:

— Ei! Vai achar seu chapéu; ninguém o roubou!

A calma foi retomada. As cabeças curvaram-se sobre os cadernos, e o *novato* permaneceu durante duas horas numa conduta exemplar, embora, de vez em quando, alguma bolinha de papel lançada de um bico de pena viesse a bater em seu rosto. Mas ele se limpava com a mão e continuava imóvel, de olhos baixos.

No fim da tarde, na sala de estudos, pegou os protetores de manga que estavam na escrivaninha, colocou em ordem suas coisas e pautou cuidadosamente o papel. Vimo-lo trabalhar conscienciosamente, procurando todas as palavras no dicionário e esforçando-se muito. Graças, sem dúvida, a essa boa vontade que demonstrou, não precisou descer à classe inferior; no que se refere às regras, embora as conhecesse bem, faltava-lhe elegância nos hábitos. Foi o vigário de sua aldeia quem lhe ensinara os rudimentos do latim, uma vez que os pais, por motivos econômicos, haviam postergado ao máximo sua ida ao colégio.

Seu pai, o sr. Charles-Denis-Bartholomé Bovary, ex-cirurgião-major auxiliar, empenhado, por volta de 1812, em assuntos de alistamento, e tendo sido forçado, naquela mesma época, a abandonar o serviço, havia então aproveitado seus atributos pessoais para agarrar a oportunidade de um dote de sessenta mil francos que se oferecia pela filha de um comerciante chapeleiro, apaixonada pela aparência dele. Homem bonito, fanfarrão, que fazia soar alto as suas esporas, usava as costeletas unidas aos bigodes, tinha os dedos sempre guarnecidos de anéis e se vestia com cores vistosas. Tinha o aspecto de um homem destemido, com a conversa fácil de um caixeiro-viajante. Uma vez casado, viveu dois ou três anos da fortuna da mulher, jantando bem, levantando-se tarde, fumando grandes cachimbos de porcelana, só voltando à noite para casa após o término do espetáculo e frequentando cafés. O sogro morreu e deixou pouca coisa; ele ficou indignado, lançou-se *à atividade fabril*, perdeu ali algum dinheiro e então se retirou para o campo, onde queria *valorizar a terra*. Mas, como não sabia muito mais de agricultura do que de tecidos, montava em seus cavalos em vez de mandá-los para a lavoura, bebia sua sidra em garrafas em vez de vendê-la em barricas, comia as melhores aves de sua criação e engraxava as botas de caça com a banha de seus porcos, não demorou a perceber que era melhor abandonar toda especulação.

Por duzentos francos ao ano, encontrou para alugar, numa aldeia nos confins da região de Caux e da Picardia, uma espécie de residência meio fazenda, meio casa senhorial; e, triste, roído de arrependimentos, culpando o céu, invejoso de todos, isolou-se aos quarenta e cinco anos, enfastiado com os homens, dizia, e decidido a viver em paz.

Sua mulher, em outra época, havia sido louca por ele; tinha-o amado com mil servilismos que o afastaram dela ainda mais. Antes brincalhona, expansiva e totalmente amorosa, à medida que ia envelhecendo (como o vinho que, em contato com o ar, vira vinagre) foi tornando-se de humor difícil, queixosa, nervosa. Tinha sofrido muito, sem se queixar, primeiro quando o via correr atrás de todas as biscates de aldeia e também quando vinte lugares mal afamados o mandavam de volta à noite, apático e cheirando a embriaguez! Então o orgulho se insurgiu. Decidiu calar-se, engolindo a raiva num estoicismo silencioso que guardou até a morte. Ela estava sempre fazendo compras, negócios. Visitava os advogados, o presidente, ficava atenta ao vencimento dos títulos, obtinha prorrogações; e, em casa, passava roupa, costurava, lavava, cuidava dos empregados, pagava contas, enquanto ele, sem se preocupar com nada, estava continuamente entorpecido numa sonolência ressentida da qual só acordava para lhe dizer coisas desagradáveis e ficar fumando junto à lareira, cuspindo nas cinzas.

Quando ela teve um filho, foi preciso entregá-lo a uma ama de leite. Ao trazê-lo de volta para casa, o menino foi mimado como um príncipe. A mãe o alimentava com geleias; o pai deixava que corresse sem sapatos e, bancando o filósofo, dizia até que podia andar totalmente nu, como as crias dos animais. Contrariamente às tendências maternas, ele tinha em mente certo ideal viril da infância, segundo o qual buscava formar o filho, querendo que o educassem duramente, à espartana, para que adquirisse uma constituição forte. Mandava-o dormir sem acender o fogo, ensinava-lhe a beber grandes goles de rum e a insultar as procissões. Mas, naturalmente pacífico, o pequeno respondia mal aos seus esforços. A mãe o levava sempre grudado com ela; recortava-lhe figuras de papelão, contava-lhe histórias, conversava com ele em monólogos sem fim, cheios de alegrias melancólicas e tagarelices. No isolamento de sua vida, ela depositava naquela cabeça de criança todas as suas vaidades dispersas, fraturadas. Sonhava com altos cargos para ele, via-o adulto, belo, inteligente, estabelecido, trabalhando na área de obras públicas ou na magistratura. Ensinou-lhe a ler e a cantar duas ou três breves romanças no seu velho piano. Mas, a tudo isso, o sr. Bovary, pouco ligado às letras, dizia que aquilo *não valia a pena*! Por acaso teriam algum dia recursos para mandá-lo a escolas do governo, comprar para ele um cargo ou montar-lhe um comércio? Aliás, dizia, *com audácia, um homem sempre tem êxito no mundo.* A sra. Bovary mordia os lábios, e a criança vagabundeava pela aldeia.

Ele seguia os lavradores e, atirando torrões de terra, espantava os corvos que alçavam voo. Comia amoras ao longo das valetas, controlava os perus com uma vara, ceifava na colheita, corria pelos bosques, jogava amarelinha no pórtico da igreja nos dias de chuva e, nas grandes festas, suplicava ao sacristão que lhe deixasse bater o sino para, assim, poder se pendurar com todo o corpo na enorme corda e se sentir levado por ela em seu voo.

Foi assim que ele cresceu, como um carvalho. Adquiriu força nas mãos e belas cores.

Aos doze anos, a mãe conseguiu que começasse os estudos. Encarregaram o padre de fazer isso. Mas as lições eram tão breves, e o menino as seguia tão mal, que não serviam de grande coisa. Elas se davam nos momentos de folga do padre, na sacristia, em pé, às pressas, entre um batismo e um enterro; ou então ele mandava buscar seu aluno depois do *Angelus*, sempre que não tivesse que sair. Subiam no quarto dele, instalavam-se: os mosquitos e as mariposas giravam em torno da vela. Fazia calor, o menino adormecia; e o padre, cochilando com as mãos sobre a barriga, não tardava a roncar, com a boca aberta. Outras vezes, quando o clérigo, ao voltar de ministrar o viático a algum doente das redondezas, avistava Charles fazendo molecagens no campo, chamava-o, passava-lhe um sermão de quinze minutos e aproveitava a ocasião para lhe fazer conjugar o verbo do dia ao pé de uma árvore. A chuva, ou um conhecido que passava, vinha interrompê-los. De resto, estava sempre contente com o aluno. Dizia até que o *jovem* tinha ótima memória.

Mas Charles não podia continuar ali. A sra. Bovary foi enérgica. Envergonhado, ou talvez cansado, o marido cedeu sem resistência, embora tenham decidido esperar mais um ano para que o menino fizesse a primeira comunhão.

Outros seis meses se passaram e, no ano seguinte, Charles foi definitivamente mandado para o colégio de Rouen, aonde o pai o levou pessoalmente, quase no fim de outubro, na época da feira de São Romão.

Hoje seria impossível para qualquer um de nós lembrar algo sobre ele. Era um rapaz de temperamento moderado, que brincava nos recreios, trabalhava nas horas de estudo, ficava atento às aulas, dormia bem no dormitório, comia bem no refeitório. Tinha como responsável um atacadista de quinquilharias da rue Ganterie, que saía com ele um domingo ao mês, depois de fechar a loja, levava-o para passear no porto para que visse os navios, depois o acompanhava de volta ao colégio, lá pelas sete, antes do jantar. Toda quinta-feira à noite, escrevia uma longa carta para a mãe, com tinta vermelha, lacrando-a com três pingos de cera; depois repassava os cadernos de história ou então lia um velho exemplar de *Anacharsis* que estava sempre na sala de estudos. Durante o passeio, conversava com o criado, que era do campo, como ele.

De tanto se aplicar, sempre se manteve na média da classe; uma vez até ganhou uma primeira menção honrosa em história natural. Mas, no final do penúltimo ano, seus pais o retiraram do colégio para que estudasse medicina, convencidos de que ele poderia prosseguir sozinho até o diploma do bacharelado.

A mãe escolheu um quarto para ele, no quarto andar, de frente para a Eau-de-Robec, na casa de um tintureiro, seu conhecido. Ela finalizou os acordos para sua pensão, arranjou móveis, uma mesa e duas cadeiras, mandou vir da casa dela uma velha cama de cerejeira e comprou também um pequeno aquecedor de ferro fundido, com a suficiente provisão de lenha para que seu pobre filho estivesse aquecido. Então ela partiu no fim da semana, após mil recomendações para que ele se comportasse bem, agora que ficaria sozinho.

O programa das disciplinas, que leu no quadro de avisos, o deixou atordoado: curso de anatomia, curso de patologia, curso de fisiologia, curso de farmácia, curso de química, e de botânica, e de clínica, e de terapêutica, sem contar higiene e matéria médica, nomes todos cujas etimologias ele ignorava e que eram como tantas outras portas de santuários, cheios de augustas trevas.

Ele não entendia nada; por mais que escutasse, não conseguia assimilar. Entretanto, estudava, tinha cadernos de capa dura, seguia todos os cursos, não perdia uma visita sequer. Cumpria suas tarefas cotidianas como um cavalo de moinho, que gira no mesmo lugar de olhos vendados, ignorando o que está triturando.

Para poupar-lhe despesas, a mãe lhe enviava toda semana, por meio de um mensageiro, um pedaço de vitela assada ao forno, que lhe servia de almoço de manhã, quando voltava do hospital batendo as solas dos sapatos para se aquecer. Em seguida, tinha que correr para as aulas, o anfiteatro, o asilo e voltar para casa, cruzando todas as ruas. À noite, após o magro jantar que o proprietário da pensão servia, subia para o quarto e retomava o trabalho, ainda com as roupas úmidas que começavam a fumegar em seu corpo diante do fogão em brasa.

Nas belas noites de verão, quando as ruas mornas ficavam vazias, quando as criadas jogavam peteca nas soleiras das portas, ele abria a janela e ali se apoiava. O rio, que faz desse bairro de Rouen uma desprezível pequena Veneza, corria lá embaixo, amarelo, roxo ou azul, entre as pontes e suas grades. Alguns operários, agachados à beira, lavavam os braços na água. Das vigas que sobressaíam do alto dos sótãos, novelos de algodão secavam ao ar livre. Em frente, além dos telhados, o vasto céu puro se estendia, com o sol vermelho se pondo. Como devia estar bom lá! Que frescor sob a faia! E ele abria as narinas para aspirar os bons cheiros do campo, que não chegavam até ele.

Emagreceu, seu corpo ficou mais alongado e o rosto assumiu uma espécie de expressão melancólica que o tornava quase interessante.

Naturalmente, por indolência, foi abandonando todas as resoluções que havia tomado. Uma vez, faltou à visita, no dia seguinte ao curso, e, saboreando a preguiça, pouco a pouco, acabou não voltando mais lá.

Adquiriu o hábito de frequentar cabarés, devido à paixão de jogar dominó. Ficar fechado todas as noites num estabelecimento público imundo e movimentar ossinhos de carneiro marcados com pontos pretos sobre mesas de mármore parecia-lhe um ato precioso de liberdade que lhe levantava a própria estima. Era como uma iniciação ao mundo, o acesso a prazeres proibidos; ao entrar, colocava a mão na maçaneta da porta com uma alegria quase sensual. Então, muitas coisas reprimidas nele foram se expandindo; decorou algumas trovas que cantava nas festas de boas-vindas, entusiasmou-se com Béranger, aprendeu a fazer ponche e, enfim, conheceu o amor.

Graças a esses trabalhos preparatórios, fracassou rotundamente no exame de oficial de saúde. E pensar que, na mesma noite, aguardavam-no em casa para celebrar seu êxito!

Saiu a pé e parou na entrada da aldeia, onde mandou chamar a mãe e lhe contou tudo. Ela o desculpou, atribuindo o fracasso à injustiça dos examinadores, deu-lhe um pouco ânimo e se encarregou de ajeitar as coisas. Foi só cinco anos mais tarde que o sr. Bovary soube da verdade; já era antiga, e ele a aceitou, não conseguindo supor que um homem nascido dele fosse um tolo.

Charles retomou então o trabalho e preparou sem parar as matérias do exame, do qual decorou antecipadamente todas as questões. Foi aprovado com uma nota razoavelmente boa. Que belo dia para a mãe! Foi oferecido um grande jantar.

Onde iria exercer sua profissão? Em Tostes. Lá havia apenas um médico, já velho. Fazia muito tempo que a sra. Bovary espreitava a morte do bom homem; mas ele ainda não havia batido as botas quando Charles já estava instalado defronte, como seu sucessor.

Mas não bastava ter educado o filho, tê-lo feito estudar medicina e descobrir Tostes para exercê-la: ele precisava de uma mulher. Ela encontrou uma: a viúva de um oficial de justiça de Dieppe que tinha quarenta e cinco anos e mil e duzentas libras de renda.

Embora ela fosse feia, seca como um graveto e com tantas pústulas no rosto como há brotos na primavera, à sra. Dubuc não faltavam partidos para escolher. Para atingir seu propósito, a mãe Bovary foi obrigada a eliminar cada um deles, e, com muita habilidade, desfez as intrigas de um charcuteiro que era apoiado pelos padres.

Charles entrevia no casamento a chegada de uma condição melhor, imaginando que ficaria mais livre e poderia dispor de sua pessoa e de seu dinheiro. Mas foi sua mulher quem tomou as rédeas: em público, ela o mandava dizer isto, a não dizer aquilo, a jejuar todas as sextas-feiras, a vestir-se como ela quisesse e, se ela assim ordenasse, a ficar em cima dos clientes que não pagavam. Ela abria suas cartas, espionava seus movimentos e ficava escutando, atrás do biombo, as consultas em seu gabinete sempre que havia mulheres.

Precisava do seu chocolate todas as manhãs, eram atenções que não acabavam mais. Queixava-se sem cessar de seus nervos, de seu peito, de seus humores. O barulho dos passos lhe fazia mal; se as pessoas fossem embora, a solidão era insuportável; se voltassem para junto dela, era, sem dúvida, para vê-la morrer. À noitinha, quando Charles voltava para casa, ela tirava de debaixo dos lençóis os longos braços magros, punha-os em torno do pescoço dele e, fazendo-o sentar-se na beirada da cama, começava a falar de seus infortúnios: que ele a estava esquecendo, que amava alguma outra! Bem que haviam dito a ela que seria infeliz; e acabava por pedir ao marido algum xarope para a saúde e um pouco mais de amor.

# II

Uma noite, por volta das onze horas, foram acordados pelo barulho de um cavalo que parou bem diante da porta. A criada abriu a claraboia do sótão e conversou por algum tempo com um homem que estava lá embaixo, na rua. Ele veio buscar o médico; trazia uma carta. *Nastasie* desceu as escadas tiritando e foi abrir a fechadura e os trincos, um após o outro. O homem deixou seu cavalo e, seguindo a criada, entrou imediatamente atrás dela. Tirou de dentro de seu gorro de lã com borlas cinzas uma carta envolta num pedaço de pano e a apresentou delicadamente a Charles, que apoiou os cotovelos no travesseiro para lê-la. Nastasie, perto da cama, segurava a luz. A senhora, por pudor, permaneceu voltada para o outro lado, de costas para eles.

A carta, fechada com um pequeno lacre de cera azul, suplicava ao sr. Bovary que fosse imediatamente à fazenda de Les Bertaux para recompor uma perna quebrada. Ora, de Tostes a Les Bertaux há seis boas léguas de caminho, passando por Longueville e Saint-Victor. A noite estava escura. A jovem sra. Bovary temia que seu marido pudesse sofrer um acidente. Portanto, decidiram que o criado de estrebaria iria à frente. Charles partiria três horas mais tarde, ao nascer da lua. Da fazenda, enviariam um menino ao seu encontro para que lhe mostrasse o caminho e fosse abrindo as porteiras para ele.

Por volta das quatro horas da madrugada, Charles, bem agasalhado em seu casaco, empreendeu caminho rumo à fazenda de Les Bertaux. Ainda adormecido devido ao aconchego do sono, deixava-se embalar pelo trote pacífico de seu animal. Quando este parava espontaneamente diante dos buracos cercados de espinheiros que se abrem à beira dos sulcos formados pelos arados, Charles, acordando sobressaltado, lembrava-se logo da perna quebrada e esforçava-se para trazer à memória todas as fraturas que conhecia. A chuva deixara de cair; o dia começava a raiar e, nos galhos das macieiras sem folhas, os pássaros se mantinham imóveis, eriçando as penas ao vento frio da manhã. A planície se estendia até onde a vista alcançava, e os grupos de árvores que rodeavam as fazendas formavam, a intervalos afastados, manchas de um violeta escuro na grande superfície cinza, perdida no horizonte no tom sombrio do céu. De vez em quando, Charles abria os olhos; em seguida, com a mente cansada, e o sono voltando naturalmente, logo entrava numa espécie de entorpecimento em que, com as sensações recentes confundindo-se com as lembranças, via-se como duplo, ao mesmo tempo estudante e casado, deitado na cama como havia pouco e atravessando uma sala com operados como antigamente. O odor quente dos emplastros se misturava em sua cabeça ao verde odor do orvalho; ouvia os anéis de ferro das camas deslizando nos trilhos e sua esposa dormindo... Ao passar por Vassonville, avistou um rapazinho sentado na relva, à beira de uma vala.

— O senhor é o médico? — perguntou o menino.

E, com a resposta de Charles, pegou seus tamancos e se pôs a correr à sua frente.

Pela fala de seu guia, o médico compreendeu, durante o caminho, que o sr. Rouault devia ser um fazendeiro dos mais abastados. Havia quebrado a perna na noite anterior ao voltar, depois de *celebrar a festa dos Reis* na casa de um vizinho. Sua mulher morrera havia dois anos. Com ele morava apenas a *senhorita* que o ajudava a manter a casa.

Os sulcos se tornavam mais profundos. Aproximavam-se a Les Bertaux. O rapazinho, então, passou por uma abertura na cerca e desapareceu, voltando em seguida, na extremidade do pátio, para abrir a porteira. O cavalo deslizava sobre a grama molhada; Charles abaixava-se para passar por baixo dos galhos. Os cães de guarda no canil latiam, puxando suas correntes. Quando ele entrou em Les Bertaux, seu cavalo se assustou e deu um grande salto lateral.

Era uma bela fazenda. Nas cocheiras, pela abertura superior das portas, era possível ver grandes cavalos de arado que comiam tranquilamente em manjedouras novas. Ao longo das edificações estendia-se uma grande pilha de estrume de onde saía vapor e, entre galinhas e perus, ciscavam cinco ou seis pavões, luxo dos quintais da região normanda de Caux. O redil era longo, o celeiro alto, com paredes lisas como a palma da mão. Havia no galpão duas grandes carroças e quatro arados, com seus chicotes, cabrestos, o equipamento completo, incluindo mantas de lã azul que se sujavam com a poeira fina que caía dos celeiros. O pátio era em aclive, adornado de árvores simetricamente espaçadas, e o som alegre de um bando de gansos ecoava perto do lago.

Uma jovem mulher, com vestido de merino azul guarnecido de três babados, veio ao terraço da casa para receber o sr. Bovary, a quem fez entrar na cozinha, onde ardia um fogo intenso. O almoço dos criados fervia por toda parte em pequenas panelas de vários tamanhos. Roupas úmidas secavam à frente da lareira. A pá, as pinças e os foles, todos de proporções colossais, brilhavam como aço polido, enquanto, ao longo das paredes, estendia-se um amplo conjunto de utensílios de cozinha, sobre os quais, de forma desigual, refletia a chama clara do fogão junto com os primeiros lampejos do sol entrando pelas vidraças.

Charles subiu ao primeiro andar para ver o doente. Encontrou-o na cama, suando debaixo de cobertores, tendo arremessado para longe seu gorro de algodão. Era um homenzinho gordo, de uns cinquenta anos, pele branca, olhos azuis, calvo na frente da cabeça e que usava brincos. Tinha a seu lado, sobre uma cadeira, uma grande garrafa de aguardente, da qual se servia de vez em quando para animar o espírito; mas, logo que viu o médico, sua euforia se derrubou e, em lugar de xingar, como vinha fazendo havia doze horas, começou a choramingar baixinho.

A fratura era simples, sem complicação de espécie alguma. Charles não poderia desejar nada mais fácil. Então, lembrando a maneira como agiam seus mestres junto ao leito dos feridos, consolou o paciente com toda sorte de palavras gentis, afagos cirúrgicos que são como o óleo com que se engraxam os bisturis. Para conseguir talas, foram buscar na cocheira algumas ripas. Charles escolheu uma, cortou-a em pedaços e poliu-a com um pedaço de vidro, enquanto a criada rasgava lençóis para fazer bandagens e a srta. Emma tentava costurar pequenas almofadas. Como demorava para encontrar o seu estojo, seu pai foi ficando impaciente; ela não respondia nada; mas, enquanto costurava, picava os dedos, que levava logo à boca para chupá-los.

Charles ficou surpreso com a brancura das unhas dela. Eram brilhantes, finas na ponta, mais limpas do que os marfins de Dieppe, e tinham o formato de amêndoas. No entanto, suas mãos não eram bonitas nem muito pálidas, talvez, e ainda um pouco secas nas falanges; eram também muito alongadas e faltava suavidade aos contornos. O que ela tinha de belo eram os olhos; embora fossem castanhos, pareciam negros por causa dos cílios e olhavam diretamente, com uma ousadia inocente.

Uma vez feito o curativo, o médico foi convidado pelo próprio sr. Rouault a *comer alguma coisa* antes de partir.

Charles desceu para a sala, no térreo. Pratos e talheres para duas pessoas, acompanhados de taças de prata, foram postos sobre uma mesinha ao pé de uma grande cama de dossel revestida de tecido indiano com personagens representando turcos. Sentia-se um aroma de flor de íris e de lençóis úmidos que saía de um armário alto de madeira de carvalho, de frente para a janela. No chão, nos cantos, estavam dispostos, de pé, sacos de trigo. Era o excedente dos grãos que estavam no sótão, para onde se subia por três degraus de pedra. Para decorar o cômodo, pendurada em um prego no meio da parede cuja pintura verde estava descascando devido ao salitre, havia uma cabeça de Minerva desenhada com lápis preto, numa moldura dourada, e que trazia, na parte inferior, escrito com letras góticas: "Ao meu papai querido".

Falou-se primeiro do doente, depois do tempo, dos fortes frios, dos lobos que corriam pelos campos à noite. A srta. Rouault não se divertia muito no campo, especialmente agora que estava a cargo, quase que sozinha, dos cuidados da fazenda. Como a sala estava fresca, ela tiritava ao comer, revelando os lábios carnudos que tinha o costume de mordiscar nos momentos de silêncio.

Seu pescoço saía de uma gola branca, achatada. Os cabelos, cujas mechas negras, de tão lisas, pareciam ser uma só peça, estavam repartidos ao meio por uma fina divisão que seguia levemente a curva do crânio; e, mal deixando ver as pontas das orelhas, fundiam-se na parte de trás, num coque abundante, com um movimento ondulado na altura das têmporas, que o médico rural notava nela pela primeira vez na vida. As maçãs do rosto eram rosadas. À moda dos homens, ela usava, preso entre dois botões do corpete, um *lorgnon* de casco de tartaruga.

Quando Charles, depois de ter subido para despedir-se do pai Rouault, entrou novamente na sala antes de partir, encontrou-a de pé, com a testa encostada na janela, olhando para o jardim, onde as estacas dos pés de feijão haviam sido derrubadas pelo vento. Ela se voltou.

— O senhor está procurando alguma coisa? — perguntou.

— O meu chicote, por favor — respondeu ele.

E ele começou a procurar em cima da cama, atrás das portas, debaixo das cadeiras; estava caído no chão, entre os sacos e a parede. A srta. Emma o avistou; inclinou-se por sobre os sacos de trigo. Charles, por cavalheirismo, precipitou-se e, ao estender o braço no mesmo movimento, sentiu seu peito roçar as costas da jovem, curvada sob ele. Ela se endireitou toda ruborizada e o olhou por cima do ombro, estendendo-lhe o látego.

Em vez de voltar a Les Bertaux três dias depois, como havia prometido, voltou já no dia seguinte, depois duas vezes por semana, regularmente, sem contar as visitas inesperadas que fazia de vez em quando, como que por engano.

De resto, tudo corria bem; a cura se deu conforme as regras, e quando, depois de quarenta e seis dias, o pai Rouault foi visto tentando andar sozinho na sua *cabana*, começou-se a considerar o sr. Bovary como um homem de grande capacidade. O pai Rouault dizia que não o teriam curado melhor os médicos mais renomados de Yvetot ou mesmo de Rouen.

Quanto a Charles, nem tentou perguntar a si mesmo por que gostava tanto de ir a Les Bertaux. Se tivesse pensado nisso, certamente teria atribuído o seu zelo à gravidade do caso ou talvez às vantagens que esperava obter. Contudo, seria por isso que as suas visitas à fazenda haviam se tornado uma exceção encantadora às pobres ocupações de sua vida? Nesses dias, ele acordava cedo, partia a galope, esporeava o animal, depois desmontava para limpar os pés na relva e calçava as luvas pretas antes de entrar. Gostava de ver-se chegando ao pátio, sentir a cancela girando contra seu ombro, o galo cantando em cima do muro, os meninos vindo ao seu encontro. Gostava do celeiro e os estábulos; gostava do pai Rouault, que lhe dava tapinhas na mão e o chamava de seu salvador; gostava dos pequenos tamancos da srta. Emma sobre as pedras lavadas da cozinha; os saltos a deixavam um pouco mais alta e, quando andava à frente dele, as solas de madeira, erguendo-se rapidamente, faziam um barulho seco sobre o couro da botina.

Ela sempre o acompanhava até o patamar da escada exterior. Enquanto não traziam o cavalo dele, ela permanecia ali. Já se haviam despedido, não conversavam mais; o ar fresco a envolvia, agitando os rebeldes pelos da nuca ou sacudindo em seus quadris os cordões do avental, que se enroscavam como bandeirinhas. Certa vez, na época do degelo, as cascas das árvores salpicavam o pátio, e a neve nos telhados das construções se derretia. Ela estava na soleira da porta; foi pegar sua sombrinha e a abriu. O brilho do sol, que atravessava sua seda nacarada, iluminava a pele branca de seu rosto com reflexos que se movimentavam. Embaixo dela, a srta. Emma sorria com o calor tépido, e era possível ouvir as gotas de água caindo, uma a uma, sobre o *moiré* esticado.

Quando Charles começou a frequentar Les Bertaux, a jovem sra. Bovary nunca deixou de perguntar sobre o paciente e, até mesmo no livro de registros que mantinha em duplicata, havia escolhido uma bela página em branco para o sr. Rouault. Mas quando ela soube que ele tinha uma filha, foi em busca de informações; e ficou sabendo que a srta. Rouault, criada em um convento pelas Irmãs Ursulinas, havia recebido, como se diz, *uma bela educação*, e que, por isso, sabia dança, geografia, desenho, fazer tapeçaria e tocar piano. Foi a gota d'água!

— Então é por isso — disse a si mesma — que ele fica tão radiante quando vai vê-la e veste seu novo colete, correndo o risco de estragá-lo na chuva? Ah, essa mulher! Essa mulher!...

E instintivamente passou a odiá-la. Primeiro, desabafava com alusões que Charles não entendia; depois, com reflexões eventuais que ele deixava passar por medo da tempestade; por fim, com apóstrofos à queima-roupa aos quais ele não sabia como responder.

— Por que ele voltava a Les Bertaux, já que o sr. Rouault havia se recuperado e aquela gente ainda nem sequer pagara? Ah! Era porque havia *alguém* lá, alguém que sabia conversar, sabia bordar... uma bela mente. Era disso que ele gostava: precisava de moças da cidade! — E ela prosseguia: — A filha do pai Rouault, uma dama da cidade! Ora essa! O avô era pastor, e eles têm um primo que quase foi julgado por causa de um golpe baixo em uma briga. Não vale a pena fazer tanto alarde nem de aparecer na igreja aos domingos usando um vestido de seda, como uma condessa. O pobre coitado, aliás, teria ficado em grande aperto para pagar as dívidas atrasadas sem a colheita de colzas do ano passado!

Por cansaço, Charles não voltou mais a Les Bertaux. Héloïse lhe fizera jurar, com a mão sobre o missal, depois de muitos soluços e beijos, numa grande explosão de amor, que nunca mais iria lá. Ele então obedeceu; mas a ousadia de seu desejo protestou contra o servilismo de sua conduta, e, por uma espécie de hipocrisia ingênua, considerou que, para ele, a proibição de vê-la era como um direito de amá-la. Além disso, a viúva era magra; seus dentes eram compridos; em qualquer época do ano usava um pequeno xale preto, cuja ponta descia entre as omoplatas; seu corpo duro ficava coberto por vestidos apertados, curtos demais, que deixavam os tornozelos à mostra, com os laços dos seus largos sapatos entrecruzados sobre suas meias cinzentas.

A mãe de Charles vinha vê-los de vez em quando; mas, ao cabo de alguns dias, a nora parecia afiar seu gume na sogra; e então, como duas facas, elas o perfuravam com suas reflexões e observações. Que ele não deveria comer tanto! Por que sempre oferecia um gole ao primeiro que aparecia? Que era teimoso por nunca querer usar roupas de flanela!

Aconteceu que, um belo dia, no início da primavera, um notário de Ingouville, que cuidava dos fundos da viúva Dubuc, foi-se levando consigo todo o dinheiro de seu escritório. É verdade que Héloïse ainda possuía a casa da rua Saint-François, bem como uma parte do barco no valor de seis mil francos; e, no entanto, de toda essa fortuna da qual se fazia tanto estardalhaço, nada, a não ser alguns móveis e umas mudas de roupa, apareceu no domicílio. O assunto tinha de ser esclarecido. A casa de Dieppe estava infestada de hipotecas até os alicerces; só Deus sabia o que ela havia deixado a cargo do notário, e a parte do barco não passava de mil escudos. Então ela havia mentido, a boa senhora! Exasperado, o sr. Bovary pai, espatifou uma cadeira contra as pedras do calçamento e acusou a esposa de ter causado o infortúnio do filho ao prendê-lo a uma pileca daquelas, cujos arreios não valiam nem a pele. Foram para Tostes. Tentaram se explicar. Houve cenas. Héloïse, aos prantos, jogou-se nos braços do marido e implorou que a defendesse de seus pais. Charles quis falar por ela. Eles se zangaram e partiram.

Mas *o golpe havia sido dado*. Oito dias depois, enquanto pendurava roupas no quintal, ela começou a expectorar sangue e, no dia seguinte, enquanto Charles estava de costas fechando a cortina da janela, ela disse: *"Ai, meu Deus!"*, suspirou e desfaleceu. Estava morta! Que espanto!

Quando tudo foi dito e feito no cemitério, Charles voltou para casa. Não encontrou ninguém no térreo; subiu ao primeiro andar, entrou no quarto, viu o vestido dela ainda pendurado na base da cama; então, apoiando-se na escrivaninha, permaneceu perdido em um devaneio doloroso até o anoitecer. Ela o havia amado, afinal.

# III

Certa manhã, o pai Rouault foi levar a Charles o pagamento pelo tratamento da sua perna; setenta e cinco francos em moedas de quarenta centavos e um peru. Ficara sabendo de seu infortúnio e consolou-o tanto quanto pôde.

— Eu sei o que é! — dizia, dando-lhe tapinhas nas costas —; eu já fui como você também! Quando perdi a minha pobre falecida, ia para os campos para ficar sozinho; caía ao pé de uma árvore, chorava, clamava pelo bom Deus, dizia-lhe bobagens; desejava estar como as toupeiras que eu via nos galhos, com vermes rastejando em suas entranhas, morto, enfim. E quando eu pensava que outros, naquela hora, estavam com as suas belas esposas abraçando-os, batia forte no chão com minha bengala; estava tão enlouquecido que nem comia mais; a ideia de ir sozinho ao café me enojava, o senhor não acreditaria. Mas então, suavemente, um dia depois do outro, uma primavera chegando após um inverno e um outono após um verão, as coisas foram melhorando fio por fio, migalha por migalha; e se foi, sumiu, desceu, quer dizer, porque fica sempre alguma coisa no fundo, como se diz... um peso, aqui, no peito! Mas, como é o destino de todos nós, também não devemos nos deixar abater nem querer morrer porque outros morreram... O senhor precisa de uma mudança, sr. Bovary; isso vai passar! Venha nos ver; a minha filha pensa no senhor de vez em quando, o senhor sabe disso, e ela diz que o senhor a está esquecendo. A primavera já está chegando; faremos com que atire num coelho na toca, para distrair-se um pouco.

Charles seguiu o conselho. Voltou a Les Bertaux; encontrou tudo como na véspera, quer dizer, como estava há cinco meses. As pereiras já estavam floridas, e o senhor Rouault, agora de pé, ia e vinha, o que deixava a fazenda mais animada.

Achando que era seu dever oferecer ao médico o máximo de gentilezas possíveis devido à sua situação dolorosa, implorou-lhe que não descobrisse a cabeça, falava com ele em voz baixa, como se tivesse estado doente, e até fingiu zangar-se por não lhe terem preparado algo mais leve do que o resto, como potinhos de creme ou peras cozidas. Contou histórias. Charles surpreendeu-se rindo; mas a lembrança da sua mulher voltando-lhe de repente o deixava novamente sombrio. Trouxeram café; não pensou mais nisso.

Pensava cada vez menos à medida que se habituava a viver sozinho. O novo encanto da independência logo tornou a solidão mais suportável. Podia agora mudar o horário das refeições, entrar ou sair de casa sem explicar os motivos e esticar-se completamente na cama quando estava muito cansado. Assim, ele se mimou, se aconchegou e aceitou as demonstrações de consolo que lhe davam. A morte da mulher também lhe servira bem para a profissão, pois durante um mês repetiram: *"Esse pobre rapaz! Que infelicidade!"* O seu nome havia se espalhado, a clientela havia aumentado; além disso, ia a Les Bertaux quando queria. Tinha uma esperança sem objetivo, uma felicidade vaga; quando se via no espelho ao escovar as costeletas, achava seu rosto mais agradável.

Chegou um dia por volta das três horas; todo mundo estava no campo; entrou na cozinha, mas, não percebeu a presença de Emma de imediato; os postigos estavam fechados. Através das fendas da madeira, o sol alongava no pavimento grandes raios estreitos, que se quebravam no ângulo dos móveis e tremiam no teto. Algumas moscas, sobre a mesa, subiam pelos copos que tinham sido servidos e zumbiam afogando-se no fundo, no resto da sidra. A luz do dia que descia pela chaminé, aveludando a fuligem da chapa, azulava um pouco as cinzas frias. Entre a janela e a lareira, Emma costurava; não usava fichu, por isso viam-se pequenas gotas de suor sobre os ombros nus.

Conforme o costume do campo, ela lhe propôs beber algo. Ele recusou, ela insistiu e, finalmente, propôs-lhe, rindo, que tomassem juntos um copo de licor. Ela então foi buscar no armário uma garrafa de curaçau, pegou dois copos pequenos, encheu um deles até a borda, serviu bem pouquinho no outro e, depois de ter brindado, levou este à boca. Como estava quase vazio, ela se inclinou para beber; e, com a cabeça deitada, os lábios salientes, o pescoço esticado, ria por não sentir nada, enquanto a ponta da língua, passando entre os dentes finos, lambia o fundo do copo com pequenos toques.

Sentou-se novamente e retomou a costura: uma meia branca de algodão que ela cerzia; trabalhava de cabeça baixa; não falava, Charles tampouco. O ar, passando por debaixo da porta, empurrava um pouco de pó por sobre as lajotas; ele o observava arrastar-se e só ouvia os batimentos da própria cabeça, junto com o grito de uma galinha, ao longe, que botava ovos no pátio. Emma, de vez em quando, refrescava as bochechas aplicando sobre elas a palma da mão, que depois resfriava nas extremidades redondas de ferro do suporte de lenha.

Queixava-se de estar sentindo vertigens desde o começo da estação; perguntou se os banhos de mar lhe seriam úteis; pôs-se a falar do convento, Charles de seu colégio, as frases fluíam. Subiram ao quarto. Ela lhe mostrou seus antigos cadernos de música, os livrinhos que lhe haviam dado como prêmio e as coroas de folhas de carvalho, abandonadas no fundo de um armário. Falou-lhe ainda da mãe, do cemitério e até lhe mostrou no jardim o canteiro de onde colhia as flores todas as primeiras sextas-feiras de cada mês para colocar no túmulo dela. Mas o jardineiro que eles tinham não entendia nada; estavam tão malservidos! Ela bem que queria, mesmo que fosse só no inverno, morar na cidade, embora a duração dos dias de sol talvez tornasse o campo mais entediante ainda durante o verão. A voz dela, dependendo do que dizia, era clara, aguda, ou subitamente se cobria de languidez, arrastando modulações que acabavam quase em murmúrios quando falava consigo mesma; às vezes era alegre, quando abria os olhos ingênuos; depois, quando entrefechava as pálpebras, o olhar se afogava em tédio, o pensamento divagava.

À noite, ao voltar, Charles retomou uma a uma as frases que ela havia dito, tentando lembrar-se delas, completar-lhes o sentido, buscando compreender a parte da existência que ela tinha vivido quando ele ainda não a conhecia. Mas nunca conseguiu vê-la em seu pensamento, diferentemente da forma como a tinha visto pela primeira vez ou como a tinha deixado havia pouco. Depois se perguntou o que ela se tornaria, se ela se casaria e com quem? Oh, desgraça! O pai Rouault era bem rico, e ela!... tão linda! Mas o rosto de Emma sempre retornava e se colocava diante dos seus olhos, e alguma coisa monótona como o sibilo de um pião zumbia em seus ouvidos: *"Se você se casasse, entretanto! Se você se casasse!"* À noite, ele não dormiu, a garganta estava apertada, sentia sede; levantou-se para beber água de seu jarro e abriu a janela; o céu estava coberto de estrelas, passava um vento quente; ao longe, cachorros latiam. Voltou a cabeça para o lado de Les Bertaux.

Pensando que, afinal de contas, não arriscava nada, Charles prometeu a si mesmo fazer o pedido quando a ocasião se apresentasse; mas, a cada vez que ela se apresentava, o medo de não encontrar palavras convenientes lhe fechava os lábios.

O pai Rouault não acharia ruim que o livrassem da filha, que quase não lhe era útil na casa. Ele a desculpava interiormente, achando que tinha demasiado entusiasmo pela agricultura, ofício amaldiçoado pelo céu, posto que nunca produzia milionários. Longe de ter feito fortuna, ele tinha prejuízo ano após ano; pois, embora se sobressaísse nos mercados, onde apreciava os truques do comércio, o cultivo propriamente dito, com o gerenciamento interno da fazenda, agradava-lhe menos do que a qualquer outro. Andava sempre com as mãos nos bolsos e não poupava despesas em tudo que dissesse respeito à sua vida: queria estar bem alimentado, bem aquecido, bem acomodado. Gostava de boa sidra, de pernis de carneiro malpassados, de café batido com aguardente. Fazia as refeições na cozinha, sozinho, diante do fogo, numa mesinha que lhe traziam já servida, como no teatro.

Quando percebeu que Charles estava com as maçãs do rosto coradas perto de sua filha, o que significava que um dia desses ela seria pedida em casamento, ruminou antecipadamente todo o negócio. Achava-o meio *magricela*, e não era lá o genro que teria desejado; mas diziam que tinha boa conduta, era econômico, bem instruído e, certamente, não reclamaria muito pelo dote. Ora, como o pai Rouault seria forçado a vender vinte e dois acres de *sua propriedade*, pois devia muito ao pedreiro, muito ao seleiro, e a estrutura do lagar precisava ser refeita:

— Se ele me pedir a mão dela — disse a si mesmo —, eu consentirei.

Na época da festa de São Miguel, Charles viera passar três dias em Les Bertaux. O último dia correra como os anteriores, adiando a declaração a cada quinze minutos. O pai Rouault o acompanhava; ambos andavam por um caminho fundo e estavam quase se despedindo; era o momento. Charles deu a si mesmo um ultimato até a esquina da sebe e, enfim, quando a tinham ultrapassado:

— Mestre Rouault — murmurou —, queria dizer algo.

Pararam. Charles continuou calado.

— Vamos lá, diga-me qual é o assunto! Acha que não estou sabendo de tudo? — disse o pai Rouault, rindo suavemente.

— Pai Rouault..., pai Rouault... — balbuciou Charles.

— Eu não poderia pedir nada melhor — continuou o fazendeiro. — Embora, sem dúvida, a menina pensará como eu, é preciso naturalmente que eu lhe peça sua opinião. Vá embora agora; eu vou voltar para a casa. Se ela disser que sim, ouça-me bem, não volte, por causa dos comentários das pessoas e, aliás, isso a intimidaria muito. Mas, para que o senhor não fique se remoendo, vou empurrar ao máximo o postigo da janela contra a parede; assim poderá ver por trás, debruçando-se na sebe.

E se afastou.

Charles amarrou o cavalo a uma árvore. Correu para posicionar-se na trilha; ficou esperando. Passou-se cerca de meia hora, depois ele contou mais dezenove minutos no relógio. De repente, ouviu-se um barulho na parede; o postigo tinha batido, a presilha ainda vibrava.

No dia seguinte, às nove horas, já estava de volta na fazenda. Quando ele entrou, Emma enrubesceu, embora se esforçasse para rir um pouco, por formalidade. O pai Rouault beijou o futuro genro. A conversa passou novamente a assuntos de interesse; de qualquer maneira, havia ainda tempo de sobra, visto que o casamento não podia ser realizado com decência antes do fim do luto de Charles, ou seja, na primavera do ano seguinte.

O inverno se passou nessa espera. A srta. Rouault se ocupou do enxoval. Uma parte foi encomendada em Rouen, e ela própria confeccionou camisolas e toucas de dormir, seguindo os desenhos de moda que tomou emprestados. Nas visitas que Charles fazia à fazenda, conversavam sobre os preparativos do casamento; perguntavam em qual aposento ofereceriam o banquete; imaginavam a quantidade de pratos que seria necessária e quais seriam as entradas.

Emma, por sua vez, preferia casar-se à meia-noite, à luz das lamparinas; mas o pai Rouault não pretendia realizar essa ideia. Houve, pois, um casamento ao qual compareceram quarenta e três pessoas que permaneceram dezesseis horas à mesa, que recomeçou no dia seguinte e que prosseguiu mais um pouco nos dias posteriores.

# IV

Os convidados chegaram cedo em carros, charretes de um só cavalo, carruagens de duas rodas com bancos, velhos cabriolés sem capota, tartanas com cobertura de couro, e os jovens das aldeias mais próximas, em carroças nas quais viajavam de pé, enfileirados, com as mãos apoiadas nas grades laterais para não cair com o trote e as fortes sacudidas. Veio gente de dez léguas de distância, de Goderville, de Normanville e de Cany. Foram convidados todos os parentes das duas famílias, fez-se as pazes com os amigos com quem estavam brigados e escreveu-se a conhecidos que tinham perdido de vista havia muito tempo.

De vez em quando, ouviam-se chicotadas atrás da sebe; logo abria-se a porteira: era uma charrete que entrava. Galopando até o primeiro degrau da escadaria, parava de chofre e descarregava os convidados, que saíam de todos os lados esfregando os joelhos e esticando os braços. As senhoras, de chapéu, tinham vestidos à moda da cidade, correntes de relógio de ouro, pelerines com as pontas cruzadas na cintura ou fichus coloridos presos às costas com um alfinete, que deixavam o pescoço descoberto na parte posterior. Os meninos, vestidos como aos pais, pareciam incomodados em seus novos trajes (muitos até estavam estreando naquele dia o primeiro par de botas de sua vida), e junto deles, sem dizer uma palavra dentro do vestido branco da primeira comunhão, alongado para a circunstância, algumas meninas de catorze ou dezesseis anos, certamente suas primas ou irmãs mais velhas, enrubescidas, atordoadas, com os cabelos untados com pasta de rosas e com muito medo de sujar as luvas. Como não havia suficientes empregados de estrebaria para desatrelar todas as charretes, os próprios cavalheiros arregaçavam as mangas e realizavam a tarefa. Segundo a diferente posição social, vestiam casacas, sobrecasacas, paletós, jaquetas: boas casacas, cercadas de toda a consideração de uma família e que saíam do guarda-roupa somente para as grandes solenidades; sobrecasacas com grandes abas que flutuavam ao vento, com gola cilíndrica, bolsos largos como sacos; paletós de pano grosso, normalmente acompanhados por alguma boina com a viseira circundada de cobre; jaquetas curtíssimas, tendo às costas dois botões juntos como um par de olhos e cujas laterais pareciam ter sido cortadas em uma só peça pelo machado de algum carpinteiro. Alguns ainda (certamente os que iriam comer no canto menos importante da mesa) usavam blusas simples de cerimônia, ou seja, com a gola caindo sobre os ombros, as costas plissadas em pequenas pregas e a cintura amarrada bem baixa com um cinto costurado.

E as camisas se projetavam sobre o peito como couraças! Todos tinham os cabelos bem aparados, as orelhas afastadas do crânio e estavam bem barbeados; alguns que haviam se levantado de madrugada, por não conseguirem enxergar direito ao se barbearem, tinham pequenos cortes em diagonal abaixo do nariz ou ao longo das mandíbulas, cascas de pele do tamanho de uma moeda de três francos que haviam ficado inflamadas devido ao ar frio da viagem, marmorizando com placas róseas todos aqueles grandes rostos brancos radiantes.

Como a prefeitura se localizava a meia légua da fazenda, as pessoas foram para lá a pé e, depois de terminada a cerimônia realizada na igreja, voltaram da mesma forma. O cortejo, de início compacto como uma só echarpe colorida, que ondulava pelo campo ao longo do estreito caminho que serpenteava em meio aos trigais verdes, alongou-se rapidamente e logo se separou em grupos diferentes, que se atrasavam conversando. O menestrel ia à frente, com o seu violino enfeitado de fitas na voluta; os noivos vinham em seguida, os pais, os amigos, cada um por seu lado, e as crianças ficavam atrás e se divertiam arrancando grãozinhos das hastes de aveia ou brincavam entre elas, sem serem vistas. O vestido de Emma, demasiado longo, se arrastava um pouco; de vez em quando, ela parava para desenroscá-lo, e então, delicadamente, com os dedos enluvados, retirava a grama áspera com os espinhos dos cardos, enquanto Charles, com as mãos vazias, esperava que ela terminasse. O pai Rouault, com um chapéu de seda novo na cabeça e os paramentos de seu terno preto cobrindo-lhe as mãos até às unhas, dava o braço à sra. Bovary mãe. Quanto ao sr. Bovary pai, que no fundo desprezava toda aquela gente, tinha vindo simplesmente com um casaco de uma só fileira de botões, de corte militar, e servia galanteios de botequim a uma jovem camponesa loira. Ela cumprimentava, corava, não sabia o que responder. As demais pessoas no casamento conversavam sobre seus negócios ou faziam brincadeiras, preparando-se antecipadamente para a alegria; e, quem prestasse atenção, ouvia constantemente o som do músico, que continuava tocando no campo. Quando ele percebia que as pessoas ficavam para trás, ele parava para retomar o fôlego e passava cuidadosamente resina em seu arco, a fim de que as cordas soassem melhor; depois começava a andar de novo, abaixando e levantando alternadamente o braço do violino para marcar bem o compasso a si mesmo. O barulho do instrumento afugentava os passarinhos para bem longe.

A mesa havia sido posta sob a cobertura das carroças. Havia sobre ela quatro pedaços de lombo, seis frangos preparados como fricassê, cozido de vitela, três pernis e, no meio, um belo leitão assado, acompanhado de quatro chouriços com azedinha. Nas extremidades, estavam dispostos garrafões de aguardente. A sidra doce em garrafas empurrava sua espuma espessa em torno das rolhas, e todos os copos, de antemão, já estavam cheios de vinho até as bordas. Grandes travessas de creme de ovos, que pareciam flutuar espontaneamente ao menor movimento da mesa, apresentavam, desenhados sobre a superfície lisa, as iniciais dos recém-casados em arabescos de confeitos. Para fazer as tortas e os *nougats*, haviam chamado um confeiteiro em Yvetot. Como era estreante na região, ele se esmerara no preparo das coisas; trouxe pessoalmente, na hora da sobremesa, um bolo de vários andares que provocou exclamações. A base estava formada por um quadrado de papelão azul representando um templo com pórticos, colunatas e estatuetas de estuque ao redor, em nichos constelados de estrelas de papel dourado; depois, no segundo piso, havia uma torre feita em bolo de Saboia, cercada de pequenas fortificações feitas de angélicas, amêndoas, uvas-passas, quartos de laranjas; finalmente, na plataforma superior, que era uma pradaria verde onde havia rochedos com lagos de geleias e barcos feitos de cascas de avelãs, via-se um pequeno Cupido em um balanço de chocolate cujos dois suportes terminavam em dois botões de rosa naturais, como esferas, no topo.

Comeram até o anoitecer. Quando alguém se cansava de estar sentado, ia dar um passeio pelo pátio ou jogar uma partida de lançamento de rolhas no celeiro; depois, voltava à mesa. Alguns, lá pelo fim, pegaram no sono e começaram a roncar. Mas, na hora do café, tudo se reanimou; então começaram a entoar canções, fizeram competições de força, outros levantavam pesos, faziam brincadeiras com os polegares, tentavam levantar as carroças nas costas, diziam gracejos, beijavam as senhoras. À noite, para ir embora, os cavalos, entupidos de aveia até as narinas, tiveram dificuldade para entrar nos varais;

davam coices e se empinavam, quebravam os arreios, os donos blasfemavam ou riam; e a noite toda, sob a luz da lua, pelas estradas da região, viram-se carroças que corriam a todo galope, saltavam valetas ou por sobre metros de seixo, ficavam presas nos aterros, com as mulheres debruçadas para fora das portas para agarrar-se às guias.

Os que ficaram em Les Bertaux passaram a noite bebendo na cozinha. As crianças haviam adormecido debaixo dos bancos.

A noiva havia suplicado ao pai que a poupassem das brincadeiras de costume. Entretanto, um de seus primos, que era peixeiro (e até havia trazido como presente de casamento uns linguados), começava a soprar água com a boca pelo buraco da fechadura, mas o pai Rouault chegou bem a tempo de impedir que o fizesse e explicou que a posição séria de seu genro não permitia tais inconveniências. O primo, no entanto, cedeu com dificuldade aos motivos. No seu íntimo, acusava o pai Rouault de ser orgulhoso e foi para um canto, juntando-se a quatro ou cinco outros convidados que, por terem recebido à mesa, por acaso, os piores pedaços de carne, achavam também que haviam sido mal recebidos e cochichavam sobre seu anfitrião, desejando sua ruína em voz baixa.

A sra. Bovary mãe não abriu a boca o dia inteiro. Não a haviam consultado nem sobre os trajes da nora, nem sobre a organização da festa; retirou-se cedo. O esposo, em vez de acompanhá-la, mandou buscar charutos em Saint-Victor e fumou até o amanhecer, bebendo grogues de kirsch, uma mistura desconhecida no campo, o que representava para ele uma fonte de estima ainda maior.

Charles não era de natureza brincalhona e não brilhou durante as núpcias. Respondeu de maneira medíocre às tiradas, aos trocadilhos, às palavras de duplo sentido, aos cumprimentos e às galhardias que os convidados se sentiam no dever de dirigir-lhe desde que serviram a sopa.

No dia seguinte, em compensação, ele parecia um outro homem. Era ele que teria sido identificado como a virgem do dia anterior, enquanto a recém-casada não deixava visível nada que pudesse ser adivinhado. Os mais maliciosos não sabiam o que responder e a observavam com uma atenção desmedida quando passava perto deles. Mas Charles não disfarçava nada. Chamava-a de minha mulher, tratava-a por "você", perguntava dela a todo mundo, procurava-a por toda parte e, muitas vezes, a levava para o pátio, onde era visto de longe, entre as árvores, colocando o braço em sua cintura, andando meio inclinado sobre ela, amassando a borda de seu corpete com a cabeça.

Dois dias depois das núpcias, os recém-casados se foram: Charles, por causa de seus doentes, não podia se ausentar por muito tempo. O pai Rouault mandou que os levassem em sua charrete e inclusive os acompanhou até Vassonville. Lá, beijou a filha uma última vez, apeou e retomou seu caminho. Após ter andado uns cem passos, parou e, quando viu a charrete se afastando, as rodas girando na poeira, deu um grande suspiro. Depois lembrou-se das suas próprias núpcias, de seus tempos de outrora, da primeira gravidez de sua mulher; ele também estava bem alegre no dia em que a levou da casa do pai para a sua, quando a carregou na garupa, trotando sobre a neve, pois era época de Natal e o campo estava todo branco; ela o segurava com um braço e, com o outro, a sua cesta; o vento agitava os longos laços do penteado à moda da região de Caux, que às vezes lhe roçavam a boca e, quando ele virava a cabeça, via perto dele, por sobre o ombro, o rostinho rosado que sorria silenciosamente sob a placa dourada de seu chapéu. Para esquentar os dedos, ela os colocava, de vez em quando, no peito. Quão velho era já tudo isso! O filho deles, agora, teria trinta anos! Então olhou para trás e não viu mais nada a não ser a estrada. Sentiu-se triste como uma casa sem móveis; e com as tenras lembranças começando a mesclar-se a pensamentos sombrios na mente nublada pelos vapores da festa, sentiu uma súbita vontade de ir dar uma volta pelos lados da igreja. Como tinha medo, no entanto, que aquela vista o deixasse ainda mais triste, voltou diretamente para casa.

O sr. e a sra. Charles chegaram a Tostes por volta das seis. Os vizinhos foram à janela para ver a nova mulher do médico.

A velha criada apresentou-se, fez-lhe os cumprimentos, pediu desculpas porque o jantar ainda não estava pronto e convidou a senhora a que, enquanto esperava, fosse conhecer a sua casa.

# V

A fachada de tijolos seguia exatamente o alinhamento da rua, ou melhor, da estrada. Atrás da porta encontravam-se pendurados um casaco com gola estreita, uma rédea, uma boina de couro preto e, num canto, no chão, um par de botas ainda cobertas de lama seca. À direita estava a sala, utilizada para as refeições e como ambiente de estar. Um papel amarelo-canário, destacado no alto por uma guirlanda de flores pálidas, tremulava sobre uma tela mal esticada; cortinas de algodão branco, com bordas de galão vermelho, cruzavam-se ao longo das janelas, e, sobre o estreito entalhe da lareira, brilhava um relógio de pêndulo com a cabeça de Hipócrates, entre dois castiçais banhados a prata, sob abajures de formato oval. Do outro lado do corredor estava o escritório de Charles, um pequeno cômodo com cerca de seis passos de largura, com uma mesa, três cadeiras e uma poltrona de escritório. Os tomos do *Dicionário de Ciências Médicas*, com folhas ainda sem cortar, mas cuja encadernação rústica tinha uma aparência deteriorada devido às sucessivas vendas pelas quais haviam passado, ocupavam quase por si sós as seis prateleiras de uma estante de livros de madeira de pinho. Durante as consultas, o aroma dos guisados penetrava através da parede, do mesmo modo que, da cozinha, se ouvia os doentes tossirem no consultório e narrarem as suas histórias. Logo em seguida, abrindo-se diretamente para o pátio onde estava o estábulo, havia uma grande sala decadente que tinha um forno e que agora servia como depósito de lenha, adega e despensa, cheia de ferragens velhas, barris vazios, instrumentos de lavoura inutilizados e uma série de outros objetos empoeirados, cujo propósito era impossível de adivinhar.

O quintal, mais longo do que largo, estendia-se por entre dois muros de taipa cobertos com pés de damascos em espaldeiras até uma sebe de espinhos que o separava dos campos. No meio, sobre um pedestal de alvenaria, havia um relógio solar de ardósia; quatro canteiros cultivados com raquíticas roseiras-bravas cercavam simetricamente uma pequena bancada disposta para o cultivo de hortaliças. Bem ao fundo, sob uns pinheirinhos, a estátua em gesso de um padre lendo seu breviário.

Emma subiu para os aposentos. O primeiro não estava mobiliado; mas o segundo, que era o quarto do casal, tinha uma cama de acaju sobre uma alcova vermelha. Uma caixa de conchas adornava a cômoda; e, sobre a escrivaninha, perto da janela, havia, em um vaso, um buquê de flores de laranjeira envolto em fitas de cetim branco. Era um buquê de noiva, o buquê da outra! Emma o olhou. Charles notou seu gesto, pegou-o imediatamente e levou-o para o sótão enquanto Emma, sentada na poltrona (naquele momento, estavam dispondo os seus pertences em torno dela), pensava em seu próprio buquê de casamento, que estava embalado numa daquelas caixas de papelão, e se perguntava, absorta, o que fariam com ele se porventura viesse a falecer.

Nos primeiros dias, ela se dedicou a pensar sobre as mudanças a fazer na casa. Retirou os globos das tochas, mandou colar papéis novos nas paredes, pintar a escadaria e colocar bancos no jardim, em torno do relógio solar; perguntou até o que deveria ser feito para ter um tanque com uma fonte de água e peixes. Finalmente, seu marido, sabendo que ela gostava de passear de charrete, encontrou uma de segunda mão que, uma vez equipada com faróis novos e para-lamas de couro entalhado, parecia quase um tílburi.

Quanto a ele, estava feliz, sem preocupação alguma. Uma refeição a sós com ela, um passeio ao entardecer pela estrada principal, um gesto de suas mãos acariciando seus cabelos, a visão de seu chapéu de palha pendurado no trinco de uma janela e muitos outros detalhes que Charles nunca teria imaginado que pudessem ser motivo de prazer eram para ele agora motivo de felicidade incessante. Na cama, pela manhã, com as cabeças de ambos lado a lado no travesseiro, ele olhava a luz do sol passar por entre a delicada penugem de suas bochechas loiras, cobertas em parte pelos protetores de orelha de sua touca de dormir. Vistos tão de perto, seus olhos pareciam maiores, principalmente quando, ao acordar, ela abria e fechava as pálpebras várias vezes seguidas; negros à sombra e de um azul escuro à luz do dia, pareciam ter camadas de cores sucessivas que, mais espessas ao fundo, iam ficando cada vez mais claras em direção à superfície. O olhar de Charles se perdia nessas profundezas, e ali, via-se refletido, pequeno, até os ombros, com o lenço que ornava o alto da camisa entreaberta. Ao levantar-se e sair de casa, ela ficava à janela vendo-o ir embora; apoiava os cotovelos sobre a beirada, entre dois vasos de gerânio, vestindo uma bata que parecia ficar larga no corpo. Enquanto

Charles, na rua, prendia as suas esporas apoiando o pé na estaca, ela continuava falando com ele do alto, arrancando com a boca algum pedaço de flor ou de planta que assoprava na direção dele e que, voando, planando, fazendo no ar semicírculos como se fosse um pássaro, antes de cair, acabava prendendo-se à crina mal penteada da velha égua branca, parada à porta. Charles, já montado no cavalo, jogava um beijo; ela respondia com um sinal, fechava a janela e, em seguida, ele partia. E então, pela estrada principal que estendia sem fim sua longa fita de poeira, por caminhos fundos onde as árvores se curvavam formando uma abóboda, nas trilhas onde os trigais lhe subiam até os joelhos, com o sol nas costas e o ar da manhã nas narinas, o coração repleto das delícias da noite, a alma tranquila, a carne satisfeita, ele ia em frente, ruminando a sua felicidade, como aquele que, depois de uma refeição, continua saboreando o gosto das trufas que comeu.

O que ele havia vivido de bom até aquele momento? O tempo no colégio, onde ele ficava trancado entre aqueles muros altos, sozinho no meio aos colegas de classe mais ricos ou mais fortes que riam dele por seu sotaque, zombavam por suas roupas e cujas mães vinham ao parlatório carregando guloseimas? Seria mais tarde, quando estudava medicina e nunca tinha a bolsa cheia o suficiente para pagar uma dança a qualquer jovem operária que se tornara sua amante? E depois aqueles catorze meses nos quais viveu com a viúva, cujos pés, na cama, eram frios como gelo. Agora, porém, teria pelo resto da vida essa bela mulher a quem adorava. O universo, para ele, não existia além do contorno de seda de sua saia; e se recriminava por não a amar ainda mais; ficava ansioso por revê-la; retornava depressa, subia as escadas com o coração batendo forte. Emma, em seu quarto, estava arrumando-se; ele chegava silenciosamente, beijava-a nas costas, e ela soltava um grito.

Charles não resistia ao impulso de tocar continuamente seu pente, seus anéis, seu fichu; às vezes, dava-lhe beijos sonoros nas bochechas; outras vezes, beijinhos enfileirados ao longo do braço nu, da ponta dos dedos até o ombro; e ela o afastava, meio sorrindo, meio entediada, como uma mãe cujo filho não larga sua saia.

Antes de se casar, ela achava que estava apaixonada; mas como a felicidade que deveria resultar desse amor não havia chegado, achava que provavelmente tinha se enganado. E Emma buscava entender o que exatamente significavam na vida as palavras *felicidade*, *paixão* e *embriaguez*, que lhe tinham parecido tão lindas nos livros.

# VI

Ela havia lido *Paul et Virginie* e tinha sonhado com a cabana de bambu, com o negro Domingo, com o cão Fidèle, mas sobretudo com a doce amizade de algum irmãozinho que fosse buscar para ela os frutos vermelhos nas grandes árvores mais altas do que campanários ou que corresse descalço pela areia, trazendo um ninho de passarinhos.

Quando ela completou treze anos, seu próprio pai a levou pessoalmente à cidade, para deixá-la como interna num convento. Hospedaram-se num albergue no bairro Saint-Gervais, onde serviram o jantar em pratos com desenhos que representavam a história da srta. La Vallière. Todas as legendas explicativas, raspadas aqui e ali pelo roçar das facas, glorificavam a religião, as delicadezas da alma e as pompas da corte.

Longe de entediar-se no convento nos primeiros tempos, ela se sentia bem na companhia das bondosas freiras que, para distraí-la, a levavam à capela, à qual se tinha acesso do refeitório atravessando um longo corredor. Ela brincava muito pouco durante os recreios, entendia bem o catecismo e era quem sempre respondia as perguntas difíceis feitas pelo senhor vigário. Assim, habituada a viver sem nunca ter que sair da cálida atmosfera das classes e entre aquelas mulheres de tez branca que usavam rosários com cruz de cobre, ela se deixava abandonar na languidez mística que emanava dos aromas do altar, do frescor das pias de água benta e da radiância das velas. Em vez de seguir a missa, olhava no seu livro as vinhetas piedosas envoltas em azul, e gostava do cordeiro ferido, do Sagrado Coração perfurado de flechas agudas ou o pobre Jesus, que cai ao caminhar debaixo da cruz. Ela tentou, para mortificar-se, ficar um dia inteiro sem comer. Buscava em sua mente algum voto a cumprir.

Quando ia se confessar, inventava simples pecados para ficar ali mais tempo, de joelhos na sombra, de mãos unidas, com o rosto na grade, escutando o cochichar do padre. As analogias a noivo, esposo, amante celestial e núpcias eternas que aparecem nos sermões suscitavam, do fundo da alma, doçuras inesperadas.

À noite, antes da oração, fazia-se uma leitura religiosa na sala de estudos. Durante a semana, era algum resumo de História Sagrada ou as *Conferências* do abade Frayssinous, enquanto aos domingos, como recreação, liam-se passagens do *Gênio do Cristianismo*. Com que atenção escutou, nas primeiras vezes, o sonoro lamento das melancolias românticas repetindo-se em todos os ecos da terra e da eternidade! Se a sua infância tivesse se passado nos fundos de uma loja de um bairro comercial, talvez teria se entregado às invasões líricas da natureza, que, em geral, só nos chegam por meio da tradução dos escritores. Mas ela conhecia bem demais o campo; conhecia o balido dos rebanhos, os produtos lácteos, os arados. Habituada aos aspectos calmos, ela se voltava, ao contrário, aos acidentados. Não gostava do mar, exceto pelas tempestades, nem do verdor, a não ser quando estava espalhado entre ruínas. Ela precisava extrair das coisas uma espécie de proveito pessoal; e rejeitava como inútil tudo aquilo que não contribuísse para o consumo imediato do seu coração, que era de temperamento mais sentimental do que artístico, buscando emoções e não paisagens.

Havia no convento uma senhora solteira que vinha todos os meses, durante oito dias, para trabalhar na lavanderia. Protegida pelo arcebispado como pertencente a uma antiga família de nobres arruinados durante a Revolução, comia no refeitório à mesa das freiras e, depois da refeição, conversava um pouco com elas antes de voltar ao trabalho. Frequentemente, as internas escapavam da sala de estudos para ir vê-la. Ela sabia de cor as canções galantes do século passado, que cantava a meia voz, sem largar a agulha. Contava histórias, trazia notícias, fazia compras na cidade e emprestava às mais velhas, às escondidas, algum romance que ela sempre tinha nos bolsos do avental, do qual ela mesma devorava longos capítulos nos intervalos das tarefas. Eram só amores, apaixonados e apaixonadas, damas perseguidas desmaiando em pavilhões solitários, postilhões mortos em todas as paradas, cavalos exaustos em todas as páginas, florestas sombrias, questões do coração, juramentos, soluços, lágrimas e beijos, barquinhos ao luar, rouxinóis nos bosques, *cavalheiros* valentes como leões, meigos como cordeiros, virtuosos ao extremo, sempre elegantes e muito emotivos. Durante seis meses, aos quinze anos, Emma sujou as mãos com o pó das antigas estantes de livros. Com Walter Scott, mais tarde, passou a interessar-se por temas históricos, sonhou com grandes arcas, sala de guardas e menestréis. Teria gostado de viver em alguma velha mansão, como aquelas senhoras dos castelos de longo corpete, que, sob o trevo das ogivas, passavam os seus dias com os cotovelos apoiados sobre a pedra e o queixo apoiado nas mãos, esperando vir do campo, ao longe, um cavaleiro com uma pluma branca montado num cavalo negro. Teve, naquele tempo, um culto por Maria Stuart e uma veneração entusiasta por mulheres ilustres ou desafortunadas. Joana d'Arc, Heloísa, Agnès Sorel, A Bela Ferronnière e Clémence Isaure eram para ela como cometas que sobressaíam na imensidão tenebrosa da história, da qual também surgiam, aqui ou acolá, porém mais difusos na penumbra e sem nenhuma relação entre si, São Luís e o seu carvalho, o Bayard moribundo, algumas ferocidades de Luís XI, alguns fragmentos da noite de São Bartolomeu, o penacho do *Béarnais* e sempre a lembrança dos pratos pintados em que Luís XIV era elogiado.

Na aula de música, nas romanças que ela cantava, eram tema comum os anjinhos de asas douradas, as madonas, as lagoas, os gondoleiros, pacíficas composições pelas quais entrevia, na tolice do estilo e nos descuidos das notas, a atraente fantasmagoria das realidades sentimentais. Algumas de suas colegas traziam ao convento os *keepsakes* que haviam recebido como presentes de fim de ano. Era preciso escondê-los, era um assunto sério; liam-nos no dormitório. Manuseando delicadamente as suas belas encadernações de cetim, Emma fixava os olhos deslumbrados no nome dos autores desconhecidos que os haviam assinado no rodapé, muitas vezes, eram condes ou viscondes.

Ela estremecia, levantando com sua respiração o papel de seda das gravuras, que se erguia, meio dobrado, e voltava a cair, sobre a página, suavemente. Às vezes, era um rapaz de capa curta que, atrás da balaustrada de um balcão, apertava nos braços uma moça de vestido branco, portando uma bolsinha na cintura; ou então os retratos anônimos de *ladies* inglesas com cachos loiros que, sob seus chapéus redondos de palha, olhavam-na com grandes olhos claros. Apareciam recostadas nas charretes, andando pelos parques, onde um galgo saltava à frente dos cavalos conduzidos a trote por dois pequenos postilhões de calças brancas. Outras, sonhando sobre o sofá, diante de um bilhete recém-tirado de um envelope, contemplavam a lua, pela janela entreaberta coberta pela metade com uma cortina preta. As inocentes, com uma lágrima na face, bicavam uma rolinha através das barras de uma gaiola gótica ou, sorrindo com a cabeça inclinada sobre o ombro, desfolhavam uma margarida com os dedos pontudos e arregaçados como sapatos de bico fino. E vocês também estavam lá, sultões com longos cachimbos, extasiados sob os caramanchões, nos braços das bailarinas, cimitarras, sabres turcos, boinas gregas e, principalmente, vocês, paisagens insossas das regiões ditirâmbicas, que frequentemente nos mostram ao mesmo tempo palmeiras, ciprestes, tigres à direita, um leão à esquerda, minaretes tártaros no horizonte, no primeiro plano ruínas romanas e, então, camelos agachados — tudo isso enquadrado com uma floresta virgem muito bem cuidada e com um grande raio de sol perpendicular tremulando na água, onde se destacam em recortes brancos cisnes nadando ao longe, sobre um fundo de cor cinza-aço.

E o abajur de *quinquet*, pendurado na parede acima da cabeça de Emma, iluminava todas aquelas cenas do mundo, que passavam diante dela uma após a outra, no silêncio do dormitório e com o barulho distante de alguma carruagem tardia que ainda circulava pelas avenidas.

Quando sua mãe morreu, ela chorou muito nos primeiros dias. Mandou fazer um quadro fúnebre com os cabelos da defunta e, numa carta que enviou a Les Bertaux, cheia de reflexões tristes sobre a vida, pedia que a sepultassem mais tarde na mesma tumba. Seu pai achou que ela estava doente e veio visitá-la. Emma ficou interiormente satisfeita ao sentir que havia chegado subitamente a esse raro ideal das existências pálidas, ao qual jamais chegam os corações medíocres. Deixou-se, pois, deslizar pelos meandros lamartinianos, escutou as harpas sobre os lagos, todos os cantos dos cisnes moribundos, todas as quedas de folhas, as virgens puras que sobem ao céu e a voz do Eterno discorrendo pelos vales. Ficou entediada com tudo isso, porém não quis dar o braço a torcer, continuou por hábito, então por vaidade e ficou realmente surpresa ao se sentir apaziguada e sem mais tristeza no coração do que rugas na fronte.

As religiosas, que haviam tido tanta certeza de sua vocação, perceberam com grande espanto que a srta. Rouault parecia escapar aos seus cuidados. Elas de fato lhe ofereceram tantos ofícios, retiros, novenas e sermões, insistiram tanto no respeito devido aos santos e aos mártires e lhe deram tão bons conselhos em relação à modéstia do corpo e à salvação da alma, que Emma fez como os cavalos que são puxados por rédeas: empacou de chofre e o freio lhe escapou dos dentes. Esse espírito, positivo em meio a seus entusiasmos, que tinha gostado da igreja por suas flores, da música pelas palavras das romanças e da literatura por suas excitações passionais, insurgia-se diante dos mistérios da fé, ao tempo que se irritava mais contra a disciplina, algo de antipático à sua forma de ser. Quando o pai a retirou do internato, ninguém se zangou ao vê-la ir embora. A madre superiora achava até que ela se tornara, nos últimos tempos, pouco reverente para com a comunidade.

Ao voltar para casa, Emma a princípio gostou de mandar na criadagem, em seguida entediou-se com o campo e sentiu falta do convento. Quando Charles foi a Les Bertaux pela primeira vez, ela estava muito desiludida, não tendo na vida mais nada para aprender nem mais nada para sentir.

Mas a ansiedade de um estado novo, ou talvez a irritação causada pela presença daquele homem, tinha bastado para fazer com que ela acreditasse que possuía finalmente aquela paixão maravilhosa que até então tinha se mantido como um grande pássaro de plumagem rosa planando no esplendor dos céus poéticos — e ela agora não conseguia imaginar que essa calma em que vivia fosse a felicidade com a qual sonhara.

# VII

Às vezes ela pensava, entretanto, que aqueles eram os dias mais belos de sua vida, a lua de mel, como se dizia. Para saborear sua doçura, teria sido necessário, sem dúvida, ir àqueles países de nomes sonoros, onde os dias seguintes às núpcias têm as mais suaves preguiças! Em cadeiras de balanço, sob estores de seda azul, sobe-se a passo por estradas escarpadas, ouvindo a canção do postilhão, que ecoa na montanha junto com os sinos das cabras e o barulho surdo da cachoeira. Quando o sol se põe, respira-se à beira dos golfos o perfume dos limoeiros; depois, à noite, no terraço das *villas*, a sós e com os dedos entrelaçados, olham-se as estrelas e fazem-se projetos. Parecia-lhe que certos lugares na terra deviam produzir felicidade, como uma planta que se adapta a determinado solo e que não vinga em nenhum outro lugar. Quem dera ela pudesse assomar à sacada de um chalé suíço ou trancar sua tristeza numa casa de campo escocesa, com um marido que vestisse um terno de veludo preto de longas abas e que usasse botas macias, um chapéu pontudo e punhos!

Talvez desejasse confidenciar a alguém todas essas coisas. Mas como falar de um imperceptível mal-estar que muda de aspecto como as nuvens, que turbilhona como o vento? Faltavam-lhe, pois, as palavras, a oportunidade, a ousadia.

Se Charles tivesse querido, entretanto, se tivesse suspeitado, se o seu olhar, uma só vez, tivesse ido ao encontro do pensamento dela, seria como se uma abundância súbita se destacasse de seu coração, assim como o fruto que cai de uma espaldeira quando nele se põe a mão. Mas à medida que se estreitava a intimidade da vida deles, um desapego interior se produzia, desligando-a dele.

A conversa de Charles era plana como uma calçada de rua e nela e, por ela, as ideias de todo mundo desfilavam em suas vestimentas mais comuns, sem excitar a emoção, o riso ou o sonho. Enquanto morava em Rouen, dizia, nunca havia tido a curiosidade de ir ao teatro ver os atores de Paris. Não sabia nadar, nem usar espada, nem disparar a pistola, e, um dia, não conseguiu explicar-lhe um termo de equitação que ela havia encontrado num romance.

Por acaso um homem não deveria conhecer tudo, destacar-se em atividades múltiplas, iniciar sua mulher nas energias da paixão, nos refinamentos da vida, em todos os mistérios? Mas ele não ensinava nada aquele lá, não sabia nada, não desejava nada. Achava que ela era feliz; e Emma se ressentia com ele por essa calma tão assentada, essa gravidade serena, fruto da própria felicidade que ela lhe dava.

Às vezes, ela desenhava; e era para Charles uma grande diversão ficar ali, de pé, contemplando-a debruçada sobre a cartolina, piscando os olhos para ver melhor o seu trabalho ou fazendo bolinhas de miolo de pão com o polegar. Quanto ao piano, quanto mais rápido corriam os dedos dela, mais ele se maravilhava. Ela batia confiante nas teclas, e percorria de alto a baixo todo o teclado sem interrupção. Assim sacudido, o velho instrumento, cujas cordas vibravam, fazia-se ouvir até os confins da aldeia quando a janela estava aberta, e, muitas vezes, o funcionário do oficial de justiça, ao passar pela estrada principal, sem chapéu e de pantufas, segurando a folha de papel, parava para escutar.

Emma, por outro lado, sabia conduzir a casa. Enviava aos doentes a conta das visitas em cartas tão bem escritas que não parecia tratar-se de contas a pagar. Quando recebiam algum vizinho para o jantar aos domingos, ela dava um jeito de servir um prato atraente, sabia como dispor pirâmides de ameixas quentes sobre folhas de vinha, virava os potes de geleia num prato e até falava em comprar enxaguantes bucais para a sobremesa. Dessa forma, emanava muito respeito sobre Bovary.

Charles acabava sendo mais valorizado por ter uma mulher assim. Exibia com orgulho, na sala, dois pequenos croquis dela, em grafite, que tinha mandado enquadrar com molduras bem largas e que foram suspensas em cima do papel da parede com longos cordões verdes. Após a missa, ficava à porta usando belas pantufas bordadas.

Voltava para casa tarde, às dez horas, algumas vezes à meia-noite. Então pedia algo para comer, e como a criada já estava deitada, era Emma quem o servia. Ele tirava a sobrecasaca para jantar mais à vontade. Narrava todos os encontros que tivera, os vilarejos que visitara, as receitas que prescrevera e, satisfeito consigo mesmo, comia o resto do guisado, descascava o queijo, mordia uma maçã, esvaziava a garrafa, depois ia para a cama, deitava-se de costas e roncava.

Como havia muito tempo estava acostumado a usar uma touca de algodão para dormir, seu lenço não chegava às orelhas; assim, de manhã, seu cabelo ficava todo desgrenhado sobre o rosto e embranquecido pela penugem do travesseiro, cujos cordões se soltavam durante a noite. Ele sempre usava botas resistentes, com duas dobras grossas que se inclinavam em direção aos tornozelos, enquanto no peito do pé o couro seguia em linha reta, esticado como se fosse feito de madeira. Dizia que era *muito bom para o campo.*

A mãe apoiava-o nessa economia; pois ia visitá-lo como fazia antes, quando havia uma tempestade um pouco violenta em casa; e, no entanto, a sra. Bovary mãe parecia prevenida contra a nora. Achava-a de *um tipo altivo demais para a posição econômica que tinham*; a lenha, o açúcar e as velas *sumiam como numa casa de gente rica.* E a quantidade de brasa que se queimava na cozinha teria dado para vinte e cinco pratos! Arrumava a roupa nos armários e lhe ensinava a vigiar o açougueiro quando ele trazia a carne. Emma recebia as suas lições; a sra. Bovary as esbanjava; e as palavras *minha filha* e *minha mãe* eram trocadas o dia inteiro, acompanhadas de um ligeiro tremor dos lábios, cada uma lançando palavras doces com uma voz trêmula de raiva.

Nos tempos da sra. Dubuc, a velha senhora ainda se sentia a preferida; mas, agora, o amor de Charles por Emma lhe parecia uma deserção de sua ternura, uma invasão daquilo que lhe pertencia; e ela observava a felicidade do filho com um silêncio triste, como alguém que, tendo perdido tudo, olha, através da vidraça, pessoas à mesa de sua antiga casa. Ela lhe fazia lembrar, para avivar a memória, das penas e sacrifícios, e, comparando-os às negligências de Emma, concluía que não era razoável adorá-la de maneira tão exclusiva.

Charles não sabia o que responder; respeitava a mãe e amava infinitamente a sua mulher; considerava infalível o julgamento de uma e, no entanto, achava a outra irrepreensível. Depois que a sra. Bovary partia, ele tentava arriscar timidamente, e nos mesmos termos, uma ou duas das mais inofensivas observações que havia ouvido sua mãe fazer; Emma, provando-lhe com uma palavra que ele estava enganado, mandava-o retornar a seus doentes.

Entretanto, de acordo com as teorias que julgava corretas, ela queria entregar-se ao amor. Ao luar, no jardim, recitava todas as rimas apaixonadas que sabia de cor e cantava para ele, suspirando adágios melancólicos; mas logo ficava tão calma quanto antes, e Charles não parecia nem mais amoroso, nem mais comovido.

Depois de ter tentado, sem conseguir, tirar faíscas de seu coração, incapaz ela de compreender aquilo que não sentia ou de acreditar em tudo que não mais se manifestava por formas convencionais, Emma persuadiu-se sem dificuldade de que a paixão de Charles não tinha mais nada de exorbitante. Suas demonstrações de afeto tinham se tornado regulares; ele a beijava a certas horas. Era um hábito como outros, e como uma sobremesa já prevista, vinha depois da monotonia do jantar.

Um guarda-caça que fora curado pelo sr. Bovary de uma pleurisia havia dado à senhora uma galguinha italiana; ela a levava para passear, pois saía às vezes para ficar a sós por um instante e não ter diante dos olhos o eterno jardim com a estrada poeirenta.

Ia até o bosque de faias de Benneville, próximo ao pavilhão abandonado que faz esquina com o muro, do lado dos campos. Há na grande valeta, no meio do mato, longos juncos com folhas afiadas.

Ela começava olhando tudo à sua volta, para ver se nada havia mudado desde a última visita. Encontrava no mesmo lugar as dedaleiras e os rábanos-silvestres, os buquês de urtigas cercando as pedras grandes e as redes de líquens ao longo das três janelas, cujas persianas, sempre fechadas, se desintegravam devido à podridão sobre as barras de ferro enferrujadas. Seu pensamento, inicialmente sem rumo, perambulava a esmo, como sua galguinha, que fazia círculos no campo, latia para as borboletas amarelas, perseguia os musaranhos ou mordiscava as papoulas à beira de um trigal. Depois, as suas ideias se fixavam pouco a pouco e, sentada sobre a relva, que cutucava com a ponta de sua sombrinha, Emma repetia para si mesma:

— Por que, meu Deus, eu me casei?

Ela se perguntava se não teria havido meio, por outras combinações do acaso, de encontrar outro homem; e procurava imaginar como teriam sido esses eventos não acontecidos, essa vida diferente, esse marido que ela não conhecia. Afinal, nem todos se pareciam com aquele. Ele poderia ter sido belo, espirituoso, distinto, atraente, tais como eram, sem dúvida, aqueles com quem se casaram as suas antigas colegas do convento. O que elas faziam agora? Na cidade, com o barulho das ruas, o burburinho dos teatros e o esplendor do baile, elas tinham existências nas quais o coração se dilata, os sentidos desabrocham. A sua vida, no entanto, era fria como um celeiro cuja claraboia está voltada para o norte, e o tédio, como uma aranha silenciosa, tecia sua teia na sombra em todos os cantos do seu coração. Lembrava-se dos dias de distribuição de prêmios, em que ela subia ao palanque para ir buscar as coroazinhas. Com os cabelos em tranças, vestido branco e sapatos abertos de marroquim, tinha um jeito gentil, e os cavalheiros, quando ela voltava ao seu lugar, inclinavam-se para cumprimentá-la; o pátio estava cheio de carruagens, diziam-lhe adeus pelas janelinhas, o mestre de música passava fazendo saudações com o estojo de seu violino. Como estava longe tudo aquilo! Como estava longe!

Ela chamava Djali, colocava-a entre os joelhos, passava os dedos sobre sua longa cabeça fina e lhe dizia:

— Vamos, beije a sua dona, você que não tem mágoas.

Depois, contemplando a cara melancólica do esbelto animal que bocejava lentamente, enternecia-se e, comparando-a consigo mesma, falava alto com ela, como se faz com alguém aflito a quem se busca consolar.

Batiam às vezes rajadas de vento, brisas do mar que, rolando de um salto sobre todo o planalto da região de Caux, levavam, até bem longe nos campos, um frescor salgado. Os juncos assoviavam rente ao chão e as folhas das faias zuniam num tremular rápido, enquanto as copas, sempre balançando, continuavam o seu grande murmúrio. Emma apertava o xale sobre ombros e se levantava.

Na avenida, um dia verde sombreado pela folhagem iluminava o musgo raso que estalava suavemente sob seus pés. O sol se punha; o céu estava vermelho entre os galhos e os troncos parelhos das árvores plantadas em linha reta lembravam uma colunata marrom destacando-se sobre um fundo dourado; o medo se apossava dela, chamava Djali, retornava depressa para Tostes pela estrada principal, afundava-se numa poltrona e durante toda a noite, não falava.

Mas quase no final de setembro, algo extraordinário ocorreu em sua vida: foi convidada a ir a Vaubyessard, à casa do marquês de Andervilliers.

Secretário de Estado sob a Restauração, o marquês, buscando incorporar-se à vida política, preparava com bastante antecedência sua candidatura à Câmara dos Deputados. No inverno, distribuía numerosas cargas de lenha e, no Conselho Geral, exigia, exaltado, estradas para o seu distrito. Quando ocorreram os calores extremos, teve um abscesso na boca do qual Charles o aliviou como por milagre, fazendo um corte de lanceta no momento certo. O administrador enviado a Tostes para pagar a operação contou que, à noite, viu cerejas maravilhosas no jardim do médico. Ora, como as cerejeiras não vingavam em Vaubyessard, o senhor marquês pediu algumas mudas a Bovary, achou-se no dever de ir agradecer-lhe pessoalmente, avistou Emma, achou que ela tinha um belo porte e que não cumprimentava como camponesa; tanto que não se acreditava que o castelo estivesse ultrapassando os limites da condescendência nem que estivesse cometendo uma gafe ao convidar o jovem casal.

Numa quarta-feira, às três horas, o sr. e a sra. Bovary, montados em sua charrete, partiram para Vaubyessard com uma grande mala amarrada na parte posterior do veículo e uma caixa de chapéu posicionada no *tablier*. Além disso, Charles levava uma caixa de papelão entre as pernas.

Chegaram ao cair da noite, quando se começava a acender os lampiões no parque, a fim de iluminar os carros.

# VIII

O castelo, de construção moderna, à italiana, com duas alas que avançavam e três escadarias, estendia-se ao fundo de um imenso gramado onde algumas vacas pastavam entre os grupos espaçados de grandes árvores, enquanto arbustos em cestos, rododendros, lilases e bolas-de-neve projetavam suas touceiras de vegetação desigual ao longo da curva do caminho arenoso. Um riacho passava sob uma ponte; através da bruma, distinguiam-se edificações com cobertura de colmo espalhadas pela campina que bordejavam em suave declínio duas colinas cobertas de bosques e, por trás, nos maciços, ficavam, em duas linhas paralelas, as cocheiras e os estábulos, restos conservados do antigo castelo demolido.

A charrete de Charles parou diante da escadaria central; os criados apareceram; o marquês se antecipou e, oferecendo o braço à mulher do médico, ingressou com ela no vestíbulo.

Estava pavimentado com lajes de mármore, era bem alto, e o ruído dos passos, junto com o das vozes, ressoava como numa igreja. À frente, subia uma escada reta e, à esquerda, uma galeria que dava para o jardim conduzia à sala de bilhar; da porta, ouviam-se as bolas de marfim batendo umas nas outras. Ao atravessá-la para ir ao salão, Emma viu, em torno do jogo, homens de rosto sério, com o queixo apoiado em altas gravatas, todos enfeitados e que sorriam silenciosamente, manobrando os tacos. Sobre a madeira escura do lambris, grandes quadros dourados traziam, na parte inferior das molduras, nomes escritos com letras pretas. Ela leu: "Jean-Antoine d'Andervilliers d'Yverbonville, conde de Vaubyessard e barão da Fresnaye, morto na batalha de Coutras no dia 20 de outubro de 1587".

E em outro: "Jean-Antoine-Henry-Guy d'Andervilliers de la Vaubyessard, almirante da França e cavaleiro da ordem de São Miguel, ferido no combate de la Hougue-Saint-Vaast no dia 29 de maio de 1692, falecido em Vaubyessard no dia 23 de janeiro de 1693". As demais legendas mal se distinguiam, já que a luz das lamparinas, refletida sobre o tapete verde do bilhar, deixava flutuar uma sombra no ambiente. Escurecendo as telas horizontais, o brilho quebrava-se contra elas em arestas finas, de acordo com as rachaduras do verniz; e de todos aqueles quadrados pretos com bordas douradas saía, aqui e ali, alguma parte mais clara da pintura, uma fronte pálida, dois olhos que encaravam, perucas desenrolando-se sobre os ombros cobertos de pó das roupas vermelhas ou então a fivela de uma liga no alto de uma panturrilha saliente.

O marquês abriu a porta do salão; uma das senhoras se levantou (a própria marquesa), veio ao encontro de Emma e a fez sentar-se junto dela numa poltrona, onde começou a falar de forma amigável, como se a conhecesse há muito tempo. Era uma mulher de cerca de quarenta anos, com belos ombros, nariz aquilino, voz arrastada e, naquela noite, usava sobre os cabelos castanhos apenas um fichu de renda de guipura que caía por trás, em triângulo. Uma jovem loira estava ao lado dela numa cadeira de espaldar longo; e um grupo de cavalheiros, que usavam uma pequena flor na lapela do casaco, conversava com as senhoras ao redor da lareira.

Às sete horas foi servido o jantar. Os homens, que eram mais numerosos, sentaram-se à primeira mesa, no vestíbulo, e as senhoras à segunda, na sala de jantar, com o marquês e a marquesa.

Ao entrar, Emma se sentiu envolvida por um ar quente, pela mistura do perfume de flores e tecidos finos, pelo aroma de carnes e de trufas. As velas dos candelabros alongavam as chamas sobre as campânulas de prata; os cristais facetados, cobertos por uma névoa fosca, refletiam raios pálidos entre si; os buquês estavam alinhados ao longo da mesa e, nos pratos de borda larga, os guardanapos, dispostos em forma de chapéu de bispo, seguravam um pãozinho ovalado entre as suas dobras. As patas vermelhas das lagostas se projetavam para fora dos pratos; grandes frutas em cestos vazados sobre um fundo de musgo; as codornas ainda conservavam as penas, a fumaça subia; e o *maître d'hôtel*, usando meias de seda, calças curtas, gravata branca e *jabot*, sério como um juiz, passava as iguarias previamente cortadas por entre os ombros dos convidados e, com um golpe de colher, fazia saltar para o comensal a parte escolhida. No grande fogão de porcelana com haste de cobre, a estátua de uma mulher vestida até o queixo olhava imóvel para a sala repleta de gente.

A sra. Bovary notou que várias damas não haviam colocado as luvas nos seus copos.

Ao mesmo tempo, na cabeceira da mesa, sozinho entre todas as mulheres, curvado sobre seu prato cheio de comida e com o guardanapo amarrado nas costas como uma criança, um homem idoso comia, deixando cair gotas de molho de sua boca. Seus olhos estavam irritados, e ele usava no cabelo um pequeno rabo arrematado com uma fita preta. Era o sogro do marquês, o velho duque de Laverdière, antigo favorito do conde d'Artois na época das caçadas em Vaudreuil, nas terras do marquês de Conflans, e que tinha sido, segundo se dizia, amante da rainha Maria Antonieta depois do senhor de Coigny e antes de Lauzun. Levara uma vida turbulenta de devassidão, cheia de duelos, jogos de azar, mulheres arrebatadas; devorara sua fortuna e escandalizara toda a sua família. Um criado atrás da sua cadeira lhe dizia em voz alta, ao pé ouvido, os nomes dos pratos que ele apontava com o dedo, gaguejando; e, constantemente, os olhos de Emma voltavam sempre para o velho de lábios pendentes, como se estivesse diante de algo extraordinário e augusto. Ele vivera na corte e dormira na cama das rainhas!

Serviram champanhe gelado. Emma estremeceu ao sentir o frio em sua boca. Nunca havia visto romãs nem comido abacaxi. Mesmo o açúcar em pó lhe pareceu mais branco e mais fino do que em outros lugares.

Em seguida, as damas subiram aos seus quartos para se prepararem para o baile.

Emma se arrumou com a meticulosa consciência de uma atriz em sua estreia. Ajeitou os cabelos de acordo com as recomendações do cabeleireiro e vestiu seu vestido de *barège*, que estava estendido sobre a cama. As calças de Charles apertavam-no na altura do ventre.

— As alças sob os pés vão me incomodar para dançar — disse ele.

— Dançar? — replicou Emma.

— Sim!

— Você está fora de si! Seria motivo de chacota; fique no seu lugar. Além disso, é mais apropriado para um médico — acrescentou.

Charles calou-se. Andava para cima e para baixo, esperando que Emma se vestisse.

Ele podia vê-la por trás, no espelho, entre duas lamparinas. Seus olhos negros pareciam mais negros. Seu penteado, suavemente abaulado em direção às orelhas, refletia um brilho azulado; no coque, uma rosa tremia sobre uma haste flexível, com gotas de água artificiais na ponta das folhas. Usava um vestido cor de açafrão pálido, realçado por três ramalhetes de minirrosas misturados com folhagens.

Charles se aproximou para beijar-lhe o ombro.

— Deixe-me — disse ela —, você está amassando meu vestido.

Ouviu-se um ritornelo ao violino e os sons de uma trompa. Ela desceu a escada, refreando-se para não correr.

As quadrilhas haviam começado. As pessoas chegavam. Empurravam umas às outras. Ela se sentou junto à porta, sobre um banco.

Quando terminou a contradança, o salão foi ocupado por grupos de homens que conversavam de pé e por criados vestindo *libré*, que traziam grandes bandejas. Na fila de mulheres sentadas, leques pintados tremulavam, buquês escondiam pela metade os sorrisos em seus rostos e frascos com tampas douradas rodopiavam nas mãos entreabertas cujas luvas brancas marcavam a forma das unhas e apertavam a carne nos pulsos. Enfeites de renda, broches de diamantes e pulseiras com medalhões tremiam nos corpetes, cintilavam nos decotes, farfalhavam nos braços nus. Os penteados, bem colados na testa e torcidos na nuca, exibiam miosótis, jasmim, flores de romã, espigas ou centáureas arranjadas em forma de coroas, cachos ou ramos. Pacíficas em seus lugares, algumas mães com o rosto franzido usavam turbantes vermelhos.

O coração de Emma palpitou levemente quando seu cavalheiro, segurando-a pela ponta dos dedos, posicionou-se na fila e esperou que o arco tocasse para começar a dança. Mas logo a emoção desapareceu; e, balançando ao ritmo da orquestra, deslizava para a frente, com movimentos leves do pescoço. Um sorriso lhe subia aos lábios ao ouvir certas delicadezas do violino que, às vezes, tocava sozinho, enquanto os outros instrumentos silenciavam; ouvia-se o ruído claro dos luíses de ouro ao lado, sendo derramados sobre o tapete das mesas de jogo; depois, tudo recomeçava ao mesmo tempo; a corneta soltava uma explosão sonora, os pés batiam no compasso, as saias esvoaçavam e roçavam umas nas outras, mãos se davam e se largavam; os mesmos olhos, abaixando-se à sua frente, voltavam a fixar-se nos seus.

Alguns homens (uns quinze) entre vinte e cinco e quarenta anos de idade, espalhados entre os dançarinos ou conversando à entrada das portas, destacavam-se da multidão por sua semelhança familiar, independentemente das diferenças de idade, da vestimenta ou do rosto.

Suas roupas, de melhor corte, pareciam ser de um tecido mais macio, e seus cabelos, puxados para trás em cachos em direção às têmporas, estavam lustrados com os cremes mais finos. Tinham a tez da riqueza, essa tez branca realçada pela palidez da porcelana, o *moiré* do cetim, o verniz dos móveis finos e mantida em boa saúde por uma dieta discreta de alimentos requintados. Seus pescoços moviam-se confortavelmente sobre gravatas baixas; as longas costeletas caíam sobre as golas viradas para baixo; enxugavam os lábios com lenços bordados com um grande símbolo, e deles saía um aroma agradável. Aqueles que estavam começando a envelhecer pareciam jovens, enquanto os mais jovens tinham uma aparência madura. Em seus olhares indiferentes flutuava a quietude de paixões diariamente saciadas; e, em suas maneiras gentis, permeava aquela brutalidade particular comunicada pelo domínio das coisas quase fáceis nas quais se exercita a força e se satisfaz a vaidade, como são o manejo dos cavalos de raça e a sociedade das mulheres perdidas.

A três passos de Emma, um cavalheiro de terno azul conversava sobre a Itália com uma jovem pálida que usava um adereço de pérolas. Falavam sobre as dimensões dos pilares da basílica de São Pedro, Tívoli, o Vesúvio, Castellamare e os Cassinos, as rosas de Gênova e o Coliseu ao luar. Com seu outro ouvido, Emma escutava uma conversa cheia de palavras que não entendia. Alguns cercavam um rapaz muito jovem que, na semana anterior, havia vencido *Miss Arabelle* e *Romulus* e ganhado dois mil luíses ao saltar um fosso na Inglaterra. Um se queixava de que seus corredores estavam engordando; outro, dos erros de impressão que distorceram o nome de seu cavalo.

O ar no salão de baile estava pesado; as lamparinas esmaeciam. As pessoas retornavam à sala de bilhar. Um criado subiu numa cadeira e quebrou duas vidraças; com o barulho dos estilhaços, a sra. Bovary virou a cabeça e viu os rostos de alguns camponeses que olhavam pela janela. Então se lembrou de Les Bertaux. Voltou a ver a fazenda, o açude lamacento, o pai com sua bata sob as macieiras e viu a si mesma, como nos velhos tempos, desnatando com o dedo os potes de leite na leiteria. Mas, em meio aos lampejos da hora atual, sua vida passada, tão clara até então, desaparecia completamente, e ela quase duvidava de tê-la vivido. Ela estava ali; fora do baile não havia nada além de sombra espalhada por todo o resto. Tomava um sorvete de marasquino, que segurava na mão esquerda em uma concha de prata dourada e, com a colher entre os dentes, semicerrava os olhos.

Uma senhora, ao seu lado, deixou cair o leque. Um dançarino passava.

— Poderia fazer a gentileza, senhor — disse a dama —, de pegar meu leque, que está atrás deste sofá?

O cavalheiro inclinou-se e, enquanto se movia para estender o braço, Emma viu que a mão da jovem deixava cair em seu chapéu algo branco, dobrado em forma de triângulo. O cavalheiro devolveu o leque e o ofereceu à moça respeitosamente; ela agradeceu com um aceno de cabeça e começou a inalar seu buquê.

Depois da ceia, na qual havia muitos vinhos espanhóis e do Reno, sopas de mariscos e de leite de amêndoas, pudins Trafalgar e todos os tipos de carnes frias com geleias ao redor tremulando nas travessas, as carruagens, uma após a outra, começaram a partir. Afastando o canto da cortina de musselina, podia-se ver a luz de seus faróis nas sombras. Havia mais cadeiras vazias; alguns jogadores permaneciam; os músicos esfriavam as pontas dos dedos na língua; Charles estava meio adormecido, com as costas apoiadas sobre uma porta.

Às três horas da madrugada, o cotilhão começou. Emma não sabia dançar valsa. Todos dançavam, inclusive a srta. d'Andervilliers e a marquesa; haviam restado apenas os hóspedes do castelo, cerca de uma dúzia de pessoas.

No entanto, um dos que estavam valsando, a quem chamavam familiarmente de *visconde,* cujo colete curtíssimo parecia moldado em seu peito, convidou pela segunda vez a sra. Bovary para dançar, garantindo-lhe que a conduziria e que ela se sairia bem.

Começaram lentamente, depois foram um pouco mais depressa. Eles giravam: tudo girava em torno deles, as lâmpadas, os móveis, os lambris e o piso, como um disco sobre um pivô. Ao passar perto das portas, a parte inferior do vestido de Emma roçava nas calças dele; as pernas de ambos se entrelaçavam; ele baixou os olhos para ela, que levantou os olhos para ele; um torpor tomou conta dela e Emma parou. Recomeçaram; e com um movimento mais rápido, o visconde, levando-a consigo, desapareceu com ela até o final da galeria onde, ofegante, ela quase caiu e, por um momento, descansou a cabeça em seu peito. Depois, girando sempre, porém mais devagar, ele a levou de volta ao seu lugar; ela se encostou na parede e cobriu os olhos com a mão.

Quando ela os abriu novamente, no meio do salão, viu uma dama sentada em um banco que tinha ajoelhados diante dela três dançarinos. Ela escolheu o visconde, e o violino recomeçou.

Todos olhavam para eles. Iam e voltavam, o corpo dela imóvel e o queixo abaixado, e ele sempre na mesma pose, cintura arqueada, cotovelo arredondado, boca para frente. Ela sim sabia valsar! Eles continuaram por muito tempo, cansando todos os demais.

Conversaram alguns minutos ainda e, depois das despedidas, ou melhor, do bom-dia, os hóspedes do castelo foram se deitar.

Charles se arrastava, agarrado ao corrimão, os joelhos dobrados *não aguentavam seu peso.* Havia passado cinco horas seguidas parado diante das mesas, assistindo ao jogo de *whist* sem entender nada. Por isso, deu um grande suspiro de satisfação quando tirou as botas.

Emma jogou um xale nos ombros, abriu a janela e ficou apoiada nos cotovelos.

A noite estava escura. Caíam algumas gotas de chuva. Ela aspirou o ar úmido que lhe refrescava as pálpebras. A música do baile ainda zumbia em seus ouvidos, e ela se esforçava para manter-se acordada a fim de prolongar a ilusão daquela vida luxuosa que em breve seria preciso abandonar.

O dia amanheceu. Ela olhou longa e atentamente para as janelas do castelo, tentando adivinhar os quartos de todas as pessoas que havia observado no dia anterior. Gostaria de conhecer suas vidas, entrar nelas, misturar-se a elas.

Mas ela estava tremendo de frio. Despiu-se e se aconchegou entre os lençóis, junto a Charles, que dormia.

O café da manhã foi muito concorrido. A refeição durou dez minutos; não foi servido nenhum licor, algo que surpreendeu o médico. Em seguida, a srta. d'Andervilliers colocou pedaços de brioche em uma cesta para levá-los aos cisnes no lago, e todos foram dar um passeio na estufa quente, onde plantas estranhas, cheias de pelos, estavam dispostas em pirâmides sob vasos suspensos que, como ninhos de cobras muito cheios, deixavam cair de suas bordas longas cordas verdes entrelaçadas. O laranjal, mais ao fundo, conduzia, por baixo da cobertura, às dependências do castelo. Para divertir a jovem, o marquês a levou para ver os estábulos. Acima das manjedouras em forma de cestos, placas de porcelana traziam os nomes dos cavalos em preto. Os animais se agitavam em sua baia à medida que passavam perto deles e estalavam a língua. O assoalho da selaria brilhava aos olhos como o *parquet* de uma sala de visitas. Os arreios das carruagens estavam dispostos no meio, em duas colunas giratórias, e as rédeas, os chicotes, os estribos e as correntes de freio ficavam alinhados ao longo da parede.

Charles, enquanto isso, foi pedir a um criado que atrelasse sua charrete. Levaram-na até a frente da escadaria e, com todos os pacotes guardados, o casal Bovary apresentou seus cumprimentos ao marquês e à marquesa e partiu novamente rumo a Tostes.

Emma, em silêncio, observava as rodas girando. Charles, apoiado na beirada do banco, conduzia com os dois braços estendidos, e o pequeno cavalo trotava entre os varais, que eram muito largos para ele. As guias moles batiam em sua garupa, encharcando-se de espuma, e a caixa amarrada atrás da carroceria batia forte e regularmente contra a carroceria.

Eles iam pelas colinas de Thibourville, quando, de repente, alguns cavaleiros passaram rindo, com charutos na boca. Emma achou ter reconhecido o visconde; ela se virou e não viu nada no horizonte além do movimento de cabeças subindo e descendo na cadência desigual de um trote ou galope.

Um quarto de légua adiante, foi necessário parar para consertar com uma corda a retranca que estava quebrada.

Mas Charles, dando uma última olhada nos arreios, viu algo no chão entre as pernas de seu cavalo; e pegou um porta-charutos todo bordado em seda verde e com um brasão ao centro que parecia a porta de uma carruagem.

— Há ainda dois charutos dentro — observou —; vão ficar para hoje à noite, depois do jantar.

— Então você fuma? — perguntou ela.

— Às vezes, quando surge a ocasião.

Ele pôs seu achado no bolso e chicoteou o cavalo.

Quando chegaram à casa, o jantar ainda não estava pronto. A senhora se irritou. Nastasie respondeu com insolência.

— Vá embora! — disse Emma. — Isso é zombaria, você está despedida.

Para o jantar havia sopa de cebolas com um pedaço de vitela e azedinha. Charles, sentado diante de Emma, disse, esfregando as mãos com um ar feliz:

— É tão bom estar em casa novamente!

Ouvia-se Nastasie que chorava. Ele gostava um pouco daquela pobre moça. No passado, ela lhe fizera companhia por muitas noites, nos momentos de ócio de sua viuvez. Tinha sido a sua primeira paciente, a sua mais antiga conhecida na região.

— Você a mandou embora definitivamente? — perguntou ele finalmente.

— Sim. Quem vai me impedir? — respondeu ela.

Em seguida, eles se aqueceram na cozinha enquanto o quarto era preparado. Charles começou a fumar. Ele fumava com os lábios para a frente, cuspindo a cada minuto, retraindo-se a cada tragada.

— Vai lhe fazer mal — falou ela com desdém.

Ele largou o charuto e correu até a bomba para tomar um copo de água fria. Emma pegou o porta-charutos e o jogou no fundo do armário.

O dia seguinte foi longo! Ela vagou pelo jardim, indo e voltando pelos mesmos caminhos, parando em frente aos canteiros de flores, em frente à espaldeira e ao padre de gesso, olhando com admiração para tudo aquilo que desde tempos passados ela conhecia tão bem. Quão distante parecia o baile! Quem separava, com tanta distância, a manhã de anteontem e a noite de hoje? Sua viagem a Vaubyessard havia aberto um buraco em sua vida, como as grandes fendas que uma tempestade às vezes cava nas montanhas em uma única noite. Ela se resignou, no entanto, e guardou cuidadosamente seu belo traje na cômoda, incluindo os sapatos de cetim, cujas solas haviam ficado amarelas por causa da cera escorregadia do *parquet*. Seu coração estava como eles: com a fricção da riqueza, ficara algo ali que nunca desapareceria.

A lembrança do baile era a ocupação de Emma. Toda quarta-feira ela acordava e dizia para si mesma: *"Ah, oito dias atrás..., quinze dias atrás..., três semanas atrás, eu estava lá!"* E, pouco a pouco, os rostos foram se confundindo em sua memória, ia esquecendo a melodia das contradanças, não via mais com tanta clareza as roupas e os salões; alguns detalhes desapareceram, mas o pesar permaneceu com ela.

# IX

Muitas vezes, quando Charles saía, Emma ia até o armário e apanhava a cigarreira de seda verde entre as dobras da roupa de cama, onde ela a havia deixado.

Olhava para ela, abria-a e até sentia o cheiro de seu forro, que se misturava com verbena e tabaco. De quem seria?... Do visconde. Talvez tenha sido um presente de sua amante. Havia sido bordada em algum tear de palissandro, um móvel gracioso, escondido da vista, que havia consumido muitas horas e sobre o qual os cachos macios da trabalhadora pensativa se debruçavam. Um sopro de amor havia passado entre os pontos da tela; cada batida da agulha havia fixado ali uma esperança ou uma lembrança, e todos esses fios de seda entrelaçados nada mais eram do que a continuidade da mesma paixão silenciosa. E então, uma manhã, o visconde a levou com ele. Sobre o que eles teriam conversado, quando ele estava junto às lareiras de amplas câmaras, entre os vasos de flores e os relógios Pompadour? Ela estava em Tostes. Ele estava em Paris agora; lá! Como seria Paris? Que nome tão exagerado! Ela o repetia para si mesma, meio em voz alta, para agradar a si mesma; soava em seus ouvidos como um órgão de catedral, brilhava em seus olhos até mesmo no rótulo de seus potes de creme.

À noite, quando os peixeiros em suas carroças passavam por baixo de sua janela cantando *La Marjolaine*, ela acordava; e ouvindo o som das rodas de ferro, que, ao deixarem o campo, rapidamente se moviam pelo chão:

— Eles estarão lá amanhã! — dizia a si mesma.

E ela os seguia em pensamento, subindo e descendo as encostas, atravessando as aldeias, percorrendo a grande estrada sob a luz das estrelas.

Ao cabo de uma distância indeterminada, sempre encontrava um lugar confuso no qual seu sonho expirava.

Comprou um mapa de Paris e, com a ponta do dedo, fazia passeios pela capital. Subia e descia as avenidas parando em cada esquina, entre as linhas das ruas, em frente aos quadrados brancos que representavam as casas. No fim, com os olhos cansados, fechava as pálpebras e via lampiões a gás em meio à escuridão girando ao vento, e estribos de carruagens puxadas por cavalos, que se abriam com forte estardalhaço em frente ao peristilo dos teatros.

Assinou *La Corbeille*, uma revista feminina, e *Sylphe des salons*. Devorava, sem perder nada, todos os relatos das primeiras apresentações, concursos e serões, interessava-se pela estreia de uma cantora, pela abertura de uma loja. Conhecia as novas modas, os endereços dos bons alfaiates, os dias de Bois de Boulogne ou de Opéra de Paris. Estudava as descrições dos móveis em Eugène Sue; lia Balzac e George Sand, à procura de satisfações imaginárias para seus desejos pessoais. Levava seu livro para a mesa e virava as páginas enquanto Charles comia e conversava com ela. A lembrança do visconde estava sempre presente em sua leitura. Estabelecia conexões entre ele e os personagens inventados. Mas o círculo do qual ele era o centro foi se alargando gradualmente ao seu redor, e a auréola que ele tinha, afastando-se de seu rosto, espalhou-se para mais longe, para iluminar outros sonhos.

Paris, mais vaga que o oceano, brilhava diante dos olhos de Emma em uma rubra atmosfera. Entretanto, as várias dimensões da vida que se desenrolavam naquele tumulto estavam divididas em partes, classificadas em diferentes quadros. Emma só conseguia ver dois ou três deles, que lhe escondiam todos os outros e que, por si só, representavam toda a humanidade. O mundo dos embaixadores caminhava em pisos de *parquet* reluzentes, em salões com painéis espelhados, ao redor de mesas ovais cobertas com tapetes de veludo e fitas douradas. Havia vestidos com caudas, grandes mistérios, angústias escondidas atrás de sorrisos. Depois vinha a sociedade das duquesas; elas eram pálidas; levantavam-se às quatro horas; as mulheres (pobres anjos!) usavam costura inglesa na parte inferior de suas saias, e os homens, com habilidades não reconhecidas sob aparências externas fúteis, arrebentavam seus cavalos por diversão, iam passar a temporada de verão em Baden e, quando tinham cerca de quarenta anos, casavam-se com herdeiras. Nas salas de jantar dos restaurantes, onde se come após a meia-noite, a multidão animada de escritores e atrizes ria à luz das velas. Aqueles lá eram tão esbanjadores quanto os reis, cheios de ambições ideais e delírios fantásticos. Era uma existência acima das demais, entre o céu e a terra, nas tempestades, algo de sublime. Quanto ao resto do mundo, estava perdido, sem um lugar preciso, e era como se não existisse. À medida que as coisas se aproximavam de si, mais seus pensamentos se afastavam delas. Tudo o que a cercava imediatamente — o campo monótono, as classes médias imbecis, a mediocridade da existência — parecia-lhe uma exceção no mundo, um acaso particular no qual ela se encontrava presa, enquanto, mais além, se estendia até onde a vista alcançava a imensa terra da felicidade e das paixões. Em seu desejo, ela confundia as sensualidades do luxo com as alegrias do coração, a elegância dos hábitos com as delícias do sentimento. Por acaso o amor, como as plantas indianas, não precisava de um solo preparado e de uma temperatura específica? Os suspiros ao luar, os longos abraços, as lágrimas que escorrem pelas mãos abandonadas, todas as febres da carne e os langores da ternura não podiam ser separados das sacadas dos grandes castelos cheios de prazeres, de um *boudoir* de estores de seda com um tapete espesso, jardineiras repletas, uma cama montada sobre um estrado, nem do brilho das pedras preciosas e dos apliques da *libré*.

O rapaz do correio, que vinha todas as manhãs para cuidar da égua, atravessou o corredor com seus grandes tamancos; sua blusa tinha buracos e seus pés estavam nus em chinelos. Ele era o mensageiro em calças curtas com o qual era preciso se contentar! Após terminar seu trabalho, permanecia lá o dia inteiro, porque quando Charles chegava em casa, ele mesmo levava o cavalo ao estábulo, tirava a sela e colocava o cabresto, enquanto a empregada trazia um fardo de palha que jogava, da melhor maneira possível, na manjedoura.

Para substituir Nastasie (que finalmente deixou Tostes, derramando rios de lágrimas), Emma contratou para o serviço uma jovem de quatorze anos, uma órfã com uma fisionomia gentil. Ela a proibiu de usar toucas de algodão, ensinou-a a falar na terceira pessoa, a trazer um copo d'água em um prato, a bater nas portas antes de entrar e a passar a roupa, perfumá-la e vesti-la, tudo com o propósito de torná-la sua aia.

A nova empregada obedecia sem murmurar, para não ser dispensada; e, como a senhora geralmente deixava a chave no armário, Félicité levava um pequeno suprimento de açúcar todas as noites, que comia sozinha na cama, depois de fazer suas orações.

À tarde, às vezes, ela ia conversar na frente com os cocheiros. A senhora ficava no andar de cima, em seu quarto.

Ela usava um roupão aberto, revelando, entre as lapelas em forma de xale do corpete, uma blusa plissada com três botões dourados. Seu cinto era um cordão com grandes borlas, e seus pequenos chinelos cor de granada tinham um tufo de fitas largas que se estendiam sobre o peito do pé. Comprara um mata-borrão, papel de carta, um suporte para pena e envelopes, embora não tivesse ninguém a quem escrever; ela espanava a estante de livros, olhava-se no reflexo, pegava um livro e, sonhando nas entrelinhas, deixava-o cair sobre seu colo. Queria viajar ou voltar para seu convento. Queria morrer e viver em Paris ao mesmo tempo.

Charles, na neve ou na chuva, cavalgava pelas estradas secundárias. Comia omeletes em mesas de fazenda, apoiava o braço em camas úmidas, recebia no rosto o jato morno de uma sangria, ouvia estertores, examinava bacias, arregaçava lençóis sujos; mas todas as noites encontrava um fogo aceso, a mesa servida, móveis macios e uma mulher com roupas finas, charmosa e cheirando a frescor, sem saber de onde vinha o aroma ou se era a pele dela que perfumava sua camisa.

Ela o encantava com uma série de delicadezas: às vezes, era uma nova maneira de fazer pavios de papel para as velas, um babado que ela mudava em seu vestido ou o nome extraordinário de um prato muito simples que a empregada havia errado, mas que Charles engolia com prazer até o fim. Em Rouen, ela viu algumas senhoras usando vários berloques em seus relógios; comprou alguns berloques. Ela queria ter dois grandes vasos de vidro azul em sua lareira e, algum tempo depois, um estojo de marfim com um dedal folheado a ouro. Quanto menos Charles entendia essas elegâncias, mais ele era seduzido por elas. Cada uma delas acrescentava algo ao prazer de seus sentidos e à doçura de seu lar. Era como uma poeira dourada se espalhando por todo o pequeno caminho de sua vida.

Ele estava indo bem, tinha boa aparência; sua reputação estava bem estabelecida. As pessoas do campo o adoravam porque ele não era orgulhoso. Acariciava as crianças, nunca ia a cabarés e, além disso, sua moralidade inspirava confiança. Era particularmente bem-sucedido no tratamento do catarro e de doenças do peito. Charles tinha muito medo de matar seus pacientes, então tudo o que ele prescrevia eram poções calmantes, eméticos ocasionais, escalda-pés ou sanguessugas. Não era que as cirurgias o assustassem; ele sangrava as pessoas como cavalos e tinha um *controle incrível* quando se tratava de extrair dentes.

Enfim, para *manter-se atualizado*, ele assinou o *La Ruche médicale*, uma nova publicação cujo prospecto ele havia recebido. Lia um pouco depois do jantar, mas o calor do ambiente, combinado com a digestão, faziam com que, depois de cinco minutos, ele caísse no sono; e ficava ali, com o queixo apoiado nas duas mãos e os cabelos espalhados como uma juba até o pé da lamparina. Emma olhava para ele e dava de ombros. Por que ela não tinha ao menos como marido um daqueles homens de ardor taciturno que trabalham a noite toda em seus livros e que, finalmente, aos sessenta anos, quando chega a idade do reumatismo, levam uma série de medalhas em seu terno preto, malfeito? Ela gostaria que o nome Bovary, que era seu, fosse ilustre, que fosse exibido nas livrarias, repetido nos jornais, conhecido em toda a França. Mas Charles não tinha ambição! Um médico de Yvetot, com quem ele havia se consultado recentemente, o humilhou um pouco, bem ao lado da cama do paciente, na frente dos parentes reunidos. Quando Charles, à noite, contou a ela a história, Emma ficou muito brava com aquele médico. Charles ficou comovido. Ele lhe deu um beijo na testa com uma lágrima. Mas ela ficou exasperada de vergonha, tinha vontade de bater nele; saiu então para o corredor, abriu a janela e inspirou o ar fresco para se acalmar.

— Que coitado! Que coitado! — repetia ela baixinho, mordendo os lábios.

Sentia-se ainda mais irritada com ele. À medida que ele envelhecia, assumia um comportamento grosseiro; durante a sobremesa, cortava a rolha de garrafas vazias; depois de comer, passava a língua nos dentes; ao engolir a sopa, fazia um barulho a cada bocado; e, como estava engordando, seus olhos, que já eram pequenos, pareciam ter sido empurrados para cima, em direção às têmporas, pelo inchaço das maçãs do rosto.

Às vezes, Emma consertava a aba vermelha de tricô do colete dele, ajustava sua gravata ou separava para jogar fora as luvas desbotadas que ele estava prestes a vestir; e isso não era feito, tal como ele pensava, por causa dele; era por ela mesma, pelo aumento do egoísmo, de uma irritação nervosa. Às vezes, também, conversava com ele sobre coisas que havia lido, como um trecho de um romance, uma nova peça de teatro ou uma história do *grande mundo* contada no folhetim; pois, afinal de contas, Charles era alguém, um ouvido sempre atento, uma aprovação sempre pronta. Ela confidenciava muitas coisas à sua cadelinha! Também teria contado as toras de madeira da lareira e ao movimento do pêndulo do relógio.

No entanto, no fundo de sua alma, ela esperava algum acontecimento. Como os marinheiros em perigo, ela olhava desesperada para a solidão de sua vida, procurando alguma vela branca nas brumas do horizonte. Não sabia o que seria esse acaso, o vento que o empurraria em sua direção, para qual costa ele a levaria, se seria uma chalupa ou um barco com três conveses, cheio de angústia ou cheio de felicidade até a amurada. Mas todas as manhãs, quando acordava, esperava que ele estivesse lá durante o dia, e ouvia todos os ruídos, acordava com um sobressalto, surpreendendo-se por ele não ter vindo; depois, ao pôr do sol, cada vez mais triste, desejava estar lá no dia seguinte.

A primavera chegou novamente. Ela se sentia sufocada sob os primeiros calores, quando as pereiras floresciam.

Desde o início de julho, contava nos dedos quantas semanas faltavam para que chegasse outubro, pensando que o marquês d'Andervilliers talvez oferecesse um baile em Vaubyessard. Mas o mês de setembro inteiro passou sem nenhuma carta ou visita.

Após o tédio dessa decepção, seu coração mais uma vez ficou vazio e, assim, a série dos mesmos dias recomeçou.

Agora eles iriam se suceder em uma fileira, sempre iguais, incontáveis e sem contribuição alguma! As outras existências, por mais planas que fossem, pelo menos tinham a chance de um acontecimento. Às vezes, uma aventura levava a infinitas reviravoltas, e o cenário mudava. Mas para ela, nada acontecia, Deus havia desejado assim! O futuro era um corredor escuro com uma porta trancada no final.

Ela desistiu da música. Para que tocar? Quem a ouviria? Já que ela, em um vestido de veludo com mangas curtas, diante de um piano Érard, em um concerto, batendo nas teclas de marfim com seus dedos leves, nunca poderia sentir, como uma brisa, um murmúrio de êxtase circulando ao seu redor, não havia por que se preocupar em estudar. Ela deixou suas pranchas de desenho e as tapeçarias no armário. Qual era o objetivo? Qual era o objetivo? A costura a irritava.

— Já li tudo — dizia para si mesma.

E ela ficava ali, sentada, avermelhando as pinças da lareira ou vendo a chuva cair. Como ela ficava triste aos domingos, quando as vésperas eram tocadas! Ela ouvia com atenção, atordoada, o soar do sino. Algum gato no telhado, caminhando lentamente, arqueava as costas contra os raios pálidos do sol. O vento na estrada principal soprava faixas empoeiradas. Ao longe, às vezes, um cachorro uivava, e o sino, ao mesmo tempo, continuava seu toque monótono que se perdia no campo.

Contudo, os fiéis saíam da igreja. As mulheres com seus tamancos polidos, os camponeses com suas batas novas, as crianças pulando com a cabeça descoberta na frente deles, todos iam para casa. E, até o anoitecer, cinco ou seis homens, sempre os mesmos, ficavam jogando petanca diante da grande porta da hospedaria.

O inverno foi frio. Todas as manhãs, as janelas estavam cheias de granizo, e a luz, esbranquiçada através delas, como através de um vidro fosco, às vezes não mudava ao longo do dia. Às quatro horas da tarde, a lamparina tinha de ser acesa.

Em dias ensolarados, ela descia até o jardim. O orvalho havia deixado um brilho prateado nos repolhos, com fios longos e claros que se estendiam de um para o outro. Não se ouviam pássaros, tudo parecia estar dormindo, a espaldeira coberta de palha e a trepadeira como uma grande cobra doente sob a cobertura do muro, onde, ao se aproximar, era possível ver tatus-bola com muitas perninhas. Nos abetos, perto da sebe, o padre em seu tricórnio, lendo seu breviário, perdera o pé direito e até mesmo o gesso, que se desprendeu com a geada, formando crostas brancas em seu rosto.

Depois, ela subia as escadas, fechava a porta, estendia as brasas e, sentindo-se desfalecer pelo calor da lareira, sentia o tédio mais pesado cair sobre ela.

Teria descido para conversar com a empregada, mas um senso de pudor a impedia.

Todos os dias, no mesmo horário, o diretor da escola, com seu gorro de seda preta, abria os toldos de sua casa, e o guarda da aldeia passava, carregando seu sabre na bata. À noite e de manhã, os cavalos do correio, de três em três, atravessavam a rua para ir beber no brejo. De tempos em tempos, a campainha de um cabaré tilintava e, quando ventava, era possível ouvir sobre suas duas hastes as pequenas tigelas de cobre do fabricante de perucas, que serviam de sinal para sua loja. Esta era decorada com uma gravura antiga de moda colada em uma vidraça e um busto de cera de uma mulher cujo cabelo era amarelo. O próprio fabricante de perucas também lamentava sua vocação paralisada, seu futuro perdido, e, sonhando com alguma loja em uma cidade grande, como Rouen, por exemplo, no porto, perto do teatro, passava o dia inteiro caminhando, da prefeitura à igreja, sombrio e à espera de clientes. Quando a sra. Bovary levantava os olhos, sempre o via ali, como um sentinela de guarda, com sua boina grega sobre as orelhas e sua jaqueta de *lasting*.

Às vezes, à tarde, a cabeça de um homem aparecia atrás das janelas da sala, uma cabeça morena com costeletas pretas, sorrindo lentamente um sorriso largo e gentil com dentes brancos. Imediatamente começava uma valsa e, ao som do órgão, em um pequeno salão, dançarinos da altura do seu dedo — mulheres com turbantes cor-de-rosa, tiroleses em casacos matinais, macacos em ternos pretos, cavalheiros em calças curtas — giravam e giravam entre as poltronas, sofás e consoles, reproduzindo-se nos pedaços de espelho que se uniam aos cantos por filetes de papel dourado. O homem girava a manivela, olhando para a direita, para a esquerda e para as janelas. Periodicamente, enquanto lançava um longo jato de saliva marrom contra o pilar, erguia com o joelho o instrumento, cuja correia dura pressionava seu ombro; e, ora dolorosa e arrastada, ora alegre e apressada, a música da caixa escapava zunindo por uma cortina de tafetá rosa, sob uma grade de cobre em arabesco. Eram melodias tocadas em outros lugares, em teatros, cantadas em salões, dançadas à noite sob lustres iluminados, ecos do mundo que chegavam até Emma. Infinitas sarabandas se desenrolavam em sua cabeça e, como uma *bayadère* sobre as flores de um tapete, seus pensamentos saltavam com as notas, balançando de sonho em sonho, de tristeza em tristeza. Depois de receber a esmola em sua boina, o homem dobrava um velho cobertor de lã azul, pendurava seu órgão nas costas e se afastava a passo lento. Ela o observava partir.

Mas era especialmente à hora das refeições que ela não aguentava mais, naquele pequeno cômodo no andar térreo, com o fogão fumegando, a porta rangendo, as paredes escorrendo, o chão de pedra úmido; toda a amargura da existência parecia estar sendo servida em seu prato e, com a fumaça do ensopado, subia das profundezas de sua alma como outras baforadas de embotamento. Charles levava muito tempo para comer; ela mordiscava algumas avelãs ou, apoiada no cotovelo, divertia-se fazendo listras com a ponta da faca sobre a toalha de mesa encerada.

Ela agora deixava tudo de lado em sua casa, e a sra. Bovary mãe, quando veio passar parte da Quaresma em Tostes, ficou muito surpresa com essa mudança. Ela, de fato, que costumava ser tão cuidadosa e delicada, agora passava dias inteiros sem se vestir, usava meias de algodão cinza, iluminava-se à luz de velas. Repetia que era necessário economizar, já que não eram ricos, acrescentando que estava muito feliz, muito satisfeita, que gostava muito de Tostes e outros novos discursos que calavam a boca da sogra. No mais, Emma não parecia mais disposta a seguir seus conselhos; uma vez até, tendo a sra. Bovary sugerido que os patrões deveriam vigiar a religião dos serviçais, ela respondeu com um olhar tão encolerizado e com um sorriso tão frio que a boa mulher não tocou mais no assunto.

Emma se tornava difícil, caprichosa. Encomendava pratos para si, não tocava neles; um dia, só tomava leite puro e, no dia seguinte, xícaras de chá às dúzias. Muitas vezes, obstinava-se em não sair; depois, dizia-se sufocada, abria as janelas, vestia-se com roupa leve. Quando havia sido bem rude com a doméstica, dava-lhe depois presentes ou mandava-a passear na casa das vizinhas; da mesma forma, às vezes lançava aos pobres todas as moedas brancas de sua bolsa, embora não fosse muito meiga, nem facilmente acessível à emoção alheia, como a maioria das pessoas de origem camponesa, que guardam sempre na alma algo da calosidade das mãos paternas.

Pelo fim de fevereiro, o pai Rouault, como lembrança de sua cura, levou pessoalmente ao genro um peru enorme, e ficou três dias em Tostes. Como Charles precisava cuidar de seus doentes, Emma lhe fez companhia. Ele fumou no quarto, cuspiu na lareira, falou sobre agricultura, novilhos, vacas, aves domésticas e sobre o conselho municipal; tanto que ela fechou a porta, quando ele partiu, com um sentimento de satisfação que a surpreendeu. Aliás, ela não escondia mais o seu desprezo por nada nem por ninguém; e, às vezes, punha-se a exprimir opiniões singulares, criticando o que os outros aprovavam e aprovando coisas perversas ou imorais, o que fazia com que o marido arregalasse os olhos.

Mas será que essa tristeza duraria para sempre? Não a venceria? Contudo, ela valorizava aquelas que viviam felizes! Ela tinha visto duquesas em La Vaubyessard com cinturas mais pesadas e maneiras mais comuns, e abominou a injustiça de Deus; encostava a cabeça nas paredes para chorar; invejava as existências tumultuadas, as noites mascaradas, os prazeres insolentes com as extravagâncias que não conhecia e que eles deviam dar.

Ela empalidecia e tinha palpitações. Charles ministrava-lhe valeriana e banhos de cânfora. Tudo o que se experimentava parecia irritá-la ainda mais.

Certos dias, conversava com uma abundância febril; a essas exaltações sucediam-se, de repente, torpores nos quais ficava sem falar, sem se mexer. O que a reanimava então era espalhar pelo braço um vidro de água de colônia.

Como ela reclamava continuamente de Tostes, Charles imaginou que a causa de sua doença estivesse, talvez, em alguma influência local e, detendo-se nessa ideia, pensou seriamente em estabelecer-se em outro lugar.

Desde então, ela bebia vinagre para emagrecer, contraiu uma leve tosse seca e perdeu completamente o apetite.

Para Charles o custo foi abandonar Tostes depois de quatro anos de permanência e justo *quando começava a se estabelecer*. Mas se fosse preciso! Levou sua esposa a Rouen para ver o seu antigo mestre. Era uma doença nervosa: ela devia mudar de ares.

Depois de andar de um lado para outro, Charles ficou sabendo que, no distrito de Neufchâtel, havia um grande povoado chamado Yonville l'Abbaye, cujo médico, um refugiado polonês, acabara de se mudar na semana anterior. Então escreveu ao farmacêutico do lugar para saber qual era o número de habitantes, a distância a que se encontrava o colega mais próximo, quanto ganhava por ano o seu predecessor etc.; e, como as respostas foram satisfatórias, resolveu mudar-se pouco antes do início da primavera, se a saúde de Emma não melhorasse.

Um dia, quando estava se preparando para ir embora, ela estava arrumando uma gaveta e picou os dedos em alguma coisa. Era um arame de seu buquê de casamento. Os botões de flor de laranjeira estavam amarelos de poeira e as fitas de cetim com borda de prata desfiavam-se nas beiradas. Ela o lançou ao fogo. Inflamou-se mais rápido do que palha seca. Depois pareceu um arbusto vermelho sobre as cinzas, corroendo-se lentamente. Ela o olhou queimar. As pequenas bagas de papelão estouravam, os fios do arco se torciam, o galão se derretia; e as corolas de papel murchas, esvoaçando ao longo da placa como borboletas pretas, finalmente saíram pela chaminé.

Quando partiram de Tostes, no mês de março, a sra. Bovary estava grávida.

# Segunda Parte

# I

Yonville-l'Abbaye (assim chamada por causa de uma antiga abadia de capuchinhos cujas ruínas nem existem mais) é uma cidade mercantil a oito léguas de Rouen, entre as estradas de Abbeville e de Beauvais, no fundo de um vale regado pelo Rieule, um pequeno rio que desemboca no Andelle, depois de girar três moinhos em direção à sua foz, e onde há algumas trutas que os meninos, aos domingos, se divertem pescando com vara.

Saindo da estrada principal em Boissière e continuando em linha reta até chegar ao alto da Côte des Leux, pode-se avistar o vale. O rio que o atravessa forma duas regiões de fisionomia distinta: tudo à esquerda é pastagem; tudo à direita é lavoura. A pradaria se estende sob uma cadeia de colinas baixas para se juntar, por trás, às pastagens da região de Bray, enquanto, a leste, a planície se eleva suavemente, se alarga e espalha seus trigais loiros até onde a vista alcança. A água que corre à beira da relva separa a cor dos prados e a dos sulcos com uma faixa branca; assim, a campina se assemelha a um grande casaco desdobrado com uma gola de veludo verde, arrematado por um galão de prata.

Nos confins do horizonte, quando se chega, vê-se diante de si os carvalhos da floresta de Argueil, com as escarpas da Côte Saint-Jean, listradas de cima a baixo por longas e irregulares faixas vermelhas; esses são os traços das chuvas, e esses tons de tijolo, que cortam o cinza da montanha em faixas finas, provêm das inúmeras nascentes ferruginosas que fluem além, para a região vizinha.

Aqui estamos nos confins da Normandia, da Picardia e de Île-de-France, região bastarda onde a língua não tem sotaque e a paisagem não tem caráter. É ali que são fabricados os piores queijos Neufchâtel de todo o distrito; além disso, o cultivo é caro, pois é necessário muito adubo para fertilizar esses solos friáveis, cheios de areia e cascalho.

Até 1835, não havia nenhuma estrada viável para se chegar a Yonville; mas por volta dessa época estabeleceu-se um *grande caminho vicinal* que liga a estrada de Abbeville à de Amiens, e que, às vezes, serve aos carroceiros que vão de Rouen para Flandres. Entretanto, Yonville-l'Abbaye permaneceu parada, apesar de seus *novos negócios*. Em vez de melhorar as plantações, as pessoas teimaram com as pastagens, por mais depreciadas que estivessem, e o vilarejo preguiçoso, afastando-se da planície, continuou naturalmente a crescer em direção ao rio. Pode-se vê-lo de longe, repousando na margem como um vaqueiro tirando uma soneca à beira d'água.

Na parte inferior da colina, depois da ponte, começa uma via plantada com jovens álamos, que leva em linha reta até as primeiras casas da região. Elas são cercadas por sebes, no meio de pátios cheios de construções dispersas, prensas de vinho, abrigos para carroças e alambiques, disseminados sob árvores frondosas onde há escadas, feixes ou foices penduradas em seus galhos. Os telhados de colmo, como gorros de pele puxados para baixo sobre os olhos, chegam a cerca de um terço das janelas baixas, cujas grandes vidraças abauladas têm um nó ao meio, como os fundos das garrafas. Uma pereira magra às vezes fica pendurada na parede de gesso, que é atravessada diagonalmente por vigas pretas, e os andares térreos têm um pequeno portão giratório para protegê-los dos pintinhos, que vêm bicar migalhas de pão integral embebido em sidra na soleira da porta. No entanto, os pátios estão se tornando mais estreitos, as construções estão ficando mais próximas, as sebes estão desaparecendo; um feixe de samambaias balança sob uma janela na ponta de um cabo de vassoura; a forja de um ferreiro e depois um carroceiro com duas ou três charretes, do lado de fora, avançam sobre a estrada. Então, atravessando um clerestório, uma casa branca aparece além de um círculo de gramado decorado por um Cupido com um dedo apoiado na boca; dois vasos de ferro fundido estão em cada extremidade da escadaria; placas brilham na porta; é a casa do tabelião, a mais bonita da região.

A igreja fica do outro lado da rua, vinte passos adiante, na entrada da praça. O pequeno cemitério que a cerca, fechado por um muro baixo, está tão cheio de túmulos que as velhas pedras no nível do solo formam uma calçada contínua, onde a grama desenhou quadrados verdes regulares por conta própria. A igreja foi totalmente reconstruída nos últimos anos do reinado de Carlos X. A abóbada de madeira está começando a apodrecer na parte superior e, de um lado a outro, apresenta reentrâncias pretas sobre a cor azul.

Acima da porta de entrada, onde ficariam os órgãos, há um anteparo para os homens, com uma escada sinuosa que ecoa sob os tamancos.

A claridade do dia, que entra pelos vitrais lisos, ilumina obliquamente os bancos dispostos ao longo da parede, cobertos aqui e ali por um tapete pregado com as seguintes palavras em letras garrafais: "Banco do senhor fulano de tal". Mais adiante, no lugar onde a nave se estreita, o confessionário está suspenso sobre uma estatueta da Santíssima Virgem, que usa um vestido de cetim, coberta com um véu de tule salpicado de estrelas prateadas e toda enfeitada de púrpura na altura das maçãs do rosto, como se fosse uma imagem das Ilhas Sandwich; por último, uma réplica da *Sagrada Família, doação do ministro do Interior,* dominando o altar-mor entre quatro castiçais, completa ao fundo a perspectiva. As bancadas do coro, feitas de madeira de abeto, permanecem sem pintura.

O mercado coberto, cujo telhado é sustentado por cerca de vinte postes, ocupa cerca de metade da praça principal de Yonville. A prefeitura, construída *de acordo com o projeto de um arquiteto de Paris,* é uma espécie de templo grego que faz esquina com a casa do farmacêutico. Ela tem três colunas jônicas no térreo e uma galeria semicircular no primeiro andar, enquanto o tímpano na extremidade é preenchido com um galo gaulês, apoiando uma pata em cima da Carta e segurando a balança da justiça com a outra.

Mas o que realmente chama a atenção é a farmácia do sr. Homais, em frente à hospedaria *Lion d'or*! Especialmente à noite, quando os candelabros estão acesos e os frascos vermelhos e verdes que enfeitam a vitrine estendem dois feixes coloridos pelo chão; então, através deles, como se fossem luzes de Bengala, é possível ver a sombra do farmacêutico, apoiado em sua mesa. Sua casa, de cima a baixo, é coberta por inscrições em escrita inglesa, arredondada, moldada: "Águas de Vichy, Seltz e Barèges, xaropes depurativos, remédio Raspail, *racahout* árabe, pastilhas Darcet, pasta Regnault, ataduras, banhos, chocolates para a saúde etc." E o letreiro, que se estende por toda a largura da loja, traz em letras douradas: *Homais, farmacêutico.* Depois, nos fundos da loja, atrás das grandes balanças que ficam no balcão, a palavra *laboratório* aparece acima de uma porta envidraçada que, a meia altura, repete ainda *Homais,* em letras douradas, sobre um fundo preto.

Depois disso, não há mais nada para se ver em Yonville. A (única) rua, com uma distância de um tiro de espingarda e com algumas lojas, termina na curva da estrada. Ao sair dela à direita e seguindo pela parte inferior da Côte Saint-Jean, logo se chega ao cemitério.

Na época da epidemia de cólera, uma parte do muro foi derrubada e três acres de terra foram comprados ao lado dele, mas toda essa nova parte está quase inabitada, e as sepulturas continuam a se amontoar em direção ao portão, como no passado. O zelador, que é coveiro e bedel da igreja (obtendo assim um duplo benefício com os cadáveres da paróquia), aproveitou o terreno vazio para ali cultivar batatas. Ano após ano, no entanto, seu pequeno campo vai diminuindo e, quando uma epidemia surge, ele não sabe se deve se alegrar com as mortes ou lamentar as sepulturas.

— O senhor se alimenta dos mortos, Lestiboudois! — disse a ele um dia, enfim, o senhor vigário.

Essa fala sombria o fez refletir; ela o deteve por um tempo; mas, até hoje, continua a cultivar seus tubérculos e até afirma, com desenvoltura, que eles crescem naturalmente.

Nada mudou em Yonville desde os eventos que estamos prestes a descrever. A bandeira tricolor de estanho ainda está hasteada no topo do campanário da igreja; a loja de novidades ainda balança seus dois estandartes de tecido indiano ao vento; os fetos do farmacêutico, como pacotes de iscas brancas, apodrecem cada vez mais em seu álcool turvo e, acima da grande porta da hospedaria, o velho leão dourado, desbotado pela chuva, ainda mostra seus cachos de caniche aos transeuntes.

Na noite em que o casal Bovary deveria chegar a Yonville, a viúva Lefrançois, proprietária da hospedaria, estava tão atarefada que suava muito enquanto mexia as panelas. O dia seguinte era dia de mercado no vilarejo. Era preciso cortar a carne com antecedência, estripar as galinhas, fazer sopa e café. Além disso, ela preparava as refeições para seus hóspedes, para o médico, sua esposa e a empregada deles; na mesa de bilhar, as risadas ressoavam; três moleiros, na pequena sala, pediam que lhes trouxessem aguardente; a lenha queimava, as brasas crepitavam e, na longa mesa da cozinha, entre os pedaços de carne de carneiro crua, havia pilhas de pratos que tremiam com os solavancos da tábua onde o espinafre estava sendo cortado. No pátio da fazenda, era possível ouvir os gritos das aves enquanto a empregada as perseguia para lhes cortar o pescoço.

Um homem de sapatos de pele verde, com algumas marcas de varíola e usando um boné de veludo com uma borla dourada, aquecia as costas contra a lareira. Seu rosto não expressava nada além de satisfação pessoal, e ele parecia tão calmo na vida quanto o pintassilgo que estava pendurado sobre sua cabeça em uma gaiola de vime: aquele era o farmacêutico.

— Artémise! — berrava a dona da hospedaria —, corte a lenha, encha as garrafas, traga aguardente, depressa! Se ao menos eu soubesse que tipo de sobremesa oferecer para a companhia que o senhor está esperando! Meu Deus! Os encarregados de mudanças começaram a fazer barulho na sala de bilhar novamente! E a carroça deles que ficou debaixo do portal! A *Hirondelle* poderia quebrá-la ao chegar! Chame Polyte e peça para que ele a coloque no lugar... desde manhã, sr. Homais, eles devem ter jogado umas quinze partidas e bebido oito garrafas de sidra!... Eles vão rasgar o tapete! — prosseguia, olhando-os de longe, com a escumadeira na mão.

— O mal não seria tão grande — respondeu o sr. Homais. — A senhora compraria outro.

— Outro bilhar?! — exclamou a viúva.

— Esse aí não está aguentando mais, sra. Lefrançois; repito: a senhora se prejudica! A senhora se prejudica muito! Além disso, os jogadores, hoje em dia, querem blusas estreitas e tacos pesados. Não se joga mais com a bola; tudo está mudado! Temos de acompanhar nosso século! Olhe o Tellier, antes...

A dona da hospedaria enrubesceu de indignação. O farmacêutico acrescentou:

— A mesa de bilhar dele, pode-se dizer, é mais bonita do que a sua; e se tiver a ideia, por exemplo, de organizar uma galinhada patriótica em prol da Polônia ou das vítimas das enchentes em Lyon...

— Não são velhacos como ele que nos metem medo! — interrompeu a dona da hospedaria, erguendo seus largos ombros. — Vamos! Vamos, sr. Homais, enquanto o *Lion d'or* viver, a ele voltarão. Nós temos feno em nossas botas! Ao invés disso, numa manhã dessas, vocês encontrarão o *Café Français* fechado e com uma bela tabuleta nas janelas!... Trocar meu bilhar... — continuava ela, falando consigo mesma. — Logo ele que me é tão cômodo para estender a roupa lavada e sobre o qual, nos tempos da caça, já pus para dormir até seis viajantes!... E aquele retardatário do Hivert que nunca chega!

— Está esperando por ele para o jantar dos cavalheiros? — perguntou o farmacêutico.

— Esperando? E o sr. Binet, então! Quando baterem as seis horas, o senhor o verá entrar, pois não existe ninguém tão pontual quanto ele. Ele sempre tem de ter seu lugar na salinha! Seria mais fácil matá-lo do que fazê-lo jantar em outro lugar! E enjoado como ele é!... E tão exigente para a sidra! Não é como o sr. Léon; ele chega, às vezes, às sete horas, até às sete e meia; só olha para o que está comendo. Que bom rapaz! Nunca diz uma palavra mais alta do que a outra.

— Como pode ver, há uma grande diferença entre alguém que recebeu educação e um antigo carabineiro, hoje cobrador de impostos.

Bateram as seis horas. Binet entrou.

Vestia uma sobrecasaca azul, que caía reta em volta de seu corpo magro, e seu boné de couro, com as abas amarradas por cordões no alto da cabeça, deixava ver, sob a viseira levantada, uma fronte calva, deprimida pelo uso da boina. Usava um colete de pano de lã preto, uma gola de crina, calças cinzas e, em qualquer estação, botas bem engraxadas que tinham duas protuberâncias paralelas devido à elevação dos dedos dos seus pés. Nenhum fio de cabelo se destacava acima da linha de sua barba loira, o qual, contornando a mandíbula, emoldurava como a borda de uma faixa plana seu rosto longo e sem graça, com seus olhos pequenos e nariz adunco. Bom em todos os jogos de cartas, bom caçador e com boa caligrafia, tinha em casa um torno, com o qual se divertia fazendo argolas de madeira para guardanapos que entulhavam a casa, com o zelo de um artista e o egoísmo de um burguês.

Ele se dirigiu à salinha; mas primeiro foi preciso mandar sair os três moleiros; e, durante todo o tempo em que ficaram arrumando sua mesa, Binet permaneceu silencioso em seu lugar, perto do fogão; depois fechou a porta e tirou a boina, como de costume.

— Não são as civilidades que vão desgastar sua língua! — disse o farmacêutico, assim que ficou a sós com a hospedeira.

— Ele nunca fala mais do que isso — respondeu ela —; estiveram aqui, na semana passada, dois viajantes em trajes de lã, rapazes espirituosos que contaram tantas piadas à noite que eu chorei de rir; pois bem, ele ficou ali, como se fosse uma pedra, sem dizer uma palavra.

— É — concluiu o farmacêutico —, sem imaginação, sem brilho, nada do que constitui um homem de sociedade!

— Dizem, entretanto, que ele tem meios — objetou a dona da hospedaria.

— Meios? — replicou o sr. Homais —; ele?! Meios? Da sua parte, é possível — acrescentou num tom mais calmo.

E retomou:

— Ah! Que um comerciante com conexões consideráveis, um especialista em direito, um médico ou um farmacêutico sejam tão absorvidos a ponto de se tornarem excêntricos e até rabugentos, eu posso entender; há histórias que falam disso! Mas ao menos é porque estão pensando em algo. Por exemplo, quantas vezes me aconteceu de procurar minha caneta na mesa para escrever um rótulo e, no final, descobrir que a tinha colocado atrás da orelha!

Contudo, a sra. Lefrançois foi até a soleira da porta para ver se a *Hirondelle* estava chegando. Ela estremeceu. Um homem vestido de preto entrou de repente na cozinha. Na última luz do crepúsculo, era possível ver que ele tinha um rosto corado e o corpo atlético.

— Como posso servi-lo, senhor vigário? — perguntou a dona da hospedaria, enquanto pegava sobre a lareira uma das lamparinas de cobre que ali se encontravam alinhadas em colunata com suas velas. — O senhor quer tomar alguma coisa? Um dedo de cassis, um copo de vinho?

O clérigo recusou muito civilizadamente. Ele viera buscar seu guarda-chuva, que havia esquecido no outro dia no convento de Ernemont, e, depois de pedir à sra. Lefrançois que o devolvesse ao presbitério à noite, saiu rumo à igreja, onde o *Angelus* estava sendo tocado.

Quando o farmacêutico não ouviu mais o som de seus sapatos na praça, disse ter achado o comportamento anterior do vigário extremamente inadequado. Aquela recusa em aceitar uns tragos lhe pareceu a mais odiosa hipocrisia; todos os sacerdotes bebiam sem ser vistos e tentavam trazer de volta os tempos do dízimo.

A dona da hospedaria tomou a defesa do vigário:

— Aliás, ele poderia segurar quatro como o senhor em cima do joelho. No ano passado, ajudou nosso pessoal a trazer a palha; ele carregava seis fardos ao mesmo tempo, tamanha é sua força!

— Bravo! — soltou o farmacêutico. — Mande suas filhas se confessarem com sujeitos com um temperamento como esse! Se eu estivesse no governo, gostaria que os padres fossem sangrados uma vez por mês. Sim, sra. Lefrançois, todo mês, uma grande flebotomia, no interesse da polícia e dos costumes!

— Cale-se, sr. Homais! O senhor é um ímpio! O senhor não tem religião!

O farmacêutico respondeu:

— Eu tenho uma religião, a minha religião, e tenho até mais do que todos eles, com as suas palhaçadas e seus malabarismos! Pelo contrário, eu adoro Deus! Acredito no Ser Supremo, em um Criador, seja ele quem for, não importa para mim, que nos colocou aqui na Terra para cumprirmos nossos deveres como cidadãos e pais; mas não preciso ir à uma igreja, beijar castiçais de prata e engordar do meu bolso um bando de bobocas que comem melhor do que nós! Pois podemos honrá-Lo da mesma forma em um bosque, em um campo ou até mesmo contemplando a abóbada etérea, como faziam os antigos. Meu Deus é o Deus de Sócrates, de Franklin, de Voltaire e de Béranger! Sou totalmente a favor da *Profissão de fé do vigário de Saboia* e dos imortais princípios de 89! Portanto, não aceito um homem de Deus que anda por aí com uma bengala na mão, aloja seus amigos na barriga das baleias, morre com um grito e volta à vida depois de três dias: coisas que são absurdas em si mesmas e, além disso, completamente contrárias a todas as leis da física; o que nos mostra, a propósito, que os padres sempre definharam em uma ignorância turva, na qual procuram envolver com eles todas as pessoas.

Ele ficou em silêncio, olhando ao redor em busca de uma plateia, pois, em sua efervescência, o farmacêutico havia pensado que estava no meio de uma reunião do conselho municipal. Mas a dona da hospedaria não o estava mais escutando; ela estava atenta a um som distante. O som de uma carruagem se misturava ao barulho de ferros soltos batendo na terra e, finalmente, a *Hirondelle* parou em frente à porta.

Era uma carroceria amarela, carregada por duas rodas grandes que, ao se elevarem até a altura da lona, impediam os viajantes de verem a estrada e lhes sujavam os ombros. As pequenas vidraças das janelas estreitas balançavam em suas molduras quando a carruagem era fechada e conservavam manchas de lama, aqui e ali, em meio à velha camada de poeira, que nem mesmo as tempestades conseguiam remover completamente. Era puxada por três cavalos, indo um deles à frente dos demais, fazendo que, quando desciam as encostas, ela batesse o fundo, aos solavancos.

Alguns cidadãos de Yonville chegaram à praça; todos falavam ao mesmo tempo, pedindo notícias, explicações e víveres; Hivert não sabia a quem responder. Ele era o encarregado de cuidar dos afazeres da cidade para os habitantes do campo. Ia às lojas, carregava rolos de couro para o sapateiro, sucata para o ferreiro, um barril de arenques para a patroa, toucas para a costureira, perucas para o cabeleireiro; e, ao longo da estrada, na volta, distribuía seus pacotes, que jogava por cima das cercas dos pátios, ficando de pé em seu assento e gritando com toda a força, enquanto seus cavalos seguiam sozinhos.

Um acidente causou o atraso: a cadelinha da sra. Bovary havia fugido pelos campos. Assobiaram para ela durante quinze minutos. O próprio Hivert voltou meia légua para trás, acreditando vê-la a cada minuto, mas era preciso prosseguir a viagem. Emma chorou e se descontrolou; culpou Charles pelo infortúnio. O sr. Lheureux, um comerciante de tecidos, que estava com ela na carruagem, tentou consolá-la com muitos exemplos de cães perdidos que reconheceram seu dono depois de muitos anos. Um deles, dizia ele, tinha voltado de Constantinopla para Paris. Outro havia percorrido cinquenta léguas em linha reta e atravessado quatro rios a nado; e seu próprio pai tivera um caniche que, após doze anos de ausência, pulara subitamente em suas costas uma noite na rua, quando ele estava indo jantar na cidade.

# II

Emma foi a primeira a descer, depois Félicité, o sr. Lheureux e uma ama de leite; foram obrigados a acordar Charles, que adormecera completamente no seu canto assim que a noite caiu.

Homais se apresentou; cumprimentou a senhora, fez as cortesias ao senhor, disse que estava muito feliz por poder prestar-lhes algum serviço e acrescentou, com um ar cordial, que se atrevera a convidar a si mesmo, visto que sua esposa estava ausente.

Quando a sra. Bovary chegou à cozinha, aproximou-se da lareira. Com as pontas dos dois dedos, segurou o vestido na altura dos joelhos e, puxando-o até as canelas, estendeu para a chama, sobre a perna de cordeiro que girava, seu pé calçado com botas pretas. O fogo a iluminava por inteiro, penetrando com uma luz crua a trama de seu vestido, os poros uniformes de sua pele branca e até mesmo as pálpebras dos olhos, fazendo-a piscar de vez em quando. Uma forte cor vermelha passava sobre ela, conforme o sopro do vento que vinha da porta entreaberta.

Do outro lado da lareira, um rapaz de cabelo loiro a olhava silenciosamente.

Como estava muito entediado em Yonville, onde era escriturário do sr. Guillaumin, o sr. Léon Dupuis (ele era o segundo cliente regular do *Lion d'or*) muitas vezes adiava sua refeição, esperando que algum viajante viesse à hospedaria para conversar com ele à noite. Quando seu trabalho terminava, por falta de saber o que fazer, tinha de chegar na hora exata e suportar, desde a sopa até o queijo, o bate-papo com Binet. Foi, portanto, com alegria que ele aceitou a oferta da dona da hospedaria para jantar na companhia dos recém-chegados, e todos seguiram para a grande sala de jantar, onde a sra. Lefrançois, por uma questão de pompa, preparara a mesa para quatro.

Homais pediu permissão para manter seu gorro grego, por medo da coriza.

Depois, voltando-se para a vizinha:

— Sem dúvida, a senhora deve estar um pouco cansada... A nossa *Hirondelle* dá tantos solavancos!

— É verdade — respondeu Emma —; mas sempre aprecio ser incomodada; gosto de mudar de lugar.

— É uma coisa tão monótona — suspirou o escriturário —, ficar sempre preso nos mesmos lugares.

— Se você fosse como eu — disse Charles —, continuamente obrigado a estar a cavalo...

— Mas — replicou Léon, dirigindo-se à sra. Bovary —, nada é mais agradável, parece-me; sempre que possível — acrescentou.

— Por outro lado — dizia o farmacêutico —, o exercício da medicina não é muito penoso em nossa região; pois o estado de nossas estradas permite o uso do cabriolé, e, geralmente, paga-se bem, já que os agricultores são abastados. Do ponto de vista médico, além dos casos comuns de enterite, bronquite, doenças biliares etc., temos, ocasionalmente, algumas febres intermitentes na época da colheita, mas, em geral, nada sério, nada especial a ser observado, exceto por muitos humores frios, sem dúvida devido às condições higiênicas deploráveis de nossas moradias rurais. Ah! O senhor encontrará muitos preconceitos para combater, sr. Bovary; muitas rotinas obstinadas, contra as quais todos os esforços de sua ciência esbarrarão diariamente; pois as pessoas ainda recorrem a novenas, relíquias e ao pároco, em vez de procurarem regularmente o médico ou o farmacêutico. O clima, no entanto, para falar a verdade, não é ruim, e inclusive no município contamos com alguns nonagenários. O termômetro (eu fiz as observações) desce até quatro graus no inverno e, na estação quente, chega a vinte e cinco, trinta graus centígrados no máximo, o que nos dá vinte e quatro Réaumur no máximo, ou cinquenta e quatro Fahrenheit (medida inglesa), não mais! E, de fato, estamos protegidos dos ventos do norte pela floresta de Argueil, por um lado, e dos ventos do oeste pela Côte Saint-Jean por outro; e esse calor, no entanto, que devido ao vapor d'água liberado pelo rio e à presença considerável de gado nos campos, que exala, como se sabe, muita amônia, ou seja, azoto, hidrogênio e oxigênio (não, apenas azoto e hidrogênio), e que, sugando para si o húmus da terra, misturando todas essas diferentes emanações, reunindo-as como um feixe, por assim dizer, e combinando-as com a eletricidade espalhada na atmosfera, quando existe, poderia, a longo prazo, como em países tropicais, gerar miasmas insalubres... Esse calor, digo, é precisamente temperado pelo lado de onde vem, ou melhor, de onde viria, ou seja, do lado sul, pelos ventos do sudeste, que, tendo se resfriado ao passar sobre o rio Sena, às vezes chegam até nós de repente, como brisas da Rússia!

— Vocês têm, ao menos, alguns passeios pelos arredores? — prosseguiu a sra. Bovary, falando com o jovem.

— Oh! muito pouco — respondeu ele. — Há um lugar chamado La Pâture, no topo da colina, à beira da floresta. Às vezes, aos domingos, vou até lá e fico com um livro, observando o pôr do sol.

— Não consigo pensar em nada mais admirável do que o pôr do sol — prosseguiu ela —, mas especialmente à beira-mar.

— Oh! eu adoro o mar — disse o sr. Léon.

— E, além disso, não lhe parece — replicou a sra. Bovary —, que o espírito vaga mais livremente sobre essa extensão sem limites, cuja contemplação eleva nossa alma e dá ideias de infinito, de ideal?

— Acontece o mesmo com as paisagens de montanha — retomou Léon. — Tenho um primo que viajou pela Suíça no ano passado e que me disse ser impossível imaginar a poesia dos lagos, o encanto das cascatas, o efeito gigantesco das geleiras. Veem-se pinheiros de um tamanho incrível através de torrentes, cabanas suspensas em precipícios e, mil pés abaixo, quando as nuvens se afastam, vales inteiros. Esses espetáculos devem entusiasmar, dispor à oração, ao êxtase! Assim, não me espanto mais com aquele músico famoso que, para melhor estimular a imaginação, costumava tocar piano diante de algum lugar imponente.

— O senhor estuda música? — perguntou ela.

— Não, mas gosto muito — respondeu ele.

— Ah! não o escute, sra. Bovary — interrompeu Homais, inclinando-se sobre o prato. — É pura modéstia. Como, meu caro?! No outro dia, em seu quarto, o senhor estava cantando *L'Ange gardien* no auge da sua voz. Eu podia ouvi-lo do laboratório; estava interpretando-a como um ator.

Léon estava, de fato, hospedado na casa do farmacêutico, onde tinha um pequeno quarto no segundo andar, com vista para a praça. Ele corou com o elogio de seu senhorio, que já havia se voltado para o médico e estava listando os principais habitantes de Yonville, um por um. Contava casos, dava informações; não se sabia exatamente qual era a fortuna do tabelião, *e havia a casa de Tuvache,* que estava causando muito constrangimento.

Emma retomou:

— E que música o senhor prefere?

— Oh! a música alemã, a que faz sonhar.

— O senhor conhece os italianos?

— Ainda não; mas vou conhecê-los no ano que vem, quando for morar em Paris para terminar meus estudos de direito.

— É como tive a honra — disse o farmacêutico — de informar ao seu marido a propósito desse pobre Yanoda que fugiu; graças às loucuras que ele fez, o senhor e a senhora se encontrarão em uma das casas mais confortáveis de Yonville. A principal conveniência da casa para um médico é que ela tem uma porta que dá para o *beco*, o que permite que se entre e se saia sem ser visto. Além disso, ela é equipada com tudo o que é agradável para uma residência: lavanderia, cozinha com despensa, salão familiar, área para frutas etc. Ele era um sujeito que não economizava! No fundo do jardim, próximo à água, mandou construir um caramanchão só para beber cerveja no verão, e, se a senhora gostar de jardinagem, poderá...

— Minha esposa não se interessa muito por isso — disse Charles —; ela prefere ficar lendo em seu quarto, apesar das recomendações para a prática de exercícios.

— É como eu — replicou Léon —; de fato, há algo melhor do que sentar-se ao lado da lareira à noite com um livro, enquanto o vento bate nas vidraças e a lamparina arde?...

— Não é mesmo? — concordou ela, fixando sobre ele seus grandes olhos negros bem abertos.

— Não se pensa em nada — continuou ele —, as horas passam. Vagueia-se imóvel pelos lugares que se acredita ver, e os pensamentos, entrelaçados com a ficção, brincam com os detalhes ou seguem o esboço das aventuras. Eles se misturam com as personagens; parece que somos nós quem pulsamos sob os trajes deles.

— É verdade! É verdade! — dizia ela.

— Já lhe aconteceu alguma vez — retomou Léon — de encontrar em um livro uma ideia vaga que alguma vez teve, uma imagem obscurecida que retorna de longe como uma exposição completa de seus sentimentos mais delicados?

— Já tive essa experiência — respondeu ela.

— É por isso que — disse ele — amo os poetas acima de tudo. Acho que os versos são mais sensíveis do que a prosa e nos fazem chorar ainda melhor.

— No entanto, com o tempo, eles cansam — retomou Emma —; e agora, ao contrário, adoro histórias que seguem sem parar, onde se sente medo.

Odeio heróis comuns e sentimentos moderados, como os que existem na natureza.

— De fato — observou o escriturário —, essas obras, por não tocarem o coração, desviam-se, ao que me parece, do verdadeiro propósito da arte. É tão doce, em meio aos desencantos da vida, poder refletir sobre personagens nobres, afetos puros e imagens de felicidade. Quanto a mim, vivendo aqui, longe do mundo, é minha única distração; e Yonville oferece tão poucos recursos!

— Como Tostes, certamente — retomou Emma —; por isso, eu sempre estive inscrita em um clube de leitura.

— Se a senhora me der a honra de usar a minha — disse o farmacêutico, que acabara de ouvir essas últimas palavras —, tenho uma biblioteca dos melhores autores à sua disposição: Voltaire, Rousseau, Delille, Walter Scott, *L'Écho des feuilletons* etc., e também recebo diversos periódicos, entre os quais *Le Fanal de Rouen,* diariamente, pois tenho a vantagem de ser o correspondente para os distritos de Buchy, Forges, Neufchâtel e arredores.

Havia duas horas e meia estavam à mesa, pois a criada Artémise, arrastando despreocupadamente seus chinelos de ourelo pelo chão, trazia os pratos um a um, esquecia tudo, não ouvia nada e constantemente deixava entreaberta a porta do bilhar, que batia contra a parede com a ponta do trinco.

Sem perceber, sempre conversando, Léon colocou o pé em uma das barras da cadeira onde a sra. Bovary estava sentada. Ela usava uma pequena gravata de seda azul, que mantinha um colarinho de cambraia plissada ereto como uma gola alta; de acordo com os movimentos de sua cabeça, a parte inferior de seu rosto afundava no linho ou emergia dele suavemente. Foi assim que, um ao lado do outro, enquanto Charles e o farmacêutico conversavam, eles entraram em uma daquelas conversas vagas em que o acaso das frases sempre reconduz ao centro fixo de uma simpatia em comum. Os espetáculos de Paris, títulos de romances, novas quadrilhas e o mundo que eles não conheciam; Tostes, onde ela tinha vivido, Yonville, onde estavam; examinaram tudo, falaram de tudo até o fim do jantar.

Quando o café foi servido, Félicité foi preparar o quarto na nova casa, e os hóspedes não tardaram em levantar-se. A sra. Lefrançois dormia junto às cinzas, enquanto o cavalariço, com uma lanterna na mão, esperava o sr. e a sra. Bovary para levá-los para casa. Sua cabeleira ruiva estava entremeada de fiapos de palha, e ele mancava da perna esquerda. Depois de pegar com a outra mão o guarda-chuva do senhor vigário, todos partiram.

A vila estava adormecida. Os pilares da galeria projetavam grandes sombras. A terra estava toda cinzenta, como em uma noite de verão.

Mas como a casa do médico estava a cinquenta passos da hospedaria, foi quase imediatamente que desejaram boa-noite uns aos outros, e a companhia se dispersou.

Na entrada, Emma sentiu o frio do gesso cair sobre seus ombros como uma roupa úmida. As paredes eram novas, e os degraus de madeira rangiam. No quarto, localizado no primeiro andar, uma luz esbranquiçada entrava pelas janelas sem cortinas. Havia vislumbres de copas de árvores e, mais longe, o prado, meio afogado em neblina, que fumegava à luz da lua, de acordo com o curso do rio. No meio do quarto, em desordem, havia gavetas de cômoda, garrafas, varões, bastões dourados com colchões em cadeiras e bacias no piso de *parquet* — os dois homens que trouxeram os móveis haviam deixado tudo lá de forma displicente.

Era a quarta vez que ela dormia em um lugar desconhecido. A primeira foi no dia em que entrou no convento, a segunda no dia em que chegou a Tostes, a terceira em Vaubyessard, a quarta era essa; e cada uma delas parecia a inauguração de uma nova fase em sua vida. Não acreditava que as coisas pudessem ser as mesmas em lugares diferentes, e como a parte que vivera tinha sido ruim, não havia dúvida de que o que restava por consumar seria melhor.

# III

Na manhã seguinte, quando acordou, Emma avistou o escriturário na praça. Ela estava vestindo um *peignoir*. Ele levantou a cabeça e a cumprimentou. Ela fez uma rápida reverência e fechou a janela.

Léon esperou durante o dia todo que chegassem as seis horas da tarde; mas ao entrar na hospedaria, não encontrou ninguém, a não ser o sr. Binet, à mesa.

Aquele jantar da noite anterior foi um evento considerável para ele; nunca, até então havia passado duas horas seguidas conversando com uma *dama*. Como havia conseguido explicar a ela, e em tal linguagem, tantas coisas que não teria dito tão bem antes? Ele era tímido, geralmente, e mantinha aquela reserva que pertence tanto ao pudor quanto à dissimulação. Em Yonville, achavam que ele tinha modos *adequados*. Escutava o raciocínio de pessoas maduras e não parecia exaltado em política, algo notável para um jovem. Além disso, tinha alguns talentos: pintava com aquarela, sabia ler a clave de sol e gostava de ler literatura depois do jantar, quando não estava jogando baralho. O sr. Homais gostava dele por sua formação; a sra. Homais gostava dele por sua gentileza, pois frequentemente ele acompanhava as crianças dos Homais ao jardim, pirralhos sempre sujos, mal-educados e um pouco apáticos, como a mãe. Para cuidar dessas crianças, além da babá, eles tinham Justin, aluno de farmácia, primo distante do sr. Homais que haviam acolhido em casa por caridade, e que servia também como empregado doméstico.

O farmacêutico mostrou-se o melhor dos vizinhos. Informou à sra. Bovary sobre os fornecedores e mandou chamar especialmente o seu vendedor de sidra, provou ele mesmo a bebida e certificou-se de que o barril estava bem colocado na adega; também explicou como obter um suprimento barato de manteiga e fez um acordo com Lestiboudois, o sacristão, que, além de seus deveres sacerdotais e mortuários, cuidava dos principais jardins de Yonville por hora ou por ano, de acordo com o gosto pessoal.

A necessidade de cuidar dos outros não era a única coisa que levava o farmacêutico a tanta cordialidade obsequiosa; por trás disso, ele tinha um plano.

Havia infringido a lei do 19º dia do mês do ventoso do ano XI, artigo 1º, que proíbe a todo indivíduo não portador de diploma exercer a medicina; tanto que, com base em denúncias tenebrosas, Homais foi convocado a Rouen, perante o senhor procurador do rei, em seu gabinete particular. O magistrado o recebeu em pé, em sua toga, com arminho sobre os ombros e um chapéu na cabeça. Era de manhã, antes da audiência. Ouvia-se no corredor o forte bater das botas dos soldados passando, e algo como um barulho distante de grandes fechaduras que se trancavam. Os ouvidos do farmacêutico o fizeram acreditar que estava prestes a ter um derrame; entreviu masmorras, a família em prantos, a farmácia vendida, todos os frascos espalhados; e foi obrigado a entrar em um café para tomar um copo de rum com água de Seltz para recuperar a mente.

Pouco a pouco, a lembrança dessa advertência se desvaneceu, e ele continuou, como antes, a dar consultas inofensivas nos fundos da farmácia. Mas o prefeito tinha um ressentimento contra ele, seus colegas eram invejosos, era preciso recear tudo; cativando o sr. Bovary com cortesia, ele ganharia sua gratidão e evitaria que falasse mais tarde, caso percebesse alguma coisa. Assim, todas as manhãs, Homais lhe levava *o jornal* e, frequentemente, à tarde, deixava por um instante a farmácia e se dirigia até o oficial de saúde para conversar.

Charles andava triste; a clientela não chegava. Ficava sentado por horas, sem falar; ia dormir em seu gabinete ou ficava olhando a sua mulher costurar. Para distrair-se, fazia alguns trabalhos em casa, e até tentou pintar o sótão com um resto de tinta que os pintores haviam deixado. Mas as questões financeiras o preocupavam. Ele havia gastado tanto com os reparos em Tostes, com os vestidos da mulher e com a mudança de casa, que todo o dote, mais de três mil escudos, tinha-se esgotado em dois anos. Depois, muitas coisas foram danificadas ou perdidas na viagem de Tostes a Yonville, sem mencionar o padre de gesso, que caiu da carroça como consequência de um solavanco muito forte e se espatifou em mil pedaços no calçamento de Quincampoix!

Ele se distraiu com uma preocupação mais importante: a gravidez de sua esposa. À medida que o fim da gestação se aproximava, ele a amava cada vez mais. Era outro laço da carne que se estabelecia, como o sentimento contínuo de uma união mais complexa. Quando, de longe, ele via seu andar preguiçoso e sua cintura girando lentamente em seus quadris sem espartilho, quando, de frente um para o outro, ele a observava bem à vontade e ela se sentava em poses cansadas em sua poltrona, então sua felicidade já não se controlava mais; ele se levantava, a beijava, passava as mãos em seu rosto, chamava-a de mamãezinha, queria fazê-la dançar e contava, meio rindo, meio chorando, todos os tipos de piadas carinhosas que lhe vinham à mente. Ele adorava a ideia de ter gerado o bebê. Não sentia falta de nada agora. Ele conhecia a existência humana por dentro e por fora e se acomodou nela com serenidade, apoiado nos dois cotovelos.

Emma ficou espantada no início e depois desejou entregar-se e descobrir como era ser mãe. Mas, sem poder gastar tanto quanto queria em um moisés com cortinas de seda rosa e touquinhas bordadas, ela desistiu do enxoval num acesso de amargura e encomendou tudo de uma só vez a uma operária da aldeia, sem escolher ou discutir nada. Assim, ela não se divertiu com os preparativos que a ternura das mães pressupõe, e sua afeição foi, talvez, um pouco diminuída desde o início.

Entretanto, como Charles, em todas as refeições, falava sobre a criança, ela logo passou a pensar cada vez mais nela.

Ela desejava um filho; seria forte e moreno, chamá-lo-ia de Georges; e essa ideia de ter um menino era como a revanche esperada por todas as impotências passadas. Um homem, ao menos, é livre; pode percorrer as paixões e os lugares, atravessar obstáculos, almejar as felicidades mais distantes. Mas uma mulher é impedida continuamente. Inerte e flexível ao mesmo tempo, tem contra si as debilidades da carne junto com as dependências da lei. Sua vontade, como o véu de seu chapéu amarrado por um cordão, palpita aos quatro ventos; sempre há um desejo que puxa, alguma conveniência que segura.

Ela deu à luz num domingo, por volta das seis horas, ao nascer do sol.

— É uma menina! — disse Charles.

Ela virou a cabeça e se desvaneceu.

Quase imediatamente, a sra. Homais correu e a beijou, assim como a sra. Lefrançois, do *Lion d'or.* O farmacêutico, homem discreto, dirigiu-lhe apenas algumas felicitações provisórias pela porta entreaberta. Quis ver a criança e a achou bem formada.

Durante a convalescença ela se ocupou muito de encontrar um nome para a filha. De início, passou em revista todos os nomes que tinham terminações italianas, como Clara, Louisa, Amanda, Atala; gostava bastante de Galsuinde, mais ainda de Yseult ou Léocadie. Charles desejava que a criança tivesse o nome da mãe; Emma se opunha a isso. Percorreram o calendário de ponta a ponta e consultaram os estrangeiros.

— O sr. Léon — dizia o farmacêutico —, com quem eu estava conversando há alguns dias, admira-se de que não escolham Madeleine, que está muito na moda atualmente.

Mas a mãe Bovary protestou veementemente contra esse nome de pecadora. Quanto ao sr. Homais, tinha predileção por todos aqueles que lembrassem um grande homem, um fato ilustre ou uma ideia generosa; foi nesse sistema que batizara seus quatro filhos. Assim, Napoleão representava a glória e Franklin a liberdade; Irma, talvez, fosse uma concessão ao romantismo; mas Athalie, era uma homenagem à mais imortal obra-prima do teatro francês. Como as suas convicções filosóficas não impediam suas admirações artísticas, o pensador que havia nele não suprimia o homem sensível; sabia estabelecer diferenças, separar imaginação e fervor. Dessa tragédia, por exemplo, ele criticava as ideias, mas admirava o estilo; amaldiçoava a composição, mas aplaudia cada detalhe, e se exasperava contra as personagens, entusiasmando-se com seus discursos. Quando lia grandes fragmentos, sentia-se transportado; mas quando pensava que os falsos devotos se aproveitavam disso para tirar vantagens, ficava desolado, e nessa confusão de sentimentos em que se enredava, teria gostado de, igualmente, poder coroar Racine com ambas as mãos e discutir com ele por uns bons quinze minutos.

Finalmente, Emma se lembrou de que, no castelo de la Vaubyessard, ouvira a marquesa chamar uma jovem mulher de Berthe; foi então esse o nome escolhido, e, como o pai Rouault não podia vir, pediram ao sr. Homais que fosse o padrinho. Ele deu de presente o seguinte conjunto de produtos de seu estabelecimento: seis caixas de jujubas, um pote inteiro de *racahout*, três latas de pasta de malvavisco e, além disso, seis bastões de bala de açúcar que havia encontrado em um armário. Na noite da cerimônia, houve um grande jantar; o padre estava presente; as pessoas ficaram animadas. O sr. Homais, no momento dos licores, entoou *Le Dieu des bonnes gens*. O sr. Léon cantou uma barcarola, e a sra. Bovary mãe, que era a madrinha, recitou uma romança do tempo do Império; finalmente, o sr. Bovary pai exigiu que trouxessem a criança para baixo e começou a batizá-la com um copo com champanhe que derramava do alto sobre a sua cabeça. Essa ridicularização do primeiro dos sacramentos ultrajou o abade Bournisien; o pai Bovary respondeu com uma citação da *La Guerre des dieux*, o padre quis ir embora; as senhoras imploraram; Homais interveio; e o clérigo voltou a sentar-se, segurando calmamente pelo pires a sua xícara de café que já estava pela metade.

O sr. Bovary pai permaneceu mais um mês em Yonville, encantando os habitantes com um soberbo quepe de policial com galões de prata que usava pela manhã para fumar o seu cachimbo na praça. Tendo também o hábito de beber muita aguardente, frequentemente mandava a criada ao *Lion d'or* para comprar uma garrafa, que era anotada na conta de seu filho; e, para perfumar seus lenços, usava toda a provisão de água-de-colônia que sua nora tinha.

Emma não se incomodava com sua companhia. Ele tinha corrido o mundo: falava de Berlim, de Viena, de Estrasburgo, do seu tempo de oficial, das amantes que havia tido, dos grandes jantares que havia dado; além disso, se mostrava amável e, às vezes, fosse na escada ou no jardim, a pegava pela cintura exclamando:

— Charles, cuide-se!

Foi então que a mãe Bovary começou a se preocupar com a felicidade do filho e, temendo que o marido, a longo prazo, exercesse uma influência imoral sobre as ideias da jovem, decidiu apressar sua partida. Talvez ela tivesse dúvidas mais sérias. O sr. Bovary era um homem que não respeitava nada.

Um dia, Emma sentiu repentinamente a necessidade de ver sua filha pequena, que fora confiada aos cuidados da esposa do carpinteiro; e, sem olhar o calendário para ver se as seis semanas da Virgem ainda duravam, ela foi até a casa de Rolet, que ficava no final do vilarejo, na base da colina, entre a estrada principal e a campina.

Era meio-dia; as casas estavam com as venezianas fechadas, e os telhados de ardósia, brilhando sob a luz forte do céu azul, pareciam cintilar na crista de suas cumeeiras. Soprava um vento forte. Emma se sentia fraca ao caminhar; as pedras da calçada a machucavam; ela ficou em dúvida se voltaria para casa ou se entraria em algum lugar para se sentar.

Naquele momento, o sr. Léon saiu de uma porta vizinha com um maço de papéis debaixo do braço. Aproximou-se para cumprimentá-la e ficou na sombra em frente à loja de Lheureux, sob o toldo cinza que avançava.

A sra. Bovary disse que estava indo ver sua filha, mas que estava começando a se sentir cansada.

— Se... — retomou Léon, que não ousava prosseguir.

— O senhor vai fazer algo em algum lugar? — perguntou ela.

E, diante da resposta do escriturário, ela lhe pediu que a acompanhasse. À noite, a notícia já havia se espalhado por Yonville, e a sra. Tuvache, a esposa do prefeito, declarou à sua criada que *a sra. Bovary estava se comprometendo.*

Para chegar à casa da babá, era preciso virar à esquerda no final da rua, como quem vai para o cemitério, e seguir um pequeno caminho entre as casas e os pátios, margeado por alfeneiros. Eles estavam floridos, assim como as verônicas, as rosas trepadeiras, as urtigas e as espinheiras leves que brotavam dos arbustos. Pelas frestas das sebes, em meio às *cabanas*, podia-se ver algum porco em meio ao esterco ou algumas vacas amarradas, cujos chifres roçavam os troncos das árvores. Os dois, lado a lado, caminhavam lentamente, ela se apoiando sobre ele, e ele segurando seus passos, que media com os dela; adiante, um enxame de moscas zumbia no ar quente.

Eles reconheceram a casa pela velha nogueira que a sombreava. Baixa e coberta de telhas marrons, tinha uma réstia de cebolas pendurada do lado de fora, sob a janela do sótão. Feixes de madeira, encostados na cerca de espinhos, cercavam uma plantação de alface, algumas plantas de lavanda e ervilhas floridas subindo em treliças. Corria água suja e se espalhava pela grama, e ao redor havia uma série de trapos indefinidos, meias de tricô, uma camisola de tecido indiano vermelho e um grande lençol de tecido grosso estendido ao longo da cerca. Ao ouvir o barulho do portão, a ama apareceu, segurando uma criança de peito no braço. Com a outra mão, ela puxava um menino magro e doente, coberto de escrófula no rosto, que era filho de um vendedor de meias de Rouen, cujos pais estavam muito ocupados com seus negócios e o deixavam no interior.

— Entrem — disse ela —, sua filhinha está aí dormindo.

O quarto no andar térreo, o único da casa, tinha uma cama grande, sem cortinas, encostada na parede dos fundos, enquanto a bancada de amassar ocupava a lateral da janela, cuja vidraça estava emendada com um sol de papel azul. No canto, atrás da porta, botas com presilhas brilhantes estavam posicionadas sob a laje do lavadouro, ao lado de uma garrafa cheia de óleo com uma pena no gargalo; sobre a lareira empoeirada, um almanaque *Mathieu Laensberg* ficava entre pedras de espingarda, restos de vela e pedaços de pavio. Por fim, o último item supérfluo daquele ambiente era uma Fama soprando trombetas, uma imagem sem dúvida recortada de algum folheto de perfume e pregada na parede com seis pregos de cascos.

A filha de Emma estava dormindo no chão em um berço de vime. Ela a pegou com o cobertor que a envolvia e começou a cantar suavemente, balançando-a.

Léon passeava pelo quarto; parecia-lhe estranho ver aquela bela senhora em um vestido de algodão de Nanquim, em meio a toda aquela miséria. A sra. Bovary ficou vermelha; ele se afastou, pensando que talvez seus olhos tivessem sido um tanto impertinentes. Em seguida, colocou a menina de volta no berço; ela acabara de vomitar em seu colarinho. A ama veio imediatamente limpá-la, garantindo que aquilo não apareceria.

— Ela já fez isso muitas outras vezes — disse ela —, e a única coisa que faço é passar água continuamente! A senhora poderia fazer a gentileza de pedir a Camus, o dono da mercearia, que me deixasse pegar um pouco de sabão sempre que eu precisasse? Seria até mais conveniente para a senhora, já que eu não teria que incomodá-la.

— Está bem, está bem! — disse Emma. — Até logo, mãe Rolet!

E saiu, limpando os pés na soleira da porta.

A mulher a acompanhou até perto do pátio, falando o tempo todo sobre a dificuldade que tinha para se levantar à noite.

— Às vezes, fico tão cansada que adormeço sentada na cadeira; a senhora deveria me dar também pelo menos meio quilo de café moído, que duraria cerca de um mês e que eu tomaria de manhã com leite.

Depois de receber os agradecimentos, a sra. Bovary se foi. Ela já havia percorrido parte do caminho quando, ao ouvir o som de passos, virou a cabeça: era a ama de leite!

— O que foi?

Então a camponesa, puxando-a para um lado atrás de um olmo, começou a lhe contar sobre seu marido, que, com seu emprego e seis francos por ano que o capitão...

— Conclua logo — disse Emma.

— Pois bem — retomou a ama suspirando entre cada palavra —, receio que ele fique triste ao me ver tomando café sozinha; a senhora sabe, os homens...

— Se é isso que quer — repetia Emma —, eu vou lhe dar!... A senhora está me irritando!

— Ah! minha pobre cara senhora, é que, em decorrência de seus ferimentos, ele tem cãibras terríveis no peito. Diz que até a sidra o enfraquece.

— Mais rápido, mãe Rolet!

— Então — retomou, fazendo uma reverência —, se não fosse lhe pedir demais... —repetiu a saudação —, quando a senhora quiser — e seu olhar suplicava — um jarro de aguardente — disse afinal —, e eu a esfregarei nos pés da sua pequena, que os tem delicados como a língua.

Depois de se livrar da ama, Emma pegou novamente o braço do sr. Léon. Ela caminhou rapidamente por um tempo; depois diminuiu o passo e seu olhar, que ela mantinha à sua frente, encontrou o ombro do jovem, cuja sobrecasaca tinha uma gola de veludo preto. Seus cabelos castanhos caíam por cima, lisos e bem penteados. Ela notou as unhas dele, que eram mais longas do que as usadas em Yonville. Uma das grandes ocupações do escriturário era cuidar delas; ele tinha um canivete especial, para essa finalidade, que guardava em seu estojo de materiais de escrita.

Eles retornaram a Yonville pela beira da água. Na estação quente, a margem mais alargada expunha até a base os muros dos jardins, que tinham uma escada de alguns degraus que descia até o rio. Este corria silenciosamente, veloz e frio aos olhos; as relvas altas e finas se inclinavam juntas conforme a correnteza que as empurrava e, como cabeleiras verdes abandonadas, se espalhavam em sua limpidez. Às vezes, nas pontas dos juncos ou nas folhas dos nenúfares, um inseto de perninhas finas caminhava ou descansava. O sol brilhava através dos pequenos glóbulos azuis das ondas que se seguiam umas às outras à medida que estouravam; os velhos salgueiros, sem galhos, brilhavam com suas cascas cinzentas na água; mais além, tudo em volta, a campina parecia vazia. Era hora do jantar nas fazendas, e a jovem e seu companheiro só conseguiam ouvir, enquanto caminhavam, a cadência de seus passos sobre o chão de terra do caminho, as palavras que diziam um ao outro e o farfalhar do vestido de Emma em volta dela.

Os muros dos jardins, coroados com cacos de garrafa, estavam tão quentes quanto as vidraças de uma estufa. Nos tijolos haviam crescido rábanos silvestres; e a sra. Bovary, conforme passava, com a borda de sua sombrinha aberta, fazia com que algo das flores murchas se desfizesse em pó amarelo, ou que um ramo de madressilva ou clematite, suspenso do lado de fora, se arrastasse por um momento sobre a seda, agarrando-se às extremidades afiladas.

Conversavam a respeito de um grupo de dançarinos espanhóis que eram esperados para breve no teatro de Rouen.

— O senhor irá? — perguntou ela.

— Sim, se puder — respondeu ele.

Será que não tinham mais nada a dizer um ao outro? Seus olhos, no entanto, estavam cheios de uma conversa mais séria; e, enquanto se esforçavam para encontrar frases banais, sentiam-se invadidos pela mesma languidez; era como um murmúrio da alma, profundo e contínuo, que dominava o das vozes. Admirados por essa nova doçura, eles simplesmente nem pensaram em contar um ao outro a sensação ou descobrir a causa. As felicidades futuras, assim como as praias dos trópicos, lançam sobre a imensidão que as precede sua maciez nativa, uma brisa perfumada, e acabamos cedendo a essa embriaguez sem sequer nos preocuparmos com o horizonte que não podemos ver.

Em um determinado local, a terra havia desmoronado devido ao tráfego de animais; foi preciso caminhar sobre grandes pedras verdes, espaçadas na lama.

Com frequência, ela parava por um minuto para verificar onde colocaria a botina e, cambaleando sobre as pedras trêmulas, os cotovelos para o alto, a cintura inclinada, os olhos indecisos, ela ria, com medo de cair nas poças d'água.

Quando chegaram em frente ao seu jardim, a sra. Bovary empurrou o pequeno portão, subiu correndo os degraus e desapareceu.

Léon voltou ao seu escritório. O patrão estava ausente; ele deu uma olhada nos arquivos, depois aparou uma pena e, finalmente, pegou seu chapéu e saiu.

Ele foi para Pâture, no topo da Côte d'Argueil, na entrada da floresta; deitou-se no chão sob os abetos e olhou para o céu por entre os dedos.

— Como estou entediado! — dizia. — Como estou entediado!

Ele lamentava viver naquele vilarejo, tendo Homais como amigo e o sr. Guillaumin como patrão. Este último, todo voltado para os negócios, usando óculos de aros dourados e costeletas vermelhas sobre uma gravata branca, não entendia nada das sutilezas da mente, por mais que adotasse um estilo inglês rígido que havia deslumbrado o escriturário nos primeiros dias. Quanto à mulher do farmacêutico, era a melhor esposa da Normandia, tão gentil quanto uma ovelha, amava seus filhos, seu pai, sua mãe, seus primos, chorava com os infortúnios dos outros, deixava tudo correr bem em sua casa e odiava espartilhos; mas era tão lenta para se movimentar, tão monótona para ouvir, tão comum na aparência e tão limitada na conversa, que nunca lhe ocorrera, embora ela tivesse trinta anos e ele vinte, embora eles dormissem porta com porta e ele falasse com ela todos os dias, que ela pudesse ser uma mulher para alguém ou que possuísse algo de seu sexo além da vestimenta.

E depois, o que havia? Binet, alguns comerciantes, dois ou três donos de cabarés, o pároco e, por fim, o sr. Tuvache, o prefeito, com seus dois filhos, pessoas abastadas, rudes, obtusas, que cultivavam suas terras pessoalmente, faziam comilanças em família, eram devotos, aliás, e uma companhia completamente insuportável.

Mas contra o pano de fundo de todos esses rostos humanos, a figura de Emma se destacava, isolada e ainda mais distante, pois ele sentia um vago abismo entre ela e ele.

No início, ele havia ido várias vezes à casa dela na companhia do farmacêutico. Charles não parecia extremamente interessado em recebê-lo; e Léon não sabia como conciliar o medo de ser indiscreto e o desejo de uma intimidade que ele considerava quase impossível.

## IV

Já nos primeiros dias frios, Emma deixou o seu quarto para ficar na sala, cômodo comprido de teto baixo onde havia, sobre a lareira, uma coralita espessa que se projetava contra o vidro. Sentada em sua poltrona, perto da janela, ela observava os moradores da aldeia passarem pela calçada.

Léon, duas vezes por dia, ia de seu escritório até o *Lion d'or*. Emma o ouvia chegar de longe; inclinava-se para escutar, e o jovem se esgueirava por trás da cortina, sempre vestido da mesma maneira e sem virar a cabeça. Mas, ao crepúsculo, quando, com o queixo apoiado na mão esquerda, ela havia abandonado em seu colo a tapeçaria que começara, muitas vezes estremecia com a súbita aparição daquela sombra. Ela se levantava e ordenava que a mesa fosse posta.

O sr. Homais chegava durante o jantar. Com o chapéu grego na mão, ele entrava com passos silenciosos para não incomodar ninguém, repetindo sempre a mesma frase: "*Boa noite, companhia!*" Depois, quando se acomodava em seu lugar à mesa, entre os dois cônjuges, pedia ao médico notícias de seus pacientes, e o médico o consultava sobre a possibilidade de receber honorários. Em seguida, conversavam sobre o que havia saído *no jornal*. Homais, àquela hora do dia, já o sabia quase de cor e o relatava na íntegra, com as reflexões do jornalista e todas as histórias de desastres particulares ocorridos na França ou no exterior. Mas quando o assunto se esgotava, ele ia logo fazendo algumas observações sobre os alimentos à mesa. Às vezes até, levantando-se um pouco, indicava delicadamente à senhora o pedaço mais macio ou, voltando-se para a empregada, dava-lhe conselhos sobre como lidar com ensopados e a higiene dos condimentos; falava de maneira deslumbrante sobre aroma, osmazoma, sucos e gelatina. Tendo a cabeça mais cheia de receitas do que sua farmácia estava cheia de frascos, Homais era exímio na fabricação de geleias, vinagres e licores doces, e também conhecia todas as novas invenções relacionadas a aparelhos para o cozimento econômico de alimentos, bem como a arte de conservar queijos e tratar vinhos doentes.

Às oito horas, Justin vinha buscá-lo para fechar a farmácia. Então o sr. Homais olhava para ele com um olhar irônico, especialmente se Félicité estivesse lá, pois havia notado que seu pupilo apreciava a casa do médico.

— Meu rapaz — dizia — está começando a ter umas ideias, e acho que, o diabo que me carregue, ele está gostando da sua criada!

Um defeito mais grave, porém, e pelo qual ele o repreendia, era o fato de estar sempre escutando as conversas. Aos domingos, por exemplo, não se conseguia fazê-lo deixar a sala de estar quando a sra. Homais o chamava para levar as crianças, que estavam adormecendo nas poltronas, puxando com as costas o forro de calicó que era largo demais.

Poucas pessoas compareciam aos eventos sociais noturnos organizados pelo farmacêutico, pois suas calúnias e opiniões políticas haviam afastado sucessivamente várias pessoas respeitáveis. O escriturário estava sempre presente. Tão logo ouvia a campainha, ele corria ao encontro da sra. Bovary, pegava seu xale e colocava discretamente, sob a mesa do farmacêutico, os grossos chinelos de ourelo que ela usava sobre os sapatos quando havia neve.

Primeiro, jogavam algumas partidas de trinta e um; depois, o sr. Homais jogava *écarté* com Emma; Léon, atrás dela, dava-lhe conselhos. De pé, com as mãos no encosto da cadeira, ele observava os dentes do pente que segurava seu coque. A cada movimento que ela fazia para jogar as cartas, seu vestido se levantava do lado direito. Dos cabelos presos, descia uma cor castanha sobre as costas que, esvaindo-se gradualmente, pouco a pouco se perdia na sombra. Seu vestido, a partir daí, caía sobre o assento de ambos os lados, bufante, cheio de dobras, e se estendia até o chão. Quando Léon às vezes sentia a sola de sua bota sobre ele, afastava-se, como se tivesse pisado em alguém.

Quando terminava a partida de cartas, o farmacêutico e o médico jogavam dominós, e Emma, mudando de lugar, sentava-se e, com os cotovelos apoiados sobre a mesa, folheava o jornal *L'Illustration*. Ela trazia sua revista de moda. Léon se sentava ao seu lado e, juntos, olhavam as gravuras esperando um pelo outro no fim de cada página. Com frequência, ela pedia a ele que lesse alguns de seus versos; Léon os declamava com uma voz arrastada, que cuidadosamente deixava expirar nas passagens sobre o amor. Mas o barulho do dominó o incomodava; o sr. Homais era muito bom no jogo, derrotando

Charles em um duplo seis. Depois, terminadas as três centenas, ambos se recostavam diante da lareira e logo adormeciam. O fogo ia morrendo nas cinzas; a chaleira estava vazia; Léon ainda lia. Emma o ouvia, girando mecanicamente o abajur, onde estavam pintados no tecido pierrôs em carruagens e equilibristas com suas marombas. Léon parava e gesticulava para sua plateia adormecida; então eles falavam entre si em voz baixa, e a conversa que estavam tendo soava mais suave porque ninguém a ouvia.

Assim, estabeleceu-se entre eles uma espécie de associação, um intercâmbio contínuo de livros e romances; o sr. Bovary, que não era muito ciumento, não estranhava a situação.

Em seu aniversário, ele recebeu uma bela cabeça frenológica, toda cravejada com números até o peito e pintada de azul. Era um presente do escriturário, que também lhe prestava outros favores, incluindo fazer compras e levar recados a Rouen; e como o livro de um romancista tornara populares as suculentas, Léon comprou algumas para a senhora, e as carregava sobre os joelhos na *Hirondelle*, picando os dedos em seus pelinhos duros.

Ela mandou ajustar, junto à sua janela, uma prateleira com balaustrada para segurar seus vasinhos. O escriturário também tinha seu pequeno jardim suspenso; eles podiam ser vistos cuidando das flores em suas janelas.

Entre as janelas da aldeia, havia uma ainda mais frequentemente ocupada, pois aos domingos, de manhã até a noite, e todas as tardes, se o tempo estivesse claro, era possível ver o perfil magro do sr. Binet junto a uma das janelas do sótão, debruçado sobre seu torno, cujo ronco monótono chegava até o *Lion d'or*.

Certa noite, quando Léon chegou em casa, encontrou em seu quarto um tapete de veludo e lã com folhagens em um fundo claro. Ele chamou a sra. Homais, o sr. Homais, Justin, as crianças, a cozinheira, e contou ao patrão sobre o ocorrido. Todos queriam saber sobre aquele tapete; por que a esposa do médico estava sendo tão *generosa* com o escriturário? Parecia engraçado, e ficou decidido que ela devia ser *sua grande amiga*.

Ele dava a entender isso, pois falava constantemente sobre seus encantos e sua inteligência, tanto que Binet uma vez lhe respondeu de forma muito rude:

— O que isso me interessa, se não pertenço ao seu grupo?

Ele se atormentava tentando descobrir como *se declarar* a ela; e, sempre hesitando entre o medo de desagradá-la e a vergonha de ser tão pusilânime, chorava de desânimo e desejo. Em seguida, tomava decisões enérgicas; escrevia cartas que rasgava, deixava tudo para momentos que depois adiava.

Muitas vezes, ele saía com a intenção de atrever-se a tudo, mas essa resolução logo o abandonava na presença de Emma; e quando Charles aparecia e o convidava para entrar em sua carruagem para irem juntos ver algum doente nas redondezas, ele aceitava imediatamente, cumprimentava a senhora e partia. Seu marido não era algo dela?

Quanto a Emma, ela não se perguntava se o amava. O amor, acreditava ela, tinha que vir de repente, com grandes explosões e lampejos: um furacão dos céus que cai sobre a vida, vira-a de cabeça para baixo, arranca vontades como folhas e leva o coração inteiro para o abismo. Ela não sabia que no terraço das casas, quando as calhas estão entupidas, a chuva forma verdadeiros lagos; e ela assim permaneceu em sua segurança até que, de repente, descobriu uma rachadura na parede.

# V

Era um domingo de fevereiro, uma tarde de neve.

Estavam todos lá, o sr. e a sra. Bovary, Homais e o sr. Léon, que haviam ido ver uma fiação de linho que estava sendo instalada a meia légua de Yonville, no vale. O farmacêutico havia levado Napoleão e Athalie com ele, para que fizessem algum exercício, e Justin os acompanhava, carregando guarda-chuvas no ombro.

No entanto, nada era menos curioso do que aquela curiosidade. Uma grande área de terra vazia, entre montes de areia e pedras e onde algumas rodas dentadas enferrujadas jaziam ao acaso, circundava um longo edifício quadrangular perfurado por várias janelas pequenas. Ainda não estava terminado, assim, era possível ver o céu através das vigas do telhado. Amarrado à viga da cumeeira, um feixe de palha entrelaçado com espigas de milho balançava suas fitas tricolores ao vento.

Homais começou a falar. Ele explicou *ao grupo* a importância futura daquele estabelecimento, estimou a resistência dos pisos, a espessura das paredes e lamentou muito não ter uma régua métrica, já que o sr. Binet tinha uma para seu próprio uso.

Emma, que estava lhe dando o braço, apoiava-se um pouco em seu ombro e olhava para o disco do sol que irradiava ao longe, na névoa, sua palidez deslumbrante; mas virou a cabeça: Charles estava lá. Ele estava com a boina puxada para baixo, sobre as sobrancelhas, e seus dois grandes lábios tremiam, o que acrescentava algo de ridículo ao seu rosto; até mesmo suas costas, umas costas calmas, eram irritantes de se ver, e ela enxergava toda a platitude da personagem esparramada na sobrecasaca.

Enquanto ela o contemplava, saboreando em sua irritação uma espécie de prazer depravado, Léon deu um passo à frente. O frio que o empalidecia parecia dar ao seu rosto uma languidez mais suave; entre a gravata e o pescoço, o colarinho da camisa, um pouco solto, mostrava sua pele; um pouco da orelha se projetava sob uma mecha de cabelo, e seus grandes olhos azuis, voltados para as nuvens, pareciam à Emma mais límpidos e belos do que aqueles lagos de montanha onde o céu se espelha.

— Infeliz! — gritou de repente o farmacêutico.

E correu para o filho, que tinha acabado de se lançar sobre uma pilha de cal para pintar os sapatos de branco. Diante das repreensões que recebeu, Napoleão começou a uivar, enquanto Justin limpava os sapatos do menino com uma espiga de palha. Mas ele precisaria de um canivete; Charles ofereceu-lhe o dele.

— *Ah!* — disse a si mesma. — *Ele carrega um canivete no bolso, como um camponês!*

Começou a cair uma geada, e voltaram para Yonville.

À noite, a sra. Bovary não foi à casa dos vizinhos e, quando Charles saiu, ao sentir-se sozinha, os paralelos recomeçaram com a nitidez de uma sensação quase imediata e com aquele alargamento de perspectiva que a memória dá aos objetos. Olhando de sua cama para a lareira acesa, ela ainda podia ver Léon de pé, dobrando o bastão com uma das mãos e com a outra, segurando Athalie, que chupava calmamente um pedaço de gelo. Ela o achava encantador; não conseguia se afastar dele; lembrava-se de suas outras atitudes em outros dias, das frases que ele havia dito, do som de sua voz, de toda a sua pessoa; e ela repetia, movendo os lábios para a frente como se fosse beijá-lo:

— Sim, encantador! Encantador!... Ele não ama você? — perguntava-se. — Mas a quem então?... A mim!

Todas as evidências se espalharam de uma só vez, e seu coração deu um salto. A chama da lareira fazia tremer um brilho alegre no teto; ela se virou de costas e esticou os braços.

Então começou o eterno lamento:

— Oh! Se o céu quisesse! Por que não? Quem estava impedindo?...

Quando Charles chegou em casa à meia-noite, ela pareceu acordar e, quando ele fez um barulho enquanto se despia, ela reclamou de enxaqueca; depois perguntou, de forma indiferente, como havia sido aquela noite.

— O sr. Léon — disse ele — subiu cedo.

Ela não pôde deixar de sorrir e adormeceu, com a alma cheia de um novo encanto.

No dia seguinte, ao anoitecer, ela recebeu a visita do sr. Lheureux, um comerciante de novidades. Aquele era um negociante astuto.

Nascido na Gasconha, mas atualmente um normando, combinava sua personalidade meridional com a cautela típica dos oriundos da região de Caux. Seu rosto rechonchudo, flácido e sem barba parecia tingido por uma infusão de alcaçuz claro, e seu cabelo branco tornava ainda mais vívido o brilho intenso de seus pequenos olhos negros. Ninguém sabia o que ele havia sido anteriormente: um mascate, segundo alguns; um banqueiro em Routot, segundo outros. O que era certo é que ele fazia cálculos complicados em sua cabeça, o suficiente para assustar o próprio Binet. Educado ao ponto de ser obsequioso, ele sempre ficava com as costas meio curvadas, na posição de alguém que cumprimenta ou convida.

Depois de deixar na porta seu chapéu enfeitado com crepe, ele colocou um cartão verde sobre a mesa e começou a reclamar com a senhora, com muita civilidade, que até aquele dia não havia conquistado sua confiança. Um negócio pobre como o dele não havia sido feito para atrair uma *elegante* (ele enfatizou a palavra). Tudo o que ela tinha de fazer era encomendar, e ele lhe forneceria o que ela quisesse, quer fossem artigos de armarinho, lingerie, malharia ou novidades, já que ele ia regularmente à cidade quatro vezes por mês. Ele estava em contato com todas as principais casas de moda. Podia-se falar dele no *Trois Frères*, no *La Barbe d'Or* ou no *Le Grand Sauvage*; todos os cavalheiros de lá o conheciam como a palma da mão! Hoje, então, ele vinha mostrar à senhora, de passagem, vários itens que tinha ali por acaso, graças a uma das mais raras oportunidades. E tirou da caixa meia dúzia de golas bordadas.

A sra. Bovary as examinou.

— Não estou precisando de nada — disse ela.

Então, o sr. Lheureux exibiu delicadamente três echarpes argelinas, vários maços de agulhas inglesas, um par de chinelos de palha e, por fim, quatro porta ovos, esculpidos por prisioneiros. Em seguida, com as duas mãos sobre a mesa, o pescoço esticado e o corpo inclinado, ele acompanhou, com a boca entreaberta, o olhar de Emma, que vagava indeciso entre aquelas mercadorias. De vez em quando, como se quisesse sacudir a poeira, ele batia com a unha na seda das echarpes, desdobradas em toda sua extensão; e elas tremulavam com um leve ruído, fazendo com que as lantejoulas douradas de seu tecido, sob a luz esverdeada do crepúsculo, cintilassem como pequenas estrelas.

— Quanto custam?

— Uma ninharia — respondeu ele —, uma ninharia; mas não há pressa; quando a senhora quiser; nós não somos judeus!

Ela pensou sobre isso por alguns instantes e terminou agradecendo ao sr. Lheureux, que respondeu imperturbável:

— Bem, nós nos entrosaremos mais tarde; sempre me entendi com as mulheres, exceto com a minha!

Emma sorriu.

— Eu só queria dizer à senhora — falou ele com simpatia após a piada — que não é o dinheiro que me preocupa... Eu lhe daria algo, se fosse preciso.

Ela esboçou um gesto de surpresa.

— Ah! — disse ele apressadamente e em voz baixa. — Eu não precisaria ir longe para encontrá-lo para a senhora; conte com isso!

E começou a perguntar sobre o pai Tellier, o dono do *Café Français*, de quem o sr. Bovary estava cuidando então.

— O que há com o pai Tellier?... Ele está tossindo tanto que sacode a casa inteira; receio que em breve precisará de um paletó de madeira em vez de uma camisola de flanela... Ele aprontou tanta coisa quando era jovem! Essa gente, senhora, não tinha o mínimo comedimento! Acabou queimado com tanta aguardente! Mas, mesmo assim, é lamentável ver um conhecido partir.

E enquanto fechava novamente sua caixa, discorria sobre a clientela do médico.

— Sem dúvida, é o clima — concluiu ele, olhando para as lajotas com uma expressão de desgosto — a causa dessas doenças! Eu também não estou me sentindo bem; um dia destes, inclusive, terei de consultar o senhor por causa de uma dor nas costas. Enfim, adeus, sra. Bovary; às suas ordens; seu muito humilde servo!

E fechou a porta suavemente.

Emma ordenou que lhe servissem o jantar no quarto, perto da lareira, em uma bandeja; ela levou muito tempo para comer; tudo lhe parecia bom.

— *Como fui prudente!* — disse a si mesma, pensando nas echarpes.

Ela ouviu passos na escada: era Léon. Levantou-se e, entre todos os panos de bordar que estavam em cima da cômoda, pegou o primeiro da pilha. Parecia muito ocupada quando ele surgiu.

A conversa transcorreu languidamente; a sra. Bovary o abandonava a cada minuto, enquanto ele próprio permanecia como que constrangido. Sentado em uma cadeira baixa perto da lareira, ele girava o estojo de marfim em seus dedos; ela empurrava a agulha ou, ocasionalmente, com a unha, franzia as dobras do tecido. Ela não falava; ele se mantinha calado, cativado pelo silêncio dela como teria sido por suas palavras.

*"Pobre rapaz!"*, pensava ela.

*"Como é que eu não lhe agrado?"*, perguntava-se ele.

Léon, no entanto, acabou dizendo que, um dia desses, teria de ir a Rouen devido a um assunto em seu escritório.

— Sua assinatura de música expirou, devo renová-la?

— Não — respondeu ela.

— Por quê?

— Porque...

E, franzindo os lábios, ela puxou lentamente com a agulha um longo fio cinza.

Aquela tarefa irritava Léon. Os dedos de Emma pareciam machucar-se com a ponta, e então lhe veio à mente algo galanteador para dizer, mas não se arriscou a dizer nada.

— Então a senhora vai abandoná-la? — retomou ele.

— O quê? — perguntou ela vivamente. — A música? Oh, meu Deus, sim! Tenho minha casa para administrar, meu marido para cuidar, enfim, milhares de coisas, tantos deveres que vêm em primeiro lugar!

Ela olhou para o relógio. Charles estava atrasado. Então, ela se fez de preocupada. Ela repetiu duas ou três vezes:

— Ele é tão bom!

O escriturário gostava do sr. Bovary. Mas essa ternura para com ele o surpreendeu de maneira desagradável; mesmo assim, ele continuou com seus elogios, que pretendia fazer a cada um, disse ele, especialmente ao farmacêutico.

— Ah! É um bom homem — retomou Emma.

— Sem dúvida — confirmou o escriturário.

E começou a falar da sra. Homais, cujo vestuário muito desleixado geralmente os fazia rir.

— O que isso importa? — interrompeu Emma. — Uma boa mãe de família não se preocupa com suas roupas.

Em seguida, ela voltou a ficar em silêncio.

O mesmo aconteceu nos dias que se seguiram; sua fala, seus modos, tudo mudou. Passou a levar sua casa a sério, voltou a frequentar a igreja regularmente e a tratar sua criada com mais rigor.

Ela retirou Berthe dos cuidados da ama de leite. Félicité a trazia quando recebia visitas, e a sra. Bovary a despia para exibir seus membros. Declarava que adorava crianças; eram seu consolo, sua alegria, sua loucura, e acompanhava as carícias com expansões líricas que, para qualquer um que não fosse de Yonville, teriam lembrado a Sachette de *Notre-Dame de Paris*.

Quando Charles chegava em casa, encontrava suas pantufas sendo aquecidas perto das cinzas. Não faltava mais forro em seus coletes nem botões em suas camisas, e ele até gostava de olhar no guarda-roupa todas as toucas de algodão dispostas em pilhas iguais. Ela não relutava mais, como no passado, em sair para passear no jardim; tudo o que ele sugeria era sempre aceito, ainda que ela não adivinhasse os desejos aos quais se submetia sem murmurar; e quando Léon o via junto à lareira, depois do jantar, com as duas mãos sobre o ventre, os dois pés sobre os apoios, a face avermelhada pela digestão, os olhos úmidos de felicidade, com a criança engatinhando no tapete e aquela mulher de cintura fina que se aproximava do encosto da poltrona para beijá-lo na testa:

— *Que loucura!* — dizia a si mesmo. — *Como poderia chegar até ela?*

Ela lhe parecia tão virtuosa e inacessível que toda esperança, por mais vaga que fosse, o abandonava.

Mas, com essa renúncia, ele a colocava em condições extraordinárias. Ela se desprendia, para ele, das qualidades carnais, das quais ele não tinha nada a ganhar; e, em seu coração, ela ia sempre se elevando e se distanciando dele, da maneira magnífica de uma apoteose que voa. Era um daqueles sentimentos puros que não embaraçam o exercício da vida, que se cultivam porque são raros, e cuja perda afligiria mais do que a posse alegraria.

Emma ficou mais magra, com as bochechas mais pálidas e o rosto mais alongado. Com suas madeixas negras, seus olhos grandes, seu nariz reto, seu andar como o de um pássaro e sempre silenciosa agora, por acaso ela não parecia atravessar a existência quase sem tocá-la e ter na fronte a vaga marca de alguma predestinação sublime? Ela era tão triste e tão calma, tão gentil e tão reservada, que se sentia um encanto gelado ao seu redor, como quando se tem calafrios em igrejas sob o perfume de flores misturado com o frio do mármore. Nem mesmo os outros conseguiam escapar dessa sedução. O farmacêutico dizia:

— Ela é uma mulher de grandes recursos que não ficaria deslocada em uma subprefeitura.

As senhoras respeitáveis admiravam sua economia; os clientes, sua cortesia; os pobres, sua caridade.

Mas ela estava cheia de desejo, raiva e ódio. Seu vestido reto escondia um coração perturbado, e seus lábios, tão recatados, não revelavam seu tormento. Estava apaixonada por Léon e buscava a solidão para poder se deleitar mais livremente com sua imagem. A visão dele perturbava a volúpia de sua meditação. Emma palpitava ao som de seus passos; depois, em sua presença, a emoção diminuía, e tudo o que restava era um imenso estupor que terminava em tristeza.

Léon não sabia que, quando saía desesperado de sua casa, ela se levantava atrás dele para vê-lo na rua. Ela se preocupava com seus movimentos; examinava seu rosto; inventava qualquer história para arranjar desculpas e, assim, visitar seu quarto. A esposa do farmacêutico parecia-lhe feliz de dormir sob o mesmo teto; e seus pensamentos sempre recaíam sobre aquela casa, como os pombos do *Lion d'or* que vinham mergulhar, ali nas calhas, suas pernas rosadas e asas brancas. Mas quanto mais Emma se dava conta de seu amor, mais ela o reprimia, para que não se manifestasse e para diminuí-lo. Ela teria desejado que Léon o descobrisse; e imaginava acidentes e catástrofes que teriam facilitado tudo. O que a impedia, sem dúvida, era a preguiça ou o medo, e também o recato. Acreditava que o havia empurrado para muito longe, que o momento já havia passado, que tudo estava perdido. Depois, o orgulho, a alegria de dizer a si mesma: "*Sou virtuosa*", e de se olhar no espelho em poses resignadas, consolou-a um pouco quanto ao sacrifício que acreditava estar fazendo.

Então, os apetites da carne, os desejos monetários e as melancolias da paixão se fundiram todos no mesmo sofrimento; e, em vez de desviar seus pensamentos disso, ela se apegou ainda mais a ele, exaltando-se com a dor e procurando em toda parte as oportunidades. Ela se irritava com um prato mal servido ou com uma porta entreaberta, reclamava do veludo que não tinha, da felicidade que lhe faltava, de seus sonhos altos demais, de sua casa estreita demais.

O que a exasperava era que Charles não parecia suspeitar de seu tormento. Sua convicção de que a estava fazendo feliz lhe parecia um insulto tolo, e sua segurança quanto a isso, uma ingratidão. Para quem, então, ela estava sendo sensata? Não era ele o obstáculo que impedia toda felicidade, a causa de toda infelicidade, e uma espécie de alfinete afiado no complexo cinto que a prendia por todos os lados?

Assim, ela transferiu exclusivamente para ele o grande ódio decorrente de seus problemas, e todo esforço para diminuí-lo só servia para aumentá-lo, pois aquela dor inútil se somava aos outros motivos de desespero e contribuía ainda mais para o distanciamento. A própria gentileza dele em relação a ela a fazia se rebelar. A mediocridade doméstica a levava a fantasias luxuosas, a ternura conjugal a desejos adúlteros. Ela queria que Charles a espancasse, para que pudesse odiá-lo com mais justiça e, assim, vingar-se. Às vezes, ela se surpreendia com as conjecturas atrozes que lhe vinham à mente; e tinha de continuar sorrindo, ouvir a si mesma repetir que era feliz, agir como se fosse, fazer com que ele acreditasse!

No entanto, ela ficava enojada com essa hipocrisia. Sentia-se tentada a fugir com Léon para qualquer lugar bem longe, tentar um novo destino; mas imediatamente um vago abismo cheio de escuridão se abria em sua alma.

*"Além disso, ele não me ama mais", pensava ela. "O que acontecerá? Que ajuda esperar, que consolo, que alívio?"*

Ela permanecia destroçada, ofegante, inerte, soluçando em voz baixa e com lágrimas rolando pelo rosto.

— Por que não conta isso para o senhor? — perguntava a criada quando entrava durante alguma daquelas crises.

— São os nervos — respondia Emma —; não lhe diga nada, iria afligi-lo.

— Ah! Sim — prosseguia Félicité —, a senhora é exatamente como Guérine, a filha do pai Guérin, o pescador de Le Pollet, que eu conheci em Dieppe antes de vir morar em sua casa. Ela era tão triste, tão triste, que, quando alguém a via de pé em frente à sua casa, ela aparentava ser um lençol de funeral estendido diante da porta. Sua doença, ao que parece, era uma espécie de névoa que ela tinha na cabeça, e os médicos não podiam fazer nada a respeito nem o padre. Quando isso se tornava demais, ela ia sozinha para a beira do mar, tanto que o tenente da alfândega, ao fazer sua ronda, frequentemente a encontrava deitada de bruços, chorando sobre os seixos. Dizem que, depois do casamento, isso passou.

— Mas, para mim — retomou Emma —, foi depois do casamento que isso começou.

# VI

Certa noite, estando a janela aberta e ela sentada na beirada observando Lestiboudois, o bedel, podando o buxo, subitamente ouviu o *Angelus* tocar.

Era o início de abril, quando as prímulas estão florescendo; uma brisa cálida rolava sobre os canteiros arados, e os jardins, como as mulheres, pareciam estar se preparando para as festividades de verão. Através das grades do caramanchão e além, por todos os lados, podíamos ver o rio no prado desenhando sinuosidades errantes na grama. O vapor da noite passava entre os choupos sem folhas, borrando seus contornos com uma tonalidade violeta, mais pálida e transparente do que uma sutil gaze presa em seus galhos. Ao longe, bois caminhavam; não se ouviam seus passos nem seus mugidos; e o sino, ainda tocando, continuava soltando no ar seu lamento pacífico.

Ao ouvir esse tilintar repetido, os pensamentos da jovem se voltaram para antigas lembranças da juventude e do internato. Lembrou-se dos altos castiçais que se erguiam no altar acima dos vasos cheios de flores e do tabernáculo com colunatas. Ela teria gostado, como no passado, de ainda fazer parte da longa fileira de véus brancos, que marcavam de preto, aqui e ali, as rígidas toucas das freiras inclinadas em seus genuflexórios; aos domingos, na missa, quando ela levantava a cabeça, via o doce rosto da Virgem entre os redemoinhos azulados do incenso que subia. Então um sentimento de ternura a envolveu; ela se sentiu suave e totalmente entregue, como a plumagem de um pássaro rodopiando na tempestade; e foi sem se dar conta disso que se dirigiu à igreja, pronta para qualquer devoção, desde que absorvesse sua alma e toda a sua existência desaparecesse nela.

Na praça, encontrou Lestiboudois que retornava, pois, para não estragar o dia, preferia interromper o trabalho e retomá-lo mais tarde; dessa maneira, podia tocar o *Angelus* conforme sua conveniência. Além disso, os sinos tocando mais cedo serviam como um aviso para as crianças sobre o início da catequese.

Alguns dos recém-chegados já estavam jogando bolinhas de gude nas lajes do cemitério. Outros, montados no muro, sacudiam as pernas, cortando com os tamancos as grandes urtigas que haviam crescido entre o pequeno cercado e os últimos túmulos. Esse era o único lugar que era verde; todo o resto não passava de pedras continuamente cobertas por um pó fino, apesar da vassoura da sacristia.

As crianças, calçando sapatos de flanela, corriam por ali como se aquele fosse um assoalho feito para elas, e seus gritos ressoavam junto com o toque do sino, que diminuía conforme as oscilações da espessa corda que, caindo das alturas da torre, arrastava a ponta pelo chão. As andorinhas passavam voando, piando, cortando o ar com a agudeza de seu voo, e rapidamente voltavam para seus ninhos amarelos sob as telhas do beiral. Nos fundos da igreja, ardia uma lamparina, um pavio aceso dentro de um vidro suspenso. De longe, sua luz parecia uma mancha esbranquiçada tremulando sobre o óleo. Um longo raio de sol atravessava toda a nave, deixando os corredores e cantos ainda mais escuros.

— Onde está o padre? — perguntou a sra. Bovary a um garoto que estava se divertindo balançado um torniquete por sua larga abertura.

— Ele virá logo — respondeu o menino.

De fato, a porta do presbitério rangeu, o abade Bournisien apareceu; as crianças, desordenadamente, fugiram para a igreja.

— Esses moleques! — murmurou o clérigo. — Sempre os mesmos!

E, pegando um catecismo amarrotado que acabara de acertar com o pé:

— Não respeitam nada!

Mas, assim que ele viu a sra. Bovary:

— Desculpe-me — disse —, não a reconheci.

Ele enfiou o catecismo no bolso e parou, ainda balançando a pesada chave da sacristia entre os dedos.

O brilho do sol poente que batia em cheio sobre seu rosto empalidecia o tom de sua batina, que brilhava abaixo dos cotovelos e estava desfiada na parte inferior. Sobre seu largo peito, manchas de graxa e tabaco seguiam a linha dos pequenos botões que se tornavam mais numerosos à medida que se afastavam do colarinho, onde repousavam as abundantes pregas de sua pele avermelhada; ela estava repleta de máculas amarelas que desapareciam em meio aos pelos ásperos de sua barba grisalha. Ele tinha acabado de jantar e respirava pesadamente.

— Como a senhora está? — acrescentou ele.

— Mal — respondeu Emma —; estou sofrendo.

— Ora, eu também — retomou o clérigo. — Os primeiros dias quentes nos deixam surpreendentemente prostrados, não é? Enfim, o que fazer? Nascemos para sofrer, como dizia São Paulo. Mas, o sr. Bovary, o que pensa disso?

— Ele! — exclamou ela com um gesto de desdém.

— O quê? — replicou o homem espantado. — Ele não lhe prescreve nada?

— Ah! — soltou Emma. — Não são os remédios da terra que me fazem falta.

Mas, de vez em quando, o padre olhava para dentro da igreja, onde todas as crianças estavam ajoelhadas, empurrando umas às outras com os ombros e caindo como se fossem peças de dominó.

— Gostaria de saber... — retomou ela.

— Espere, espere, Riboudet — gritou o clérigo com voz colérica —, vou esquentar suas orelhas, seu malandro!

Depois, virando-se para Emma:

— Ele é filho de Boudet, o carpinteiro; seus pais são tranquilos e o deixam fazer o que bem entende. Mas ele aprenderia rápido se quisesse, pois é muito esperto. Às vezes, por brincadeira, eu o chamo de Riboudet (como a colina que leva a Maromme), e até digo: "*Meu Riboudet*. Ah! Ah! *Monte Riboudet!*" Outro dia, mencionei essa palavra ao monsenhor, que riu... que se permitiu rir. E o sr. Bovary, como está?

Ela parecia não ouvir. Ele continuou:

— Sem dúvida, sempre muito ocupado? Pois nós somos, ele e eu, as duas pessoas da paróquia que mais têm o que fazer.

Mas ele é médico de corpos — acrescentou com um riso forte —, e eu, eu sou de almas!

Ela fixou no padre olhos suplicantes.

— Sim... — concordou ela —, o senhor alivia todas as aflições.

— Ah! Nem me fale, sra. Bovary! Hoje mesmo pela manhã, precisei ir a Bas-Diauville para ver uma vaca que estava *inchada*; eles acreditavam que era uma maldição. Todas as vacas deles, não sei como..., mas, com licença! Longuemarre e Boudet! Francamente! Podem parar com isso?

E, num salto, correu para dentro da igreja.

As crianças se aglomeravam ao redor do grande púlpito, subiam no banco do cantor e abriam o missal; outras, furtivamente, se aventuravam no confessionário. Mas o padre, de repente, soltou uma saraivada de sopapos. Agarrando-os pela gola do casaco, ele os levantava do chão e os colocava de joelhos sobre as pedras do coro, com firmeza, como se quisesse plantá-los ali.

— Vamos lá — disse ele quando voltou para junto de Emma, e, desdobrando seu grande lenço de tecido indiano, do qual colocou uma ponta entre os dentes —, os agricultores realmente têm do que reclamar!

— Há outros — respondeu ela.

— Seguramente! Os operários das cidades, por exemplo.

— Não são eles...

— Perdoe-me! Conheci lá pobres mães de família, mulheres virtuosas, eu garanto, verdadeiras santas, a quem faltava até o pão.

— Mas aquelas — retomou Emma (e os cantos de sua boca se torciam enquanto falava) —, aquelas, senhor vigário, que têm pão, mas que não têm...

— Fogo no inverno — disse o padre.

— Ei! E o que importa?

— Como! O que importa? A mim me parece que, quando se está bem aquecido, bem alimentado..., porque enfim...

— Meu Deus! Meu Deus! — suspirava ela.

— A senhora está se sentindo mal? — indagou ele, aproximando-se com ar preocupado. — É a digestão, sem dúvida! Precisa voltar para sua casa, sra. Bovary, tomar um pouco de chá; isso a deixará mais forte. Ou então um copo d'água fresca com açúcar mascavo.

— Por quê?

E ela tinha o ar de alguém que acorda de um sonho.

— É que a senhora estava passando a mão na testa. Achei que estivesse com tontura.

Depois, mudando de assunto:

— Mas a senhora estava me perguntando alguma coisa? O que era mesmo? Não sei mais.

— Eu? Nada... nada... — repetia Emma.

E seu olhar, que lançava à sua volta, lentamente caiu sobre o velho de batina. Eles se olharam, cara a cara, sem falar.

— Então, sra. Bovary — falou ele por fim —, desculpe, mas o dever antes de tudo, a senhora sabe; tenho que despachar meus moleques. Estão chegando as primeiras comunhões. Receio que seremos surpreendidos novamente!

É por isso que, a partir do Dia da Ascensão, os mantenho por mais uma hora exatamente, toda quarta-feira. Pobres crianças! Nunca é demais conduzi-las pelo caminho do Senhor, como ele mesmo nos recomendou pela boca de seu divino Filho... Boa saúde, senhora; meus respeitos ao seu marido!

E ele entrou na igreja, fazendo uma genuflexão na porta.

Emma o viu desaparecer entre a fila dupla de bancos, caminhando com passos pesados, a cabeça ligeiramente inclinada sobre o ombro e as duas mãos entreabertas, que ele levava atrás de si.

Então ela girou sobre os calcanhares, como uma estátua em um pivô, e tomou o caminho de sua casa. Mas a voz grave do padre e a voz clara das crianças ainda chegavam aos seus ouvidos e a seguiam:

— O senhor é cristão?

— Sim, sou cristão.

— O que é ser cristão?

— É aquele que, sendo batizado..., batizado..., batizado.

Ela se segurava no corrimão enquanto subia as escadas e, quando chegou ao quarto, afundou-se em uma poltrona.

A luz esbranquiçada do dia, sobre os vidros das janelas, descia suavemente como ondas. Os móveis em seus lugares pareciam ficar mais imóveis e se perder nas sombras, como se estivessem em um oceano turvo. A lareira estava apagada, o relógio de pêndulo não parava de balançar, e Emma se sentia vagamente admirada com a calma das coisas, quando havia tanta agitação dentro dela. Mas ali, entre a janela e a mesa de trabalho, estava a pequena Berthe, cambaleando em suas botinhas de tricô e tentando se aproximar da mãe para poder segurar a ponta das fitas de seu avental.

— Deixe-me em paz! — mandou ela, afastando-a com a mão.

A menina voltou e se aproximou ainda mais de seus joelhos e, apoiando-se neles com os braços, ergueu os grandes olhos azuis em sua direção, enquanto um fio de saliva pura escorria de seus lábios até a seda do avental.

— Deixe-me em paz! — repetiu a jovem mulher irritada.

Seu semblante assustou a criança, que começou a gritar.

— Ei, deixe-me em paz! — soltou ela, empurrando-a com o cotovelo.

Berthe caiu contra a cavilha de cobre ao pé da cômoda; ela cortou a bochecha e começou a sangrar. A sra. Bovary correu para levantá-la, rompeu a corda da campainha, chamou a empregada com toda a força e estava prestes a se maldizer quando Charles apareceu. Era hora do jantar e ele voltava para casa.

— Olhe aqui, meu querido — disse Emma calmamente —; a pequena, brincando, acabou de cair no chão e se machucou.

Charles a acalmou, dizendo que não era nada sério, e foi buscar um pouco de dialquil.

A sra. Bovary não desceu para a sala; ela queria ficar sozinha e cuidar da filha. Então, enquanto olhava para ela dormindo, a ansiedade que ainda tinha foi se dissipando aos poucos, e ela se achou muito tola e bondosa por ter se preocupado antes com tão pouca coisa. Berthe já não estava mais soluçando. Sua respiração agora levantava lentamente o cobertor de algodão. Grandes lágrimas pararam no canto de suas pálpebras semicerradas, que revelavam dois olhos pálidos e afundados entre os cílios; o curativo preso em sua bochecha puxava a pele esticada obliquamente.

*"É algo estranho"* pensava Emma, *"como essa criança é feia!"*

Quando Charles voltou da farmácia às onze horas da noite (onde, depois do jantar, fora devolver o que restava do dialquil), encontrou sua esposa, de pé, ao lado do berço:

— Eu lhe garanto que não será nada — disse, beijando-lhe a testa —; não se atormente, querida, vai acabar adoecendo!

Ele havia ficado na farmácia por um longo tempo. Mesmo não tendo demonstrado muita emoção, o sr. Homais tentou fortalecê-lo e *levantar-lhe o ânimo*. Conversaram sobre os vários perigos que ameaçavam a infância e sobre o descaso dos criados. A sra. Homais sabia bem o que era isso, pois ainda tinha no peito as marcas de uma concha de brasas que uma cozinheira havia derrubado em sua bata. Portanto, aqueles bons pais tomavam muitas precauções. Nunca se afiavam facas nem se enceravam os cômodos. Havia grades de ferro nas janelas e barras robustas nos batentes das portas. As crianças Homais, apesar de sua independência, não podiam se movimentar sem um supervisor atrás deles; ao menor resfriado, o pai os enchia de medicamentos para o peito e, até os quatro anos de idade, todos usavam, incessantemente, protetores acolchoados. Aquele era, verdade seja dita, um hábito da sra. Homais; seu marido ficava internamente aflito com isso, receando pelos órgãos da inteligência diante das possíveis consequências de tal compressão, e ele chegava a dizer-lhe:

— Você pretende transformá-los em Caraíbas ou Botocudos?

Charles, no entanto, tentara várias vezes interromper a conversa.

— Gostaria de falar com o senhor — sussurrou baixinho ao ouvido do escriturário, que começou a subir as escadas na frente dele.

— *Será que ele desconfiava de alguma coisa?* — perguntava-se Léon. Tinha palpitações e se perdia em conjecturas.

Finalmente, Charles, depois de fechar a porta, pediu-lhe que verificasse pessoalmente, em Rouen, quanto poderia custar um belo daguerreótipo; era uma surpresa sentimental que ele reservava para a esposa, uma atenção delicada, o retrato dela em traje negro. Mas ele queria primeiro saber *o que esperar*; essas providências não deveriam constranger o sr. Léon, já que ele ia à cidade quase todas as semanas.

Com que objetivo? Homais suspeitava que houvesse alguma *história de rapaz*, alguma intriga. Mas ele estava enganado; Léon não estava em busca de um caso de amor. Ele estava mais triste do que nunca, e a sra. Lefrançois percebia isso pela quantidade de comida que ele deixava no prato. Para saber mais, ela interpelou o fiscal; Binet respondeu, em um tom ríspido, que *não estava sendo pago pela polícia*.

Seu camarada, no entanto, parecia-lhe bastante singular, pois frequentemente Léon inclinava-se para trás em sua cadeira, estendendo os braços e expressando de forma vaga seu descontentamento com a vida.

— É porque o senhor não tem distrações suficientes — dizia o fiscal.

— Quais?

— Eu, no seu lugar, teria um torno!

— Mas eu não sei tornear — respondeu o escriturário.

— Oh! É verdade! — disse o outro acariciando o próprio queixo, com um ar de desdém misturado com satisfação.

Léon estava cansado de amar sem sucesso; então, começou a sentir esse abatimento causado pela repetição da mesma vida, quando nenhum interesse a direciona e nenhuma esperança a sustenta. Ele se sentia tão entediado em Yonville e com seus habitantes que simplesmente ver certas pessoas e certas casas o irritava intensamente; e o farmacêutico, por mais bem-humorado que fosse, tornara-se completamente insuportável para ele. Entretanto, a perspectiva de uma nova situação o assustava tanto quanto o seduzia.

Essa apreensão se transformou logo em impaciência, e Paris então acenou para ele, à distância, com a fanfarra de seus bailes de máscaras e o riso de suas moças atraentes. Já que tinha que concluir lá o curso de direito, por que não ia? Quem o estava impedindo? E começou a fazer os preparativos internos; organizou suas atividades com antecedência. Em sua mente, ele mobiliou um apartamento. Levaria a vida de um artista! Teria aulas de violão! Teria um roupão, uma boina basca, chinelos de veludo azul! E já contemplava, sobre sua lareira, dois floretes cruzados, adornados por uma caveira, e o violão acima.

O mais difícil era obter o consentimento de sua mãe, mas nada parecia mais razoável. Seu patrão até o incentivou a visitar outro escritório onde ele pudesse se desenvolver mais. Tomando um caminho intermediário, Léon procurou um cargo de segundo escriturário em Rouen, não encontrou nenhum e, por fim, decidiu escrever à mãe uma longa e detalhada carta explicando por que deveria se mudar para Paris imediatamente. Ela concordou.

Ele não teve pressa. Todos os dias, durante um mês inteiro, Hivert transportou para ele, de Yonville a Rouen, de Rouen a Yonville, baús, malas e pacotes; e após Léon recompor seu guarda-roupa, mandar estofar suas três poltronas, comprar um suprimento de lenços, em resumo, realizar mais arranjos do que para uma viagem de volta ao mundo, ele continuou adiando, semana após semana, até que recebeu uma segunda carta de sua mãe instando-o a partir, uma vez que ele queria fazer seu exame antes do início das férias.

Quando chegou a hora dos abraços, a sra. Homais chorava; Justin soluçava; Homais, um homem forte, escondia sua emoção; ele mesmo queria carregar a capa do amigo até o portão da casa do notário, que levaria Léon para Rouen em sua carruagem. Este último mal tinha tempo de se despedir do sr. Bovary.

Quando chegou ao topo da escada, ele parou, sentindo-se completamente sem fôlego. Quando entrou, a sra. Bovary se levantou vigorosamente.

— Sou eu de novo! — disse Léon.

— Estava certa disso!

Ela mordeu os lábios e um rubor de sangue percorreu sua pele, tingindo-a de um tom rosado desde a raiz dos cabelos até a borda da gola. Ela permaneceu de pé, apoiando-se com o ombro sobre o revestimento de madeira.

— O sr. Bovary não está aí? — retomou ele.

— Ele não está.

Ela repetiu:

— Ele não está.

Em seguida, houve silêncio. Trocaram olhares, e seus pensamentos, fundidos na mesma angústia, se abraçaram intensamente, como dois peitos palpitantes.

— Eu gostaria de dar um beijo em Berthe — disse Léon.

Emma desceu alguns degraus e chamou Félicité.

Num gesto rápido, seus olhos percorreram o ambiente com uma amplitude que se estendeu pelas paredes, pelas prateleiras, pela lareira, como se desejasse invadir tudo e carregar tudo.

Mas ela voltou, e a empregada trouxe Berthe, que chacoalhava um moinho de vento, amarrado com um barbante, de cabeça para baixo.

Léon a beijou várias vezes no pescoço.

— Adeus, minha pobre criança! Adeus, minha querida, adeus!

E a entregou à mãe.

— Leve-a — disse Emma.

Eles ficaram a sós.

A sra. Bovary, de costas, apoiava o rosto contra a janela; Léon segurava a boina na mão, batendo-o suavemente ao longo da coxa.

— Vai chover — disse Emma.

— Tenho uma capa — respondeu ele.

— Ah!

Ela se virou, com o queixo ligeiramente inclinado para baixo e a testa projetada para a frente. A luz deslizava sobre ela como se fosse mármore, até a curva de suas sobrancelhas, tornando impossível distinguir o que Emma contemplava no horizonte ou o que ela pensava no fundo de si mesma.

— Bem, adeus! — falou ele, suspirando.

Ela levantou a cabeça com um movimento brusco:

— Sim, adeus..., vá!

Avançaram um em direção ao outro; ele estendeu a mão, ela hesitou.

— À maneira inglesa, então — concluiu ela, soltando a sua e procurando rir.

Léon a sentiu entre os dedos, e a própria substância de seu ser parecia mergulhar naquela palma úmida.

Em seguida, ele abriu a mão, seus olhos se encontraram novamente e ele desapareceu.

Quando chegou sob as arcadas, ele parou e se escondeu atrás de um pilar para contemplar uma última vez aquela casa branca com suas quatro persianas verdes. Pensou ter visto uma sombra atrás da janela, no quarto; mas a cortina, desprendendo-se do suporte como se ninguém a tivesse tocado, balançou lentamente seus longos pregueados oblíquos, que se desdobraram de uma só vez e permaneceram imóveis, mais imóveis que uma parede de gesso. Léon começou a correr.

À distância, na estrada, ele viu o cabriolé de seu patrão e, ao lado, um homem em trajes de trabalho segurando o cavalo. Homais e o sr. Guillaumin conversavam entre si. Estavam esperando por ele.

— Dê-me um beijo — falou o farmacêutico com lágrimas nos olhos. — Aqui está o seu casaco, meu bom amigo; cuide-se do frio! Trate de si mesmo! Poupe-se!

— Vamos, Léon, entre no carro! — disse o notário.

Homais se inclinou sobre o protetor contra excrementos e, com a voz embargada pelos soluços, disse estas duas tristes palavras:

— Boa viagem!

— Boa noite — respondeu o sr. Guillaumin. — Esqueça tudo!

Eles se foram, e Homais retornou.

A sra. Bovary abrira a janela que dava para o jardim e olhava as nuvens.

Elas se amontoavam ao pôr do sol pelo lado de Rouen e rapidamente rolavam suas ondas negras, por trás das quais se projetavam grandes linhas do sol, como as flechas douradas de um troféu suspenso, enquanto o resto do céu vazio estava branco como porcelana. Mas uma rajada de vento fez os choupos se curvarem e, de repente, a chuva caiu, estalando nas folhas verdes. Então o sol voltou a aparecer, as galinhas cantavam, os pardais batiam as asas nos arbustos úmidos e as poças na areia lavavam as flores cor-de-rosa de uma acácia.

*"Ah! Ele já deve estar longe!"*, pensou ela.

O sr. Homais, como de costume, veio às seis e meia, durante o jantar.

— E então — indagou ele ao sentar-se —, acabamos de embarcar nosso rapaz?

— Parece que sim! — respondeu o médico.

Depois, virando-se na cadeira:

— E o que há de novo da sua parte?

— Não muito. Minha esposa esteve um pouco abalada esta tarde. Sabe, as mulheres sofrem com as mínimas coisas! A minha principalmente! E seria errado rebelarmo-nos contra isso, já que o sistema nervoso delas é muito mais maleável do que o nosso.

— Pobre Léon! — dizia Charles. — Como ele viverá em Paris?... Irá se acostumar?

A sra. Bovary suspirou.

— Ora! — soltou o farmacêutico, estalando a língua. — As festas requintadas com serviço de buffet! Os bailes de máscaras! O champanhe! Tudo vai dar certo, eu lhe garanto.

— Não acho que ele se importe com isso — objetou Bovary.

— Nem eu! — retomou prontamente o sr. Homais. — No entanto, ele precisará acompanhar os outros, sob o risco de parecer um jesuíta. E você não sabe que tipo de vida esses malandros levam no Quartier Latin, com as atrizes! Além disso, os estudantes são muito bem-vistos em Paris. Desde que tenham algum talento para o prazer, são recebidos nas melhores rodas da sociedade, e há inclusive damas do Faubourg Saint-Germain que se apaixonam por eles, o que lhes dá a oportunidade de arranjar para si ótimos casamentos.

— Mas — disse o médico —, temo por ele que... ali...

— O senhor tem razão — interrompeu o farmacêutico —, é o reverso da medalha! E é necessário manter constantemente a mão sobre a algibeira. Imagine que esteja em um jardim público, por exemplo, e que apareça um cavalheiro bem-vestido, até mesmo condecorado, que poderia parecer um diplomata; ele se aproxima; vocês conversam; ele se insinua, oferece algo de comer ou recolhe seu chapéu. Depois disso tudo, os dois se conhecem melhor; ele leva o senhor ao café, convida-o para ir à sua casa de campo, apresenta-o, entre um vinho e outro, a várias pessoas e, na maioria das vezes, é apenas para roubar sua bolsa ou para conduzi-lo por esquemas perniciosos.

— É verdade — respondeu Charles —; mas eu pensava principalmente nas doenças, como a febre tifoide, por exemplo, que acomete os estudantes da província.

Emma estremeceu.

— Por causa da mudança de regime — continuou o farmacêutico — e da perturbação que isso causou na economia em geral. E também, veja bem, a água de Paris! As comidas dos restaurantes, todas essas comidas condimentadas, acabam esquentando seu sangue e não equivalem, digam o que disserem, a um bom ensopado. Quanto a mim, sempre preferi a culinária caseira típica da classe média: é mais saudável! Por isso, quando estava estudando farmácia em Rouen, fiquei hospedado em uma pensão e comia com os professores.

E assim ele continuou a expor suas opiniões gerais e simpatias pessoais, até que Justin veio buscá-lo porque precisava preparar uma gemada.

— Nem sequer um momento de descanso! — exclamou ele. — Sempre acorrentado! Não posso sair nem por um minuto! Assim como um cavalo de arado, é preciso estar suando sangue e água! Que grilhão de sofrimento!

Então, quando chegou à porta:

— A propósito — perguntou ele —, sabem da novidade?

— Qual?

— É muito provável — continuou Homais erguendo as sobrancelhas e fazendo uma cara muito séria — que a feira agrícola da região do Sena Marítimo seja realizada em Yonville-l'Abbaye este ano. Pelo menos é o que se comenta. Esta manhã, o jornal dizia algo a respeito. Isso seria de extrema importância para nosso distrito! Mas falaremos sobre isso mais tarde. Estou vendo, obrigado; Justin está com a lanterna.

# VII

O dia seguinte foi fúnebre para Emma. Tudo parecia estar envolto em uma atmosfera sombria que flutuava confusamente sobre o mundo exterior, e a tristeza invadiu sua alma com uivos suaves, semelhantes aos do vento de inverno em castelos abandonados. Era aquele devaneio que temos sobre aquilo que nunca mais voltará, o desânimo que se apodera de nós após cada realização, a dor provocada pela interrupção de qualquer movimento habitual, a súbita cessação de uma vibração prolongada.

Como ocorreu ao voltar de Vaubyessard, quando as quadrilhas rodopiavam em sua cabeça, ela nutria uma melancolia monótona, um desespero entorpecido. Léon ressurgia mais alto, mais bonito, mais suave, mais vago; embora estivesse separado dela, ele não a havia deixado, estava lá, e as paredes da casa pareciam conter sua sombra. Ela não conseguia tirar os olhos do tapete por onde ele andara e dos móveis vazios onde se sentara. O rio continuava fluindo, lentamente, empurrando as pequenas correntezas ao longo da margem escorregadia. Eles haviam caminhado ali muitas vezes, ouvindo o murmúrio das ondas sobre os seixos cobertos de musgo. Que bons sóis tiveram! Que belas tardes, sozinhos, à sombra, no fundo do jardim! Ele lia em voz alta, com a cabeça descoberta, sentado em um banquinho feito de gravetos secos; o vento fresco do prado agitava as páginas do livro e as capuchinhas do caramanchão... Ah! Ele se foi, o único encanto da vida dela, a única esperança possível de felicidade! Por que ela não havia aproveitado essa felicidade quando ela se apresentou? Por que ela não o segurou com as duas mãos, de joelhos, quando ele queria fugir? Ela amaldiçoou a si mesma por não ter amado Léon; ela tinha sede de seus lábios. Sentiu vontade de correr até ele, de se lançar em seus braços e dizer: "*Sou eu, sou sua!*" Mas Emma ficava constrangida de antemão com as dificuldades do empreendimento, e seus desejos, aumentados pelo arrependimento, só se tornavam mais ativos.

A partir de então, a lembrança de Léon tornou-se o centro de seu tédio; resplandecia mais do que fogueira de viajante abandonada na neve em uma estepe russa. Ela correu em direção a ela, aconchegou-se contra ela, mexeu com delicadeza nas chamas que estavam prestes a se extinguir e procurou em volta por qualquer coisa que pudesse reavivá-las ainda mais; e as reminiscências mais remotas, assim como os eventos mais recentes, o que sentia, contrastado com aquilo que imaginava, seus desejos de volúpia que se dispersavam, seus planos de felicidade desfeitos ao vento como ramagens mortas, sua virtude estéril, suas esperanças caídas, o leito doméstico, ela reunia tudo, recolhia tudo e empregava tudo para aquecer sua tristeza.

No entanto, as chamas diminuíram, seja porque o suprimento existente dentro dela se esgotou ou porque a carga era grande demais. O amor foi gradualmente se extinguindo devido à ausência, o arrependimento foi sufocado pelo hábito e o fulgor incandescente que enchia seu céu pálido foi se escurecendo e se apagando aos poucos. No torpor de sua consciência, ela chegou a confundir a repugnância que sentia pelo marido com as aspirações em relação ao amante, as queimaduras do ódio com o calor da ternura; mas, como o furacão não parava de soprar, e a paixão se consumia até as cinzas, e não chegava ajuda, não aparecia o sol, havia uma completa escuridão por todos os lados, e ela permanecia perdida em um frio horrível que a atravessava.

E foi assim que os dias ruins de Tostes recomeçaram. Ela agora se sentia muito mais infeliz, pois vivenciava a dor e tinha certeza de que ela nunca acabaria.

Uma mulher que impusera a si mesma sacrifícios tão grandes poderia muito bem prescindir de fantasias. Ela comprou um genuflexório gótico e, em um mês, gastou quatorze francos em limões para limpar as unhas; escreveu para Rouen a fim de comprar um vestido de caxemira azul; escolheu a mais bela de suas echarpes na loja de Lheureux e a amarrava à cintura, por cima de seu robe de chambre; e, com as venezianas fechadas e um livro na mão, ficava estendida em um sofá vestindo esse traje.

Muitas vezes, ela variava o penteado: punha-o à chinesa, em cachos moles, em tranças; fazia um repartido de lado e enrolava os cabelos por baixo, como um homem.

Quis aprender italiano: comprou dicionários, um livro de gramática e um estoque de papel branco. Experimentou fazer leituras sérias, estudar história e filosofia. Às vezes, à noite, Charles acordava sobressaltado, pensando que alguém havia ido buscá-lo para atender algum doente.

— Estou indo — balbuciava.

Era, porém, o barulho de um fósforo que Emma riscava para reacender a lamparina. Mas sua leitura era como suas tapeçarias, que, uma vez iniciadas, entulhavam seu armário; ela as pegava, as largava e as trocava por outras.

Experimentava acessos nos quais facilmente se entregava a extravagâncias. Certa vez, declarou ao marido que beberia um grande copo de aguardente, e como Charles fez a tolice de desafiá-la, ela ingeriu a bebida até o fim.

Apesar de seus modos vaporosos (essa era a palavra usada pelas senhoras da classe média de Yonville), Emma não parecia alegre e, em geral, mantinha nos cantos da boca aquela contração imóvel que franze os rostos das solteironas e das ambiciosas decaídas. Estava pálida, branca como o linho; a pele do nariz era repuxada em direção às narinas, os olhos fitavam as pessoas de uma forma vaga. Como havia descoberto três fios de cabelo brancos em suas têmporas, falava muito sobre sua velhice.

Desfalecia com frequência. Um dia, ela expeliu sangue e, quando Charles se apressou, revelando sua preocupação:

— Ah, vá! — disse ela. — O que isso tem demais?

Charles se refugiou em seu escritório e chorou, com os dois cotovelos sobre a mesa, sentado em sua cadeira de escritório, sob a cabeça frenológica.

Então, ele escreveu para sua mãe pedindo que ela viesse, e eles tiveram longas conversas a respeito de Emma.

A quem recorrer? O que poderia ser feito, já que ela recusava qualquer tratamento?

— Sabe do que sua esposa precisa? — prosseguia a mãe Bovary. — De ocupações forçadas, de trabalho manual! Se ela fosse como tantas outras, obrigada a ganhar seu pão, não teria esses vapores, que surgem de uma série de ideias que ela coloca na cabeça e da ociosidade em que vive.

— Mas tem ocupações — dizia Charles.

— Ah, ela tem ocupações! Fazendo o quê, realmente? Lendo romances, livros ruins, obras contra a religião nas quais os padres são ridicularizados com discursos extraídos de Voltaire. Mas esse caminho é complicado, meu pobre filho, e alguém que não tem religião sempre acaba se dando mal.

Assim, decidiram que Emma deveria ser impedida de ler romances. Essa não parecia ser uma tarefa fácil. A boa senhora assumiu o comando: quando ela passasse por Rouen, iria pessoalmente ao livreiro e diria a ele que Emma estava cancelando as assinaturas. Por acaso, não teria ela o direito de informar à polícia caso o livreiro persistisse em sua atividade de envenenador?

A despedida entre sogra e nora foi seca. Durante as três semanas em que estiveram juntas, não trocaram quatro palavras, a não ser informações e elogios quando se encontravam à mesa de jantar, e à noite, antes de ir para a cama.

A mãe Bovary partiu numa quarta-feira, dia de mercado em Yonville.

De manhã, a Praça estava lotada com uma fila de carroças que, todas abaixadas e com as hastes voltadas para cima, se estendia ao longo das casas, desde a igreja até a hospedaria. Do outro lado, havia barracas de lona vendendo algodão, cobertores e meias de lã, além de cabrestos para os cavalos e feixes de fitas azuis que, presos pelas pontas, balançavam ao vento. Havia uma grande quantidade de ferro velho espalhada pelo chão, entre as pirâmides de ovos e as caixas de queijo, de onde saíam palhas pegajosas; perto das máquinas de trigo, galinhas, cacarejando em gaiolas horizontais, enfiavam o pescoço através das barras. A multidão, aglomerada no mesmo lugar, sem querer se mexer, às vezes dava indícios de poder chegar a quebrar a fachada da farmácia. Às quartas-feiras, nunca ficava vazia, e as pessoas se acotovelavam lá dentro; elas iam até lá não tanto para comprar remédios, mas para se consultar, tamanha era a fama do sr. Homais nos vilarejos vizinhos. Sua confiança firme fascinava o povo do campo. Consideravam-no um médico melhor do que qualquer outro.

Emma estava debruçada na janela (ela fazia isso com frequência: a janela, no interior, substitui o teatro e o passeio) e estava se divertindo olhando para a multidão de camponeses, quando viu um cavalheiro vestido com uma sobrecasaca de veludo verde. Ele usava luvas amarelas, embora estivesse com robustas polainas; dirigia-se à casa do médico, seguido por um camponês que caminhava com a cabeça baixa e um olhar pensativo no rosto.

— Posso falar com seu patrão? — perguntou ele a Justin, que conversava com Félicité na soleira da porta.

E, tomando-o por criado da casa:

— Diga-lhe que o sr. Rodolphe Boulanger de La Huchette está aqui.

Não era por vaidade territorial que o recém-chegado havia acrescentado a partícula "de" ao seu nome, mas para ser mais bem reconhecido. La Huchette, na verdade, era uma propriedade próxima a Yonville, da qual ele acabara de adquirir o castelo, junto com duas fazendas que cultivava pessoalmente, embora não se ocupasse muito delas. Vivia como um jovem e dizia-se que tinha *uma renda de pelo menos quinze mil libras*!

Charles entrou na sala. O sr. Boulanger lhe apresentou o homem que o acompanhava e que queria se submeter a uma sangria porque tinha *formigamento por todo o corpo.*

— Isso vai me purgar — objetava ele a todos os raciocínios.

Então, Bovary ordenou que trouxessem uma bandagem e uma bacia e pediu a Justin que a segurasse. Em seguida, dirigindo-se ao camponês, já pálido:

— Não tenha medo, meu bom homem.

— Não, não — respondeu o outro —, pode continuar!

E, com uma atitude orgulhosa, estendeu seu forte braço. Sob a picada da lanceta, o sangue jorrou e salpicou o espelho.

— Aproxime o recipiente! — exclamou Charles.

— *Veja só!* — dizia o camponês. — Até parece que há uma pequena fonte jorrando! Meu sangue é tão vermelho! Isso deve ser um bom sinal, não é?

— Às vezes — retomou o médico —, não se sente nada no início, mas depois a síncope se instala, especialmente em pessoas bem constituídas como este paciente.

Ao ouvir essas palavras, o camponês deixou cair o estojo que estava girando entre os dedos. Um movimento brusco das costas fez o encosto da cadeira ranger. Seu chapéu caiu.

— Eu já desconfiava — falou Bovary pressionando o dedo sobre a veia.

A bacia começou a tremer nas mãos de Justin; seus joelhos vacilaram, ele ficou pálido.

— Minha mulher! Minha mulher! — chamou Charles.

Num salto, ela desceu a escada.

— Vinagre! — gritou ele. — Ah! Meu Deus, dois de uma vez!

E, sob a tensão, mal conseguia colocar a compressa.

— Não é nada — dizia calmamente o sr. Boulanger, enquanto tomava Justin nos braços.

E o sentou na mesa, apoiando suas costas na parede.

A sra. Bovary começou a tirar a gravata dele. Havia um nó nos cordões da camisa; ela passou alguns minutos movendo seus dedos leves ao redor do pescoço do jovem; depois derramou um pouco de vinagre em seu lenço de *batiste*; umedecia-lhe as têmporas com suaves toques e soprava sobre ele delicadamente.

O camponês acordou, mas a síncope de Justin ainda durava, e suas pupilas desapareciam na esclerótica pálida, como se fossem flores azuis no leite.

— É preciso — observou Charles — esconder isto dele.

A sra. Bovary pegou a bacia. Para colocá-la embaixo da mesa, no movimento que ela fez ao se curvar, seu vestido (era um vestido de verão com quatro babados, amarelo, longo no talhe, amplo na saia) se esparramou em volta sobre as lajotas da sala; e, como Emma, abaixada, cambaleava um pouco ao abrir os braços, o volume do tecido se movia de um lado para outro, de acordo com as inflexões de seu corpete. Em seguida, ela foi buscar uma jarra d'água e derretia cubos de açúcar quando o farmacêutico chegou. A criada havia ido buscá-lo durante a confusão, e quando ele viu seu pupilo com os olhos abertos, respirou fundo. Depois, virando-se, olhou-o de cima a baixo.

— Tolo! — exclamava —; tolinho, realmente! Um completo tolo! Grande coisa, afinal, é só uma flebotomia! E justo um sujeito que não tem medo de nada! Uma espécie de esquilo, tal como o veem, que sobe alturas vertiginosas para colher nozes. Ah, sim! Fale, gabe-se! Essas são ótimas qualidades para o exercício da farmácia mais tarde, porque poderá ser chamado em circunstâncias sérias, perante os tribunais, para esclarecer a consciência dos magistrados; e terá de manter a calma, raciocinar, mostrar-se um homem ou então parecer um imbecil!

Justin não respondia. O farmacêutico continuava:

— Quem pediu para você vir? Você está sempre incomodando o senhor e a senhora! Além disso, às quartas-feiras, sua presença é essencial para mim. Agora há vinte pessoas na casa. Larguei tudo por causa do meu interesse em você. Vá, corra! Espere por mim e fique de olho nos frascos!

Quando Justin, que estava se vestindo, saiu, falou-se um pouco sobre desmaios. A sra. Bovary nunca os havia tido.

— Isso é extraordinário para uma senhora! — falou o sr. Boulanger. — Além disso, há pessoas que são muito delicadas. Em um encontro, vi uma testemunha perder a consciência só de ouvir o som de pistolas sendo carregadas.

— A mim — prosseguiu o farmacêutico —, ver o sangue de outras pessoas não me faz mal algum, mas a mera ideia do meu próprio sangue já seria suficiente para me fazer desfalecer, caso eu ponderasse muito a respeito.

Entretanto, o sr. Boulanger liberou seu criado, aconselhando-o a ficar tranquilo, pois seu arroubo havia passado.

— Isso me proporcionou o benefício de conhecê-los — acrescentou.

E olhou para Emma durante essa frase.

Em seguida, colocou três francos no canto da mesa, acenou casualmente e partiu.

Logo estaria do outro lado do rio (que era seu caminho de volta para La Huchette); e Emma o viu no prado, caminhando sob os choupos, diminuindo a velocidade de vez em quando, como alguém que estivesse refletindo.

— Ela é muito gentil! — dizia-se. — É muito gentil, essa mulher do médico! Belos dentes, olhos negros, pés delicados e uma maneira de falar semelhante à de uma parisiense. De onde diabos ela veio? Onde foi que aquele gorducho a encontrou?

O sr. Rodolphe Boulanger tinha trinta e quatro anos, era de temperamento brutal e de uma inteligência perspicaz, além de ter estado com muitas mulheres e conhecê-las bem. Essa lhe parecia bonita; por isso pensava nela e em seu marido.

— Considero-o muito grosseiro. Ela provavelmente está cansada disso. Ele tem as unhas sujas e uma barba de três dias. Quando ele vai ao encontro de seus pacientes, ela fica consertando meias. E fica entediada! Gostaria de morar na cidade e dançar polca todas as noites! Pobre mulher!

Suspira por amor, como uma carpa atrás de água sobre a mesa da cozinha. Com três palavras de galanteio, ela iria adorá-lo, tenho certeza! Seria carinhosa! Encantadora!... Sim, mas como livrar-se dela depois?

Então, os obstáculos do prazer, entrevistos em perspectiva, fizeram-no pensar, por contraste, em sua amante. Era uma atriz de Rouen, que ele sustentava; e, ao deter-se diante dessa imagem, da qual ele guardava, na própria memória, satisfações:

*"Ah! A sra. Bovary", pensou ele, "é muito mais bonita do que ela e, acima de tudo, mais fresca. Virginie realmente está engordando demais. Ela é tão cansativa com suas alegrias. E, além disso, que obsessão por camarões!"*

O campo estava deserto, e tudo o que Rodolphe podia ouvir ao seu redor era o bater constante da relva contra seus sapatos e o barulho dos grilos que se escondiam ao longe nos campos de aveia; ele revia Emma no quarto, vestida como a vira, depois a despia.

— Oh! Eu hei de tê-la! — exclamava, esmagando, com seu bastão, um torrão de terra à sua frente.

E ele imediatamente examinou o lado político da questão. Perguntava-se:

— Onde podemos nos encontrar e como? A criança sempre estará pendurada nela, e a empregada, os vizinhos, o marido, todo tipo de aborrecimento possível. Ah, vá! — concluiu ele. — Uma perda de tempo!

Depois recomeçou:

É que ela tem olhos que penetram em seu coração como gavinhas. E essa tez pálida!... Eu adoro mulheres pálidas!

No topo da estrada de Argueil, sua decisão estava tomada.

— Basta buscar as oportunidades. Bem, aparecerei de vez em quando, enviarei a eles alguma caça, alguma ave; farei com que me sangrem, se for preciso; nos tornaremos amigos, eu os convidarei à minha casa... Ah, claro! — acrescentou. — A feira está chegando em breve; ela estará lá, eu a verei. Começaremos, e com audácia, porque esse é o caminho mais seguro.

# VIII

A famosa feira agrícola chegou enfim! Desde a manhã da solenidade, todos os habitantes, às portas de suas casas, conversavam sobre os preparativos; a fachada da prefeitura havia sido enfeitada com hera; foi montada uma tenda em meio a um prado para a festa e, no meio da Praça, em frente à igreja, uma espécie de salva de tiros sinalizava a chegada do governador e os nomes dos agricultores premiados. A guarda nacional de Buchy (não havia nenhuma em Yonville) se juntara à brigada de incêndio, da qual Binet era capitão. Naquele dia, ele usava um colarinho ainda mais alto do que de costume e, preso à túnica, seu torso estava tão rígido e imóvel que toda a parte vital de sua pessoa parecia ter afundado em suas duas pernas, que se erguiam em cadência, com passos marcados, em um único movimento. Como ainda havia uma rivalidade entre o cobrador de impostos e o coronel, ambos, para mostrarem seus talentos, manobravam seus homens separadamente. Viam-se passar, alternadamente, as dragonas vermelhas e os peitorais pretos. Aquilo continuava, e continuava, e continuava! Nunca houve tamanha exibição de pompa! Muitos dos burgueses já haviam lavado suas casas no dia anterior; bandeiras tricolores pendiam das janelas entreabertas; todos os cabarés estavam cheios; e com o tempo bom, as pesadas toucas, as cruzes douradas e os lenços coloridos pareciam mais brancos do que a neve, brilhando à luz do sol e acrescentando sua dispersão à monotonia sombria dos casacos e camisas azuis. Ao desmontarem de seus cavalos, as fazendeiras locais tiravam o grande alfinete que prendia seus vestidos arregaçados ao redor do corpo por medo de manchas; e os maridos, por sua vez, para preservarem seus chapéus, colocavam lenços de bolso por cima deles, segurando uma ponta entre os dentes.

A multidão chegava à rua principal vinda de ambos os lados da aldeia. Saíam dos becos, das vielas e das casas e, de vez em quando, podia-se ouvir o bater de portas à medida que senhoras de classe média, usando luvas de fio, saíam para ver as festividades. O que mais se admirava eram os dois longos teixos cobertos de lampiões que ladeavam um palanque, onde as autoridades deveriam se posicionar; e havia também, contra as quatro colunas da prefeitura, quatro varas, cada uma ostentando um pequeno estandarte de lona esverdeada, enfeitado com inscrições em letras douradas. Uma delas dizia: "Ao Comércio"; a outra: "À Agricultura"; a terceira: "À Indústria"; e a quarta: "Às Belas Artes".

Mas o júbilo que era evidente em todos os rostos parecia ofuscar a sra. Lefrançois, a dona da hospedaria. De pé nos degraus de sua cozinha, ela murmurava entre dentes:

— Que idiotice! Que idiotice com essa barraca de lona! Será que eles acham que o governador se sentirá confortável jantando ali, sob uma tenda, como um saltimbanco? Eles chamam esses embaraços de fazer o bem da região! Não valia a pena, então, ir a Neufchâtel buscar um taberneiro! E para quem? Para vaqueiros! Para pés-rapados!...

O farmacêutico passou. Usava um terno preto, calças de tecido de nanquim, sapatos de castor e, de extraordinário, um chapéu, um chapéu baixo.

— Seu criado! — chamou —; desculpe-me, estou com pressa.

E quando a corpulenta viúva lhe perguntou aonde ia:

— Isso lhe parece estranho, não é? Eu, que fico sempre mais confinado em meu laboratório do que o rato do homem dentro do queijo.

— Que queijo? — perguntou a dona da hospedagem.

— Não, nada! Não é nada! — retomou Homais. — Só queria exprimir, sra. Lefrançois, que normalmente fico recluso em minha casa. Hoje, entretanto, tendo em vista a circunstância, é preciso que...

— Ah! O senhor vai lá? — indagou ela com ar de desdém.

— Sim, vou — replicou o farmacêutico surpreso —; não faço parte do conselho consultivo?

A mãe Lefrançois o observou por alguns minutos e acabou respondendo, sorrindo:

— Isso é outra coisa! Mas o que a agricultura tem a ver com o senhor? O senhor entende disso?

— Certamente entendo, visto que sou farmacêutico, quer dizer, químico! Considerando-se que a química, sra. Lefrançois, tem por objeto o conhecimento da ação recíproca e molecular de todos os corpos da natureza, deduz-se que a agricultura está incluída em seu domínio! E, com efeito, a composição dos fertilizantes, a fermentação dos líquidos, a análise dos gases e a influência dos miasmas, o que é tudo isso, pergunto-lhe, senão a química pura e simples?

A dona da hospedaria não respondeu nada. Homais continuou:

— A senhora acha que para ser agrônomo é necessário ter pessoalmente cavado a terra e engordado aves? Antes é preciso conhecer a constituição das substâncias de que tratamos, as jazidas geológicas, as ações atmosféricas, a qualidade dos terrenos, dos minerais, das águas, a densidade dos diferentes corpos e sua capilaridade! Sei lá o que mais! E é preciso ter um conhecimento profundo de todos os princípios de higiene para orientar e avaliar a construção de edifícios, a dieta dos animais e a alimentação dos criados! É preciso ainda, sra. Lefrançois, dominar a botânica; ser capaz de diferenciar as plantas, compreenda, quais são as benéficas e as nocivas, quais as improdutivas e quais as nutritivas, se é bom arrancá-las por aqui e semeá-las por ali, propagar umas, destruir outras; em resumo, é preciso manter-se a par da ciência pelas brochuras e papéis públicos, estar sempre atento, a fim de indicar as melhorias...

A hospedeira não tirava os olhos da porta do *Café Français*, e o farmacêutico prosseguiu:

— Quisera Deus que nossos agricultores fossem químicos ou, pelo menos, que ouvissem mais os conselhos da ciência! Por exemplo, recentemente escrevi um extenso opúsculo, um memorial de mais de setenta e duas páginas, intitulado *A sidra: Sua produção e seus efeitos; seguido de algumas reflexões novas sobre o assunto*, que enviei para a Sociedade Agronômica de Rouen; e que até me deu a honra de ser aceito como um de seus membros, seção de agricultura, classe de pomologia; pois bem, se minha obra tivesse sido divulgada...

Mas o farmacêutico parou, de tão preocupada que a sra. Lefrançois parecia.

— Olhe para eles! — dizia ela. — Não se entende mais nada! Uma taberna dessas!

E, encolhendo os ombros que puxavam sobre o peito os pontos de sua malha de tricô, ela apontou com as duas mãos na direção do cabaré de seu concorrente de onde, naquele momento, provinham canções.

— Mas não será por muito tempo — acrescentou ela —; antes de oito dias, tudo estará acabado.

Homais recuou perplexo. Ela desceu os três degraus e, falando-lhe ao pé do ouvido:

— Como? O senhor não sabe disso? Vão confiscá-lo esta semana. É o Lheureux que está mandando vendê-lo. Ele o asfixiou com tantas notas promissórias.

— Que desastre terrível! — exclamou o farmacêutico, que sempre tinha expressões congruentes para todas as circunstâncias imagináveis.

A hospedeira então começou a lhe contar a história, que conhecera por intermédio de Théodore, o criado do sr. Guillaumin e, embora ela detestasse Tellier, culpava Lheureux. Era um enganador, um canalha.

— Ah! Olhe — disse ela —, lá está ele sob as arcadas; está cumprimentando a sra. Bovary, que está usando um chapéu verde. Ela está até de braço dado com o sr. Boulanger.

— A sra. Bovary! — falou Homais. — Estou indo já oferecer meus cumprimentos. Provavelmente ela ficará bem contente de ter um lugar no recinto, sob o peristilo.

E, sem dar ouvidos à mãe Lefrançois, que o chamava de volta para lhe contar mais, o farmacêutico se distanciou andando rapidamente, sorrindo e alongando as articulações dos joelhos, distribuindo cumprimentos a torto e a direito e preenchendo muito espaço com as grandes pregas de seu traje preto, que esvoaçavam ao vento atrás dele.

Rodolphe, tendo-o avistado de longe, acelerou o passo; mas a sra. Bovary começou a ficar sem fôlego; então ele diminuiu a marcha e disse a ela, sorrindo, em um tom brusco:

— É para evitar aquele homenzarrão: a senhora sabe, o farmacêutico.

Ela lhe deu uma cotovelada.

*"O que significa isso?"*, perguntou-se ele.

E a examinou com o canto dos olhos, enquanto continuava andando.

O perfil dela estava tão calmo que era impossível distinguir qualquer coisa. Sobressaía à luz, no oval de seu chapéu, que tinha fitas claras que lembravam folhas de junco. Seus olhos, com cílios longos e curvos, olhavam para a frente e, embora estivessem bem abertos, pareciam um pouco contraídos pelas maçãs do rosto, por causa do sangue que batia suavemente sob sua pele fina. Um tom rosado atravessava a parte superior de seu nariz. Ela inclinou a cabeça sobre o ombro e era possível ver entre seus lábios as pontas peroladas de seus dentes brancos.

*"Ela está zombando de mim?"*, pensava Rodolphe.

O gesto de Emma, no entanto, tinha sido apenas um aviso, pois o sr. Lheureux os acompanhava e falava com eles de vez em quando, como se quisesse iniciar uma conversa:

— Que dia maravilhoso! Todos estão nas ruas! Os ventos sopram a leste.

Nem a sra. Bovary, nem Rodolphe lhe respondiam direito, e ao menor movimento que faziam, ele se aproximava, dizendo: "*Poderia repetir?*", e levava a mão ao chapéu.

Quando chegaram à casa do marechal, em vez de seguirem pela estrada até a barreira, Rodolphe de repente tomou uma trilha, arrastando a sra. Bovary com ele; e gritou:

— Tenha uma boa noite, sr. Lheureux! Foi um prazer!

— Que maneira de dispensá-lo! — disse ela rindo.

— Por que — retomou ele — deixar-se invadir por outros? E justo hoje que tenho a sorte de estar com a senhora...

Emma corou. Ele não conseguiu terminar a frase. Então, falou sobre o bom tempo e o prazer de caminhar na grama. Algumas margaridas haviam brotado.

— Veja aqui umas belas margaridas — disse ele —, o suficiente para proporcionar muitos oráculos a todos os apaixonados da região.

E acrescentou:

— E se eu colhesse algumas. O que a senhora acharia?

— O senhor está apaixonado? — perguntou ela tossindo um pouco.

— Eh! Eh! Quem sabe? — respondeu Rodolphe.

O prado estava começando a ficar cheio, e as donas de casa esbarravam nas pessoas com seus grandes guarda-chuvas, suas cestas e seus bebês. Não raro, era preciso abrir caminho diante de uma longa fila de camponesas e de criadas com meias azuis, sapatos baixos, anéis de prata e que exalavam um cheiro de leite quando se passava por elas. Elas caminhavam dando as mãos, espalhando-se por toda a extensão do prado, desde a linha de álamos até a tenda do banquete. Mas era hora do concurso, e os fazendeiros, um após o outro, entravam em uma espécie de hipódromo formado por uma longa corda sustentada por varas.

Os animais estavam lá, com os narizes voltados para a corda e com as ancas irregulares alinhadas em confusão. Porcos sonolentos enfiavam o focinho na terra; bezerros berravam; ovelhas baliam; vacas, com um joelho dobrado, estendiam a barriga na grama e, ruminando lentamente, piscavam as pálpebras pesadas sob as moscas que zumbiam ao seu redor. Carroceiros de braços descobertos seguravam os garanhões pelos cabrestos, relinchando a plenos pulmões para as éguas. Elas permaneciam pacíficas, com as cabeças esticadas e as crinas pendentes, enquanto os potros descansavam à sombra delas ou, vez por outra, vinham mamar; e, na longa ondulação de todos esses corpos compactados, era possível ver algumas crinas brancas erguendo-se como uma onda ao vento, chifres afiados projetando-se e cabeças de homens correndo. A cem passos de distância, além das cercas, havia um grande touro preto amarrado pelo focinho, com um anel de ferro em volta da narina, que não se mexia muito mais do que um animal de bronze. Uma criança maltrapilha o segurava por uma corda.

Entretanto, entre as duas fileiras, vários cavalheiros caminhavam com passos pesados, examinando cada animal e trocando informações em voz baixa. Um deles, que parecia mais importante, fazia anotações em um caderno enquanto caminhava. Era o presidente do júri, o sr. Derozerays de la Panville. Assim que reconheceu Rodolphe, ele deu um passo à frente e disse com um sorriso amigável:

— Como assim, sr. Boulanger, o senhor está nos abandonando?

Rodolphe respondeu que já estava indo. Porém, quando o presidente desapareceu:

— Bem, não — continuou ele —, não irei; sua companhia vale tanto quanto a dele.

E, enquanto zombava da feira agrícola, Rodolphe, para circular mais à vontade, mostrava ao policial sua placa azul e até mesmo parava às vezes diante de algum belo *objeto*, o qual a sra. Bovary mal apreciava. Ele notou isso e começou a fazer gracejos sobre as damas de Yonville, sobre suas vestimentas; depois se desculpou pela falta de cuidado com as suas. Ela tinha essa incoerência de coisas simples e refinadas, em que geralmente a pessoa comum crê vislumbrar a revelação de uma existência excêntrica, os distúrbios do sentimento, as tiranias da arte e sempre um certo desprezo pelas convenções sociais, que a seduzem ou a exasperam. Sua camisa de cambraia com punhos pregueados inflava-se ao sabor do vento na abertura do colete que era feito de sarja cinza, e as calças, com listras largas, revelavam no tornozelo suas botinas de nanquim, revestidas de couro envernizado. Estavam tão lustradas que a grama se refletia nelas. Com uma mão no bolso do paletó e o chapéu de palha de lado, ele pisava nas fezes dos cavalos.

— Aliás — acrescentou Rodolphe —, quando se mora no campo...

— Tudo é trabalho perdido — concluiu Emma.

— É verdade! — replicou Rodolphe. — E pensar que nem uma única dessas boas pessoas é capaz de conhecer sequer a estrutura de um traje!

Então falaram da mediocridade provinciana, das existências que ela sufocava, das ilusões que nela se perdiam.

— Assim — dizia Rodolphe —, afundo-me numa tristeza...

— O senhor? — perguntou ela com espanto. — Mas eu o achava tão alegre!

— Ah, sim! Na aparência, porque em meio às pessoas eu sei pôr uma máscara divertida no rosto; e, no entanto, muitas vezes, ao ver um cemitério, ao luar, eu já me perguntei se não seria melhor ir me juntar àqueles que estão dormindo...

— Oh! E os seus amigos? — prosseguiu ela. — O senhor não pensa neles?

— Meus amigos? Quais? Tenho algum? Quem se preocupa comigo?

E acompanhou essas últimas palavras com uma espécie de assovio entre os lábios.

Mas foram obrigados a se afastar um do outro por causa de uma grande pilha de cadeiras que um homem estava carregando atrás deles. Ele estava tão sobrecarregado que somente era possível ver as pontas de seus tamancos e as pontas dos dois braços, esticados. Era Lestiboudois, o coveiro, que carregava as cadeiras da igreja em meio à multidão. Cheio de imaginação para tudo o que dizia respeito a seus interesses, ele havia descoberto essa maneira de tirar proveito das reuniões da cidade; e sua ideia funcionou, porque ele não sabia mais para onde se virar. Na verdade, os aldeões, que estavam com calor, disputavam entre si esses assentos, cuja palha cheirava a incenso, e se apoiavam com certa veneração em seus grandes encostos, sujos com a cera das velas.

A sra. Bovary segurou o braço de Rodolphe novamente; ele continuou, como se estivesse falando consigo mesmo:

— Sim! Tantas coisas me fizeram falta! Sempre sozinho! Ah! Se eu tivesse tido um objetivo na vida, se tivesse encontrado um afeto, se tivesse encontrado alguém... Oh! Como eu teria gastado toda a energia de que sou capaz, teria superado tudo, rompido tudo!

— Parece-me, entretanto — refutou Emma —, que o senhor não é digno de pena.

— Ah! A senhora acha? — respondeu Rodolphe.

— Pois afinal... — retomou ela —, o senhor é livre.

Ela hesitou:

— Rico.

— Não zombe de mim — replicou ele.

Ela jurava que não estava zombando quando um tiro de canhão ecoou; imediatamente, as pessoas começaram a empurrar-se, de maneira desordenada, na direção da aldeia.

Era um alarme falso. O senhor governador não chegava; e os membros do júri estavam muito embaraçados, não sabendo se deviam começar a sessão ou esperar ainda mais.

Finalmente, no outro extremo da praça, apareceu uma grande carruagem alugada, puxada por dois cavalos magros, que eram chicoteados por um cocheiro de chapéu branco. Binet só teve tempo de gritar: *"Às armas!"*, e o coronel o imitou. As pessoas correram em direção às cordas. Precipitavam-se. Alguns até esqueceram seus colarinhos. Mas a equipe do governador parecia ter adivinhado esse aborrecimento, e os dois cavalos acoplados, balançando em suas correias, chegaram trotando lentamente até a frente do peristilo da prefeitura, bem no momento em que a guarda nacional e a brigada de incêndio estavam se posicionando ali, com os tambores batendo e marcando o passo.

— Balancem! — gritou Binet.

— Parem! — gritou o coronel. — Pela esquerda!

E, após uma exibição de armas em que o tilintar das anilhas soava como um caldeirão de cobre caindo pelas escadas, todos os fuzis foram abaixados.

Então, um cavalheiro vestindo um traje curto com bordados prateados, calvo na testa, usando um topete no occipício, com uma pele pálida e a aparência mais benigna, saiu da carruagem. Seus dois grandes olhos, cobertos por pálpebras densas, semicerravam-se para olhar a multidão, ao mesmo tempo em que erguia o nariz pontudo e sorria com a boca retraída. Ele reconheceu o prefeito pelo seu cachecol e lhe disse que o senhor governador não pudera comparecer. Ele era um conselheiro do governo e depois acrescentou algumas desculpas. Tuvache respondeu com gentilezas, o outro disse estar confuso; e assim eles ficaram, frente a frente, com as testas quase se tocando, com os membros do júri ao redor, o conselho municipal, os notáveis, a guarda nacional e a multidão. O senhor conselheiro, encostando seu pequeno tricórnio preto no peito, repetia suas saudações, enquanto Tuvache, curvado como um arco, também sorria, gaguejava, procurava as frases e manifestava sua devoção à monarquia e à honra concedida a Yonville.

Hippolyte, o rapaz da hospedaria, veio pegar os cavalos do cocheiro pelo freio e, mancando com o pé torto, levou-os até o alpendre do *Lion d'or*, onde muitos camponeses se reuniram para ver a carruagem. O tambor tocou, o obus trovejou e os cavalheiros em fila subiram para se sentar no palanque, nas poltronas de veludo de Utrecht vermelhas que a sra. Tuvache lhes havia emprestado.

Todos eles se pareciam. Seus rostos loiros e flácidos, um pouco queimados pelo sol, eram da cor de sidra doce, e suas costeletas inchadas sobressaíam de grandes colarinhos rígidos, mantidos no lugar por laços brancos com uma roseta bem distribuída. Todos os coletes eram de veludo, com xales; todos os relógios traziam um selo oval de cornalina na extremidade de uma longa fita; e os senhores apoiavam as duas mãos sobre ambas as coxas, ajustando cuidadosamente o gancho das calças, cujo tecido lustroso brilhava mais do que o couro das robustas botas.

As damas da sociedade ficavam atrás, sob o vestíbulo, entre as colunas, enquanto o resto da multidão ficava na frente, em pé ou sentada em cadeiras. De fato, Lestiboudois trouxe todas as cadeiras que retirara do prado e corria para dentro da igreja a cada minuto para buscar outras, causando tamanha perturbação com sua atividade que era muito difícil alcançar a pequena escadaria que levava à plataforma.

— Quanto a mim, acho — falou o sr. Lheureux (dirigindo-se ao farmacêutico, que ali passava para tomar seu lugar) — que se deveria plantar ali dois mastros venezianos: com alguma coisa meio severa e rica como novidades, seria uma visão muito bonita.

— Certamente — respondeu Homais. — Mas o que o senhor esperava? É o prefeito que tomou tudo para si. O pobre Tuvach não tem muito bom gosto e é completamente desprovido daquilo que se chama de gênio artístico.

Enquanto isso, Rodolphe e a sra. Bovary haviam subido ao primeiro andar da prefeitura, à *sala de deliberações*, e, como estava vazia, ele dissera que seria um bom lugar para apreciar o espetáculo mais à vontade. Ele pegou três banquinhos ao redor da mesa oval, sob o busto do monarca, e, depois de colocá-los perto de uma das janelas, eles se sentaram um ao lado do outro.

Houve um tumulto no palanque, longos sussurros e discussões. Finalmente, o senhor conselheiro se levantou. Os presentes agora sabiam que ele se chamava Lieuvain, e seu nome era repetido de um para outro na multidão. Assim, depois de reunir algumas folhas e esfregar os olhos nelas para enxergar melhor, ele começou:

> Senhores,
> Permitam-me, em primeiro lugar (antes de falar-lhes sobre o objetivo da reunião de hoje, e tenho certeza de que esse sentimento será compartilhado por todos os senhores), permitam-me, digo, fazer justiça à administração superior, ao governo, ao monarca, senhores, ao nosso soberano, a esse amado rei a quem nenhum ramo da prosperidade pública ou privada é indiferente e que conduz, com mão firme e sábia, a carruagem do Estado em meio aos perigos incessantes de um

> mar tempestuoso, sabendo, além disso, como garantir o respeito à paz e à guerra, à indústria, ao comércio, à agricultura e às belas artes.

— Eu deveria — disse Rodolphe — afastar-me um pouco.

— Por quê? — perguntou Emma.

Mas, naquele momento, a voz do conselheiro subiu a um tom extraordinário. Ele declamava:

> Foi-se o tempo, senhores, em que a discórdia civil ensanguentava nossas praças públicas, em que o proprietário de terras, o comerciante, o próprio trabalhador, ao cair em um sono tranquilo à noite, tremia ao ser acordado repentinamente pelo som de badaladas incendiárias, em que as máximas mais subversivas ousadamente corroíam os alicerces...

— Talvez possam — retomou Rodolphe — me ver lá de baixo, e então eu teria de passar quinze dias pedindo desculpas e, com a minha má reputação...

— Oh! O senhor está se caluniando — afirmou Emma.

— Não, não, ela é execrável, juro.

> Mas, senhores, continuou o conselheiro, se eu deixar de lado essas imagens sombrias e voltar meu olhar para a situação atual de nosso belo país, o que vejo? Em todos os lugares, o comércio e as artes estão florescendo; em todos os lugares, novas linhas de comunicação, assim como tantas novas artérias no corpo do Estado, estão estabelecendo novas relações; nossos grandes centros de manufatura retomaram sua atividade; a religião, mais firmemente estabelecida, sorri em todos os corações; nossos portos estão cheios, a confiança renasceu e, finalmente, a França respira!...

— Além disso — acrescentou Rodolphe —, talvez, do ponto de vista das pessoas, será que estão certos?

— Como assim? — inquiriu ela.

— É isso — continuou ele —, a senhora não sabe que há almas que são constantemente atormentadas? Elas precisam tanto de sonho quanto de ação, das paixões mais puras e dos prazeres mais furiosos, e por isso se lançam em todo tipo de fantasias e loucuras.

Então ela olhou para ele como se contempla um viajante que passou por terras extraordinárias e disse:

— Nós, pobres mulheres, não temos nem mesmo essa distração!

— Triste distração, pois não se encontra nela a felicidade.

— Mas será que ela se encontra um dia? — perguntou Emma.

— Sim, um dia se encontra — respondeu ele.

> E é isso que os senhores entenderam — prosseguia o conselheiro. — Os senhores, fazendeiros e trabalhadores do campo; os senhores, pioneiros pacíficos de uma obra de civilização! Os senhores, homens de progresso e moralidade! Os senhores entenderam, eu digo, que as tempestades políticas são ainda mais formidáveis do que os distúrbios atmosféricos...

— Um dia se encontra — repetiu Rodolphe —, um dia, de repente, quando estamos começando a nos desesperar. Então os horizontes se abrem, e é como se uma voz gritasse: "Aí está ela!" Sentimos a necessidade de confiar nossa vida a essa pessoa, de dar tudo a ela, de sacrificar tudo! Ninguém se explica, simplesmente se adivinha. Pode-se ter uma visão sua em nossos sonhos. (E ele olhou para ela.) Finalmente, ali está o tesouro que tanto procuramos, bem diante de nós; ele brilha, cintila. No entanto, mesmo assim, duvida-se, não se acredita; permanece-se ofuscado como que saindo da escuridão para a luz.

E ao terminar essas palavras, Rodolphe acrescentou uma pantomima à sua frase. Passou a mão pelo rosto, como um homem desnorteado, e depois a deixou cair sobre a mão de Emma. Ela retirou a sua. Mas o conselheiro continuava lendo:

> E quem ficaria surpreso, senhores? Somente aqueles que são cegos o suficiente, imersos o suficiente (não tenho medo de dizer isso), imersos o suficiente nos preconceitos de outra época para ainda não entenderem o espírito das populações agrícolas. Onde encontrar mais patriotismo do que no campo, mais devoção à causa pública, mais inteligência em uma palavra? E não me refiro, senhores, a essa inteligência superficial, o ornamento vão das mentes ociosas, mas sim a essa inteligência profunda e moderada, que se aplica, acima de tudo, à busca de objetivos úteis, contribuindo assim com o bem de cada indivíduo, com a melhoria comum e com o apoio dos Estados fruto do respeito às leis e da prática dos deveres...

— Ah! Novamente — observou Rodolphe. — Sempre o dever, sinto-me abatido com essas palavras. Eles são um bando de incapazes com coletes de flanela e preconceituosos com aquecedores e rosários, que estão constantemente cantando em nossos ouvidos: "O dever! O dever!" Pelo amor de Deus! O dever é sentir o que é grandioso, valorizar o que é belo, e não aceitar todas as convenções da sociedade, com as ignomínias que ela nos impõe.

— Entretanto..., entretanto... — objetava a sra. Bovary.

— Ora, por que argumentar contra as paixões? Não são elas a única coisa bela na Terra, a fonte do heroísmo, do entusiasmo, da poesia, da música, das artes, de tudo enfim?

— Mas é preciso — disse Emma — seguir um pouco a opinião das pessoas e obedecer à sua moral.

— Ah! É que existem duas — replicou ele. — A pequena, a convencional, a dos homens, a que varia constantemente e que grita tão alto, se agita no fundo, na terra, como essa reunião de imbecis que está vendo. Mas a outra, a eterna, está ao nosso redor e acima de nós, como a paisagem que nos cerca e o céu azul que nos ilumina.

O sr. Lieuvain acabava de enxugar a boca com o seu lenço de bolso. E retomou:

> E o que eu teria de fazer, senhores, para lhes demonstrar a utilidade da agricultura? Quem atende às nossas necessidades? Quem fornece nosso sustento? Não é o agricultor?
>
> É o agricultor, senhores, que, semeando os sulcos férteis do campo com sua mão laboriosa, produz o trigo, que é moído em pó por meio de maquinário engenhoso, sai como farinha e, de lá, transportado para as cidades, é logo entregue ao padeiro, que o transforma em alimento tanto para os pobres quanto para os ricos. Não é o fazendeiro que engorda, para nossas vestimentas, seus fartos rebanhos nos pastos? Como nos vestiríamos, como nos alimentaríamos sem o agricultor? E ainda, senhores, é necessário ir tão longe para procurar exemplos? Quem nunca refletiu sobre a importância que extraímos desse modesto animal, ornamento de nossos quintais, que nos oferece um travesseiro macio para nossas camas, carne suculenta para nossas mesas e ovos? Mas eu não pararia por aí se tivesse de listar, um após o outro, os diferentes produtos que a terra bem cultivada, como uma mãe generosa, presenteia a seus filhos. Aqui, há videiras; em outro lugar, macieiras para sidra; ali, colza; mais adiante, queijos;

> e linho; senhores, não vamos nos esquecer do linho, que vem crescendo consideravelmente nos últimos anos e para o qual eu gostaria de chamar-lhes a atenção.

Ele não precisou clamar, porque todas as bocas da multidão estavam abertas, como se quisessem absorver suas palavras. Tuvache, ao seu lado, ouvia com os olhos arregalados; o sr. Derozerays, de vez em quando, fechava suavemente as pálpebras; e, mais atrás, o farmacêutico, com seu filho Napoléon entre as pernas, pressionava a mão no ouvido para não perder uma única sílaba. Os outros membros do júri balançavam lentamente o queixo entre os coletes, em sinal de aprovação. Os bombeiros, ao pé da plataforma, estavam apoiados em suas baionetas; e Binet, imóvel, permanecia com o cotovelo para fora e a ponta de seu sabre no ar. Talvez ele pudesse ouvir, mas não conseguia ver nada, porque a viseira de seu capacete estava abaixada sobre seu nariz. Seu tenente, o filho mais novo do sr. Tuvache, havia exagerado ainda mais no capacete, pois usava um que era enorme e balançava sobre a cabeça, deixando um pedaço de seu lenço de tecido indiano para fora. Por baixo, ele sorria com uma doçura infantil, e seu rostinho pálido, salpicado de gotas, tinha uma expressão de prazer, sobrecarga e sono.

A Praça, até próximo às casas, estava lotada de gente. Havia pessoas debruçadas em todas as janelas, outras, de pé em todas as portas, e Justin, de pé em frente à farmácia, parecia estar fixo na contemplação daquilo que estava olhando. Apesar do silêncio, a voz do sr. Lieuvain se perdia no ar. Ela chegava em fragmentos de frases, interrompidas aqui e ali pelo barulho de cadeiras na multidão; então, de repente, ouvia-se um longo mugido de boi atrás de si ou o balido de cordeiros respondendo uns aos outros nas esquinas. De fato, os vaqueiros e pastores levaram seus animais até aquele ponto, e eles berravam de vez em quando, enquanto arrancavam com a língua algum pedaço de folhagem que pendia sobre seus focinhos.

Rodolphe se aproximara de Emma e dizia em voz baixa, falando depressa:

— Essa conspiração do mundo não a revolta? Por acaso não há um único sentimento que ele não condena? Os instintos mais nobres, as simpatias mais puras são perseguidas, difamadas e, se duas pobres almas finalmente se encontram, tudo é organizado para que elas não possam se unir. Mas elas tentarão, baterão suas asas e se chamarão. Oh, não importa. Mais cedo ou mais tarde, em seis meses ou dez anos, eles se encontrarão, se amarão, porque o destino assim o exige e eles nasceram um para o outro.

Ele permanecia com os braços cruzados sobre os joelhos e, erguendo o rosto para Emma, olhava-a de perto, fixamente. Ela conseguia enxergar os pequenos raios dourados em seus olhos, que irradiavam ao redor de suas pupilas negras, e podia até sentir o perfume da pomada que recobria seus cabelos. Então uma languidez a dominou. Ela se lembrou do visconde que a fizera dançar a valsa no Vaubyessard, cuja barba exalava, como aquele cabelo, um aroma de baunilha e limão; e, mecanicamente, ela semicerrou as pálpebras para inalá-lo melhor. Mas, ao fazer esse movimento, arqueando-se para trás na cadeira, ela vislumbrou a velha carruagem *Hirondelle* ao longe, na linha do horizonte, descendo lentamente a Côte des Leux, arrastando uma longa nuvem de poeira. Era naquela carruagem amarela que Léon tantas vezes voltara para ela; e foi pela mesma estrada que ele partira para sempre! Ela pensou tê-lo visto diante de si, à sua janela; depois tudo ficou embaçado, as nuvens passaram; pareceu-lhe que ela ainda girava na valsa, sob o fogo dos lustres, nos braços do visconde, e que Léon não estava longe, que ele estava chegando... e, no entanto, ela ainda sentia a cabeça de Rodolphe ao seu lado. A doçura dessa sensação penetrou em seus desejos anteriores e, como grãos de areia em uma rajada de vento, eles se agitaram no sutil sopro de perfume que se espalhou por sua alma. Ela abriu as narinas várias vezes, bem abertas, para inalar o frescor da hera ao redor dos capitéis. Tirou as luvas e enxugou as mãos; depois, com o lenço abanava o rosto, enquanto, através das batidas em suas têmporas, podia ouvir o murmúrio da multidão e a voz do conselheiro que entoava suas frases.

Ele dizia:

> Continuem! Perseverem! Não deem ouvidos às sugestões da rotina nem aos conselhos apressados do empirismo precipitado! Acima de tudo, dediquem-se à melhoria do solo, aos bons fertilizantes, ao desenvolvimento de raças de cavalos, gado, ovelhas e porcos! Que essas feiras sejam para os senhores como arenas pacíficas onde o vencedor, ao emergir, estenderá a mão ao vencido e se confraternizará com ele, na esperança de maior sucesso! E vocês, veneráveis e humildes servidores, cujo árduo trabalho nenhum governo até agora levou em consideração, venham e recebam a recompensa por suas virtudes silenciosas e estejam convencidos de que o Estado, de agora em diante, está com os olhos voltados para vocês, que os encorajará, que os protegerá, que atenderá às suas justas reivindicações e aliviará, tanto quanto estiver em seu poder, o fardo de seus árduos sacrifícios!

O sr. Lieuvain se sentou novamente; o sr. Derozerays se levantou e começou outro discurso. Talvez o dele não tenha sido tão floreado quanto o do conselheiro, mas foi mais positivo no estilo, com mais conhecimento especializado e considerações mais elevadas. Assim, os elogios ao governo ocuparam menos espaço; a religião e a agricultura ocuparam mais. Era possível ver a relação entre as duas e como elas sempre contribuíram para a civilização. Rodolphe e a sra. Bovary conversaram sobre sonhos, pressentimentos e magnetismo. Remontando ao berço da sociedade, o orador descreveu os tempos selvagens em que os homens viviam das bolotas nas profundezas da floresta. Depois, abandonaram as carcaças dos animais, vestiram-se com tecidos, cavaram sulcos e plantaram videiras. *"Será que isso foi bom e não havia mais desvantagens do que vantagens nessa descoberta?"*, perguntou-se o sr. Derozerays. Do magnetismo, pouco a pouco, Rodolphe chegou às afinidades e, enquanto o senhor presidente citava Cincinnatus em seu arado, Diocleciano plantando seus repolhos e os imperadores chineses inaugurando o ano com a semeadura, o rapaz explicou à jovem mulher que essas atrações irresistíveis derivavam sua causa de alguma existência anterior.

— Assim, nós — dizia ele —, por que nos conhecemos? Por qual motivo? Simplesmente, através da distância, como dois rios que correm um para o outro, nossas inclinações particulares nos empurraram um para o outro.

E ele pegou a mão dela; Emma não a retirou.

"Conjunto de boas culturas!", bradou o presidente.

— Antes, por exemplo, quando fui à sua casa...

"Ao sr. Bizet, de Quincampoix."

— Eu sabia que a acompanharia?

"Setenta francos!"

— Cem vezes eu até quis ir embora, mas eu a segui, eu fiquei.

"Adubo."

— Assim como ficaria esta noite, amanhã, os dias seguintes, o resto de minha vida!

"Ao sr. Caron, de Argueil, uma medalha de ouro!"

— Pois nunca encontrei um encanto tão completo na companhia de alguém.

"Ao sr. Bain, de Givry-Saint-Martin!

— Assim, eu levarei a sua lembrança.

"Por um carneiro merino..."

— Mas logo me esquecerá, terei passado como uma sombra.

"Ao sr. Belot, de Notre-Dame..."

— Oh, não? Não é verdade? Serei algo em seus pensamentos, em sua vida?

“Raça suína, prêmio empatado: para os srs. Lehérissé e Cullembourg; sessenta francos!”

Rodolphe apertou a mão dela e a sentiu quente e trêmula como uma rolinha cativa querendo voltar a voar; mas, fosse tentando libertar-se ou respondendo a essa pressão, ela fez um movimento com os dedos; ele exclamou:

— Oh! Obrigado! A senhora não me rejeita! A senhora é gentil e entende que sou seu! Deixe-me vê-la, deixe-me contemplá-la!

Uma rajada de vento, vinda das janelas, agitou a toalha de mesa e, na praça, todos os chapéus das camponesas se ergueram como as asas de borboletas brancas que se agitam.

“Uso de bagaço de oleaginosas”, continuou o presidente.

Ele se apressava:

“Adubos flamengos, cultura do linho, drenagem, arrendamentos de longo prazo, serviços de domésticos.”

Rodolphe parou de falar. Eles se olharam. Um desejo supremo fez seus lábios secos tremerem; e suavemente, sem esforço, seus dedos se misturaram.

“Catherine-Nicaise-Élisabeth Leroux, de Sassetot-la-Guerrière, por cinquenta e quatro anos de serviço na mesma fazenda, uma medalha de prata, no valor de vinte e cinco francos!”

“Onde está ela, Catherine Leroux?”, repetiu o conselheiro.

Ela não se apresentava, e ouviam-se vozes que cochichavam:

— Vá lá!

— Não.

— À esquerda!

— Não tenha medo!

— Ah, como ela é boba!

— Afinal, ela está aí? — gritou Tuvache.

— Sim!... Ela está lá!

— Deixem-na se aproximar então!

Em seguida, uma senhorinha idosa com um andar receoso, que parecia estar encolhendo em suas roupas pobres, avançou até a plataforma. Ela tinha grandes tamancos de madeira nos pés e, em volta dos quadris, um grande avental azul. Seu rosto magro, cercado por uma touca sem bordas, estava mais enrugado do que uma maçã murcha, e das mangas de sua camisa vermelha sobressaíam duas mãos compridas com os nós dos dedos retorcidos. A poeira dos celeiros, o calcário das lavagens e a gosma das lãs as haviam encrostado, arranhado e endurecido de tal forma que pareciam sujas, embora tivessem sido enxaguadas com água limpa; e, por terem sido tão usadas, permaneciam entreabertas, como se fossem um humilde testemunho de tanto sofrimento. Havia algo de rigidez monástica na expressão de seu rosto. Não havia nada triste ou enternecedor em seus olhos pálidos. Na companhia de animais, ela havia captado seu silêncio e sua placidez. Era a primeira vez que se via em meio a uma companhia tão grande e, interiormente assustada com as bandeiras, os tambores, os cavalheiros de terno preto e a cruz de honra do conselheiro, ela permanecia imóvel, sem saber se deveria se aproximar ou fugir, ou por que a multidão a empurrava e por que os examinadores sorriam para ela. Assim estava, diante daqueles burgueses florescentes, meio século de servidão.

— Aproxime-se, venerável Catherine-Nicaise-Élisabeth Leroux! — convidou o senhor conselheiro, que pegara das mãos do presidente a lista dos laureados.

E, sucessivamente, examinando a folha de papel e depois a mulher idosa, ele repetia em um tom paternal:

— Aproxime-se, aproxime-se!

— A senhora é surda? — perguntou Tuvache, dando um salto em sua poltrona.

E pôs-se a gritar ao seu ouvido:

— Cinquenta e quatro anos de serviço! Uma medalha de prata! Vinte e cinco francos! É para a senhora.

Depois, ao receber a medalha, olhou-a. Então, um sorriso de beatitude se espalhou por seu rosto, e ela pôde ser ouvida murmurando ao se retirar:

— Eu a entregarei ao padre local, para que ele possa rezar missas para mim.

— Que fanatismo! — exclamou o farmacêutico, inclinando-se na direção do notário.

A sessão terminou; a multidão se dispersou; e agora que os discursos haviam sido lidos, cada um ocupou seu lugar e tudo voltou ao normal: os patrões repreendiam os empregados, e estes batiam nos animais, indolentes vencedores que voltavam ao estábulo com uma coroa verde entre os chifres.

Entretanto, os guardas nacionais subiram ao primeiro andar da prefeitura com brioches espetados em suas baionetas, e o baterista do batalhão carregando uma cesta de garrafas. A sra. Bovary pegou o braço de Rodolphe; ele a acompanhou até sua casa; eles se separaram em frente à porta dela; depois ele caminhou sozinho pelo prado, esperando o banquete.

O banquete foi longo, barulhento e mal servido; as pessoas estavam tão apertadas que mal conseguiam movimentar os cotovelos, e as tábuas estreitas que serviam de bancos quase se quebraram com o peso dos convidados. Eles comiam generosamente. Cada um pegava sua respectiva porção. O suor escorria sobre as testas de todos, e um vapor esbranquiçado, como a névoa de um rio em uma manhã de outono, flutuava sobre a mesa, entre as luminárias penduradas. Rodolphe, com as costas apoiadas na lona da tenda, pensava tanto em Emma que não conseguia ouvir nada. Atrás dele, no gramado, os criados empilhavam pratos sujos; seus vizinhos conversavam, sem que ele respondesse; seu copo era enchido, e um silêncio se instaurava em sua mente, apesar do barulho crescente. Ele sonhava com o que ela dissera e com o formato de seus lábios; seu rosto, como se estivesse em um espelho mágico, brilhava nas placas das barretinas dos soldados, as pregas de seu vestido deslizavam ao longo das paredes, e os dias de amor se desenrolavam infinitamente nas perspectivas do futuro.

Ele a viu novamente à noite, durante os fogos de artifício; mas ela estava com o marido, a sra. Homais e o farmacêutico, que estava muito preocupado com o perigo de foguetes perdidos; e, a todo momento, ele deixava o grupo para ir fazer recomendações a Binet.

As peças pirotécnicas enviadas ao endereço do sr. Tuvache, por excesso de cautela, haviam sido trancadas em seu porão; assim, a pólvora úmida mal se inflamou, e a parte principal, que deveria representar um dragão mordendo a cauda, falhou completamente. Ocasionalmente, uma pobre vela romana se acendia; então, a multidão, que estava de boca aberta, levantava um clamor que se misturava com os gritos das mulheres cujas cinturas eram tocadas no escuro. Emma, silenciosa, aconchegou-se delicadamente no ombro de Charles; depois, com o queixo erguido, seguia o jato luminoso dos fogos de artifício no céu negro. Rodolphe a olhava à luz dos lampiões que ardiam.

Eles foram se apagando lentamente. As estrelas apareceram. Caíram algumas gotas de chuva. Ela amarrou seu fichu sobre a cabeça descoberta.

Naquele momento, a carruagem do conselheiro deixou a hospedaria. Seu cocheiro, que estava embriagado, subitamente adormeceu; e à distância, por sobre a capota, entre as duas lanternas, a massa de seu corpo podia ser vista balançando, para a direita e para a esquerda, conforme a inclinação das cordas de suspensão.

— Na verdade — declarou o farmacêutico —, deveríamos reprimir a embriaguez! Gostaria que se registrassem, semanalmente, na porta da prefeitura, em um quadro *ad hoc*, os nomes de todos aqueles que, durante a semana se intoxicaram com álcool. Além disso, do ponto de vista estatístico, teríamos uma espécie de registro permanente ao qual poderíamos recorrer se necessário..., mas, com licença.

E correu novamente em direção ao capitão.

Ele estava a caminho de casa. Ia ver seu torno novamente.

— Talvez não lhe custasse nada — sugeriu-lhe Homais — enviar um de seus homens ou o senhor mesmo ir...

— Deixe-me em paz — redarguiu o cobrador de impostos —, pois não há nada com que se preocupar!

— Fiquem tranquilos — disse o farmacêutico, ao voltar para junto de seus amigos. — O sr. Binet me garantiu que as medidas foram tomadas. Nenhuma faísca cairá. As bombas estão cheias. Vamos dormir.

— De fato! Eu realmente preciso — apontou a sra. Homais, que bocejava consideravelmente —; de qualquer forma, tivemos um belo dia para nossa festa.

Rodolphe repetiu em voz baixa e com uma expressão terna nos olhos:

— Ah, sim! Realmente belo!

E, depois de trocarem cumprimentos, deram-se as costas.

Dois dias depois, no *Le Fanal de Rouen*, havia um grande artigo sobre a feira. Homais o escrevera, com verve, no dia seguinte:

*"Por que os festões, as flores, as guirlandas? Para onde essa multidão estava indo, como as ondas de um mar revolto, sob as torrentes de um sol tropical que espalhava seu calor sobre nossos campos cultivados?"*

Em seguida, ele falou sobre a condição dos agricultores. O governo certamente estava fazendo muito, mas não o suficiente! "*Coragem!*" exclamou; "*mil reformas são indispensáveis, vamos realizá-las.*" Depois, referindo-se à chegada do conselheiro, não se esquecia do "*ar marcial de nossa milícia*", nem de "*nossas mais vivazes mulheres da aldeia*", nem "*dos anciãos calvos, uma espécie de patriarcas que estavam lá, e alguns dos quais, remanescentes de nossas falanges imortais, ainda podiam sentir seus corações batendo ao som varonil dos tambores*". Ele mencionou a si mesmo entre os primeiros membros do júri e até lembrou, em uma nota, que o sr. Homais, farmacêutico, enviara uma tese sobre a sidra para a Sociedade de Agricultura. Quando os prêmios foram entregues, ele descreveu a alegria dos vencedores com palavras emocionantes. *"O pai beijava o filho; o irmão, o seu irmão; o esposo, a esposa. Muitos exibiram com orgulho sua humilde medalha e, sem dúvida, ao voltar ao seu lar, perto de sua bondosa dona de casa, a pendurava, em lágrimas, nas paredes de sua choupana.*

*"Por volta das seis horas, realizou-se um banquete na campina do sr. Liégeard, reunindo os principais participantes das festividades. Foi uma ocasião muito cordial. Foram feitos vários brindes: o sr. Lieuvain, ao monarca! O sr. Tuvache, ao governador! O sr. Derozerays, à agricultura! O sr. Homais, à indústria e às belas artes, essas duas irmãs! O sr. Leplichey, às melhorias! À noite, um brilhante espetáculo de fogos de artifício iluminou repentinamente o ar. Parecia um verdadeiro caleidoscópio, um verdadeiro cenário de ópera e, por um momento, nossa pequena localidade parecia ter sido transportada para o meio de um sonho de* As mil e uma noites.

*"Constatemos que nenhum fato desagradável atrapalhou essa reunião familiar.*

E acrescentava:

*"A única coisa que notamos foi a ausência do clero. Sem dúvida, as sacristias entendem o progresso de uma maneira diferente. Cabe a vocês, senhores de Loyola!"*

# IX

Seis semanas se passaram. Rodolphe não retornou. Finalmente, certa noite, ele apareceu.

Havia dito a si mesmo, no dia seguinte à feira agrícola:

— *Não devo retornar lá tão cedo, seria um erro.*

E, no final da semana, saiu para caçar. Depois da caçada, pensou que era tarde demais, mas então raciocinou:

— *Mas se ela me amou desde o início, deve me amar ainda mais por estar impaciente para me ver novamente. Então, vamos em frente!*

E constatou que seu cálculo estava certo quando, ao entrar na sala, viu Emma empalidecer.

Ela estava só. A tarde estava caindo. As pequenas cortinas de musselina ao longo das janelas engrossavam o crepúsculo, e o dourado do barômetro, sobre o qual incidia um raio de sol, espalhava fogo no vidro entre os recortes do painel.

Rodolphe permaneceu de pé; e Emma mal respondeu a suas primeiras frases de cortesia.

— Eu — disse ele — tive problemas. Estive doente.

— Gravemente? — perguntou ela.

— Ahn, bem — admitiu Rodolphe, sentando-se ao lado dela num tamborete —, não!... É que eu não quis voltar aqui.

— Por quê?

— A senhora não adivinha?

Ele a olhou mais uma vez, mas de maneira tão intensa que ela baixou a cabeça e enrubesceu. Ele continuou:

— Emma...

— Senhor! — soltou ela, afastando-se um pouco.

— Ah! Está vendo — replicou ele com voz melancólica —, eu tinha razão de não querer mais voltar; pois esse nome, esse nome que encheu a minha alma e que me escapou, a senhora o proíbe para mim! Sra. Bovary!... Ah! Todo mundo a chama assim!... Não é o seu nome, aliás; é o nome de outro!

Ele repetiu:

— De outro!

E escondeu o rosto com as mãos.

— Sim, eu penso na senhora continuamente!... A sua lembrança me desespera! Ah, perdão!... Vou embora... Adeus!... Irei para longe... tão longe, que a senhora não ouvirá mais falar de mim!... E, no entanto..., hoje..., não sei que força ainda me empurrou em sua direção! Porque não se luta contra o céu, não se resiste ao sorriso dos anjos! Deixamo-nos arrastar pelo que é belo, encantador, adorável!

Aquela era a primeira vez que Emma ouvia alguém dizer essas coisas para ela; e seu amor-próprio, como o de alguém que relaxa em um banho turco, se dilatou suave e completamente com o calor daquela fala.

— Mas, se não vim — continuou ele —, se não pude vê-la, ah, pelo menos estive observando aquilo que a rodeia. À noite, todas as noites, eu me levantava, chegava até aqui, olhava para a sua casa, o telhado que brilhava sob o luar, as árvores do jardim que balançavam diante da sua janela e uma pequena lamparina, um clarão, que brilhava através das vidraças, no escuro. Ah! A senhora nem sabia que ali, tão perto e tão longe, havia um pobre miserável...

Ela virou-se para ele com um soluço.

— Oh! O senhor é bom — disse ela.

— Não, eu a amo, isso é tudo! A senhora não duvide disso! Diga-me; uma palavra! Uma só palavra!

E Rodolphe, pouco a pouco, deixou-se escorregar do tamborete até o chão; mas ouviu-se um barulho de tamancos na cozinha e a porta da sala, notou ele, não estava fechada.

— Como a senhora seria caridosa — prosseguiu ele enquanto se levantava — se satisfizesse uma fantasia!

Era a de visitar a casa; ele queria conhecê-la; e como a sra. Bovary não via nisso nenhum inconveniente, ambos começavam a se levantar, quando Charles entrou.

— Bom dia, doutor — disse-lhe Rodolphe.

O médico, lisonjeado com esse título inesperado, desdobrou-se em gentilezas, e o outro aproveitou para se recuperar um pouco.

— A senhora conversava comigo — prosseguiu ele então — sobre sua saúde...

Charles o interrompeu: ele tinha milhares de preocupações, de fato; as opressões de sua esposa estavam recomeçando. Então Rodolphe perguntou se o exercício de cavalgar não seria bom.

— Certamente! Excelente, perfeito!... Eis aí uma ideia! Você deveria segui-la.

E, como ela argumentou que não tinha cavalo, o sr. Rodolphe ofereceu um; ela recusou suas ofertas; ele não insistiu; então, para justificar sua visita, disse que seu carroceiro, o homem que o médico havia sangrado, continuava com tonturas.

— Vou passar lá — prometeu Bovary.

— Não, não, eu o mandarei vir; nós viremos, será mais cômodo para o senhor.

— Ah, muito bem. Agradeço.

E, logo que ficaram a sós:

— Por que você não aceita as propostas do sr. Boulanger, que são tão gentis?

Ela assumiu uma expressão de mau humor, deu mil desculpas e, por fim, disse *que aquilo talvez parecesse esquisito.*

— Ah, eu realmente não me importo! — disse Charles, dando um giro. — A saúde vem em primeiro lugar! Você está equivocada!

— E como espera que eu suba num cavalo, já que não tenho traje de amazona?

— É preciso encomendar um para você! — respondeu ele.

O traje a fez decidir.

Quando ficou pronto, Charles escreveu ao sr. Boulanger dizendo que sua esposa estava à sua disposição e que eles contavam com sua complacência.

No dia seguinte, ao meio-dia, Rodolphe chegou à porta de Charles com dois excelentes cavalos. Um deles tinha pompons cor-de-rosa nas orelhas e uma sela de mulher em camurça.

Rodolphe calçou botas longas e macias, pensando que ela provavelmente nunca tinha visto botas como aquelas, e Emma ficou encantada quando ele apareceu no patamar da escada com seu amplo paletó de veludo e suas calças brancas de malha. Ela estava pronta, ela o esperava.

Justin saiu da farmácia para vê-la e o farmacêutico também não se conteve. Ele fazia recomendações ao sr. Boulanger:

— O infortúnio acontece muito rapidamente! Tome cuidado! Pode ser que seus cavalos sejam impetuosos!

Ela ouviu um barulho acima dela: era Félicité batendo nas janelas para entreter a pequena Berthe. A criança soprou um beijo de longe; sua mãe acenou de volta com o pomo de seu chicote.

— Bom passeio! — gritou o sr. Homais. — E sobretudo, prudência! Prudência!

E agitou o seu jornal vendo-os afastar-se.

Logo que sentiu a terra, o cavalo de Emma pôs-se a galope. Rodolphe galopava ao seu lado. Por momentos, trocavam uma palavra. Com o rosto ligeiramente abaixado, a mão erguida e o braço direito estendido, ela se entregava ao ritmo do movimento que a embalava na sela.

Na base da colina, Rodolphe soltou as rédeas; eles partiram juntos, em um único passo; então, no alto, de repente, os cavalos pararam e seu grande véu azul caiu.

Eram os primeiros dias de outubro. Havia neblina sobre o campo. Vapores se estendiam por todo o horizonte, entre os contornos das colinas; e outros, rasgando-se, subiam e se perdiam. Às vezes, quando as nuvens se separavam, sob um raio de sol, podia-se ver ao longe os telhados de Yonville, com os jardins à beira d'água, os pátios, os muros e a torre da igreja. Emma semicerrou as pálpebras para poder distinguir sua casa, e a pobre aldeia onde ela morava nunca pareceu tão pequena. Da altura em que estavam, o vale inteiro parecia um imenso lago pálido, evaporando-se no ar. De um lado a outro, as árvores se projetavam como se fossem rochas negras, e as altas linhas de choupos, saindo da névoa, pareciam litorais castigados pelo vento.

Ao lado, na relva, entre os pinheiros, uma luz amarronzada circulava na atmosfera tépida. A terra, avermelhada como pó de tabaco, abafava o som dos passos; e, com a ponta de suas ferraduras, à medida que avançavam, os cavalos empurravam pinhas caídas à sua frente.

Rodolphe e Emma seguiram assim pela beira do bosque. Ela se virava de vez em quando para evitar o olhar dele, e então tudo o que conseguia ver eram os troncos dos abetos enfileirados, cuja sucessão contínua a deixava um pouco tonta. Os cavalos relinchavam. O couro das selas rangia.

Assim que entraram na floresta, o sol apareceu.

— Deus nos protege — disse Rodolphe.

— O senhor acha? — perguntou ela.

— Andem! Andem! — continuou.

Ele estalou a língua. Os dois animais galopavam.

As samambaias compridas ao lado do caminho ficavam presas no estribo de Emma. Rodolphe se inclinava e as arrancava à medida que progredia. Em outras ocasiões, para afastar os galhos, passava perto dela e Emma sentia seu joelho roçar-lhe a perna. O céu ficara azul. As folhas não se moviam. Havia amplos espaços cheios de urze florida, e mantos de violetas se alternavam com os densos arvoredos, que eram cinzentos, marrons ou dourados, dependendo da variedade da folhagem. Muitas vezes, sob os arbustos, era possível ouvir um leve bater de asas ou o grito rouco e suave dos corvos quando voavam para os carvalhos.

Eles desceram da montaria. Rodolphe amarrou os cavalos. Ela seguiu adiante, sobre o musgo, entre os sulcos.

Mas seu vestido muito longo se enredava, embora ela o carregasse pela cauda, e Rodolphe, caminhando atrás dela, contemplava, entre o tecido preto e as botas pretas, a delicadeza de suas meias brancas, que lhe sugeriam algo de sua nudez.

Ela parou.

— Estou cansada — falou.

— Vamos, tente mais um pouco! — incentivou ele. — Coragem!

Então, cem passos adiante, ela parou novamente e, através de seu véu, que descia obliquamente do seu chapéu de homem sobre seus quadris, podia-se vislumbrar seu rosto em uma transparência azulada, como se ela tivesse nadado sob ondas azuis.

— Aonde vamos então?

Ele não respondeu nada. Ela respirava de maneira irregular. Rodolphe olhava ao seu redor e mordia os bigodes.

Chegaram a uma área mais ampla onde algumas faias haviam sido derrubadas. Sentaram-se sobre um tronco de árvore tombado, e Rodolphe começou a falar com ela acerca de seu amor.

No início, ele não a intimidou com elogios. Estava calmo, sério, melancólico.

Emma o ouvia com a cabeça abaixada enquanto movia, com a ponta do pé, algumas lascas de madeira que estavam no chão.

Mas ao ouvir esta frase:

— Por acaso nossos destinos agora não são compartilhados?

— Certamente que não! — respondeu ela. — O senhor bem sabe disso. É impossível.

Ela se levantou para se retirar. Ele a agarrou pelo pulso. Ela parou. Então, depois de observá-lo por alguns minutos com os olhos amorosos e úmidos, disse rapidamente:

— Ah, bem, não falemos mais disso... Onde estão os cavalos? Vamos voltar.

Ele fez um gesto de raiva e aborrecimento. Ela repetiu:

— Onde estão os cavalos? Onde estão os cavalos?

Então, sorrindo de maneira estranha, com o olhar penetrante e os dentes cerrados, ele se aproximou, abrindo os braços. Ela deu um passo para trás, tremendo. E balbuciou:

— Oh! O senhor está me assustando! Estou passando mal! Vamos embora.

— Já que temos que fazê-lo — prosseguiu ele, mudando de expressão.

E imediatamente voltou a ser respeitoso, carinhoso e tímido. Ela lhe deu o braço. Ambos começaram a andar. Ele dizia:

— O que houve com a senhora? Por que fez isso? Eu não entendi! Não está me entendendo bem, não é mesmo? A senhora está em minha alma como uma Virgem Santíssima em um pedestal, em um lugar alto, sólido e imaculado. Mas eu preciso da sua presença para viver! Preciso de seus olhos, de sua voz, de seus pensamentos. Seja minha amiga, minha irmã, meu anjo!

Ele estendeu o braço e envolveu a cintura dela. Ela tentou se afastar de mansinho. Ele a amparava enquanto ela caminhava.

Mas ouviram os dois cavalos que pastavam na folhagem.

— Oh, mais uma vez! — rogou Rodolphe. — Não partamos! Fique!

Ele a levou mais longe, ao redor de um pequeno lago, onde lentilhas-d'água formavam um tapete verde sobre as ondas. Nenúfares murchos permaneciam imóveis entre os juncos. Ao som de seus passos na relva, os sapos saltavam para se esconder.

— Estou errada, estou errada — dizia ela. — Sou louca por ficar ouvindo o senhor.

— Por quê?... Emma! Emma!

— Oh, Rodolphe!... — prosseguiu a jovem senhora, inclinando-se sobre os ombros dele.

O tecido de seu vestido se agarrava ao veludo de seu traje. Ela virou para trás seu pescoço branco, que se dilatou com um suspiro; e, desfalecendo, toda em lágrimas, com um longo estremecimento e escondendo o rosto, rendeu-se.

As sombras da noite desciam; o sol horizontal, passando entre os galhos, ofuscava seus olhos. Aqui e ali, ao seu redor, nas folhas ou no chão, manchas de luz tremulavam, como se os beija-flores, ao voar, tivessem espalhado suas penas. Havia silêncio por toda parte; algo doce parecia vir das árvores; ela podia sentir seu coração batendo novamente e o sangue fluindo por sua carne como um rio de leite. Então, bem longe, além do bosque, nas outras colinas, ela ouviu um grito vago e prolongado, uma voz que se arrastava, e ela a escutava silenciosamente, misturando-se como música às últimas vibrações de seus nervos exaltados. Rodolphe, com o charuto nos dentes, consertava uma das duas rédeas quebradas com seu canivete.

Eles retornaram a Yonville seguindo o mesmo caminho. Na lama, puderam ver novamente as pegadas de seus cavalos, lado a lado, e os mesmos arbustos, as mesmas pedras na relva. Nada ao redor deles havia mudado; e para ela, no entanto, algo havia acontecido, maior ainda do que se as montanhas tivessem se movido. De vez em quando, Rodolphe se inclinava e tomava a mão dela para beijá-la.

Ela estava encantadora a cavalo! Esguia, com sua cintura fina, o joelho dobrado sobre a crina de seu animal e ligeiramente corada pelo ar fresco, no tom avermelhado do início da noite.

Ao entrar em Yonville, ela rodopiou sobre os paralelepípedos. Algumas pessoas a observavam das janelas.

Seu marido achou que ela tinha um bom semblante no jantar, mas pareceu não o ouvir quando ele perguntou sobre seu passeio; e ela permaneceu com o cotovelo pousado bem na borda do prato, entre as duas velas acesas.

— Emma! — chamou ele.

— O quê?

— Bem, passei esta tarde na casa do sr. Alexandre; ele tem uma potranca velha que ainda é muito bonita, apenas com um pequeno problema nos joelhos, e tenho certeza de que poderíamos comprá-la por uns cem escudos...

E acrescentou:

— Como pensei que isso a agradaria, então fiquei com ela..., comprei-a... Tomei a decisão certa? Diga-me.

Ela balançou a cabeça em sinal de assentimento; então, quinze minutos depois:

— Você vai sair esta noite? — perguntou ela.

— Sim, por quê?

— Oh! Nada, nada, meu querido.

E assim que se livrou de Charles, subiu as escadas e se trancou no quarto.

No início, sentiu uma espécie de tontura; via as árvores, os caminhos, as valas, Rodolphe, e ainda podia sentir o aperto dos braços dele enquanto a folhagem tremia e os juncos assobiavam.

Mas quando ela se viu no espelho, ficou admirada com seu rosto. Seus olhos nunca foram tão grandes, tão negros nem tão profundos. Havia algo sutil nela que a transfigurava.

Repetia para si mesma: "*Tenho um amante! Um amante!*", deliciando-se com essa ideia como se passasse por outra puberdade. Finalmente experimentaria as alegrias do amor, aquela felicidade febril pela qual se desesperara. Entrava em algo de maravilhoso, onde tudo seria paixão, êxtase, delírio; uma imensidão azulada a envolvia, os cumes dos sentimentos brilhavam sob seus pensamentos, e a existência banal só aparecia à distância, bem abaixo, nas sombras, entre os intervalos dessas alturas.

Então, ela se lembrou das heroínas dos livros que lera, e a legião lírica dessas mulheres adúlteras começou a cantar em sua memória com vozes de irmãs que a encantavam. Ela mesma se tornou uma verdadeira parte dessas imaginações e realizou o longo devaneio de sua juventude, vendo-se no tipo de apaixonada que tanto invejara. Além disso, sentiu uma satisfação de vingança. Ela já não havia sofrido o bastante? Mas agora estava triunfante, e o amor, por tanto tempo contido, jorrava inteiro com efervescências alegres. Saboreava-o sem remorsos, sem inquietude, sem perturbação.

O dia seguinte transcorreu com uma nova suavidade. Eles fizeram juras um para o outro. Ela lhe falou de suas tristezas. Rodolphe a interrompia com beijos; e ela lhe pedia, olhando para ele com as pálpebras semicerradas, que a chamasse novamente pelo nome e repetisse que a amava. Foi na floresta, como no dia anterior, embaixo do casebre de um fabricante de tamancos. As paredes eram feitas de palha e o teto era tão baixo que era preciso se curvar. Estavam sentados, um ao lado do outro, sobre uma cama de folhas secas.

A partir de então, passaram a se escrever regularmente todas as noites. Emma levava sua carta até o final do jardim, perto do rio, e a depositava em uma fresta do terraço. Rodolphe ia buscá-la e colocava outra, que ela sempre considerava demasiadamente breve.

Certa manhã em que Charles saíra antes do amanhecer, ela foi tomada pela fantasia de ver Rodolphe imediatamente. Poderia chegar rapidamente a La Huchette, ficar lá por uma hora e estar de volta a Yonville quando todos ainda estivessem dormindo. A ideia a fez ofegar de desejo, e ela logo se viu no meio do prado, caminhando em ritmo acelerado sem olhar para trás.

Começava a clarear. Emma reconheceu a casa de seu amante à distância, com seus dois cata-ventos em forma de cauda de andorinha delineados em preto contra o pálido crepúsculo.

Para além do pátio da casa da fazenda, havia uma construção que devia ser o castelo. Entrou ali como se as paredes, ao se aproximar, se afastassem por si mesmas. Uma grande escada reta levava a um corredor. Emma girou o trinco de uma porta e, de repente, no fundo da sala, pôde avistar um homem dormindo. Era Rodolphe. Ela deu um grito.

— Você está aqui! Você está aqui! — repetia ele. — Como fez para vir?... Ah, o seu vestido está molhado!

— Eu o amo! — respondeu ela, passando o braço em volta de seu pescoço.

Como essa primeira ousadia fora bem-sucedida, toda vez que Charles saía cedo, Emma se vestia rapidamente e descia furtivamente a escadaria que levava à beira d'água.

Mas quando a prancha para as vacas estava levantada, ela tinha que seguir junto aos muros que margeavam o rio; a margem era escorregadia e, para não cair, ela se agarrava aos cachos de rábanos murchos. Em seguida, atravessava os campos arados onde afundava, tropeçava e se enroscava em suas botas finas. Seu lenço, amarrado na cabeça, balançava ao vento na grama; ela tinha medo dos bois, então começava a correr; chegava sem fôlego, com as bochechas rosadas e, de todo seu corpo, exalava um perfume fresco de seiva, vegetação e ar puro. Rodolphe ainda estava dormindo naquele momento. Era como se uma manhã de primavera entrasse em seu quarto.

As cortinas amarelas ao longo das janelas deixavam entrar uma pesada luz âmbar. Emma tateava e piscava, enquanto as gotas de orvalho suspensas em seu cabelo formavam uma espécie de halo de topázio que contornava seu rosto. Rodolphe, rindo, puxava-a para si e a levava para junto de seu coração.

Em seguida, ela examinava o quarto, abria as gavetas dos móveis, penteava o cabelo com o pente dele e se olhava no espelho de barba. Muitas vezes, ela colocava entre os dentes a haste de um grande cachimbo que estava na mesa de cabeceira, entre limões e cubos de açúcar, ao lado de uma jarra d'água.

Eles levavam ao menos quinze minutos para se despedir. Então Emma chorava; desejava nunca ter que se separar de Rodolphe. Algo mais forte do que ela mesma a empurrava em direção a ele; então, um dia, ao vê-la chegar inesperadamente, ele franziu a testa como se estivesse irritado.

— O que você tem? — indagou ela. — Está sofrendo? Diga-me!

Finalmente ele declarou, com um ar sério, que as suas visitas estavam se tornando imprudentes e que ela estava se comprometendo.

# X

Pouco a pouco, os receios de Rodolphe a convenceram. O amor a havia intoxicado no início, e ela não pensava em mais nada além disso. Mas agora que ele era essencial em sua vida, ela receava perdê-lo ou mesmo perturbá-lo. Quando voltava da casa dele, olhava ansiosamente ao redor, vigiando todas as formas no horizonte e todas as janelas do vilarejo de onde pudesse ser vista. Ouvia os passos, os gritos, o barulho dos arados; e parava, mais pálida e trêmula do que as folhas dos choupos que balançavam no alto.

Certa manhã, enquanto regressava assim para casa, achou de repente ter visto o longo cano de um rifle que parecia estar apontado para ela. Ele sobressaía obliquamente sobre a borda de um pequeno barril, parcialmente escondido em meio ao mato, à beira de uma vala. Emma, prestes a desfalecer por causa do terror, ainda assim avançou, e um homem surgiu do barril, como aqueles diabinhos de mola que saltam do fundo de caixas. Suas polainas estavam enroladas até os joelhos, a boina puxada para baixo até os olhos, os lábios tremiam e o nariz estava vermelho. Era o capitão Binet, à procura de patos selvagens.

— A senhora deveria ter falado algo quando ainda estava distante! — exclamou. — Ao avistar uma arma, deve-se sempre avisar.

O cobrador de impostos tentava com isso esconder o medo que acabara de ter, porque um decreto governamental havia proibido a caça aos patos a menos que fosse de barco, e o sr. Binet, apesar de seu respeito pelas leis, as estava infringindo. Assim, a todo momento ele pensava estar ouvindo a chegada do guarda-campo. Mas essa preocupação irritava seu prazer, e, sozinho em seu barril, ele se congratulava por sua felicidade e astúcia.

Ao ver Emma, ele pareceu ter se livrado de um grande peso e imediatamente iniciou uma conversa:

— Faz um frio *de doer*!

Emma não respondeu nada. Ele prosseguiu:

— E eis a senhora fora de casa a esta hora.

— Sim — retorquiu ela, balbuciando —, acabo de chegar da casa da ama, onde minha filha está.

— Ah! Muito bem! Muito bem! Quanto a mim, como pode ver, estou aqui desde a primeira luz do dia; mas o dia está tão ruim, que a menos que se tenha a ave no bocal da arma...

— Boa noite, sr. Binet — interrompeu ela, dando meia-volta.

— Para servi-la, senhora — retomou ele em tom seco.

E entrou novamente no barril.

Emma se arrependeu de ter deixado o cobrador de impostos de forma tão abrupta. Sem dúvida, ele faria alguma conjectura desfavorável. A história da ama era a pior desculpa, pois todos em Yonville sabiam que já havia um ano que a pequena Bovary voltara para a casa dos pais. Além disso, ninguém morava nas redondezas; aquela estrada só levava a La Huchette; Binet, pois, adivinhara de onde ela estava vindo e não ficaria calado, daria com a língua nos dentes, isso era claro! Ficou até a noite torturando a mente com todos os projetos de mentiras imagináveis, tendo sempre diante dos olhos aquele imbecil comilão.

Depois do jantar, Charles, vendo-a preocupada, por distração, quis levá-la à casa do farmacêutico; e a primeira pessoa que ela viu na farmácia foi ele novamente, o cobrador de impostos! Em pé na frente do balcão, iluminado pela luz do frasco vermelho, ele dizia:

— Por favor, dê-me meia onça de vitríolo.

— Justin — gritou o farmacêutico —, traga-nos o ácido sulfúrico.

Depois, dirigindo-se a Emma, que queria subir aos aposentos da sra. Homais:

— Não, fique, não precisa, ela vai descer. Aqueça-se junto ao fogão enquanto espera... Desculpe-me... Olá, doutor... — (pois o farmacêutico gostava muito de pronunciar essa palavra, *doutor*, como se ao utilizá-la com outra pessoa, ele trouxesse de volta para si algo da pompa que encontrava nela) — Cuidado para não derrubar os morteiros! Vá e pegue as cadeiras da saleta; você sabe bem que não mexemos nas poltronas da sala de estar.

E enquanto Homais saía correndo do balcão para colocar sua poltrona de volta no lugar, Binet lhe pediu meia onça de ácido de açúcar.

— Ácido de açúcar? — repetiu o farmacêutico com desdém. — Não conheço, nunca ouvi falar! Talvez queira ácido oxálico? É oxálico, não é verdade?

Binet explicou que precisava de um mordente para fazer sua própria água de cobre, com a qual removeria a ferrugem de vários acessórios de caça. Emma estremeceu. O farmacêutico começou a dizer:

— De fato, o tempo não está propício, por causa da umidade.

— Entretanto — retomou o cobrador de impostos com ar malicioso —, há pessoas que lidam bem com isso.

Ela se sentia sufocada.

— Dê-me mais um pouco...

*"Ele não vai embora nunca!"*, pensava ela.

— Meia onça de breu e de terebintina, quatro onças de cera amarela e três onças e meia de preto animal, por favor, para limpar o couro envernizado do meu equipamento.

O farmacêutico estava começando a cortar a cera quando a sra. Homais apareceu com Irma nos braços, Napoleão ao seu lado e Athalie atrás. Ela foi se sentar no banco de veludo ao lado da janela, e o menino se agachou em um banquinho, enquanto a irmã mais velha pairava em volta da caixa de jujubas perto de seu papai. Ele enchia funis e arrolhava garrafas, colava rótulos e montava embalagens. Tudo ao seu redor era silêncio, e tudo o que se ouvia de vez em quando era o tilintar dos pesos na balança e as palavras em voz baixa do farmacêutico que dava conselhos ao seu aprendiz.

— Como está a sua jovem senhora? — perguntou de repente a sra. Homais.

— Silêncio! — exclamou o seu marido, que escrevia números no caderno de rascunho.

— Por que o senhor não a trouxe? — prosseguiu ela murmurando.

— Shhh! Shhh! — fez Emma apontando o dedo para o farmacêutico.

Mas Binet, completamente absorto na leitura da conta, provavelmente não ouviu nada. Por fim, ele saiu. Então Emma, aliviada, soltou um grande suspiro.

— Como a senhora respira forte! — observou a sra. Homais.

— Ah, é que está um pouco quente aqui — respondeu ela.

Assim, no dia seguinte, eles decidiram organizar seus encontros; Emma queria subornar sua empregada com um presente, mas seria melhor encontrar uma casa discreta em Yonville. Rodolphe prometeu procurar uma.

Durante todo o inverno, três ou quatro vezes por semana, ao anoitecer, ele entrava no jardim. Propositalmente, Emma tirara a chave do portão, que Charles pensou ter perdido.

Para avisá-la, Rodolphe jogava um punhado de areia contra as persianas. Ela se levantava imediatamente, mas às vezes tinha que esperar, porque Charles tinha o hábito de conversar ao lado da lareira e nunca terminava. Ela era devorada pela impaciência; se seus olhos conseguissem, tê-la-iam feito pular pela janela. Finalmente, ela começou a vestir-se para dormir; em seguida, pegou um livro e continuou a ler calmamente, como se a leitura a divertisse. Mas Charles, que estava na cama, a chamava para deitar-se.

— Venha logo, Emma — dizia ele —, já é hora.

— Sim, já vou! — respondia ela.

No entanto, como as velas o ofuscavam, ele se virava para a parede e adormecia. Ela escapava, prendendo a respiração, sorridente, palpitante, parcialmente vestida.

Rodolphe tinha um grande casaco; ele a envolvia completamente e, colocando o braço em volta de sua cintura, a conduzia, sem falar nada, para os fundos do jardim.

Ocorria debaixo da pérgula, sobre o mesmo banco de madeira podre em que Léon costumava olhá-la tão amorosamente nas noites de verão. Ela mal pensava nele agora.

As estrelas brilhavam por entre os galhos dos jasmins desfolhados. Atrás deles, ouvia-se o fluxo do rio que corria e, de vez em quando, na margem, o barulho de juncos secos. Aqui e ali, aglomerados de sombras se projetavam na escuridão e, às vezes, estremecendo em uníssono, eles se erguiam e se curvavam como imensas ondas negras que avançavam para envolvê-los. O frio da noite fazia com que eles se abraçassem com mais força; os suspiros que saíam de seus lábios pareciam mais altos; seus olhos, que mal podiam vislumbrar, pareciam maiores; e, em meio ao silêncio, havia palavras sussurradas suavemente que caíam sobre suas almas com uma sonoridade cristalina e ecoavam nela em vibrações multiplicadas.

Nas noites chuvosas, eles se refugiavam na sala de consultas entre o galpão e a cocheira. Ela acendia uma das lamparinas da cozinha, que havia escondido atrás dos livros. Rodolphe se instalava ali como se estivesse em casa. A visão da biblioteca e do escritório, de todo o aposento, enfim, excitava sua alegria, e ele não conseguia evitar fazer inúmeras piadas sobre Charles que deixavam Emma constrangida. Ela teria preferido vê-lo mais sério, e até mesmo mais dramático em algumas ocasiões, como quando ela pensou ter ouvido passos se aproximando no beco.

— Vem vindo alguém! — alertou ela.

Ele apagou a luz com um sopro.

— Está com seu revólver?

— Por quê?

— Ora... para se defender — retomou Emma.

— Do seu marido? Ah, pobre rapaz!

E Rodolphe terminou a frase com um gesto que significava "Eu o esmagaria com um estalar de dedos".

Ela ficou maravilhada com sua coragem, embora tenha sentido certa falta de delicadeza e uma simplicidade grosseira que a chocaram.

Rodolphe refletiu muito sobre o assunto do revólver. "*Se ela falou sério, era ridículo*", pensou, "*até mesmo odioso*", já que ele não tinha motivos para odiar o bom Charles, por não estar, como se diz, devorado pelo ciúme — e, a esse respeito, Emma lhe fizera um grande juramento de que ele também não achava do melhor gosto.

Na verdade, ela estava se tornando bastante sentimental. Tiveram que trocar pequenos retratos, cortar mechas de cabelo um do outro, e agora ela estava lhe pedindo um anel, um verdadeiro anel de casamento, como símbolo de uma aliança eterna. Era comum que ela falasse com ele sobre os sinos da noite ou as *vozes da natureza*, e depois sobre a mãe dela e a mãe dele. Rodolphe a perdera havia vinte anos. Emma, no entanto, o consolava com palavras doces, como se faz com um bebê abandonado, e até mesmo lhe dizia às vezes, olhando para a lua:

— Estou certa de que, lá em cima, juntas, elas aprovam o nosso amor.

Mas ela era tão bonita! Ele possuía tão pouco daquela candura! Esse amor sem libertinagem era algo novo para ele, e o tirou de seus hábitos fáceis, acariciando tanto seu orgulho quanto sua sensualidade. A exaltação de Emma, que seu bom senso burguês desdenhava, parecia-lhe encantadora em seu coração, pois era dirigida à sua pessoa. Assim, sabendo que era amado, ele não se incomodou, e suas maneiras foram mudando gradualmente.

Ele não tinha, como antes, aquelas palavras doces que a faziam chorar nem aquelas carícias veementes que a enlouqueciam; tanto que o grande amor deles, no qual ela vivia imersa, parecia diminuir sob ela, como a água de um rio absorvida em seu leito, e ela percebia o lodo. Ela não queria acreditar; redobrava sua ternura; e Rodolphe, cada vez menos, escondia sua indiferença.

Ela não sabia se lamentava ter cedido a ele ou se, ao contrário, desejava apreciá-lo ainda mais. A humilhação de se sentir fraca se transformava em um ressentimento que os prazeres suavizavam. Não se tratava de um simples apego, era como se houvesse uma sedução constante. Ele a subjugava. Ela quase sentia medo.

As aparências, no entanto, estavam mais calmas do que nunca, pois Rodolphe conseguira conduzir o adultério de acordo com seus caprichos; e, após seis meses, quando a primavera chegou, eles se encontravam um diante do outro, como dois cônjuges que mantêm tranquilamente uma chama doméstica.

Era a época em que o pai Rouault enviava seu peru, como lembrança de sua perna recuperada. O presente sempre chegava com uma carta. Emma cortou o barbante que a prendia à cesta e leu as seguintes linhas:

*Meus caros filhos,*

*Espero que a presente os encontre com boa saúde e que este peru seja tão bom como os anteriores; pois ele me parece um pouco mais macio, se ouso dizer, e mais robusto. No entanto, na próxima vez, para variar, enviarei um galo, a menos que prefiram os* franguinhos*; e, por favor, mandem-me de volta a cesta, junto com as duas anteriores. Tive um infortúnio com minha carroça, cuja cobertura voou para cima das árvores em uma noite de muito vento. A colheita também não foi lá essas coisas. Enfim, não sei quando os verei. É muito difícil para mim sair de casa agora, desde que estou sozinho, minha pobre Emma!"*

E havia aqui um espaço entre as linhas, como se o homem tivesse largado a caneta para sonhar por algum tempo.

*Quanto a mim, estou bem, exceto por um resfriado que peguei outro dia na feira de Yvetot, à qual fui para contratar um pastor, depois de ter mandado o meu embora, por ser muito exigente. Como sofremos com todos esses malandros! Além disso, também era desonesto.*

*Fiquei sabendo por um mascate que, viajando por sua região neste inverno, teve um dente arrancado e me contou que Bovary trabalhava muito. Isso não me surpreende, e ele me mostrou o dente; tomamos café juntos. Perguntei-lhe se tinha visto você, minha filha, e ele me disse que não, mas que viu dois animais no estábulo, o que me leva a concluir que o trabalho está indo bem. Ainda bem, meus queridos filhos, e que o bom Deus lhes envie toda a felicidade imaginável.*

*Fico triste por ainda não conhecer minha amada netinha Berthe Bovary. Plantei para ela, no jardim, sob seu quarto, um pé de ameixa e não deixo que ninguém toque nele, exceto mais tarde, para fazer suas compotas, que guardarei no armário para quando ela vier me visitar.*

*Adeus, meus queridos filhos. Beijos para você, minha filha; e para você também, meu genro, e para a pequena, nas duas bochechas.*

*Recebam muitas saudações,*
*De seu carinhoso pai,*
*Théodore Rouault.*

Ela permaneceu alguns minutos segurando o espesso papel entre os dedos. Os erros de ortografia se entrelaçavam, e Emma seguia a doce linha de pensamento que cacarejava por meio dele como uma galinha meio escondida em uma sebe de espinhos. A letra havia sido secada com cinzas da lareira, pois um pouco de poeira cinzenta escorregou da carta para seu vestido, e ela quase imaginou ver seu pai se inclinando em direção à lareira para pegar as pinças. Há quanto tempo ela não estava ao lado dele, em cima do degrau da lareira, queimando a ponta de um graveto na grande chama dos juncos marinhos crepitantes!... Lembrou-se das noites de verão ensolaradas. Dos potros que relinchavam quando passavam e que galopavam, galopavam... Sob sua janela havia uma colmeia que produzia mel e, às vezes, as abelhas, rodopiando por entre as luzes, batiam nas vidraças como balas douradas que ricocheteavam. Quão felizes eram aqueles dias! Quanta liberdade! Quanta esperança! Que abundância de ilusões! Agora não havia mais nenhuma! Ela as gastara em todas as aventuras de sua alma, em todas as condições sucessivas, na virgindade, no casamento e no amor — perdendo-as continuamente ao longo de sua vida, como um viajante que deixa algo de sua riqueza em todas as hospedarias ao longo do caminho.

Mas o que a estava deixando tão infeliz? Onde estava a catástrofe extraordinária que a perturbara? E ela levantou a cabeça, olhando ao redor, como se quisesse encontrar a causa de seu sofrimento.

Um raio de abril brilhava sobre as porcelanas da estante; o fogo estava aceso; ela sentia a maciez do carpete sob suas pantufas; o dia estava branco, a atmosfera cálida, e ela ouviu sua filha que soltava gargalhadas.

Na verdade, a menina estava rolando no gramado, em meio ao capim que estava sendo ceifado. Estava deitada de barriga para baixo, em cima de uma mó. A babá a segurava pela saia. Lestiboudois varria ao lado dela e, toda vez que ele se aproximava, ela se curvava, agitando os dois braços no ar.

— Traga-a para mim! — pediu a mãe, que correu para beijá-la. — Como eu a amo, minha pobre criança! Como eu a amo!

Então, percebendo que as pontas de suas orelhas estavam um pouco sujas, mandou trazer rapidamente água quente, limpou-a, trocou-lhe as roupas, as meias e os sapatos e fez mil perguntas sobre sua saúde, como fazia ao voltar de uma viagem, e, finalmente, beijando-a ainda e chorando um pouco, entregou-a nas mãos da criada, que ficou admirada com aquele excesso de ternura.

Rodolphe, à noite, encontrou-a mais séria que de costume.

— Isso vai passar — julgou ele —, é um capricho.

E ele faltou consecutivamente a três encontros. Quando voltou, ela se mostrou fria e quase desdenhosa.

— Ah, você está perdendo seu tempo, minha linda.

E ele parecia não notar os suspiros melancólicos dela nem o lenço que ela apertava.

Foi então que Emma se arrependeu!

Ela chegou a se perguntar por que detestava Charles e se não teria sido melhor poder amá-lo. Mas ele não se mostrava muito receptivo a essas manifestações sentimentais, então ela permanecia bastante constrangida em sua disposição para o sacrifício, até que o farmacêutico apareceu providencialmente, oferecendo-lhe uma oportunidade.

# XI

Recentemente, ele havia lido elogios a um novo método de tratamento de pés tortos e, sendo um defensor do progresso, idealizou a ideia patriótica de que Yonville, para *se equiparar*, deveria realizar operações de estrefopodia.

— Pois — dizia ele a Emma —, que risco se corre? Examine — e enumerava nos dedos as vantagens da tentativa —; sucesso quase certo, alívio e embelezamento para o paciente, notoriedade rápida para o cirurgião. Por que o seu marido, por exemplo, não iria querer livrar desse mal o pobre Hippolyte, do *Lion d'or*? Note que ele não deixaria de contar a sua cura a todos os viajantes, e depois — Homais baixava a voz e olhava à sua volta — quem então me impediria de enviar ao jornal uma pequena nota a respeito? Oh, meu Deus! Um artigo circula... Fala-se dele... Isso acaba virando uma bola de neve! E quem sabe? Quem sabe?

De fato, Bovary poderia triunfar; não havia nada que indicasse a Emma que ele não era habilidoso, e qual seria a satisfação dela por tê-lo engajado em um empreendimento que elevaria sua reputação e fortuna? Ela só queria apoiar-se em algo mais sólido do que o amor.

Charles, instigado pelo farmacêutico e por ela, deixou-se persuadir. Mandou vir de Rouen o livro do dr. Duval e, todas as noites, com a cabeça entre as mãos, mergulhava na leitura.

Enquanto estudava os equinos, os varos e os valgos, isto é, a estrefopodia, a estrefendopodia e a estrefexopodia (ou, melhor dizendo, os diferentes desvios do pé, fosse embaixo, dentro ou fora), com a estrefipopodia e a estrefanopodia (em outras palavras, torção na parte de baixo e endireitamento em cima), o sr. Homais, usando todo tipo de argumento, exortava o rapaz da hospedaria a se fazer operar.

— Você mal sentirá; talvez, uma leve dor; é uma simples picada como a de uma pequena sangria, menos do que extirpar certas calosidades.

Hippolyte, refletindo, revirava os olhos de maneira estúpida.

— Aliás — continuava o farmacêutico —, isso não me diz respeito! É por você! Por pura humanidade! Gostaria de ver você, meu amigo, livre dessa horrível claudicação, com esse balanço da região lombar que, por mais que insista, deve prejudicá-lo consideravelmente no desempenho de sua profissão.

Então Homais lhe dizia quão mais vigoroso e disposto ele se sentiria depois, e até insinuava que agradaria mais às mulheres; e o cavalariço dava um largo sorriso. Então ele o atacava pela vaidade:

— Você não é um homem, puxa vida? Como seria se tivesse que servir, lutar nas fileiras do exército?... Ah, Hippolyte!

E Homais se afastava, declarando que não entendia essa teimosia, essa recusa cega em aceitar os benefícios da ciência.

O infeliz cedeu, porque era como uma espécie de conchavo. Binet, que nunca se intrometia nos assuntos alheios, a sra. Lefrançois, Artémise, os vizinhos e até mesmo o prefeito, o sr. Tuvache, todos o encorajaram, o repreenderam, o envergonharam; mas o que finalmente o convenceu foi o fato de que *não lhe custaria nada*. Bovary se encarregaria até mesmo de fornecer a máquina para a operação. Emma tivera a ideia dessa generosidade; e Charles concordou, dizendo a si mesmo, no fundo do coração, que a sua esposa era um anjo.

Com os conselhos do farmacêutico, e recomeçando três vezes, ele mandou o carpinteiro construir, com a ajuda do serralheiro, uma espécie de caixa que pesava cerca de dois quilos, na qual não foram poupados ferro, madeira, chapas de metal, couro, parafusos e porcas.

Contudo, para saber qual tendão cortar em Hippolyte, era necessário primeiro conhecer que tipo de pé torto ele tinha.

Ele tinha um pé que formava uma linha quase reta com a perna, o que não impedia que estivesse virado para dentro, de tal modo que era uma combinação de equino com um pouco de varo, ou talvez um varo leve, fortemente marcado por um equino. Mas com esse equino, tão largo quanto uma pata de cavalo, com a pele áspera, tendões secos, dedos grossos cujas unhas pretas se assemelhavam a pregos de ferro, o estrefópode, desde a manhã até a noite, galopava como um cervo. Podia ser visto continuamente na praça, saltitando ao redor das carroças, jogando para a frente seu apoio irregular. Ele até parecia ter mais força com aquela perna do que com a outra. De tanto ter sido útil, ela havia adquirido como que qualidades morais de paciência e energia, e quando lhe atribuíam alguma tarefa árdua, ele se escorava preferencialmente nela.

Agora, como se tratava de um equino, era necessário cortar o tendão de Aquiles, mesmo que isso significasse mais tarde ter que atacar o músculo tibial anterior para se livrar do varo; pois o médico não ousava arriscar duas operações ao mesmo tempo, e ele já até estava tremendo, com medo de atacar alguma área importante que não conhecia.

Nem Ambroise Paré, aplicando pela primeira vez desde Celsius a ligadura imediata de uma artéria, depois de um intervalo de quinze séculos; nem Dupuytren, abrindo um abscesso através de uma espessa camada de encéfalo; nem Gensoul, quando fez a primeira ablação do maxilar superior, certamente tiveram o coração tão palpitante, a mão tão trêmula, o intelecto tão tenso quanto o sr. Bovary quando se aproximou de Hippolyte, com seu *tenótomo* entre os dedos. E, como nos hospitais, ao lado dele, sobre uma mesa, havia uma pilha de gaze, fios encerados, muitos curativos, uma pirâmide de ataduras, todas as que o farmacêutico tinha. Havia sido o sr. Homais quem organizara todos esses preparativos desde a manhã, tanto para deslumbrar a multidão quanto para impressionar a si mesmo. Charles fez um corte na pele; ouviu-se um estalo seco. O tendão estava cortado, a operação havia terminado. Hippolyte, tomado de surpresa, não conseguia acreditar; curvava-se sobre as mãos de Bovary, cobrindo-as de beijos.

— Vamos, acalme-se — dizia o farmacêutico —, mais tarde você expressará sua gratidão ao seu benfeitor!

E desceu para contar o resultado a cinco ou seis curiosos que estavam parados no pátio e que imaginavam que Hippolyte iria reaparecer caminhando direito novamente. Então Charles, tendo confinado seu paciente na engenhoca mecânica, voltou para casa, onde Emma, muito ansiosa, o esperava à porta. Ela pulou em seu pescoço; sentaram-se à mesa; ele comeu bastante e até quis uma xícara de café como sobremesa, um luxo que só se permitia aos domingos quando havia visitas.

Foi uma noite encantadora, cheia de conversas e sonhos compartilhados. Falaram de sua futura prosperidade, de melhorias a serem feitas em seu lar; ele viu sua estima crescendo, seu bem-estar aumentando, sua esposa ainda o amando; e ela estava feliz por se refrescar com um sentimento novo, mais sadio e melhor, por finalmente sentir alguma ternura por esse pobre rapaz que a amava. A ideia de Rodolphe passou por sua mente por um momento, mas seus olhos se voltaram para Charles: ela até notou com surpresa que ele não tinha dentes feios.

Estavam na cama quando o sr. Homais, apesar da cozinheira, entrou de repente no quarto, trazendo na mão uma folha de papel recém-escrita. Era a publicidade que estava enviando ao *Fanal de Rouen*. Queria que eles a lessem.

— Leia o senhor mesmo — pediu Bovary.

Ele leu:

— "Apesar dos preconceitos que ainda cobrem uma parte da face da Europa como uma rede, a luz, no entanto, começa a penetrar em nosso interior. Na terça-feira, nossa pequena cidade de Yonville foi palco de um experimento cirúrgico que também é um ato de profunda filantropia. O sr. Bovary, um de nossos mais ilustres profissionais ..."

— Ah, é demais! É demais! — dizia Charles, a quem a emoção sufocava.

— Mas não, de jeito nenhum! Como assim?... "Operou de um pé torto..." Eu não usei o termo científico, porque, sabe, em um jornal... talvez nem todos entendessem; o público precisa...

— De fato — concordou Bovary. — Continue.

— Retomo — prosseguiu o farmacêutico. — "O sr. Bovary, um de nossos mais ilustres profissionais, operou de um pé torto o chamado Hippolyte Tautain, que trabalha há vinte e cinco anos como carroceiro no hotel *Lion d'or*, administrado pela viúva sra. Lefrançois, na Praça de Armas. A novidade da tentativa e o interesse no assunto atraíram tamanha multidão que houve uma verdadeira aglomeração na porta do estabelecimento. A operação, aliás, praticou-se como por encanto, e apenas algumas gotas de sangue chegaram à pele, como se quisessem dizer que o tendão rebelde havia finalmente cedido aos esforços da arte. O paciente, surpreendentemente (pudemos constatar isso *com nossos próprios olhos*), não manifestou qualquer dor. Seu estado, até o momento, nada deixa a desejar. Tudo leva a crer que a convalescença será breve; e quem sabe se, na próxima festa do povoado, não veremos nosso bravo Hippolyte participar de danças festivas, em meio a um coro de foliões, e assim provar aos olhos de todos, por sua força e seus movimentos, sua completa recuperação? Honra, então, aos eruditos generosos! Honra, pois, às essas incansáveis mentes que dedicam a vida a melhorar ou aliviar os problemas de sua espécie! Honra! Três vezes honra! Será que não caberia exclamar que os cegos enxergarão, os surdos ouvirão e os coxos andarão? Mas o que o fanatismo outrora prometia a seus eleitos, a ciência agora o realiza para todos os homens! Manteremos nossos leitores informados sobre as fases sucessivas dessa cura tão notável."

Mas isso não impediu que, cinco dias depois, a mãe Lefrançois chegasse apavorada gritando:

— Socorro! Ele está morrendo!... Estou enlouquecendo!

Charles correu em direção ao *Lion d'or*, e o farmacêutico, que o viu passar pela praça sem o chapéu, abandonou a farmácia. Ele mesmo apareceu, ofegante, corado, preocupado e perguntando a todos que subiam as escadas:

— O que há de errado com o nosso interessante estrefópode?

Ele se contorcia, o estrefópode, em convulsões agonizantes, tanto que a engenhoca mecânica que havia imobilizado sua perna batia contra a parede, despedaçando-se.

Com muito cuidado, para não comprometer a posição do membro, a caixa foi removida, e a visão foi terrível. As formas do pé haviam desaparecido em um tal inchaço que a pele inteira parecia prestes a se romper, e estava coberta de equimoses causadas pela afamada máquina. Hippolyte já se queixara de estar sofrendo com ela; ninguém prestou atenção; reconheceram que ele não estava completamente errado e ficara livre por algumas horas. Mas, assim que o edema cedeu um pouco, os dois eruditos decidiram que seria uma boa ideia colocar o membro de volta no aparelho e, ainda mais apertado, para acelerar o processo. Finalmente, três dias depois, como Hippolyte não estava aguentando, mais uma vez removeram o dispositivo, e ficaram muito surpresos com o resultado que observaram. Uma tumefação lívida se alastrava pela perna, com flictenas em vários lugares, de onde escorria um líquido preto. A situação estava ficando séria. Hippolyte começava a se aborrecer, e a mãe Lefrançois o instalou na pequena sala, perto da cozinha, para que ele tivesse pelo menos alguma distração.

Mas o cobrador de impostos, que jantava lá todos os dias, reclamou amargamente da proximidade. Assim, Hippolyte foi levado para a sala de bilhar.

Lá estava ele, gemendo sob os pesados cobertores, pálido, a barba longa, os olhos fundos e, de vez em quando, virava a cabeça suada sobre o travesseiro sujo, onde as moscas se aglomeravam. A sra. Bovary vinha visitá-lo. Trazia-lhe panos para os cataplasmas e o consolava e encorajava. Aliás, nunca lhe faltava companhia, especialmente nos dias de mercado, quando os camponeses ao seu redor empurravam as bolas de bilhar, esgrimiam com os tacos, fumavam, bebiam, cantavam e berravam.

— Como vai? — perguntavam, dando-lhe tapinhas no ombro. — Ah, você não está satisfeito, ao que parece! Mas isso é culpa sua. Você precisa fazer isso, fazer aquilo.

E lhe contavam histórias de pessoas que haviam sido curadas por outros remédios que não o dele; depois, como consolo, acrescentavam:

— É que você dá muita importância a isso! Levante-se! Você se trata como se fosse um rei! Ah, não importa, velho brincalhão! Você não cheira bem!

A gangrena estava piorando cada vez mais. O próprio Bovary estava ficando doente por causa disso. Visitava-o de hora em hora, a todo momento. Hippolyte olhava para ele com olhos cheios de terror e gaguejava, soluçando:

— Quando estarei curado?... Ah, salve-me!... Como sou infeliz! Como sou infeliz!

E o médico ia embora, sempre recomendando uma dieta.

— Não dê ouvidos a ele, meu rapaz — retomava a mãe Lefrançois —; eles já martirizaram você o suficiente. Ficará mais fraco ainda. Tome, engula!

E ela lhe oferecia um bom caldo, uma fatia de pernil de cordeiro, algum pedaço de toucinho e, às vezes, uns copinhos de aguardente, que ele não tinha coragem de levar aos lábios.

O padre Bournisien, informado sobre a piora, pediu para vê-lo. Começou expressando compaixão por sua doença, embora declarasse que era preciso alegrar-se por ela, pois era a vontade do Senhor, e aproveitar logo a oportunidade para reconciliar-se com o céu.

— Porque — dizia o eclesiástico em tom paterno — você negligenciava um pouco seus deveres; raramente era visto no ofício divino; há quantos anos não se aproxima da mesa sagrada? Entendo que suas ocupações e a agitação do mundo possam tê-lo afastado dos cuidados com a sua salvação. Mas agora é hora de pensar nisso. No entanto, não se desespere; conheci algumas pessoas bem culpadas que, na iminência de comparecerem diante de Deus (você ainda não chegou lá, eu sei), imploraram sua misericórdia e certamente morreram com o melhor dos estados de espírito. Esperemos que, como eles, você nos dê bons exemplos! Então, por precaução, quem poderia impedir que você recitasse uma "Ave Maria, cheia de graça" e um "Pai Nosso, que estais no céu", de manhã e à noite? Sim, faça isso! Por mim, para me agradar. O que custa?... Você promete?

O pobre diabo prometeu. O padre retornou nos dias seguintes. Conversava com a dona da hospedaria e até contava histórias intercaladas com piadas e trocadilhos que Hippolyte não entendia. Depois, assim que as circunstâncias permitiam, ele voltava aos assuntos religiosos, exibindo uma fisionomia adequada.

Seu zelo parecia funcionar, pois logo o estrefópode expressou o desejo de fazer uma peregrinação a Bon-Secours, caso se recuperasse: ao que o sr. Bournisien respondeu que não via problema; duas precauções valiam mais do que uma. *Não se corria nenhum risco.*

O farmacêutico ficou indignado com o que chamava de *manobras do padre*; elas eram prejudiciais, segundo ele, para a convalescença de Hippolyte, e repetia para a sra. Lefrançois:

— Deixem-no! Deixem-no! Estão perturbando seu estado de espírito com esse misticismo!

Mas a mulher não queria mais ouvi-lo. Ele *era a causa de tudo*. Por espírito de contradição, ela até pendurou à cabeceira do leito do doente um recipiente cheio de água benta, com um ramo de buxo.

No entanto, nem a religião, nem a cirurgia pareciam estar ajudando, e a podridão invencível continuava a subir das extremidades em direção ao ventre. Por mais que variassem as poções e trocassem os cataplasmas, os músculos ficavam mais soltos a cada dia e, por fim, Charles fez um aceno afirmativo com a cabeça quando a mãe Lefrançois lhe perguntou se ela não poderia, em desespero, mandar chamar o sr. Canivet, de Neufchâtel, que era uma celebridade.

Doutor em medicina, cinquenta anos de idade, bem-posicionado e seguro de si, o colega não hesitou em rir desdenhosamente quando descobriu que a perna estava gangrenada até o joelho. Depois de deixar claro que era preciso amputá-la, foi procurar o farmacêutico para protestar contra os idiotas que haviam conseguido reduzir um desafortunado homem a tal estado. Chacoalhando o sr. Homais pela gola de sua sobrecasaca, vociferava na farmácia:

— São as invenções de Paris! São as ideias desses senhores da capital! É como o estrabismo, o clorofórmio e a litotripsia: um monte de monstruosidades que o governo deveria proibir! Mas querem bancar os sabidos e enchem as pessoas de remédios sem se preocupar com as consequências. Não somos tão fortes assim; não somos sábios, janotas, sedutores; somos profissionais, somos pessoas que curam, e não imaginaríamos operar alguém que estivesse perfeitamente bem! Consertar pés tortos! Pode-se consertar pés tortos? É como se quiséssemos, por exemplo, endireitar um corcunda!

Homais sofria enquanto ouvia esse discurso, e disfarçava seu mal-estar sob um sorriso de cortesão, porque precisava preservar o sr. Canivet, cujas receitas às vezes chegavam a Yonville; assim, ele não defendeu Bovary nem fez qualquer comentário e, abandonando seus princípios, sacrificou sua dignidade aos interesses mais sérios de seu negócio.

Foi um grande acontecimento na aldeia essa amputação a partir da coxa feita pelo dr. Canivet! Todos os habitantes haviam se levantado cedo naquele dia, e a Grande-Rue, embora cheia de gente, tinha um ar lúgubre, como se aquilo se tratasse de uma execução capital. Na mercearia, as pessoas comentavam sobre a doença de Hippolyte; as lojas não vendiam nada, e a sra. Tuvache, esposa do prefeito, não saía da janela, impaciente para ver o cirurgião chegar.

Ele veio em seu cabriolé, que ele mesmo conduzia. Mas, como a mola do lado direito havia caído sob o peso de seu corpo, a carruagem se inclinava um pouco à medida que avançava e, na outra almofada ao lado dele, podia-se ver uma grande caixa coberta de couro vermelho, cujos três fechos de cobre brilhavam intensamente.

Quando entrou como um furacão pela varanda do *Lion d'or*, o médico gritou bem alto e ordenou que seu cavalo fosse desatrelado, depois foi até o estábulo para ver se ele estava comendo sua aveia, porque, quando chegava à casa de seus pacientes, ele cuidava primeiro de seu animal e de seu cabriolé. Chegava-se a dizer: *"Ah, o sr. Canivet, ele é único!"* E era ainda mais estimado por sua inabalável serenidade. O mundo inteiro poderia ter sucumbido, até o último homem, sem que ele tivesse abandonado o menor de seus hábitos.

Homais surgiu.

— Conto com o senhor — falou o médico. — Estamos prontos? Vamos!

Mas o farmacêutico, enrubescendo, admitiu que era muito sensível para presenciar tal operação.

— Quando se é apenas um espectador — dizia —, a imaginação, o senhor sabe, se abala! E meu sistema nervoso é tão...

— Ora essa! — interrompeu Canivet —, o senhor me parece, ao contrário, propenso à apoplexia. E não me surpreende, porque vocês, senhores farmacêuticos, estão sempre enfurnados na cozinha, o que deve acabar alterando seu temperamento. Veja o meu caso: todo dia levanto às quatro horas, faço a barba com água fria (nunca sinto frio), não uso flanela, não fico resfriado, tenho ótimos pulmões! Vivo às vezes de uma forma, às vezes de outra, como um filósofo, ao sabor das circunstâncias. É por isso que não sou delicado como o senhor e, para mim, tanto faz cortar um cristão como a primeira ave que aparecer. Depois disso, o senhor dirá, é o hábito..., o hábito!...

Então, sem qualquer consideração por Hippolyte, que suava de angústia entre os lençóis, os cavalheiros iniciaram uma conversa na qual o farmacêutico comparou o sangue-frio de um cirurgião ao de um general; e essa comparação agradou a Canivet, que se desdobrou em palavras sobre as exigências de sua arte. Ele a considerava um sacerdócio, mesmo que os profissionais da saúde a desonrassem. Finalmente, de volta ao paciente, ele examinou as bandagens trazidas por Homais, as mesmas que estavam presentes na ocasião do pé torto, e pediu que alguém segurasse o membro. Lestiboudois foi chamado, e o sr. Canivet, depois de arregaçar as mangas, seguiu para a sala de bilhar, enquanto o farmacêutico permaneceu com Artémise e a dona da hospedaria, ambas mais pálidas do que seus aventais e com as orelhas pressionadas contra a porta.

Enquanto isso, Bovary não se atrevia a sair de casa. Ficava lá embaixo, na sala, sentado junto à lareira sem fogo, com o queixo no peito, as mãos entrelaçadas e os olhos fixos. "*Que infortúnio*", pensava. "*Que decepção!*" Ele tomara todas as precauções possíveis. A fatalidade interferira. Não importa! Se Hippolyte viesse a falecer mais tarde, seria ele quem o teria assassinado. E então, que explicação daria nas consultas, quando fosse indagado? Será que ele cometeu algum erro? Procurava, mas não o conseguia encontrar. Contudo, até os mais renomados cirurgiões se enganavam. É algo em que jamais se quer acreditar! Em vez disso, rirão, alardearão. A notícia se alastrará até Forges, até Neufchâtel, até Rouen, por toda parte! Quem sabe se colegas não escreveriam contra ele? Haveria uma polêmica, e ele teria de responder nos jornais. Até mesmo Hippolyte poderia processá-lo. Ele poderia se ver desonrado, arruinado, perdido! E sua imaginação, assaltada por uma infinidade de hipóteses, se agitava em meio a elas como um barril vazio levado ao mar que rolava entre as ondas.

Emma, diante dele, o encarava; não compartilhava de sua humilhação, mas sentia outra: era a de ter imaginado que um homem assim pudesse valer alguma coisa, como se vinte vezes ela já não tivesse suficientemente constatado sua mediocridade.

Charles andava para cima e para baixo na sala. Suas botas chiavam no piso de madeira.

— Sente-se — ordenou ela —, você está me irritando!

Ele se sentou novamente.

Como ela (que era tão inteligente!) poderia ter cometido aquele erro novamente? Além disso, com que mania deplorável ela arruinara sua existência com sacrifícios contínuos? Lembrou-se de todos os seus ideais de luxo, de todas as privações de sua alma, da vulgaridade do casamento, da vida doméstica, de seus sonhos caindo na lama como andorinhas feridas, de tudo o que desejara, de tudo o que negara a si mesma, de tudo o que poderia ter tido! E por quê? Por quê?

Em meio ao silêncio que dominava o vilarejo, um grito lancinante ecoou no ar. Bovary ficou pálido a ponto de desmaiar. Ela franziu a testa com nervosismo e em seguida prosseguiu. Era por ele, no entanto, por esse ser, por esse homem que não entendia nada, que não sentia nada! Porque ele estava lá, bem quietinho, e sem nem mesmo suspeitar que a ridicularização de seu nome a mancharia como a ele próprio. Ela se esforçara para amá-lo e se arrependera, chorando, por ter se entregado a outro homem.

— Mas talvez tenha sido um valgo! — exclamou de repente Bovary, que meditava.

Diante do choque inesperado dessa frase, que caiu em sua mente como uma bola de chumbo em uma placa de prata, Emma levantou a cabeça para adivinhar o que ele queria dizer; e eles se olharam em silêncio, quase espantados por se verem, tão distantes em sua consciência um do outro. Charles olhava para ela com o olhar perturbado de um homem bêbado, enquanto ouvia, imóvel, os últimos gritos do amputado, que se sucediam em modulações arrastadas, cortadas por solavancos agudos, como o uivo distante de alguma fera sendo abatida. Emma mordia os lábios pálidos e, enrolando entre os dedos um dos fios do polipeiro que se quebrara, fixava a ponta ardente de seus olhos em Charles, como duas flechas de fogo prontas para disparar. Tudo nele a irritava agora, seu rosto, suas roupas, o que ele não dizia, toda a sua pessoa, sua própria existência. Ela se arrependia, como se fosse um crime, de sua virtude passada, e o que restava dela desmoronava sob os golpes furiosos de seu orgulho. Deleitava-se com todas as ironias perversas de um adultério triunfante. A lembrança de seu amante voltava a ela com atrações vertiginosas; ela lançava ali sua alma, conduzida em direção a essa imagem por um novo entusiasmo; e Charles lhe parecia tão separado de sua vida, tão ausente para sempre, tão impossível e aniquilado, como se estivesse prestes a morrer e agonizasse diante de seus olhos.

Fez-se um barulho de passos na calçada. Charles olhou e, através da persiana abaixada, avistou à beira das arcadas, sob a luz do sol, o dr. Canivet que enxugava a testa com um lenço. Atrás dele, Homais carregava uma grande caixa vermelha, e os dois se dirigiam para os lados da farmácia.

Então, com súbita ternura e desânimo, Charles voltou-se para sua esposa dizendo:

— Dê-me um beijo, minha querida!

— Deixe-me! — rugiu ela, toda vermelha de raiva.

— O que você tem? O que você tem? — repetia ele perplexo. — Acalme-se! Controle-se!... Você sabe que eu a amo!... Venha!

— Basta! — exclamou ela com um ar terrível.

E, ao sair da sala, Emma fechou a porta com tanta força que o barômetro saltou da parede e caiu no chão.

Charles se recostou em sua poltrona, perturbado, tentando descobrir o que poderia ter acontecido com ela, imaginando uma doença nervosa, chorando e sentindo vagamente que algo fatídico e incompreensível circulava ao seu redor.

Quando Rodolphe chegou ao jardim à noite, encontrou sua amante esperando por ele na base da escadaria, no primeiro degrau. Eles se abraçaram, e todo o seu ressentimento se derreteu como neve sob o calor daquele beijo.

# XII

Eles voltaram a se amar. Às vezes, no meio do dia, Emma subitamente lhe escrevia; depois, através das vidraças, fazia um gesto para Justin, que logo soltava o esfregão e voava para La Huchette. Rodolphe chegava; era para lhe dizer que estava entediada, que seu marido era detestável e que sua vida era terrível!

— Posso fazer alguma coisa? — perguntou ele um dia, impaciente.

— Ah, se você quisesse!...

Ela estava sentada no chão, entre os joelhos dele, com os cabelos soltos e o olhar perdido.

— O que, então? — indagou Rodolphe.

Ela suspirou.

— Poderíamos ir viver em algum outro lugar... qualquer um...

— Você é realmente louca! — disse ele, rindo. — Seria possível?

Ela insistiu no assunto; ele pareceu não entender e desviou o foco da conversa.

O que ele não compreendia era toda essa perturbação em relação a algo tão simples como o amor. Ela tinha um motivo, uma razão, e era como um acessório para seu apego.

De fato, esse apego aumentava cada vez mais diante da repulsa pelo marido. Quanto mais ela se entregava a um, mais detestava o outro; nunca Charles lhe parecia tão desagradável, com os dedos tão toscos, a mente tão pesada e as maneiras tão comuns, quanto depois de seus encontros com Rodolphe, quando estavam juntos. Assim, ao tempo que se fazia de esposa virtuosa, ela se inflamava ao pensar naquela cabeça cujos cabelos negros se encaracolavam sobre a testa bronzeada, naquela constituição ao mesmo tempo tão robusta e elegante, naquele homem que reunia tanta experiência na razão e tanta paixão no desejo! Era por ele que ela lixava as unhas com o cuidado de um cinzelador e que nunca havia *cold-cream* o suficiente em sua pele ou patchuli em seus lenços. Ela se enchia de pulseiras, anéis e colares. Quando ele estava para chegar, ela enchia de rosas seus dois grandes vasos de vidro azul e arrumava seus aposentos e a si mesma como uma cortesã que aguarda um príncipe. A criada tinha de estar sempre lavando roupas e, o dia inteiro, Félicité não saía da cozinha, onde o pequeno Justin, que costumava lhe fazer companhia, a observava trabalhar.

Com o cotovelo apoiado na tábua comprida onde ela passava roupa, ele olhava avidamente para todas as coisas femininas espalhadas ao seu redor: as anáguas de algodão, os fichus, os colarinhos e as calças de cordão, largas nos quadris e afuniladas na parte inferior.

— Para que serve isso? — perguntava o menino, passando a mão sobre a crinolina ou os fechos.

— Você nunca viu nada assim? — brincou Félicité. — Como se a sua patroa, a sra. Homais, não usasse coisas parecidas!

— Ah, claro! A sra. Homais!

E acrescentava com um tom meditativo:

— Era ela uma dama, como a patroa?

Mas Félicité estava ficando impaciente de vê-lo rodopiando ao seu redor. Ela era seis anos mais velha, e Théodore, o criado do sr. Guillaumin, estava começando a cortejá-la.

— Deixe-me em paz! — dizia ela mudando de lugar o pote de amido. — Vá, em vez disso, moer amêndoas; está sempre fuçando ao lado das mulheres; espere que a barba cresça no queixo antes de ficar se metendo nisso, seu moleque travesso.

— Vamos, não fique brava, vou *encarregar-me das botinas* dela para você.

E logo ele alcançava, na guarnição da lareira, os calçados de Emma, todos sujos de excremento (o excremento dos encontros) que se desprendia como um pó sob seus dedos e que ele observava subir suavemente num raio de sol.

— Você tem tanto medo de estragá-las! — dizia a cozinheira, que não se esforçava tanto quando as limpava porque a senhora, assim que o tecido não estava mais fresco, as deixava para ela.

Emma tinha muitas delas no armário, que desperdiçava continuamente, sem que Charles fizesse o menor comentário.

Foi assim que ele desembolsou trezentos francos por uma perna de madeira que ela achou por bem dar a Hippolyte. O pilão era revestido de cortiça e as articulações eram acionadas por molas, um mecanismo complicado coberto por calças pretas, arrematado por uma bota envernizada. Mas Hippolyte, não se atrevendo a usar uma perna tão bonita todos os dias, implorou à sra. Bovary que lhe arranjasse outra, mais confortável. O médico, é claro, também arcou com os custos dessa aquisição.

Assim, pouco a pouco, o cavalariço foi retomando seu ofício. Podia-se vê-lo perambulando pelo vilarejo como antes, e quando Charles ouvia o baque de sua bengala nos paralelepípedos à distância, rapidamente tomava outro caminho.

O sr. Lheureux, o comerciante, foi quem cuidou do pedido, e isso lhe deu a oportunidade de visitar Emma. Conversava com ela sobre as últimas modas de Paris e milhares de curiosidades femininas, era muito prestativo e nunca exigia dinheiro. Emma aceitou sua maneira fácil de satisfazer todos os seus caprichos. Por exemplo, ela queria um lindo chicote de uma loja de guarda-chuvas em Rouen para dar a Rodolphe. Na semana seguinte, o sr. Lheureux o colocou sobre sua mesa.

Mas, no dia seguinte, ele apareceu na casa dela com uma conta de duzentos e setenta francos, sem contar os centavos. Emma ficou muito envergonhada: todas as gavetas da escrivaninha estavam vazias; deviam mais de quinze dias a Lestiboudois, dois trimestres à criada e uma série de outras coisas, e Bovary aguardava impacientemente o despacho do sr. Derozerays, que tinha o hábito de lhe pagar por volta das festividades de São Pedro.

No início, ela conseguiu despistar Lheureux, mas, finalmente, ele perdeu a paciência: que estava sendo perseguido, que seus recursos haviam sumido e que, se não os recuperasse em poucos dias, seria obrigado a tomar todas as mercadorias que ela detinha.

— Ah, então pegue-as de volta — disse Emma.

— Oh, estou brincando! — replicou ele. — Só lamento o chicote. Mas, céus! Basta pedir de volta ao senhor seu marido.

— Não! Não! — disse ela.

*"Ah, peguei você!"*, pensou Lheureux.

E, certo de sua descoberta, saiu repetindo em voz baixa e com seu assobio habitual:

— Que seja! Veremos! Veremos!

Ela estava pensando em como sair daquilo quando a cozinheira entrou e colocou sobre a lareira um pequeno rolo de papel azul *da parte do sr.*

*Derozerays*. Emma deu um salto sobre ele e o abriu. Havia quinze napoleões. Essa era a conta. Ela ouviu Charles na escada; enfiou o ouro no fundo da gaveta e pegou a chave.

Três dias depois, Lheureux reapareceu.

— Tenho um arranjo a lhe propor — disse ele —; se, em vez da quantia combinada, a senhora quisesse pegar...

— Aqui está — falou, pondo catorze napoleões na mão dele.

O comerciante ficou atônito. Então, para disfarçar sua decepção, desculpou-se e fez ofertas de serviços, todas recusadas por Emma; ela então ficou alguns minutos procurando no bolso do avental as duas moedas de cem *sous* que ele retornara. Ela prometeu a si mesma que economizaria e as devolveria mais tarde...

*"Ora bolas!"*, pensou. *"Ele não se lembrará mais disso."*

Além do chicote com pomo de prata dourada, Rodolphe ganhara um carimbo de lacre com o lema: *Amor nel cor*; também um lenço para ser usado como cachecol e uma cigarreira igual à do Visconde, que Charles pegara na estrada e que Emma conservava. Mas esses presentes o humilhavam. Ele recusou muitos deles; ela insistiu, e Rodolphe finalmente concordou, achando-a tirânica e excessivamente invasiva.

Ela tinha também ideias peculiares:

— Quando bater meia-noite — dizia ela —, você pensará em mim!

E quando ele confessava que não pensara, seguia-se uma série de repreensões, que sempre terminavam com a eterna pergunta:

— Você me ama?

— Claro, eu a amo! — respondia ele.

— Muito?

— Certamente!

— Você não amou outras, não é?

— Você acha que me pegou virgem? — exclamava ele, rindo.

Emma chorava, e ele tentava consolá-la, adornando seus protestos com trocadilhos.

— Oh, é que eu o amo! — retomava ela. — Eu o amo tanto que não consigo ficar sem você, entende? Às vezes, desejo vê-lo novamente e todas as raivas do amor me destroem. Eu me pergunto: "Onde ele está? Será que está conversando com outras mulheres? Elas sorriem para ele, que se aproxima delas..." Ah, não? Você não gosta de nenhuma delas? Há mulheres mais bonitas, mas eu sei amar melhor! Sou sua serva e sua concubina! Você é meu rei, meu ídolo! É bom, bonito, inteligente e forte!

Ele já ouvira essas coisas tantas vezes que já não tinham nada de original. Emma se assemelhava a todas as amantes; e o encanto da novidade, que gradualmente caía, como uma roupa, expunha a eterna monotonia da paixão, que sempre tem as mesmas formas e a mesma linguagem. Esse homem, tão cheio de prática, era incapaz de perceber a diferença de sentimentos por trás da semelhança daquelas expressões. Como lábios libertinos ou venais haviam lhe sussurrado frases semelhantes, ele confiava pouco na sinceridade delas. "*Discursos exagerados que escondem afetos medíocres deveriam ser descartados*", pensou; como se a plenitude da alma não transbordasse às vezes nas metáforas mais vazias, já que ninguém pode dar a medida exata de suas necessidades, concepções ou dores, e a fala humana é como um caldeirão rachado onde martelamos melodias para fazer os ursos dançarem, quando o que gostaríamos de conseguir é emocionar as estrelas.

Mas com a superioridade crítica que pertence àqueles que, em qualquer compromisso, se colocam na retaguarda, Rodolphe enxergou nesse amor outros prazeres a serem explorados. Considerava todo pudor desconfortável. Tratou-a de maneira despreocupada. Fez dela algo flexível e corrompido. Era uma espécie de afeição tola, cheia de admiração por ele, de voluptuosidade por ela, uma beatitude que o entorpecia; e sua alma afundava nessa embriaguez e se afogava nela, encolhida, como o Duque de Clarence em seu barril de malvasia.

Devido apenas ao efeito de seus hábitos amorosos, a sra. Bovary mudou seu comportamento. Seus olhares se tornaram mais ousados, suas falas mais livres; ela até mesmo teve a impropriedade de passear com o sr. Rodolphe, com um cigarro na boca, *como se quisesse provocar o mundo*; enfim, aqueles que ainda duvidavam não duvidaram mais quando a viram, um dia, descendo da *Hirondelle*, com a cintura apertada em um colete, à maneira de um homem; e a sra. Bovary mãe que, depois de uma terrível cena com o marido, viera se refugiar na casa do filho, não era a burguesa menos escandalizada. Muitas outras coisas a aborreciam: em primeiro lugar, Charles não seguira seu conselho sobre a proibição dos romances; em segundo lugar, *o estilo da casa* lhe desagradava; ela se permitiu fazer observações, e, sobretudo uma vez, houve um desentendimento por causa de Félicité.

A sra. Bovary mãe, ao atravessar o corredor na noite anterior, a flagrara na companhia de um homem, um homem de gola marrom, de aproximadamente quarenta anos, que, ao som de seus passos, escapara rapidamente da cozinha. Então, Emma começou a rir; mas a velha senhora ficou irritada declarando que, a menos que se estivesse zombando dos costumes, dever-se-ia monitorar os hábitos dos criados.

— De que mundo a senhora é? — perguntou a nora, com um olhar tão impertinente que a mãe Bovary lhe perguntou se ela não estava defendendo a própria causa.

— Saia! — ordenou a jovem mulher levantando-se de um salto.

— Emma!... Mamãe!... — clamava Charles para conduzi-las de volta à razão.

Mas ambas se evadiram em sua exasperação. Emma gaguejava ao repetir:

— Ah! Que boas maneiras! Que mulher do interior!

Ele correu para a mãe; ela estava fora de si, balbuciando:

— É uma insolente! Uma desajuizada! Talvez pior!

E ela disse querer ir embora imediatamente, caso a outra não viesse se desculpar. Então Charles foi até sua esposa e implorou para que ela cedesse; ele se ajoelhou, e ela finalmente respondeu:

— Tudo bem, eu vou.

De fato, ela estendeu a mão para a sogra com a dignidade de uma marquesa, dizendo:

— Desculpe-me, senhora.

Então, quando voltou para o quarto, Emma se jogou na cama e chorou como uma criança, com a cabeça enterrada no travesseiro.

Ela e Rodolphe haviam combinado que, se algo fora do comum acontecesse, ela amarraria um pequeno pano branco na persiana, de modo que, se por acaso ele estivesse em Yonville, correria para o beco atrás da casa. Emma deu o sinal; ela ficou esperando por cerca de quarenta e cinco minutos quando, de repente, viu Rodolphe parado na esquina das arcadas. Ela se sentiu tentada a abrir a janela e chamá-lo, mas ele já havia desaparecido. Ela se desesperou novamente.

Logo, porém, pareceu-lhe que alguém andava na calçada. Era ele, sem dúvida; ela desceu as escadas, atravessou o pátio. Ele estava lá, do lado de fora. Ela se jogou em seus braços.

— Cuidado — falou ele.

— Ah, se você soubesse! — retomou ela.

E começou a contar-lhe tudo, apressadamente, sem continuidade, exagerando os fatos, inventando alguns deles e usando parênteses de forma tão abundante que ele não entendia nada.

— Vamos lá, meu pobre anjo, anime-se, console-se, seja paciente!

— Mas estou esperando e sofrendo há quatro anos!... Um amor como o nosso mereceria ser celebrado pelos céus! Estão me torturando. Não posso suportar isso! Salve-me!

Ela se agarrou a Rodolphe. Seus olhos, cheios de lágrimas, brilhavam como chamas sob as ondas; seu peito arfava; ele nunca a amara com tal intensidade; tanto que perdeu a cabeça e disse a ela:

— O que é preciso fazer? O que quer?

— Leve-me embora! — clamou ela. — Tire-me daqui!... Oh, eu lhe imploro!

E se precipitou sobre a boca dele, como se quisesse capturar o consentimento inesperado que surgia em um beijo.

— Mas... — retomou Rodolphe.

— O que então?

— E a sua filha?

Ela refletiu por alguns minutos, depois respondeu.

— Nós a levaremos, paciência!

*"Que mulher!", pensou* ele consigo, olhando-a afastar-se.

Pois ela acabava de escapar pelo jardim. Estavam chamando-a.

Nos dias que se seguiram, a mãe Bovary ficou muito surpresa com a metamorfose de sua nora. Emma estava mais dócil e chegou ao ponto de lhe pedir uma receita de conserva de pepinos.

Será que era para enganar melhor um e outro? Ou queria ela, por meio de uma espécie de estoicismo voluptuoso, sentir mais profundamente a amargura das coisas das quais estava prestes a abrir mão? Mas ela não prestava atenção, pelo contrário; vivia como se estivesse perdida na expectativa de sua felicidade vindoura. Esse era um eterno tema de conversa com Rodolphe. Apoiava-se em seu ombro e murmurava:

— Ei, quando estaremos no mesmo coche postal!... Você pensa nisso? Será possível? Sinto que, quando sentir o carro arrancar, será como se estivéssemos subindo em um balão, como se estivéssemos indo para as nuvens. Sabe que estou contando os dias?... E você?

A sra. Bovary nunca esteve tão bela quanto naquela época; ela tinha aquela beleza indefinível que resulta da alegria, do entusiasmo e do sucesso, e que é simplesmente a harmonia do temperamento com as circunstâncias. Seus desejos, suas tristezas, a experiência do prazer e suas ilusões sempre jovens, assim como fazem o adubo, a chuva, os ventos e o sol com as flores, desenvolveram-na aos poucos, e ela finalmente desabrochava na plenitude de sua natureza. Suas pálpebras pareciam ter sido especialmente moldadas para seus olhares longos e amorosos, em que as pupilas se perdiam, enquanto um suspiro forte abria suas narinas finas e erguia os cantos carnudos de seus lábios, que eram sombreados à luz por uma suave penugem negra. Parecia que um artista habilidoso em corrupções arranjara a torção de seus cabelos na nuca: eles se enrolavam em uma massa pesada, descuidadamente, e de acordo com os caprichos do adultério, que os desfazia todos os dias. Sua voz agora assumia inflexões mais suaves, sua cintura também; era algo sutil, que permeava e podia ser percebido até mesmo nas dobras de seu vestido e na curvatura de seu pé. Charles, como nos primeiros dias de seu casamento, achava-a deliciosa e irresistível.

Quando ele retornava à casa no meio da noite, não se atrevia a acordá-la. O abajur de porcelana refletia uma luz trêmula no teto, e as cortinas fechadas do pequeno berço formavam uma cabana branca que se projetava nas sombras, na beira da cama. Charles olhava para elas. Acreditava poder ouvir a respiração leve de sua filha. Ela cresceria agora; cada estação, rapidamente, traria progresso. Ele já podia vê-la voltando da escola ao anoitecer, toda risonha, com sua roupa manchada de tinta e carregando a cesta no braço; depois, ela teria que ir para um internato, o que custaria muito caro. Como fazer? Então ele refletia. Cogitou alugar uma pequena fazenda nas proximidades, da qual ele mesmo cuidaria todas as manhãs, antes de visitar seus pacientes. Economizaria os rendimentos e os colocaria no banco; depois, compraria ações, em algum lugar, não importava onde; além disso, a clientela aumentaria; ele contava com isso, porque queria que Berthe tivesse uma boa educação, talentos, que aprendesse piano. Ah, que bela será aos quinze anos, parecendo-se com a mãe e usando, como ela, grandes chapéus de palha no verão! De longe, seriam vistas como duas irmãs. Ele a imaginava trabalhando à noite ao lado deles, sob a luz de lamparina; ela bordaria chinelos para ele; cuidaria dos afazeres domésticos; encheria a casa inteira com sua gentileza e alegria. Por fim, pensariam em estabelecê-la: encontrariam um bom rapaz com uma situação sólida; ele a faria feliz; duraria para sempre.

Emma não dormia, fingia estar dormindo; e, enquanto ele cochilava ao seu lado, ela acordava em meio a outros sonhos.

A galope de quatro cavalos, havia oito dias que era levada para uma nova terra, da qual nunca mais voltariam. Eles seguiam e seguiam, com os braços entrelaçados, sem se falar. Às vezes, do alto de uma montanha, avistavam de repente alguma cidade esplêndida com cúpulas, pontes, navios, florestas de limoeiros e catedrais de mármore branco, cujos campanários pontiagudos tinham ninhos de cegonhas. Andavam em ritmo de passeio, devido às grandes pedras do calçamento, e havia no chão ramos de flores, oferecidos por mulheres vestidas com espartilhos vermelhos. Ouviam o toque dos sinos e o relincho das mulas, juntamente com o murmúrio dos violões e o som das fontes, cujo vapor ascendente refrescava as pilhas de frutas dispostas em pirâmide aos pés de estátuas pálidas, que sorriam sob os jatos d'água. E então, uma noite, chegariam a uma vila de pescadores, onde redes marrons secavam ao vento, ao longo da falésia e das cabanas. Era ali que eles passariam a morar; viveriam em uma casa baixa, de telhado plano, à sombra de uma palmeira, no final de um golfo, à beira-mar. Andariam de gôndola, balançariam em uma rede; e sua existência seria fácil e ampla como suas roupas de seda, todas quentes e estreladas como as noites suaves que eles contemplariam. Entretanto, na imensidão desse futuro que ela conjurara para si mesma, nada de especial surgia; os dias, todos magníficos, assemelhavam-se uns aos outros, como ondas; e tudo oscilava no horizonte, infinito, harmonioso, azulado e coberto de sol. Mas a criança começava a tossir no berço, ou Bovary roncava mais alto, e Emma só acabava adormecendo pela manhã, quando o alvorecer clareava as janelas e o pequeno Justin, na praça, abria os toldos da farmácia.

Ela mandara vir o sr. Lheureux e lhe disse:

— Preciso de um casaco, bem grande, com gola alta, forrado.

— A senhora vai viajar? — perguntou ele.

— Não, mas... não importa, posso contar com o senhor, não é? E que venha rápido!

Ele se inclinou.

— Precisaria também — prosseguiu ela — de uma caixa... não muito pesada..., confortável.

— Sim, sim, eu sei, cerca de noventa e dois centímetros por cinquenta centímetros, como são feitas agora.

— Com uma bolsa para pernoite.

*"Decididamente"*, pensou Lheureux, *"há algo estranho acontecendo."*

— E tome — disse a sra. Bovary, tirando seu relógio do cinto —, pegue isto; poderá tirar daí seu pagamento.

Mas o comerciante exclamou que ela estava errada; os dois se conheciam; por acaso ele duvidava dela? Que criancice! Ela insistiu, no entanto, que ele pelo menos levasse a corrente, e Lheureux já a colocara no bolso e saía quando ela o chamou de volta.

— Deixe tudo em sua casa. Quanto ao casaco — ela pareceu refletir —, não o traga tampouco; apenas me dê o endereço do fabricante e peça-lhe que o mantenha à minha disposição.

Eles deveriam fugir no mês seguinte. Ela deixaria Yonville como se fosse cumprir alguns encargos em Rouen. Rodolphe arranjaria os lugares, conseguiria os passaportes e até escreveria para Paris, de modo a terem o coche postal inteiro disponível até Marselha, onde comprariam uma carruagem puxada por cavalos e, de lá, seguiriam sem parar pela estrada rumo a Gênova. Ela tomaria o cuidado de enviar para Lheureux sua bagagem, que seria diretamente colocada na *Hirondelle*, para que ninguém suspeitasse; e, em tudo isso, nunca houve uma menção à sua filha. Rodolphe evitava falar a respeito; talvez ela não pensasse nisso.

Ele queria ter mais duas semanas para concluir alguns preparativos; então, depois de oito dias, pediu mais quinze; em seguida, disse estar doente; em seguida, fez uma viagem; o mês de agosto passou e, depois de todos esses adiamentos, decidiram que seria irrevogavelmente no dia 4 de setembro, uma segunda-feira.

Então, o sábado, a antevéspera, chegou.

Rodolphe veio à noite, mais cedo do que de costume.

— Está tudo pronto? — perguntou ela.

— Sim.

Então, contornaram um canteiro de flores e se sentaram no terraço, na borda do muro.

— Você está triste — observou Emma.

— Não, por quê?

E, no entanto, ele a olhava de forma singular e carinhosa.

— É por estar indo embora? — prosseguiu ela. — Por deixar seus afetos, sua vida? Ah! Entendo... Mas eu não tenho nada no mundo! Você é tudo para mim. Então, eu serei tudo para você, serei sua família, sua terra natal; cuidarei de você, amarei você.

— Como você é adorável! — disse ele, tomando-a nos braços.

— Sério? — Ela riu com prazer. — Você me ama? Jure!

— Se eu a amo! Se eu a amo! Eu a adoro, meu amor!

A lua, redonda e carmesim, despontava baixa sobre o prado. Ela se elevava rapidamente entre os galhos dos choupos, que a escondiam aqui e ali como uma cortina negra perfurada. Em seguida, apareceu, de uma brancura deslumbrante, no céu vazio que ela própria iluminava; e depois, lentamente, deixou cair uma grande mancha no rio, que formava um número infinito de estrelas; e aquele fulgor prateado parecia contorcer-se até o fundo, como uma cobra sem cabeça coberta de escamas luminosas. Também se assemelhava a uma espécie de candelabro monstruoso, em cuja superfície caíam gotas de diamante derretido. A noite suave se estendia em torno deles; camadas de sombra preenchiam a folhagem. Emma, com os olhos semicerrados, sorvia com longos suspiros o vento fresco que soprava. Eles não falavam um com o outro, imersos no domínio de seus devaneios. A ternura dos velhos tempos voltou a seus corações, abundante e silenciosa como o rio que fluía com tanta maciez quanto o aroma das flores das filadélfias, e projetava sombras em suas memórias, mais desmesuradas e melancólicas do que as dos salgueiros imóveis que repousavam na relva. Muitas vezes, algum animal noturno, ouriço ou doninha, que estivesse à espreita, agitava as folhas; às vezes, era possível ouvir quando um pêssego maduro caía sozinho da espaldeira.

— Ah! Que bela noite! — disse Rodolphe.

— Teremos outras assim! — respondeu Emma.

E como que falando consigo mesma:

— Sim, será bom viajar... Por que estou me sentindo triste, no entanto? É a apreensão do desconhecido..., o efeito dos hábitos deixados para trás... ou talvez...? Não, é o excesso de felicidade! Como sou fraca, não é mesmo? Perdoe-me!

— Ainda é tempo! — exclamou ele. — Pense bem, talvez venha a se arrepender.

— Jamais! — afirmou ela impetuosamente.

E aproximando-se dele:

— Que infortúnio poderia me acontecer? Não há deserto, nem precipício, nem oceano que eu não atravessaria com você. Quanto mais tempo vivermos juntos, mais forte e pleno será o nosso abraço! Não teremos nada que nos perturbe, nem preocupações, nem obstáculos! Estaremos a sós, entregues a nós mesmos, eternamente... Fale, responda.

Ele respondia com regularidade: "*Sim... sim!...*" Ela passou as mãos pelos cabelos dele e repetia com uma voz infantil, apesar das grandes lágrimas que rolavam:

— Rodolphe! Rodolphe!... Ah, Rodolphe, meu querido Rodolphe!

Deu meia-noite.

— Meia-noite — disse ela. — Vamos lá, é amanhã! Mais um dia!

Ele se levantou para ir embora; e, como se esse gesto tivesse sido o sinal para a fuga deles, Emma perguntou subitamente, exibindo um ar alegre:

— Está com os passaportes?

— Sim.

— Não está esquecendo nada?

— Não.

— Tem certeza?

— Absoluta.

— É no Hotel *de Provence* que você me esperará, não é?... Ao meio-dia?

Ele fez um gesto com a cabeça.

— Até amanhã, então! — disse Emma com uma última carícia.

E ela observava enquanto ele se afastava.

Ele não se virava. Ela correu atrás dele e, debruçando-se à beira da água entre a vegetação:

— Até amanhã! — exclamou ela.

Ele já estava do outro lado do rio e caminhava rapidamente pelo prado.

Depois de alguns minutos, Rodolphe parou e, quando a viu em seu vestido branco, desaparecendo aos poucos nas sombras como um fantasma, seu coração bateu tão forte que ele se apoiou em uma árvore para não cair.

— Que tolo eu sou! — esbravejou violentamente. — Seja como for, foi uma bela amante!

E, imediatamente, a beleza de Emma, com todos os prazeres desse amor, reapareceu para ele. A princípio, ficou comovido, mas depois se revoltou contra ela.

— Afinal de contas — exclamava gesticulando —, não posso ir para longe e ser responsável por uma criança.

Dizia essas coisas a si mesmo para se fortalecer.

— E, além disso, o desconforto, a despesa... Ah, não, não, mil vezes não! Teria sido muita tolice!

# XIII

Assim que chegou à sua casa, Rodolphe se sentou bruscamente à escrivaninha, sob a cabeça de cervo que servia de troféu contra a parede. Mas, quando colocou a pena entre os dedos, não conseguiu pensar em nada. Então se apoiou nos dois cotovelos e começou a refletir. Parecia-lhe que Emma pertencia a um passado distante, como se a resolução que ele tomara tivesse subitamente criado uma imensa distância entre eles.

Em uma tentativa de resgatar algo dela, foi até o armário ao lado da cama para procurar uma velha lata de biscoitos de Reims, na qual ele geralmente guardava suas cartas de mulheres, e um cheiro de poeira úmida e rosas murchas se espalhou. Primeiro, ele viu um lenço de bolso, coberto de gotículas pálidas. Era um lenço que ela usou certa vez que sangrara pelo nariz, durante um passeio; ele não se lembrava mais disso. Estava ali, chocando-se em todos os cantos, o retrato que Emma lhe dera; sua vestimenta lhe parecia pretensiosa e seu olhar *de soslaio* tinha o efeito mais lamentável; então, ao contemplar essa imagem e evocar a lembrança do modelo, as feições de Emma aos poucos se fundiram em sua memória, como se a figura viva e a figura pintada, esfregando-se uma na outra, tivessem se apagado mutuamente. Por fim, ele leu algumas das cartas dela; estavam cheias de explicações a respeito da viagem, curtas, técnicas e urgentes, como anotações de negócios. Ele queria reler as longas, aquelas de antes; a fim de encontrá-las no fundo da caixa, Rodolphe desorganizou todas as outras e, mecanicamente, começou a vasculhar a pilha de papéis e objetos, encontrando ali, misturados, buquês, uma liga, uma máscara preta, alfinetes e cabelos...

Cabelos! Castanhos e loiros; alguns inclusive, que haviam se agarrado aos encaixes da caixa, se quebravam ao abri-la.

Percorrendo suas lembranças, ele examinava a caligrafia e o estilo das cartas, que eram tão variadas quanto a ortografia. Eram carinhosas e joviais, engraçadas e melancólicas; algumas pediam amor e outras, dinheiro. Ao ler uma palavra, ele se lembrava de rostos, de certos gestos ou do som de uma voz; às vezes, porém, não se lembrava de nada.

Na verdade, todas aquelas mulheres, surgindo ao mesmo tempo em sua mente, se atrapalhavam mutuamente e se reduziam, como se estivessem sob um mesmo patamar de amor que as nivelava. Pegando então um punhado de cartas embaralhadas, ele se divertiu por alguns minutos fazendo-as cair em cascata da mão direita para a esquerda. Finalmente, entediado e sonolento, Rodolphe devolveu a caixa ao armário, dizendo a si mesmo:

— Que monte de piadas!...

Isso resumia sua opinião, pois os prazeres, como estudantes em um pátio de escola, haviam pisoteado tão intensamente seu coração que nada verde crescia ali, e quem quer que passasse por lá, mais distraído que as crianças, não deixava nem mesmo, diferentemente deles, seu nome gravado na parede.

— *Vamos* — disse a si mesmo — *comecemos!*

E escreveu:

> *Coragem, Emma! Coragem! Não quero ser a ruína de sua existência...*

*"Depois de tudo, é verdade"*, pensou Rodolphe, *"estou agindo no interesse dela; sou honesto."*

> *Será que você ponderou sua decisão de forma madura? Conhece as profundezas para as quais eu a estava arrastando, pobre anjo? Não conhece, não é? Estava indo confiante e enlouquecida, acreditando na felicidade, no futuro... Ah, miseráveis que somos! Insensatos!*

Rodolphe parou para pensar em uma boa desculpa.

> *— E se eu lhe dissesse que perdi toda a minha fortuna?... Ah, não! De qualquer forma, isso não impediria nada. Teríamos que recomeçar mais tarde. É possível fazer com que mulheres assim deem ouvidos à razão?!*

Refletiu e acrescentou:

*Não a esquecerei, acredite, sempre terei por você uma devoção profunda; mas, um dia, cedo ou tarde, essa paixão (destino das coisas humanas) teria diminuído, sem dúvida! Teríamos enfrentado desgastes, e quem sabe se eu não teria a dor atroz de testemunhar seus remorsos e, inclusive, de participar deles, uma vez que eu os teria causado. A simples ideia dos sofrimentos que lhe afligem me tortura, Emma! Esqueça-me! Por que foi que eu tive de conhecê-la? Por que você era tão bela? É minha culpa? Oh, meu Deus! Não, não, acuse apenas a fatalidade!*

— Eis uma palavra que sempre causa impacto — disse consigo.

*Ah, se você tivesse sido uma dessas mulheres de coração frívolo como se vê comumente, certamente eu teria podido, por egoísmo, tentar uma experiência então livre de perigo para você. Mas essa exaltação deliciosa, que constitui ao mesmo tempo seu encanto e seu tormento, impediu-a de compreender, adorável mulher que é, a falsidade de nossa situação futura. Eu também, a princípio, não refleti a respeito, descansando à sombra dessa felicidade ideal, como à da mancenilheira, sem prever as consequências.*

— Pode ser que ela pense que estou desistindo disso por avareza... Ah, bem, não importa, temos que acabar com isso!

*O mundo é cruel, Emma. Para onde quer que tivéssemos ido, ele teria nos perseguido. Você teria que suportar perguntas indiscretas, calúnias, desdém, talvez ultraje. Ultraje contra você! Oh!... E eu que desejaria colocá-la sobre um trono! Eu que carrego comigo sua imagem como um talismã! Pois me castigo com o exílio por todo o mal que lhe fiz. Estou indo embora. Para onde? Não sei, estou louco! Adeus! Seja sempre boa! Lembre-se do homem infeliz que a perdeu. Ensine meu nome a sua filha para que ela possa repeti-lo em suas orações.*

Os pavios das duas velas tremulavam. Rodolphe se levantou para fechar a janela e, quando se sentou novamente:

— Parece que isso é tudo. Ah, e mais uma coisa, para que ela não venha *insistir*:

*Quando ler estas tristes linhas, já estarei bem longe, pois quis partir o mais rápido possível para evitar a tentação de vê-la novamente. Nada de fraqueza! Voltarei e, quem sabe, mais tarde, conversaremos friamente sobre nossos antigos amores. Adeus!*

E havia uma despedida final, separada em duas palavras: *A Deus*! Ele a achou de excelente gosto.

— E agora, como vou assinar? — perguntou-se. — Seu mais dedicado?... Não. Seu amigo?... Sim, é isso.

*Seu amigo.*

Releu a carta. Pareceu-lhe boa.

*"Pobre mulherzinha!"*, pensou com enternecimento. *Ela vai me achar mais insensível do que uma pedra; eu deveria ter derramado algumas lágrimas por causa disso; mas eu, eu não consigo chorar; não é culpa minha. Então, depois de se servir de água em um copo, Rodolphe mergulhou o dedo nela e deixou que uma grande gota caísse de cima, o que fez uma mancha pálida na tinta; depois, ao procurar lacrar a carta, encontrou o selo Amor nel cor.*

— Isto não combina muito com a situação... Ah, bem! Não importa!

Depois disso, fumou três cachimbos e foi dormir.

No dia seguinte, quando já estava de pé (por volta das duas horas, fora dormir tarde), Rodolphe mandou colher uma cesta de damascos. Colocou a carta no fundo, sob algumas folhas de videira, e imediatamente ordenou a Girard, seu criado, que a levasse delicadamente para a casa da sra. Bovary. Ele usava esse método para se corresponder com ela, enviando-lhe frutas ou caça, dependendo da estação.

— Se ela lhe perguntar sobre mim — disse —, você responderá que fui viajar. A cesta deverá ser entregue a ela pessoalmente... Vá e tome cuidado!

Girard vestiu sua blusa nova, amarrou seu lenço em volta dos damascos e, caminhando a passos largos com seus grandes tamancos com ferraduras, tomou tranquilamente a estrada para Yonville.

Quando chegou à casa da sra. Bovary, ela arrumava, com Félicité, um pacote de roupas sobre a mesa da cozinha.

— Tome — disse o criado —, é o que o nosso patrão lhe enviou.

Ela ficou apreensiva e, enquanto procurava alguns trocados no bolso, olhava para o camponês com os olhos marejados, enquanto ele mesmo a observava com espanto, sem entender como aquele presente poderia comover tanto alguém. Por fim, ele foi embora. Félicité não saía. Ela não conseguia mais aguentar; correu para a sala como se fosse levar os damascos, virou a cesta, arrancou as folhas, encontrou a carta, abriu-a e, como se houvesse um terrível incêndio atrás dela, Emma fugiu para seu quarto, horrorizada.

Charles estava lá, ela o viu; ele falou com ela, que não ouviu nada, e continuou subindo as escadas rapidamente, ofegante, perturbada, embriagada e ainda segurando aquela horrível folha de papel, que batia em seus dedos como uma chapa de metal. No segundo andar, ela parou em frente à porta do sótão, que estava fechada.

Em seguida, tentou se acalmar; lembrou-se da carta; tinha que terminá-la, mas não se atrevia. Além disso, onde? Como? Iriam vê-la.

*"Ah, não, aqui"*, pensou ela, *"estarei bem."*

Emma empurrou a porta e entrou.

As ardósias deixavam cair de cima um calor pesado que apertava suas têmporas e a sufocava; ela se arrastou até o sótão fechado, puxou o ferrolho e uma luz ofuscante irrompeu.

Do lado oposto, sobre os telhados, o campo aberto se estendia até onde a vista alcançava. Bem abaixo dela, a praça do vilarejo estava vazia; os seixos da calçada reluziam, os cata-ventos das casas permaneciam imóveis; na esquina, vinha de um andar inferior uma espécie de zumbido com modulações estridentes. Era Binet com seu torno.

Ela se apoiara na abertura do sótão e relia a carta com uma risada furiosa. Mas quanto mais se concentrava nela, mais seus pensamentos ficavam confusos. Via-o novamente, ouvia-o, envolvia-o com seus dois braços; e os batimentos cardíacos, que a golpeavam no peito como se fossem grandes marretas, foram se acelerando um após o outro, em intervalos irregulares. Ela olhava ao seu redor com o desejo de que a terra desmoronasse. Por que não acabar logo com isso? Quem a estava impedindo? Ela estava livre. E seguiu em frente, olhou para os paralelepípedos e disse a si mesma:

— Vamos lá! Vamos lá!

O raio de luz que subia diretamente de baixo puxava o peso de seu corpo em direção ao abismo. Parecia-lhe que o chão da praça, oscilando, se elevava ao longo das paredes, inclinando-se na extremidade, como um navio que balança. Ela estava na borda, quase suspensa, cercada por um grande fosso. O azul do céu a invadia, o ar circulava em sua cabeça vazia, bastava que ela cedesse, que se deixasse levar; e o zumbido do torno não cessava, como uma voz furiosa que a chamava.

— Minha mulher! Minha mulher! — gritou Charles.

Ela parou.

— Onde é que você está? Venha aqui!

A ideia de que escapara da morte quase a fez desmaiar de terror; ela fechou os olhos; depois estremeceu com o toque de uma mão sobre sua manga: era Félicité.

— O senhor a espera, senhora; a sopa está servida.

E foi preciso descer! Foi preciso sentar-se à mesa!

Ela tentou comer. Os pedaços a sufocavam. Então, desdobrou o guardanapo como que querendo examinar a costura e realmente desejou aplicar-se a esse trabalho: contar os fios do tecido. De repente, lembrou-se da carta. Ela a perdera? Como poderia encontrá-la? Mas sua mente estava tão cansada que não conseguia pensar em uma desculpa para deixar a mesa. Então acovardou-se; tinha medo de Charles; ele sabia de tudo, sem dúvida! De fato, ele singularmente pronunciou estas palavras:

— Acho que não veremos o sr. Rodolphe tão cedo.

— Quem lhe disse isso? — perguntou ela, estremecendo.

— Quem me disse isso? — replicou ele, um tanto surpreso com o tom brusco. — Foi Girard, que encontrei agora mesmo na porta do *Café Français*. Ele partiu de viagem, ou deve partir.

Ela soluçou.

— O que há de tão surpreendente? Ele sai assim, de vez em quando, para se divertir e, meu Deus, eu apoio! Quando se tem fortuna e se é um rapaz!... Além disso, ele se diverte em grande estilo, nosso amigo! É um brincalhão. O sr. Langlois me contou...

Ele se calou por conveniência, por causa da empregada que estava entrando.

Ela colocou os damascos que estavam espalhados na prateleira de volta na cesta; Charles, sem perceber o rubor de sua esposa, pediu que os trouxessem até ele, pegou um e o mordeu.

— Oh, perfeito! — dizia. — Tome, experimente.

E estendeu a cesta, que ela empurrou de volta suavemente.

— Sinta então: que aroma! —incentivou ele, passando-a sob o nariz dela várias vezes.

— Estou sufocando! —exclamou ela, levantando-se de um salto.

Mas, por um esforço de vontade, esse espasmo desapareceu; depois:

— Não é nada! — afirmou ela. — Não é nada! É nervoso! Sente-se. Coma!

Pois ela temia que alguém começasse a questioná-la, a cuidar dela, que não a deixassem em paz.

Charles, para obedecê-la, sentara-se novamente e cuspia na mão os caroços dos damascos, que depois colocava no prato.

De repente, um tílburi azul passou trotando pela praça. Emma deu um grito e caiu dura no chão, de costas.

De fato, depois de muito pensar, Rodolphe decidiu partir para Rouen. Como não havia outro caminho de La Huchette para Buchy a não ser por Yonville, ele teve de atravessar o vilarejo, e Emma o reconheceu pela luz das lanternas que cortavam o crepúsculo como um clarão.

Quando o farmacêutico ouviu a comoção na casa, correu para lá. A mesa, com todos os pratos, estava virada; o molho, a carne, as facas, o saleiro e o azeiteiro estavam espalhados pelo aposento; Charles chamava por socorro; Berthe, assustada, gritava; e Félicité, cujas mãos tremiam, soltou os laços da roupa da senhora, que tinha movimentos convulsivos ao longo do corpo.

— Vou correr até meu laboratório — falou o farmacêutico — e pegar um pouco de vinagre aromático.

Então, quando ela abriu os olhos novamente ao inalar a garrafa:

— Eu sabia — disse ele —; isso despertaria um morto.

— Fale conosco! — instou Charles. — Fale conosco! Recomponha-se! Sou eu, o seu Charles que a ama! Está me reconhecendo? Olhe, aqui está a sua filhinha; dê um beijo nela!

A criança estendia os braços para a mãe para se agarrar ao seu pescoço. No entanto, virando a cabeça, Emma disse com uma voz entrecortada:

— Não, não... ninguém!

Ela voltou a desmaiar. Levaram-na para a cama.

Permaneceu deitada, com a boca aberta, as pálpebras fechadas, as mãos espalmadas, imóvel e branca como uma estátua de cera. Dos seus olhos saíam dois filetes de lágrimas que rolavam lentamente em direção ao travesseiro.

Charles, de pé, ficou ao fundo da alcova, e o farmacêutico, ao seu lado, mantinha o silêncio meditativo que é próprio das ocasiões sérias da vida.

— Fique tranquilo — falou ele, segurando-o pelo cotovelo —, creio que o paroxismo já passou.

— Sim, ela está descansando um pouco agora! — respondeu Charles, que a olhava dormir. — Pobre mulher!... Pobre mulher!... Lá, deitada!

Em seguida, Homais perguntou como o acidente havia acontecido. Charles respondeu que o acidente acontecera de repente, enquanto ela estava comendo damascos.

— Extraordinário!... — retomou o farmacêutico. Seria possível que os damascos tivessem causado a síncope? Algumas naturezas são tão impressionáveis quando se trata de certos odores! E seria inclusive uma boa questão a ser estudada, tanto do ponto de vista patológico quanto fisiológico. Os sacerdotes sabiam da importância disso, pois sempre misturavam aromas em suas cerimônias. Ela é usada para estupefazer a mente e provocar êxtase, algo fácil de alcançar entre as pessoas do sexo feminino, por serem mais delicadas em comparação. Diz-se de algumas que desmaiam ao sentir o cheiro de chifre queimado ou de pão fresco...

— Cuidado para não a despertar! — alertou Bovary em voz baixa.

— E não apenas os humanos — continuou o farmacêutico —, mas até mesmo os animais estão sujeitos a essas anomalias. Por exemplo, como o senhor sabe, a *nepeta cataria*, comumente conhecida como erva-dos-gatos, tem um efeito afrodisíaco singular nos felinos; e, só para citar um exemplo que eu posso garantir, Bridoux (um velho amigo meu, que agora mora na Rue Malpalu) tem um cachorro que sofre convulsões ao se deparar com uma tabaqueira. Ele costumava fazer o experimento na frente de seus amigos no seu pavilhão no bosque Guillaume. Acreditaria que um simples esternutatório poderia causar tanto estrago no organismo de um quadrúpede? É extremamente curioso, não é?

— É — soltou Charles, que não estava escutando.

— Isso prova — retomou o outro sorrindo com um ar de autossuficiência benigna — as inúmeras irregularidades do sistema nervoso. No que diz respeito à senhora, ela sempre me pareceu, confesso, alguém verdadeiramente sensível. Portanto, meu bom amigo, não recomendaria nenhum desses supostos remédios que, sob pretexto de atacar os sintomas, atacam o temperamento. Não, nada de medicamentos inúteis! Dieta, só isso! Sedativos, emolientes, dulcificantes. Então, o senhor não acha que talvez devêssemos agir sobre a mente?

— Em quê? Como? — perguntou Bovary.

— Ah! Eis a questão! Essa é efetivamente a questão: "*That is the question!*", como eu lia ultimamente no jornal.

Mas Emma, ao despertar, exclamava:

— E a carta? E a carta?

Acreditava-se que ela estava delirando; estava assim desde a meia-noite: uma febre cerebral se manifestara.

Durante quarenta e três dias, Charles não saiu do lado dela. Ele abandonou todos os seus pacientes; não se deitava mais; sentia constantemente o pulso dela, aplicando sinapismos e compressas de água fria. Mandava Justin até Neufchâtel para buscar gelo; o gelo se derretia no caminho e ele o mandava de volta. Chamou o sr. Canivet para uma consulta; pediu ao dr. Larivière, seu antigo professor de Rouen, que viesse; estava desesperado. O que mais o assustava era a prostração de Emma, pois ela não falava nada, não ouvia nada e até parecia não sofrer, como se seu corpo e sua alma estivessem descansando juntos de todas suas agitações.

Por volta de meados de outubro, ela conseguiu se sentar na cama com travesseiros atrás dela. Charles chorou quando a viu comer seu primeiro pedaço de torrada com geleia. Suas forças retornavam; ela se levantava por algumas horas à tarde e, um dia, quando já se sentia melhor, ele tentou levá-la para um passeio pelo jardim, apoiada em seu braço. A areia das trilhas desaparecia sob as folhas mortas; ela caminhava passo a passo, arrastando os chinelos e, encostando o ombro em Charles, continuava a sorrir.

Eles se dirigiram para os fundos, perto do terraço. Ela se sentou lentamente e colocou a mão na frente dos olhos para olhar; olhou para longe, muito longe; mas no horizonte havia apenas grandes fogueiras de grama fumegando sobre as colinas.

— Você vai se cansar, minha querida — disse Bovary.

E, empurrando-a delicadamente para fazê-la entrar debaixo do caramanchão:

— Sente-se neste banco: você ficará bem.

— Oh, não! Aí não, aí não! — disse ela com uma voz enfraquecida.

Ela teve tonturas e, naquela noite, a doença recomeçou, embora com um rumo mais incerto e características mais complexas. Às vezes, sofria do coração, depois era o peito, o cérebro, os membros; tinha vômitos, e Charles acreditou vislumbrar os primeiros sintomas de um câncer.

E o pobre rapaz, além disso, tinha preocupações financeiras!

# XIV

Em primeiro lugar, ele não sabia como ressarcir o sr. Homais por todos os remédios que levara para casa; e, embora pudesse, como médico, não pagar por eles, sentia-se, no entanto, um pouco envergonhado por essa obrigação. Por outro lado, as despesas domésticas, agora que a cozinheira era a governanta, haviam se tornado assustadoras; as contas choviam na casa; os fornecedores cochichavam; o sr. Lheureux, em particular, o assediava. De fato, no auge da doença de Emma, este último, aproveitando-se da situação para exagerar na conta, apressou-se para trazer o casaco, a bolsa de pernoite, duas caixas em vez de uma e uma série de outras coisas. Charles disse que não precisava delas, mas o comerciante respondeu de maneira arrogante que todos aqueles itens foram-lhe encomendados e que ele não os aceitaria de volta; além do que, isso poderia perturbar a senhora em sua convalescença; o senhor pensaria no assunto; em suma, ele estava determinado a levá-lo ao tribunal em vez de renunciar seus direitos e ficar com as mercadorias. Charles, então, ordenou que fossem mandados de volta para sua loja; Félicité esqueceu; ele tinha outras coisas com que se preocupar; ninguém mais pensou nisso; o sr. Lheureux intensificou seus esforços e, alternando entre ameaças e lamentos, manobrou habilmente de modo a levar Bovary a assinar uma nota promissória com um prazo de seis meses. Mas, assim que a assinou, ocorreu-lhe uma ideia ousada: pedir mil francos emprestados ao sr. Lheureux. Então, com um ar constrangido, perguntou se haveria alguma maneira de obtê-los, acrescentando que seria por um ano e à taxa que ele quisesse. Lheureux correu até sua loja, trouxe o dinheiro e ditou outra nota, na qual Bovary declarava que deveria lhe pagar, no dia 1º de setembro próximo, a quantia de mil e setenta francos; que, somados aos cento e oitenta já estabelecidos, perfaziam exatamente mil duzentos e cinquenta. Dessa forma, ao emprestar a seis porcento, acrescido de um quarto de comissão, e considerando que os suprimentos renderiam pelo menos um substancial terço, isso deveria resultar em um lucro de cento e trinta francos ao longo de doze meses; e ele antecipava que o negócio não se encerraria ali, que as notas não seriam quitadas, que seriam renovadas e que seu parco dinheiro, alimentado pelo médico como se estivesse em uma casa de repouso, um dia retornaria para ele consideravelmente mais robusto e vultoso, a ponto de fazer a bolsa estourar.

Tudo, aliás, estava indo bem para ele. Conseguira um contrato para fornecer sidra ao hospital de Neufchâtel; o sr. Guillaumin lhe prometera ações nas turfeiras de Grumesnil, e ele sonhava em estabelecer um novo serviço de diligências entre Argueil e Rouen, que, sem dúvida, logo arruinaria aquela carroça velha do *Lion d'or*, e que, viajando mais rápido, a um preço mais baixo e carregando mais bagagem, colocaria todo o comércio de Yonville em suas mãos.

Charles se perguntou várias vezes de que forma, no ano seguinte, conseguiria quitar tanto dinheiro; e procurava, imaginava soluções, como pedir ajuda ao pai ou vender alguma coisa. Mas seu pai faria ouvidos moucos, e ele não tinha nada para vender. Assim, viu-se em meio a tantos embaraços que rapidamente tirou da mente aquele assunto tão desagradável. Recriminava-se por ter esquecido Emma; como se, dado que todos os seus pensamentos pertenciam a essa mulher, não ponderar constantemente sobre isso fosse roubar algo dela.

Foi um inverno rigoroso. A convalescença da senhora foi longa. Quando o tempo estava bom, empurravam-na em sua poltrona junto à janela que dava para a praça, pois agora já não gostava do jardim, e a persiana daquele lado permanecia constantemente fechada. Ela quis que o cavalo fosse vendido; aquilo de que ela gostava, agora a desagradava. Todos os seus pensamentos pareciam se limitar à sua própria saúde. Ficava na cama fazendo pequenos lanches, chamava a empregada com a sineta para perguntar sobre infusões ou para conversar com ela. No entanto, a neve no telhado das arcadas projetava no quarto um reflexo branco e imóvel; depois, era a chuva que caía. Todos os dias, Emma esperava ansiosamente pelo retorno infalível de eventos menores, que pouca importância tinham para ela. O mais relevante era, à noite, a chegada da *Hirondelle*. Então, a dona da hospedaria gritava e outras vozes respondiam, enquanto a lanterna de Hippolyte, que procurava baús sobre a lona, parecia uma estrela na escuridão. Ao meio-dia, Charles entrava; então saía; depois, ela tomava um caldo e, por volta das cinco horas, ao anoitecer, as crianças que voltavam da escola, arrastando seus tamancos pela calçada, uma após a outra, batiam com as réguas no metal dos toldos.

Era a essa hora que o sr. Bournisien vinha visitá-la. Ele perguntava sobre sua saúde, trazia notícias e a exortava a ser religiosa em uma conversa afetuosa que não deixava de ser agradável. A simples visão de sua batina a reconfortava.

Um dia, no auge da doença, quando pensou que estava morrendo, ela pediu a comunhão; e, à medida que os preparativos para o sacramento eram feitos em seu quarto, enquanto a cômoda abarrotada de xaropes era preparada como um altar e Félicité espalhava flores de dália no chão, Emma sentia algo forte passando por ela, libertando-a de sua dor, de toda percepção, de todo sentimento. Sua carne mais leve não mais pesava, outra vida começava; parecia-lhe que seu ser, elevando-se em direção a Deus, se dissolveria nesse amor como um incenso aceso que se dissipa em vapor. Borrifaram água benta sobre os lençóis do leito; o sacerdote retirou a hóstia branca do santo cibório; e foi como num desmaio de alegria celestial que ela ergueu os lábios para aceitar o corpo do Salvador que lhe era oferecido. As cortinas de sua alcova ondulavam suavemente ao seu redor como nuvens, e os raios das duas velas acesas sobre a cômoda lhe pareciam glórias resplandecentes. Então ela deixou a cabeça cair para trás, acreditando que podia ouvir nos espaços o canto das harpas seráficas, e vislumbrou em um céu azul, sobre um trono dourado, em meio a santos segurando palmas verdes, o Deus Pai, todo radiante de majestade, e que, com um sinal, enviava à Terra anjos com asas de fogo para carregá-la em seus braços.

Essa visão esplêndida permaneceu na sua memória como a coisa mais bela com que poderia ter sonhado, de modo que agora tentava recuperar a sensação, que continuava, mas de forma menos exclusiva e com igual doçura. A sua alma, dominada pelo orgulho, repousava finalmente na humildade cristã; e, saboreando o prazer de ser fraca, Emma contemplava a destruição da sua vontade, que deveria abrir uma larga entrada às incursões da graça. Havia então, no lugar da alegria, felicidades maiores, um outro amor acima de todos os amores, sem intermitência nem fim, e que aumentaria eternamente! Em meio às ilusões da sua esperança, ela vislumbrou um estado de pureza flutuando acima da terra, fundindo-se com o céu, e onde ela aspirava estar. Queria tornar-se santa. Comprou rosários, carregava amuletos; desejava ter no seu quarto, à cabeceira da cama, um relicário cravejado de esmeraldas para beijá-lo todas as noites.

O padre maravilhava-se com essas disposições, embora achasse que a religião de Emma, por causa de tal fervor, podia acabar tornando-se uma heresia e até uma extravagância. Mas, não sendo muito versado nessas matérias, logo que excederam certa medida, ele escreveu ao sr. Boulard, livreiro do Monsenhor, para que lhe enviasse *algo de afamado para uma mulher que era cheia de inteligência.* O livreiro, com tanta indiferença como se enviasse quinquilharias a negros, embalou um amontoado de tudo o que era então atual no comércio de livros piedosos. Eram pequenos manuais com perguntas e respostas, panfletos com um tom malicioso à maneira do sr. De Maistre e espécies de romances em cartolina rosa e estilo adocicado, produzidos por seminaristas trovadores ou por mulheres piegas. Havia *Pense bem nisso; O homem do mundo aos pés de Maria, de M. de***, decorado com várias ordens; Erros de Voltaire, para uso dos jovens* etc.

A inteligência da sra. Bovary ainda não estava aguçada o suficiente para se dedicar seriamente a coisa alguma; além disso, ela empreendeu essas leituras com muita pressa. Irritou-se contra as prescrições do culto; a arrogância dos escritos polêmicos a desagradava por sua perseguição implacável a pessoas que ela não conhecia; e os contos profanos, com seus tons religiosos, pareciam-lhe ter sido escritos com tanta ignorância do mundo, que insensivelmente a afastaram das verdades das quais ela esperava provas. Contudo, persistiu e, quando o volume lhe caía das mãos, imaginava-se tomada pela mais sutil melancolia católica que uma alma etérea poderia conceber.

Quanto à lembrança de Rodolphe, ela a rebaixara às profundezas de seu coração; e lá permaneceu, mais solene e imóvel do que uma múmia de rei em uma câmara subterrânea. Uma exalação emanava daquele grande amor embalsamado e, passando através de tudo, impregnava de ternura a atmosfera de imaculabilidade onde desejava viver. Quando se punha de joelhos em seu genuflexório gótico, ela se dirigia ao Senhor com as mesmas palavras de doçura que uma vez sussurrara a seu amante nas efusões do adultério. Era para inspirar a crença; mas nenhum prazer descia dos céus, e ela se levantava, com os membros cansados, com a vaga sensação de um imenso embuste. Ela pensava que essa busca era apenas mais um mérito; e no orgulho de sua devoção, Emma se comparava àquelas grandes damas do passado, com cujas glórias ela sonhara contemplando um retrato de La Vallière, e que, arrastando com toda a majestade as caudas vistosas de seus longos vestidos, se recolhiam à solidão para ali derramar, aos pés de Cristo, todas as lágrimas de um coração ferido pela existência.

A partir daí, ela se entregou a uma caridade excessiva. Costurava roupas para os pobres; mandava lenha para as mulheres que estavam dando à luz; e um dia Charles, ao chegar em casa, encontrou três vadios sentados à mesa da cozinha tomando sopa. Ela trouxe de volta para casa a sua filhinha, que, durante a doença, o marido enviara para a casa da ama. Ela queria ensiná-la a ler; por mais que Berthe chorasse, ela já não se irritava. Tratava-se de uma escolha pela conformidade, uma indulgência universal. Sua linguagem, em relação a tudo, era repleta de expressões ideais. Ela dizia à filha:

— Sua cólica passou, meu anjo?

A sra. Bovary mãe não encontrava nada para censurar, exceto talvez seu hábito de tricotar camisolas para órfãos em vez de remendar os panos de prato. Mas, cansada das querelas domésticas, a velha senhora gostava daquela casa tranquila e chegou a ficar lá até depois da Páscoa, a fim de evitar o sarcasmo do pai Bovary, que nunca deixava de encomendar linguiças *andouille* toda Sexta-Feira Santa.

Além da companhia da sogra, que a fortalecia um pouco com sua correção de julgamento e seu jeito sério, Emma, quase todos os dias, tinha mais companhia. Eram elas a sra. Langlois, a sra. Caron, a sra. Dubreuil, a sra. Tuvache e, regularmente, das duas às cinco horas, a excelente sra. Homais, que nunca quis acreditar em nenhuma das fofocas a respeito de sua vizinha. Os pequenos meninos Homais também vinham vê-la; Justin os acompanhava. Ele subia para o quarto com eles e permanecia de pé, imóvel, junto à porta, sem falar. Muitas vezes, a sra. Bovary, sem se dar conta, chegava até a se arrumar. Começava por retirar o pente com o qual prendia os cabelos, sacudindo a cabeça com um movimento brusco; e, quando o rapaz viu pela primeira vez aquela farta cabeleira que chegava até a dobra dos joelhos, desenrolando seus cachos negros, foi para ele, pobre criança, como se entrasse subitamente em algo extraordinário e novo, cujo esplendor o apavorou.

Emma, sem dúvida, não notou seus anseios silenciosos ou sua timidez. Ela não imaginava que o amor, algo que desaparecera de sua vida, pulsava ali, ao seu lado, sob aquela camisa de tecido grosso, naquele coração adolescente aberto às emanações de sua beleza. Aliás, ela agora envolvia tudo com tal indiferença, tinha palavras tão afetuosas, olhares tão altivos, gestos tão distintos, que não se conseguia mais distinguir o egoísmo da caridade nem a corrupção da virtude. Certa noite, por exemplo, ela perdeu a paciência com sua criada, que lhe pedira para sair e gaguejava enquanto procurava um pretexto; depois, de repente:

— Você o ama então? — perguntou ela.

E, sem esperar a resposta de Félicité, que enrubescia, acrescentou com ar triste:

— Vá, corra! Divirta-se!

No início da primavera, ela fez com que o jardim fosse revirado de uma ponta à outra, apesar das observações de Bovary; ele ficou feliz, no entanto, de finalmente vê-la manifestar alguma vontade. Ela demonstrava isso cada vez mais, à medida que se recuperava. Primeiro, encontrou um meio de expulsar a mãe Rolet, a ama, que adquirira o hábito, durante sua convalescença, de vir com muita frequência à cozinha com seus dois bebês e seu inquilino, que tinha mais dentes que um canibal. Em seguida, desvinculou-se da família Homais, descartou sucessivamente todos os outros visitantes e até frequentou a igreja com menos assiduidade, para grande aprovação do farmacêutico, que então lhe disse de maneira amigável:

— A senhora estava exagerando um pouco com o solidéu!

O sr. Bournisien, como no passado, vinha todos os dias depois das aulas de catecismo. Ele preferia ficar do lado de fora, tomando um pouco de ar fresco *no bosque*, como ele chamava a pérgula. Era hora de Charles voltar para casa. Estavam com calor; trouxeram uma sidra doce e beberam juntos pela recuperação total da senhora.

Binet estava lá, em um local um pouco mais baixo, encostado na parede do terraço, pescando lagostins. Bovary o convidou para um refresco, e ele sabia perfeitamente como desarrolhar as garrafas.

— É necessário — dizia, lançando à sua volta e em direção aos cantos mais distantes da paisagem um olhar satisfeito — segurar a garrafa na posição vertical sobre a mesa, desta maneira, e, depois de cortar os fios, fazer com que a rolha deslize pouco a pouco, suavemente, suavemente, como se faz, aliás, com a água de Seltzer em um restaurante.

Mas, durante sua demonstração, a sidra frequentemente respingava no rosto deles e, então, o clérigo, com uma risada opaca, nunca perdia esta piada:

— Sua bondade salta aos olhos!

Ele era um bom homem, de fato, e um dia nem se escandalizou com o farmacêutico, quando este aconselhou que Charles, para distrair a senhora, a levasse ao teatro em Rouen a fim de ver o ilustre tenor Lagardy. Homais, surpreso com aquele silêncio, quis saber sua opinião, e o padre declarou que considerava a música menos perigosa para os costumes do que a literatura.

Mas o farmacêutico fez a defesa das letras. O teatro, segundo ele, servia para desafiar preconceitos e, sob a máscara do prazer, ensinava a virtude.

— *Castigat ridendo mores*, sr. Bournisien! Assim, observe a maioria das tragédias de Voltaire; elas são habilmente pontuadas por reflexões filosóficas que as transformam, para o público, em uma verdadeira escola de moral e de diplomacia.

— Eu — disse Binet —, certa vez, vi uma peça intitulada *Le Gamin de Paris*, na qual se destaca o caráter de um velho general que é realmente marcante! Ele repele o filho de uma família que seduzira uma operária, que, no final...

— Certamente — prosseguiu Homais — existe literatura ruim, assim como existe farmácia ruim; mas condenar a mais importante das belas-artes como um todo me parece uma tolice, uma ideia gótica, digna daqueles tempos abomináveis em que se encarcerava Galileu.

— Eu sei bem — objetou o padre — que existem boas obras, bons autores; contudo, apenas essas pessoas de sexos diferentes, reunidas em um ambiente encantador, adornado com ostentações mundanas, e então essas vestimentas pagãs, essa maquiagem, essas lamparinas, essas vozes afeminadas, tudo isso deve acabar engendrando uma certa libertinagem de espírito e gerando pensamentos desonestos, tentações impuras. Essa, pelo menos, é a opinião de todos os padres. Enfim — acrescentou, assumindo de repente um tom de voz místico enquanto enrolava um cigarro no polegar —, se a Igreja condenou os espetáculos, é porque ela tinha razão; devemos nos submeter a seus decretos.

— Por que — perguntou o farmacêutico — ela excomunga os atores? Pois, no passado, eles participavam abertamente de cerimônias religiosas. Sim, encenavam, representavam no meio do coro espécies de farsas chamadas mistérios, nas quais as leis da decência eram frequentemente ofendidas.

O clérigo apenas gemeu, e o farmacêutico continuou:

— É como na Bíblia; há..., o senhor sabe..., mais de um detalhe... picante, coisas... verdadeiramente... atrevidas!

E, diante de um gesto de irritação do sr. Bournisien:

— Ah! O senhor há de concordar que esse não é um livro para ser colocado nas mãos de alguém jovem, e eu ficaria chateado se Athalie ...

— Mas são os protestantes, e não nós — exclamou o outro impaciente —, os que recomendam a Bíblia!

— Não importa! — rosnou Homais. — Fico surpreso que, em nossos dias, em um século de luzes, ainda se insista em proibir um passatempo intelectual que é inofensivo, moralizante e até mesmo higiênico às vezes, não é mesmo, doutor?

— Sem dúvida — respondeu o médico despreocupadamente, fosse porque, tendo as mesmas ideias, não queria ofender ninguém, fosse porque não tinha ideias próprias.

A conversa parecia ter terminado, quando o farmacêutico achou apropriado dar um último empurrão.

— Conheci padres que se vestiam como burgueses para ir ver dançarinas se remexendo.

— Ora essa! — soltou o padre.

— Ah! Conheci!

E, separando as sílabas de sua frase, Homais repetiu:

— Co-nhe-ci.

— Pois bem! Eles estavam errados — decretou Bournisien, resignado a ouvir qualquer coisa.

— Por Deus! Eles fazem muito pior! — exclamou o farmacêutico.

— Meu senhor!... — retomou o eclesiástico com um olhar tão feroz que o farmacêutico ficou intimidado.

— Eu só quero dizer — replicou ele em seguida, com um tom menos brusco — que a tolerância é o meio mais seguro de atrair as almas para a religião.

— É verdade! É verdade! — concordou o homem ao se sentar novamente em sua cadeira.

Mas ele não ficou ali mais de dois minutos. Logo que se foi, o sr. Homais disse ao médico:

— Isso é o que se chama de uma discussão acalorada! O senhor viu como consegui que ele se enrolasse!... Enfim, acredite em mim, leve a senhora ao espetáculo, nem que seja para enfurecer um daqueles corvos uma vez na vida, caramba! Se alguém pudesse tomar meu lugar, eu mesmo os acompanharia. É melhor o senhor se apressar! Lagardy fará apenas uma apresentação; ele foi contratado na Inglaterra recebendo uma remuneração considerável. É, ao que garantem, muito astuto! Está cheio de dinheiro. Leva consigo três amantes e seu próprio cozinheiro! Todos esses artistas vivem de maneira muito intensa; precisam de uma existência desregrada que estimule um pouco a imaginação. Mas morrem no hospital porque, quando jovens, não têm o bom senso de economizar dinheiro. Bem, bom apetite; até amanhã!

Essa ideia de um espetáculo logo germinou na cabeça de Bovary, pois ele imediatamente a mencionou para sua esposa que, a princípio, recusou, alegando cansaço, inconveniência e despesas; mas, por uma extraordinária reviravolta nos acontecimentos, Charles não cedeu, tanto ele julgava que essa recreação lhe seria proveitosa. Não via ali nenhum impedimento; sua mãe lhes enviara trezentos francos com os quais ele não contava, as dívidas atuais não eram enormes e o vencimento das notas devidas ao sr. Lheureux ainda estava tão distante que não era necessário pensar nisso. Ademais, imaginando que ela estaria sendo cuidadosa, Charles continuou insistindo; tanto que, finalmente, à força de suas obsessões, ela se decidiu. E no dia seguinte, às oito horas, eles se acomodaram na *Hirondelle*.

O farmacêutico, que não tinha nada que o prendesse em Yonville, mas que se sentia obrigado a ficar lá, suspirou ao vê-los partir.

— Enfim, boa viagem! — disse ele. — Afortunados mortais que são!

Em seguida, dirigindo-se a Emma, que usava um vestido de seda azul com quatro babados:

— A senhora está tão linda quanto um cupido! Será *um grande sucesso* em Rouen.

Os passageiros da diligência desembarcavam no Hôtel de la *Croix rouge*, na praça Beauvoisine. Era uma daquelas hospedarias como as que existem em todos os subúrbios da província, com grandes estábulos e pequenos quartos, onde se pode ver, no meio do pátio, galinhas bicando a aveia sob os cabriolés desgrenhados dos vendedores ambulantes; são aconchegantes refúgios com varandas de madeira envelhecida que estalam ao vento nas noites de inverno, constantemente cheios de gente, barulho e comida ruim, cujas mesas pretas estão grudentas pelos cafés *glorias*, as vidraças grossas amareladas pelas moscas, os guardanapos úmidos manchados de vinho azul; e que, sempre exalando cheiro de aldeia, como lavradores vestidos de burgueses, têm um café na rua e uma horta ao lado do campo. Charles imediatamente começou a circular. Confundiu o palco com as galerias, a plateia com os camarotes, pediu explicações, não as entendeu, foi enviado do controle para o diretor, retornou à hospedaria, voltou ao escritório e, várias vezes dessa forma, percorreu toda a extensão da cidade, do teatro ao bulevar.

A senhora comprou um chapéu, luvas e um buquê. O senhor tinha muito medo de perder o início e, sem ter tido tempo de engolir um caldo, eles se apresentaram diante das portas do teatro, que ainda estavam fechadas.

# XV

A multidão ficava encostada na parede, simetricamente posicionada entre as balaustradas. Nas esquinas das ruas vizinhas, enormes pôsteres repetiam em caracteres barrocos: "*Lucie de Lammermoor*... Lagardy... Ópera..." etc. O tempo estava bom; fazia calor; o suor escorria pelos cachos de cabelos, todos os lenços sacados limpavam as testas vermelhas; e, às vezes, um vento morno, que soprava do rio, agitava suavemente as bordas das tendas de brim penduradas nas portas dos cafés. Um pouco mais abaixo, no entanto, uma corrente de ar gélida, que cheirava a sebo, couro e óleo, refrescava. Era a exalação da Rue des Charrettes, colmada de grandes armazéns enegrecidos próximo aos quais barris rolavam.

Com medo de parecer ridícula, Emma quis dar um passeio à beira do cais do porto antes de entrar, e Bovary, por precaução, manteve os bilhetes na mão, no bolso de sua calça, que apoiava contra o ventre.

Assim que ela entrou no vestíbulo, seu coração começou a bater forte. Ela sorriu involuntariamente de vaidade ao ver a multidão correndo para a direita pelo outro corredor, enquanto ela subia a escadaria para as mais exclusivas *primeiras*. Como uma criança, sentiu prazer ao empurrar com os dedos as largas portas acarpetadas; inalou com todo seu peito o cheiro poeirento dos corredores e, quando estava sentada em seu camarote, curvou a cintura com uma desenvoltura de duquesa.

A sala estava começando a ficar cheia, as *lorgnettes* eram retiradas dos estojos e os frequentadores, ao se perceberem de longe, trocavam cumprimentos. Eles buscavam aliviar as preocupações comerciais na apreciação das belas artes; mas, sem se esquecer *dos negócios*, eles continuavam conversando sobre algodão, aguardente ou índigo. Viam-se rostos de idosos, inexpressivos e pacíficos, com cabelos e pele esbranquiçados, parecendo medalhas de prata manchadas por vapor de chumbo. Belos jovens se pavoneavam pelo piso de *parquet*, exibindo, pela abertura dos coletes, gravatas cor-de-rosa ou verde-maçã; e a sra. Bovary os admirava do alto, apoiando a palma estendida de suas luvas amarelas sobre bastões com pomos dourados.

Nesse momento, as velas da orquestra se acenderam; o lustre desceu do teto, derramando uma súbita alegria na sala com o brilho de suas facetas; em seguida, os músicos entraram um após o outro e, a princípio, houve uma prolongada algazarra de baixos vibrando, violinos chiando, pistões trombeteando, flautas e flautins tinindo. Entretanto, ouviram-se três batidas no palco; começou o rufar dos tímpanos, os instrumentos de metal tocaram acordes, e a cortina, erguendo-se, revelou uma paisagem.

Era a encruzilhada de um bosque, com uma fonte à esquerda, sombreada por um carvalho. Camponeses e senhores, com mantos sobre os ombros, cantavam todos juntos uma canção de caça; então apareceu um capitão que invocou o anjo do mal levantando os dois braços para o céu; um outro surgiu; eles se foram, e os caçadores prosseguiram.

Ela se via novamente em meio às leituras de sua juventude, imersa em Walter Scott. Parecia-lhe ouvir, através da neblina, o som das gaitas de fole escocesas ecoando sobre a urze. Aliás, as memórias do romance facilitaram a compreensão do libreto, e ela acompanhava o enredo frase por frase, enquanto os pensamentos fugidios que retornavam se dispersavam imediatamente com rajadas de música. Ela se deixou embalar pelas melodias e sentia todo o seu ser vibrar como se os arcos dos violinos estivessem percorrendo seus nervos. Ela não tinha olhos suficientes para contemplar os figurinos, os cenários, as personagens, as árvores pintadas que balançavam ao caminharem, os chapéus de veludo, as capas, as espadas, todas aquelas criações que se agitavam em harmonia, como se estivessem na atmosfera de outro mundo. Mas uma jovem deu um passo à frente, jogando uma bolsa para um escudeiro verde. Ela ficou sozinha, e então ouviu-se uma flauta que parecia o murmúrio de uma fonte ou o chilrear de um pássaro. Lucie começou com bravura sua cavatina em *sol* maior; queixava-se do amor e pedia asas. Emma, da mesma forma, teria desejado fugir da vida e voar para longe em um abraço. De repente, Edgar-Lagardy apareceu.

Ele tinha uma daquelas esplêndidas tonalidades de palidez que conferem algo da majestade do mármore às raças ardentes da região do Midi. Sua estatura vigorosa estava envolta em uma jaqueta ajustada de cor marrom; uma pequena adaga cinzelada tremulava sobre sua coxa esquerda, e ele girava os olhos languidamente enquanto mostrava seus dentes brancos. Dizia-se que uma princesa polonesa, ao ouvi-lo cantar certa noite na praia de Biarritz, onde ele realizava reparos em barcos a remo, se apaixonara por ele. Ela foi à ruína por causa dele, que a abandonara por outras mulheres, e aquela celebridade sentimental não deixava de contribuir para sua reputação artística. O diplomata fanfarrão se certificava inclusive de sempre inserir nos anúncios uma frase poética sobre o fascínio de sua pessoa e a sensibilidade de sua alma. Uma bela voz, uma confiança inabalável, mais temperamento do que inteligência e mais ênfase do que lirismo completavam a elevação daquele admirável charlatão, em quem havia traços de cabeleireiro e de toureiro.

Desde a primeira cena, ele entusiasmou. Segurava Lucie em seus braços, a deixava, retornava, parecia desesperado: tinha explosões de raiva, seguidas por gemidos elegíacos de uma doçura infinita, e as notas escapavam de seu pescoço nu, cheias de soluços e beijos. Emma se inclinava para vê-lo, arranhando com as unhas o veludo de seu camarote. Ela enchia o coração com aqueles lamentos melodiosos que se arrastavam com o acompanhamento do contrabaixo, como gritos de náufragos no tumulto de uma tempestade. Reconhecia todas as embriaguezes e angústias devido às quais quase morrera. A voz da cantora lhe parecia ser nada mais do que o eco de sua consciência, e aquela ilusão que a encantava era algo de sua própria vida. Mas ninguém na Terra a amara com semelhante amor. Ele não chorou como Edgar naquela última noite ao luar, quando disseram um para o outro: *"Até amanhã, até amanhã!..."* A sala vibrou com os aplausos; repetiu-se todo o *stretto*; os amantes falavam das flores em seus túmulos, dos juramentos, do exílio, do destino, das esperanças e, quando disseram o último adeus, Emma soltou um grito agudo que se fundiu com a vibração dos últimos acordes.

— Por que — perguntou Bovary — esse senhor a está perseguindo?

— Não é isso! — respondeu ela. — Ele é o seu amante.

— Contudo, ele jura vingar-se da sua família, enquanto o outro, aquele que veio há pouco, dizia: "Eu amo Lucie e creio que ela me ama." Aliás, ele partiu com o pai dela, de braços dados. Porque é realmente o pai dela, não é? O homenzinho feio que usa uma pena de galo no chapéu?

Apesar das explicações de Emma, desde o dueto recitativo em que Gilbert expõe suas manobras abomináveis a seu mestre Ashton, Charles, ao ver o falso anel de noivado que deveria enganar Lucie, pensou que fosse uma lembrança de amor enviada por Edgar. Ele admitia, aliás, não entender a história (por causa da música, que prejudicava muito as palavras).

— O que importa? — soltou Emma. — Fique calado!

— É que eu gosto — continuou ele, debruçando-se sobre seu ombro — de me dar conta, você bem sabe.

— Cale-se! Cale-se! — insistiu ela, impaciente.

Lucie avançava, meio amparada por suas damas, uma coroa de flores de laranjeira nos cabelos, mais pálida que o cetim branco de seu vestido. Emma sonhava com o dia de seu casamento e se via lá novamente, em meio aos campos de trigo, no caminho estreito, quando caminhavam em direção à igreja. Por que, como aquela jovem, ela não resistiu e implorou? Pelo contrário, ela estava alegre, sem perceber o abismo para o qual estava se precipitando... Ah, se no frescor de sua beleza, antes das manchas do casamento e da desilusão do adultério, ela tivesse podido depositar sua vida em algum coração grande e sólido, com a virtude, a ternura, os prazeres e o dever se fundindo, ela nunca teria descido de uma felicidade tão elevada. Mas, sem dúvida, essa felicidade era uma mentira imaginada para o desespero de todo desejo. Ela agora conhecia a pequenez das paixões que a arte exagerava. Esforçando-se então para desviar seus pensamentos, Emma queria enxergar nessa reprodução de suas dores apenas uma fantasia plástica para divertir os olhos, e até sorria interiormente com desdenhosa piedade, quando, nos fundos do teatro, sob a porta de veludo, apareceu um homem de casaco preto.

Seu grande chapéu espanhol caiu com um gesto que fez e, imediatamente, os instrumentos e os cantores entoaram o sêxtuor. Edgar, ardendo de fúria, dominava todos os outros com sua voz mais clara. Ashton lhe lançava, em notas graves, provocações homicidas, Lucie emitia seu lamento agudo, Arthur modulava afastado dos tons médios e a voz profunda do ministro retumbava como um órgão, enquanto as vozes das mulheres, repetindo suas palavras, retomavam em coro, deliciosamente. Estavam todos na mesma linha, gesticulando; e raiva, vingança, ciúme, terror, misericórdia e espanto saíam ao mesmo tempo de suas bocas entreabertas. O amante ultrajado brandia sua espada nua; seu colarinho de guipura se erguia aos solavancos, de acordo com os movimentos de seu peito, e ele ia para a direita e para a esquerda, a passos largos, fazendo soar contra as tábuas as esporas avermelhadas de suas botas macias, que se alargavam no tornozelo. Ela concluiu que ele devia ter um amor inesgotável para conseguir derramar sobre a multidão tão generosos influxos. Todas suas inclinações para a depreciação desapareciam diante da poesia do papel que a invadia e, atraída ao homem pela ilusão da personagem, ela tentava imaginar a vida dele, essa vida ressonante, extraordinária e esplêndida, que ela poderia ter levado se o acaso assim tivesse desejado. Eles teriam se conhecido, teriam se amado! Com ele, por todos os reinos da

Europa, ela teria viajado de capital em capital, compartilhando seu cansaço e seu orgulho, coletando as flores que lhe eram atiradas, ela própria bordando seus trajes; depois, todas as noites, no fundo de um camarim, atrás da grade dourada, ela teria escutado, boquiaberta, as manifestações dessa alma que teria cantado apenas para ela; do palco, enquanto tocava, ele a teria observado. Mas uma loucura a acometeu: sem dúvida, ele estava olhando para ela! Quis correr para seus braços e se refugiar em sua força, como se ele fosse a personificação do próprio amor, e dizer-lhe, gritar-lhe: *"Leve-me embora, leve-me embora, vamos! A você, a você todo o meu ardor e todos os meus sonhos!"*

As cortinas se fecharam.

O cheiro de gás se misturava com os hálitos; o vento dos leques tornava a atmosfera mais sufocante. Emma queria sair, mas os corredores estavam lotados e ela desabou em sua poltrona com palpitações que a sufocavam. Charles, com medo de vê-la desmaiar, correu até a área de bebidas para buscar um copo de horchata para ela.

Ele teve muita dificuldade para voltar ao seu assento, pois lhe esbarravam os cotovelos a cada passo, por causa do copo que segurava nas mãos, e chegou a derramar três quartos dele sobre os ombros de uma mulher de Rouen que usava mangas curtas e que, ao sentir o líquido frio escorrendo pelo dorso, chiou como um pavão, como se tivesse sido assassinada. Seu marido, que era fiandeiro, enfureceu-se contra o desajeitado; e, enquanto ela limpava com o lenço as manchas em seu lindo vestido de tafetá cereja, ele murmurava em tom áspero as palavras "indenização", "despesas" e "reembolso". Finalmente, Charles chegou ao lado de sua esposa, dizendo sem fôlego:

— Meu Deus, pensei que ficaria por lá! Há muita gente!... Muita gente!...

E acrescentou:

— Adivinhe quem encontrei lá em cima? O sr. Léon!

— Léon?

— Sim! Ele virá apresentar-lhe seus cumprimentos.

E mal acabara de dizer essas palavras quando o ex-escriturário de Yonville entrou no camarote.

Ele estendeu a mão com a descontração de um cavalheiro, e a sra. Bovary avançou a dela mecanicamente, sem dúvida obedecendo ao impulso de uma vontade mais forte. Ela não sentia isso desde aquela noite de primavera em que estava chovendo sobre as folhas verdes, quando eles se disseram adeus, de pé, junto ao parapeito da janela. Mas rapidamente, lembrando-se da pertinência da situação, ela sacudiu com esforço o torpor de suas memórias e começou a balbuciar frases rápidas.

— Ah! Olá... Como! O senhor aqui?

— Silêncio! — gritou uma voz da plateia, pois o terceiro ato estava começando.

— Então o senhor está em Rouen?

— Sim.

— E desde quando?

— Vão lá fora! Vão lá fora!

Todos se voltaram para eles; eles se calaram.

Mas, daquele momento em diante, ela não ouviu mais nada; e o coro dos convivas, a cena de Ashton e seu valete, o grande dueto em ré maior, tudo passou ao largo para ela, como se os instrumentos tivessem se tornado menos sonoros e as personagens mais remotas; ela se lembrava dos jogos de cartas na farmácia, da caminhada até a casa da ama, das leituras sob a pérgula, das conversas junto à lareira, de todo aquele pobre amor que era tão calmo e tão longo, tão discreto, tão carinhoso e que, no entanto, ela esquecera. Por que, então, ele regressava? Que combinação de aventuras o trazia de volta à sua vida? Ele estava de pé atrás dela, apoiando o ombro contra a divisória; e, de vez em quando, ela sentia um arrepio sob o sopro cálido de suas narinas, que descia por seus cabelos.

— Isso a diverte? — perguntou ele, inclinando-se sobre ela tão perto que a ponta do bigode roçou sua bochecha.

Ela respondeu com indiferença:

— Oh, meu Deus, não! Não muito.

Então, ele fez a proposta de sair do teatro para ir tomar sorvetes em algum lugar.

— Ah, não ainda! Vamos ficar! — sugeriu Bovary. — Ela está com os cabelos soltos: isso promete ser trágico.

Mas a cena da loucura não interessava a Emma, e a atuação da cantora lhe pareceu exagerada.

— Ela grita demais — disse ela virando-se para Charles, que escutava.

— Sim... talvez... um pouco — replicou ele, indeciso entre a franqueza de seu prazer e o respeito que tinha pelas opiniões da esposa.

Depois Léon disse suspirando:

— Faz um calor...

— Insuportável! É verdade.

— Você está incomodada? — perguntou Bovary.

— Sim, estou sufocando; vamos embora.

O sr. Léon colocou delicadamente sobre os ombros dela o longo xale de renda, e os três foram se sentar no cais, ao ar livre, diante da vitrine de um café.

Começaram falando sobre a doença dela, embora Emma interrompesse Charles de vez em quando, com medo, segundo disse, de entediar o sr. Léon; e este lhes falou que viera a Rouen para passar dois anos em um grande escritório de advocacia, a fim de adquirir alguma experiência nos negócios, já que na Normandia eram diferentes daqueles praticados em Paris. Em seguida, perguntou a respeito de Berthe, da família Homais e da mãe Lefrançois e, como eles não tinham mais nada a dizer um ao outro na presença do marido, a conversa logo se encerrou.

As pessoas que saíam do espetáculo passavam pela calçada, cantarolando ou berrando a plenos pulmões: *"Ó belo anjo, minha Lucie!"* Então Léon, fazendo-se de diletante, começou a falar sobre música. Ele vira Tamburini, Rubini, Persiani, Grisi; e, ao lado deles, Lagardy, apesar de todo o seu brilho, não valia nada.

— Entretanto — interrompeu Charles, que dava pequenas mordidas em seu *sorbet* ao rum —, dizem que, no último ato, ele está completamente admirável; lamento ter saído antes do final, pois aquilo estava começando a me divertir.

— Aliás — retomou o escriturário —, ele fará outra apresentação em breve.

Mas Charles respondeu que iriam embora no dia seguinte.

— A menos — acrescentou voltando-se para sua mulher — que você decida ficar sozinha, meu anjinho?

E mudando de tática diante dessa oportunidade inusitada que se apresentava à sua esperança, o jovem começou a elogiar Lagardy no trecho final. Era algo de soberbo, sublime! Então Charles insistiu:

— Você poderia voltar no domingo. Vamos, decida-se! Seria um erro não aproveitar se achar que isso de alguma forma lhe faz bem.

Enquanto isso, as mesas ao redor estavam ficando vazias; um garçom aproximou-se com discrição; Charles, que entendeu, pegou sua bolsa; o escriturário o segurou pelo braço e aproveitou para deixar também duas moedas de prata, que ele fez tilintar contra o mármore.

— Estou zangado, realmente — murmurou Bovary —, pelo dinheiro que o senhor...

O outro fez um gesto desdenhoso cheio de cordialidade e, pegando o chapéu:

— Está combinado, não é? Amanhã, às seis horas?

Charles novamente expressou que não poderia ficar longe por mais tempo; mas nada impedia que Emma...

— É que... — balbuciou ela com um sorriso peculiar —, eu não sei muito bem...

— Bem, você pensará no assunto e veremos. A noite é boa conselheira...

Depois, a Léon, que os acompanhava:

— Agora que o senhor está em nossa região, espero que, de vez em quando, venha jantar conosco.

O escriturário disse que não perderia a oportunidade, tendo em vista, aliás, que precisava ir a Yonville para tratar de um assunto de seu escritório. Eles se separaram em frente à passagem Saint-Herbland, quando soavam as onze e meia na catedral.

# Terceira Parte

# I

O sr. Léon, enquanto estudava direito, frequentava bastante o *Chaumière* um cabaré rural, onde até alcançou bastante êxito com as trabalhadoras do local, que achavam que ele tinha *um ar distinto*. Era o mais correto dos estudantes: seus cabelos não eram nem muito longos, nem muito curtos, não devorava o dinheiro do trimestre no primeiro dia do mês e tinha boas relações com seus professores. Quanto aos excessos, sempre se absteve deles, tanto por falta de coragem quanto por delicadeza.

Geralmente, quando ficava lendo em seu quarto, ou sentado à noite sob as tílias do Jardim de Luxemburgo, deixava de lado seu Código, e a lembrança de Emma retornava à sua mente. Mas, aos poucos, esse sentimento foi se enfraquecendo, e outros desejos foram se acumulando sobre ele, embora persistisse por entre todos; pois Léon não perdia totalmente as esperanças, e havia para ele uma espécie de promessa incerta que pairava no futuro como um fruto áureo, suspenso por alguma folhagem fantástica.

Então, ao vê-la novamente após três anos de ausência, sua paixão ressurgiu. Era preciso que ele finalmente se decidisse a querer possuí-la. Quanto ao mais, sua timidez enfraquecera pelo contato com companhias alegres, e ele retornava ao interior desprezando qualquer coisa que não pisasse no asfalto do bulevar com um pé envernizado. Diante de uma mulher parisiense vestida de renda, no salão de algum médico ilustre condecorado e com carro, o pobre escriturário, sem dúvida, teria tremido como uma criança; mas aqui, em Rouen, no cais do porto, diante da esposa daquele doutorzinho, ele se sentia à vontade, tendo a certeza antecipada de que iria deslumbrar. A desenvoltura depende do ambiente em que ela se estabelece: não se fala no entrepiso da mesma forma que se fala no quarto andar, e a mulher rica parece ter todas as suas cédulas de dinheiro à sua volta, para guardar sua virtude, como uma couraça colocada no forro do espartilho.

Ao se separar do sr. e da sra. Bovary na noite anterior, Léon os seguiu à distância pela rua; depois, ao vê-los parar na hospedaria *Croix rouge*, deu meia-volta e passou a noite inteira pensando em um plano.

No dia seguinte, portanto, por volta das cinco horas, ele entrou na cozinha da hospedaria com a garganta apertada, as bochechas pálidas e aquela determinação dos covardes que nada impede.

— O patrão não está — informou um criado.

Isso lhe pareceu de bom augúrio. Ele subiu.

Ela não ficou incomodada com a aproximação dele; pelo contrário, pediu desculpas por ter esquecido de dizer onde estavam hospedados.

— Oh, eu adivinhei! — retomou Léon.

— De que maneira?

Ele alegou ter sido levado até ela por acaso, por instinto. Ela sorriu e, imediatamente, para compensar sua tolice, Léon disse que passara a manhã procurando por ela em todos os hotéis da cidade, um após o outro.

— Então a senhora decidiu ficar? — acrescentou ele.

— Sim — disse ela —, e cometi um erro. Não se deve acostumar a prazeres impraticáveis quando se tem mil exigências...

— Ah, eu posso imaginar...

— Não, não pode, porque não é mulher.

Mas os homens também tinham suas tristezas, e a conversa começou com algumas reflexões filosóficas. Emma falou longamente sobre a miséria causada pelos afetos terrenos e o eterno isolamento no qual o coração permanece enterrado.

Para dar uma boa impressão de si mesmo, ou para imitar de forma ingênua a melancolia que provocava a sua própria, o jovem declarou que se sentiu prodigiosamente entediado durante todo o tempo de estudos. O procedimento o irritava, outras vocações o atraíam, e sua mãe não parava de atormentá-lo em cada carta. Porque eles detalhavam mais e mais as razões de sua dor, cada um, à medida que falava, se envolvendo um pouco mais nessa revelação progressiva. Mas, às vezes, eles paravam antes da exposição completa de uma ideia, e então tentavam pensar em uma frase que pudesse traduzi-la. Ela não confessou sua paixão por outro homem; ele não disse que a esquecera.

É possível que ele não se lembrasse mais de seus jantares após o baile, com as mulheres do cais; e ela, sem dúvida, não se lembrava dos encontros de outrora, quando corria pela relva de manhã em direção ao castelo de seu amante. Os sons da cidade mal chegavam até eles, e o quarto parecia pequeno, apenas para tornar a solidão deles ainda mais apertada. Emma, vestida com um robe de percal, apoiou o coque no encosto da velha poltrona; o papel amarelo da parede formava um fundo dourado atrás dela; e sua cabeça nua se refletia no espelho, com a risca branca ao meio e as extremidades das orelhas aparecendo sob as mechas presas na fronte.

— Mas, perdoe-me — disse ela —, faço mal! Estou aborrecendo-o com minhas eternas reclamações!

— Não, nunca! Nunca!

— Se o senhor soubesse — prosseguiu ela, erguendo seus lindos olhos para o teto, dos quais rolava uma lágrima — tudo com que sonhei!

— E quanto a mim! Ah, eu sofri muito! Com frequência eu saía, escapava, me arrastava ao longo dos cais, atordoado pelo barulho da multidão, sem conseguir banir a obsessão que me perseguia. Há no bulevar, em um comércio de impressos, uma gravura italiana que representa uma musa. Ela está envolta em uma túnica e olha para a lua, com miosótis em seus cabelos soltos. Algo me empurrava para lá; ficava lá por horas.

Depois, com voz trêmula:

— Ela se parecia um pouco com a senhora.

A sra. Bovary virou a cabeça para que ele não visse em seus lábios o irresistível sorriso que ela sentia surgir.

— Muitas vezes — retomou ele —, eu lhe escrevia cartas e depois as rasgava.

Ela não respondia. Ele prosseguiu:

— Às vezes imaginava que um acaso a traria até aqui. Pensei tê-la reconhecido nas esquinas; e perseguia todas as carruagens em que um xale, um véu semelhante ao seu, flutuava na porta...

Ela parecia determinada a deixá-lo falar sem interrompê-lo. Cruzando os braços e abaixando o rosto, ela contemplava a roseta dos chinelos e fazia sobre seu cetim ligeiros movimentos, em intervalos, com os dedos do pé.

Por fim, ela suspirou:

— A coisa mais lamentável, é arrastar-se por uma existência inútil como eu fiz, não é mesmo? Se as nossas dores pudessem ser úteis a alguém, encontraríamos consolo na ideia do sacrifício!

Ele se pôs a exaltar a virtude, o dever e as imolações silenciosas, tendo ele mesmo uma incrível necessidade de devoção que não conseguia satisfazer.

— Gostaria muito — disse ela — de ser uma freira de hospital.

— Infelizmente — replicou ele —, os homens não têm nenhuma dessas missões sagradas, e em nenhum lugar eu vejo qualquer ofício..., exceto talvez o de médico...

Com um leve encolher de ombros, Emma o interrompeu para se queixar de sua doença, da qual ela quase morrera; infelizmente! Assim ela não sofreria mais. Léon imediatamente invejou *a calma do túmulo* e contou que, certa noite, chegou a escrever seu testamento recomendando que o sepultassem com a bela manta de veludo listrada que herdara dela; porque era assim que eles teriam gostado que tivesse sido, ambos formando um ideal segundo o qual agora estavam ajustando suas vidas passadas. Além disso, a palavra é um moinho que constantemente prolonga os sentimentos.

Mas quanto a essa invenção da manta:

— Por quê? — perguntou ela.

— Por quê?

Ele hesitava.

— Porque eu a amei muito!

E, aplaudindo a si mesmo por ter superado a dificuldade, Léon, pelo canto do olho, percebeu a fisionomia dela.

Parecia o céu quando uma rajada de vento dissipa as nuvens. O emaranhado de pensamentos tristes que obscurecia seus olhos azuis pareceu se afastar; todo o seu rosto se iluminou.

Ele esperou. Ela finalmente respondeu:

— Sempre suspeitei disso...

Então, eles contaram os pequenos acontecimentos de sua existência distante, cujos prazeres e melancolia haviam acabado de resumir em uma única palavra. Ele se lembrou da treliça de clematite, dos vestidos que usara, dos móveis de seu quarto, de toda a sua casa.

— E os nossos pobres cactos, onde estão?

— O frio os matou no último inverno.

— Ah! Como pensei neles, sabe? Costumava revê-los, como nos velhos tempos, quando, nas manhãs de verão, o sol batia nas persianas... E eu via seus dois braços nus passando entre as flores.

— Pobre amigo! — disse ela, estendendo-lhe a mão.

Léon rapidamente encostou seus lábios nela. Depois, quando já havia respirado profundamente:

— Naquela época, a senhora era, para mim, algo como uma força incompreensível que encantava minha vida. Uma vez, por exemplo, fui até sua casa; mas a senhora não se lembra, não é?

— Sim — corrigiu ela. — Continue.

— A senhora estava lá embaixo, na antessala, pronta para sair, no último degrau (tinha inclusive um chapéu com pequenas flores azuis), e, sem nenhum convite seu, contrariando a mim mesmo, eu a acompanhei. A cada minuto, porém, dava-me conta de minha tolice e continuava a caminhar ao seu lado, sem ousar segui-la completamente e sem querer deixá-la. Quando entrava em uma loja, eu ficava na rua, observando-a pela janela, enquanto a senhora tirava as luvas e contava as moedas no balcão. Então a senhora tocava a campainha na casa da sra. Tuvache, deixavam-na entrar, e eu ficava parado como um idiota diante da grande e pesada porta que havia sido fechada atrás da senhora.

A sra. Bovary, ao ouvi-lo, estava espantada por estar tão velha; todas essas coisas que ressurgiam lhe pareciam ampliar sua existência; eram como imensidões sentimentais às quais ela aludia; e dizia, de vez em quando, em voz baixa e com as pálpebras semicerradas:

— Sim, é verdade!... É verdade!... É verdade...

Eles ouviram o toque das oito horas nos vários relógios do distrito de Beauvoisine, que é repleto de pensionatos, igrejas e grandes hotéis abandonados. Não falavam mais; mas, ao se olharem, sentiram um farfalhar na cabeça, como se algo sonoro tivesse escapado de suas pupilas fixas. Tinham acabado de dar as mãos; e o passado, o futuro, as reminiscências e os sonhos, tudo se fundia na doçura desse êxtase. A noite ia se adensando nas paredes, onde ainda brilhavam, meio perdidas nas sombras, as cores espessas de quatro gravuras que representavam quatro cenas de *La Tour de Nesle*, com uma legenda, na parte inferior, em espanhol e em francês. Pela janela de guilhotina, podia-se ver um pedaço de céu negro entre os telhados pontiagudos.

Ela se levantou para acender duas velas na cômoda e depois se sentou novamente.

— Bem... — disse Léon.

— Bem? — respondeu ela.

E ele procurava uma maneira de reiniciar o diálogo interrompido quando ela disse:

— Como é possível que ninguém tenha expressado sentimentos como esses para mim antes?

O escriturário afirmou que as naturezas ideais eram difíceis de entender. Ele, à primeira vista, a amara; e se desesperava ao pensar na felicidade que teriam tido se, por uma graça do acaso, tivessem se encontrado antes e se unido um ao outro de modo indissolúvel.

— Pensei nisso algumas vezes — continuou ela.

— Que sonho! — murmurou Léon.

E, manuseando delicadamente a borda azul de seu longo cinto branco, acrescentou:

— Então quem nos impede de recomeçar?...

— Não, meu amigo — respondeu ela. — Estou velha demais..., o senhor é jovem demais... Esqueça-me! Outras o amarão..., o senhor as amará.

— Não como à senhora! — exclamou ele.

— Como é infantil! Vamos, sejamos sensatos! Desejo que sejamos!

Ela lhe explicou a impossibilidade daquele amor e que eles deveriam se ater, como no passado, aos termos simples da amizade fraterna.

Estaria ela falando sério? Nem a própria Emma, certamente, tinha a menor ideia a esse respeito, ocupada como estava com os encantos da sedução e com a necessidade de defender-se contra ela; e, olhando para o jovem com olhos enternecidos, ela gentilmente afastava as tímidas carícias que as mãos trêmulas do rapaz tentavam realizar.

— Ah, desculpe-me — disse ele, recuando.

Emma sentiu-se ligeiramente assustada por essa timidez, que era mais perigosa para ela do que a ousadia de Rodolphe quando ele avançava com os braços abertos. Nenhum homem jamais lhe parecera tão bonito. Uma requintada candura permeava sua atitude. Ele abaixava os cílios longos e finos, que se curvavam. Sua bochecha, de pele suave, corava, pensava ela, de desejo por ele e sentia uma vontade invencível de ali encostar os lábios. Então, inclinando-se na direção do relógio de pêndulo, como se quisesse ver as horas:

— Como é tarde, meu Deus! — disse ela. — Quanto conversamos!

Ele entendeu a alusão e procurou seu chapéu.

— Até me esqueci do espetáculo! O pobre Bovary me deixou aqui para isso! O sr. Lormeaux, da Rue Grand-Pont, deveria me levar até lá com sua esposa.

E a oportunidade se perdera, porque ela partiria no dia seguinte.

— Verdade? — perguntou Léon.

— Sim.

— Mas preciso vê-la novamente — retomou ele —; tinha para lhe dizer...

— O quê?

— Uma coisa... séria, grave. Ah, não, aliás, a senhora não partirá, é impossível! Se soubesse... Escute-me... Então não me entendeu? Não percebeu?...

— Embora o senhor fale bem — disse Emma.

— Ah, piadas! Basta, basta! Deixe-me, por piedade, vê-la novamente..., uma vez..., apenas uma.

— Está bem...

Ela parou; depois, como se mudasse de ideia:

— Oh, não aqui!

— Onde a senhora quiser.

— O senhor gostaria de...

Ela pareceu refletir, e, com um tom breve:

— Amanhã, às onze horas, na catedral.

— Estarei lá! — exclamou ele, agarrando suas mãos, que ela soltou.

E, estando os dois de pé, ele posicionado atrás dela, e Emma abaixando a cabeça, Léon se inclinou em direção ao pescoço e a beijou demoradamente na nuca.

— Mas o senhor está louco! Ah, está louco! — dizia ela com risinhos sonoros, enquanto os beijos se multiplicavam.

Em seguida, levantando a cabeça por cima do ombro, ele pareceu procurar o consentimento nos olhos dela, que caíram sobre ele cheios de uma majestade glacial.

Léon deu três passos para trás, a fim de sair. Ele permaneceu na soleira da porta. Em seguida, sussurrou com a voz trêmula:

— Até amanhã.

Ela acenou com a cabeça em resposta e desapareceu como um pássaro no cômodo ao lado.

Naquela noite, Emma redigiu uma carta interminável para o escriturário, na qual ela se desvinculava do encontro: tudo agora estava terminado, e eles, para seu próprio bem, nunca mais deveriam se reencontrar. Mas ao fechar a carta e perceber que não sabia o endereço de Léon, sentiu-se muito constrangida.

— Eu mesma a entregarei a ele — disse consigo —; ele virá.

No dia seguinte, Léon, com a janela aberta e cantarolando em sua sacada, envernizou seus sapatos em várias camadas. Vestiu calças brancas, meias finas e um paletó verde, perfumou seu lenço com todas as fragrâncias que tinha e, depois de ter mandado enrolar os cabelos, pediu para alisá-los para dar-lhes uma elegância mais natural.

*"Ainda é muito cedo!"*, pensou ele, olhando para o relógio cuco do cabeleireiro, que marcava nove horas.

Leu um antigo jornal de moda, saiu, fumou um charuto, subiu três ruas, pensou que era hora e se dirigiu com agilidade para o adro da Notre-Dame.

Era uma bela manhã de verão. Os talheres de prata brilhavam nas lojas de ourives, e a luz que incidia obliquamente sobre a catedral reluzia nas pedras cinzentas; um grupo de pássaros rodopiava no céu azul ao redor dos campanários com trevos; a praça, que ecoava gritos, tinha o cheiro das flores que revestiam sua calçada (rosas, jasmins, cravos, narcisos e tuberosas), espaçadas irregularmente pela vegetação úmida (erva-de-gato e erva-de-passarinho); a fonte, no meio, gorgolejava e, sob grandes guarda-chuvas, entre melões empilhados em pirâmides, vendedores sem chapéu enrolavam ramos de violetas em papel.

O jovem pegou um. Era a primeira vez que ele comprava flores para uma mulher; e, ao cheirá-las, seu peito se encheu de orgulho, como se esse tributo que ele destinava à outra lhe fosse devolvido.

No entanto, tinha medo de ser visto; entrou resolutamente na igreja.

O suíço permanecia na soleira, no meio do portal esquerdo localizado sob a *Mariamne dansant*, com uma pluma na cabeça, um florete na panturrilha, uma bengala no punho e mais majestoso do que um cardeal e reluzente como um cibório sagrado.

Ele avançou em direção a Léon e, com aquele sorriso de benignidade paternal que os eclesiásticos assumem ao interrogar as crianças:

— O senhor, sem dúvida, não é daqui. Desejaria ver as curiosidades da igreja?

— Não — respondeu o outro.

Primeiro, ele percorreu os corredores. Depois foi dar uma olhada na praça. Emma ainda não havia chegado. Subiu novamente até o coro.

A nave se refletia nas pias batismais cheias, incluindo o início dos arcos e algumas seções de vitrais. Mas o reflexo das imagens, interrompendo-se na borda do mármore, continuava adiante, nos ladrilhos, como um tapete policromático. A forte luz diurna do lado de fora se estendia para dentro da igreja em três enormes raios que atravessavam os três portais abertos. De vez em quando, nos fundos, um sacristão passava, fazendo uma genuflexão oblíqua diante do altar, como os devotos apressados. Os lustres de cristal pendiam imóveis. No coro, uma lamparina de prata queimava; e, das capelas laterais, das partes escuras da igreja, às vezes escapavam espécies de exalações de suspiros, junto com o som de uma grade caindo, ecoando sob as altas abóbadas.

Léon caminhava junto às paredes com passos firmes. A vida nunca lhe parecera tão boa. Ela chegaria logo, encantadora, inquieta, espiando atrás de si os olhares que a seguiam, com seu vestido de babados, seu *lorgnon* dourado, suas botinas esbeltas, toda sorte de elegância que ele ainda não havia provado e a inefável sedução da virtude que sucumbe. A igreja, como um gigantesco boudoir, estava arranjada ao redor dela; as abóbadas se inclinavam para receber, nas sombras, a confissão de seu amor; os vitrais brilhavam para iluminar seu rosto, e os incensários estavam prestes a queimar para que ela aparecesse como um anjo, na fumaça dos perfumes.

Contudo, ela não vinha. Ele se sentou em uma cadeira, e seus olhos encontraram uma janela azul por onde era possível ver barqueiros carregando cestas. Olhou-a por um longo tempo, com atenção, e contou as escamas dos peixes e as casas dos botões dos casacos, enquanto seu pensamento vagava em busca de Emma.

O suíço, de pé, à margem, estava internamente indignado com aquele indivíduo, que tomara a liberdade de admirar a catedral por si próprio. Parecia-lhe que o outro se comportava de forma monstruosa, que o roubava de alguma maneira, que quase cometia um sacrilégio.

Mas um farfalhar de seda nos ladrilhos, a aba de um chapéu, um xale preto... Era ela! Léon se levantou e correu ao seu encontro.

Emma estava pálida. Caminhava depressa.

— Leia! — disse ela, entregando-lhe um papel... — Oh, não!

E, bruscamente, retirou a mão e entrou na capela da Virgem, onde, ajoelhada em uma cadeira, começou a rezar.

O jovem ficou irritado com esse capricho fanático; depois, sentiu um certo encanto ao vê-la, no meio do encontro, perdida em oração como uma marquesa andaluza; mas logo ficou entediado, porque ela nunca terminava.

Emma orava, ou melhor, esforçava-se para orar, esperando que alguma resolução repentina caísse do céu; e, para atrair a ajuda divina, enchia seus olhos com os esplendores do tabernáculo, inalava o perfume das julianas brancas que despontavam nos grandes vasos e prestava atenção ao silêncio da igreja, que só aumentava o tumulto de seu coração.

Ela começou a se levantar, e estavam prestes a sair, quando o suíço se aproximou rapidamente e disse:

— A senhora, sem dúvida, não é daqui. Deseja ver as curiosidades da igreja?

— Não, não! — exclamou o escriturário.

— Por que não? — retomou ela.

Pois ela, com sua virtude claudicante, se agarrava à Virgem, às esculturas, aos túmulos, a todas as oportunidades.

Então, para proceder *de forma ordenada*, o suíço os conduziu até a entrada próxima à praça, onde lhes mostrou com sua bengala um grande círculo de paralelepípedos pretos, sem inscrições nem entalhes:

— Eis aqui — disse ele majestosamente — a circunferência do belo sino de Amboise. Ele pesava quarenta mil libras. Não havia nada semelhante em toda a Europa. O obreiro que o fundiu morreu de alegria...

— Vamos embora — disse Léon.

O homem continuou andando; depois, de volta à capela da Virgem, estendeu os braços em um gesto sintético de demonstração e, mais orgulhoso do que um proprietário rural mostrando suas espaldeiras:

— Esta singela pedra cobre Pierre de Brézé, senhor de Varenne e de Brissac, grande marechal de Poitou e governador da Normandia, que morreu na batalha de Montlhéry em 16 de julho de 1465.

Léon, mordendo os lábios, batia com os pés, impaciente.

— E, à direita, este cavalheiro, todo paramentado em ferro, montado em um cavalo empinando, é seu neto, Louis de Brézé, senhor de Breval e de Montchauvet, conde de Maulevrier, barão de Mauny, camareiro do rei, cavaleiro da Ordem e também governador da Normandia, morto em 23 de julho de 1531, um domingo, como diz a inscrição; e, abaixo, este homem pronto para descer à sepultura é exatamente o mesmo. Não é possível encontrar uma representação mais perfeita do nada, não é mesmo?

A sra. Bovary pegou seu *lorgnon*. Léon a olhava imóvel, sem ao menos tentar dizer uma única palavra ou fazer um único gesto, tão desencorajado estava por aquele duplo ato de tagarelice e indiferença.

O guia eterno prosseguia:

— Ao lado dele, a mulher ajoelhada chorando é sua esposa, Diane de Poitiers, condessa de Brézé, duquesa de Valentinois, nascida em 1499 e morta em 1566; e à esquerda, a mulher que carrega uma criança, a Virgem Santíssima. Agora vire para este lado: aqui estão os túmulos de Amboise. Ambos eram cardeais e arcebispos de Rouen. Este aqui era ministro do rei Luís XII. Ele fez muito bem para a Catedral. Seu testamento continha trinta mil escudos de ouro para os pobres.

E, sem parar, enquanto falava, ele os empurrou para uma capela repleta de balaustradas, deslocou algumas delas e expôs uma espécie de bloco, que poderia muito bem ter sido uma estátua malfeita.

— Outrora, ela decorava — disse ele com um longo gemido — o túmulo de Ricardo Coração de Leão, rei da Inglaterra e duque da Normandia. Foram os calvinistas, senhor, que a reduziram a esse estado. Maldosamente, eles a haviam soterrado sob a cátedra episcopal do monsenhor. Olhem, esta é a porta pela qual ele vai para sua casa, o monsenhor. Passemos aos vitrais da gárgula.

Mas Léon rapidamente tirou uma moeda de prata do bolso e agarrou Emma pelo braço. O suíço permaneceu atônito, incapaz de entender aquela generosidade intempestiva quando ainda havia tanto para ser visto pelo estrangeiro. Então, chamando-o de volta:

— Ei, senhor! O pináculo! O pináculo!...

— Obrigado — falou Léon.

— Está cometendo um erro, senhor! Ela terá quatrocentos e quarenta pés de altura, nove pés mais baixa que a Grande Pirâmide do Egito. Totalmente feita em ferro fundido, ela...

Léon desatou a andar, pois lhe parecia que seu amor, que por duas horas se manteve imobilizado na igreja como as pedras, iria agora evaporar-se, como fumaça, através daquela espécie de tubo truncado, gaiola oblonga, chaminé aberta, que se aventurava tão grotescamente sobre a catedral como uma tentativa extravagante de algum caldeireiro fantasioso.

— Para onde estamos indo? —perguntava ela.

Sem responder, ele continuava andando rapidamente, e a sra. Bovary já mergulhava o dedo na água benta, quando ouviram atrás de si um forte arquejo, regularmente intercalado com o baque de uma bengala. Léon se virou.

— Senhor!

— O quê?

E ele avistou o suíço, que carregava debaixo do braço, e em equilíbrio, sobre o ventre, cerca de vinte pesados volumes de capa dura. Eram obras *relacionadas à catedral.*

— Imbecil! — rosnou Léon, precipitando-se para fora da igreja.

Um menino brincava no adro:

— Traga-me um fiacre!

A criança saiu como uma bala, descendo a Rue des Quatre-Vents; então eles ficaram sozinhos por alguns minutos, frente a frente e um pouco constrangidos.

— Ah, Léon!... Realmente... eu não sei... se deveria...!

Ela fazia trejeitos. Em seguida, com um ar sério:

— É muito impróprio, o senhor sabe?

— De que forma? — devolveu o escriturário. — Isso se faz em Paris!

E essas palavras, como um argumento irresistível, fizeram-na decidir-se.

No entanto, o fiacre não chegava. Léon temia que ela voltasse para a igreja. Por fim, o fiacre apareceu.

—Pelo menos saiam pelo portal do norte! — gritou-lhes o suíço, que tinha permanecido na soleira. — Para ver a *Ressurreição*, o *Juízo Final*, o *Paraíso*, o *Rei Davi*, e os *Réprobos* nas chamas do inferno!

— Para onde o senhor está indo? — perguntou o cocheiro.

— Para onde quiser! — replicou Léon, empurrando Emma para dentro do fiacre.

E a pesada máquina partiu.

Ela desceu a Rue Grand-Pont, atravessou a Place des Arts, o Quai Napoléon, a Pont Neuf e parou em frente à estátua de Pierre Corneille.

— Siga em frente — ordenou uma voz vinda de dentro.

O fiacre partiu novamente e, assim que chegou ao cruzamento de La Fayette, deixando-se levar pela descida, entrou na estação ferroviária a todo galope.

— Não, siga reto! — gritou a mesma voz.

O fiacre saiu dos portões e logo, ao chegar ao Cours, trotou suavemente por entre os altos olmos. O cocheiro enxugou a testa, colocou o chapéu de couro entre as pernas e conduziu a carruagem para fora da via, à beira d'água, perto do gramado.

Seguiu ao longo do rio, pelo caminho calçado com pedriscos secos, e por um longo tempo, pelo lado do Oyssel, para além das ilhas.

Mas, de repente, avançou rapidamente através de Quatremares, Sotteville, da Grande-Chaussée, da Rue d'Elbeuf e fez sua terceira parada em frente ao Jardin des Plantes.

— Continue! — exclamou a voz com mais fúria.

E imediatamente, retomando o percurso, passou por Saint-Sever, pelo Quai des Curandiers, pelo Quai aux Meules, pela ponte novamente, pela Place du Champ-de-Mars e por trás dos jardins do hospital, onde velhos de jaqueta preta passeavam ao sol por um terraço coberto de hera. Ele subiu pelo Boulevard Bouvreuil, pelo Boulevard Cauchoise e depois pelo Mont-Riboudet até a Côte de Deville.

Retornou; e então, sem nenhuma tendência ou direção, vagou ao acaso. Foi visto em Saint-Pol, Lescure, Mont Gargan, Rouge-Mare, Place du Gaillard-bois; Rue Maladrerie, Rue Dinanderie, em frente a Saint-Romain, Saint-Vivien, Saint-Maclou, Saint-Nicaise (em frente à Alfândega), no baixo Vieille-Tour, no Trois Pipes e no Cemitério Monumental. De vez em quando, o cocheiro, de seu assento, lançava olhares desesperados para os cabarés. Ele não conseguia entender qual era o motivo do furor de locomoção que impelia essas pessoas a não quererem parar. Às vezes, ele tentava, e imediatamente ouvia resmungos de raiva vindos de trás dele. Então, ele chicoteava com mais força suas duas éguas suadas, mas sem prestar atenção aos solavancos, esbarrando aqui e ali, já sem se importar, desmoralizado e quase chorando de sede, de cansaço e de tristeza.

E, no porto, em meio aos caminhões e barris, nas ruas, nas esquinas dos pilaretes, burgueses arregalavam os olhos de espanto diante de algo tão extraordinário no interior, uma carruagem com as cortinas corridas, que aparecia continuamente, mais fechado do que um túmulo e balançando como um navio.

Em certo momento, no meio do dia, em pleno campo, quando o sol brilhava mais intensamente contra as velhas lanternas prateadas, uma mão nua passou por baixo das pequenas cortinas de tecido amarelo e jogou fora pedaços de papel, que se espalharam ao vento e foram cair, como borboletas brancas, em um campo de trevos vermelhos em plena floração.

Então, por volta das seis horas, o veículo parou em um beco no distrito de Beauvoisine, e uma mulher saiu, andando com o véu abaixado, sem virar a cabeça.

# II

Quando chegou à pousada, a sra. Bovary ficou surpresa ao não ver a diligência. Hivert, que a esperara por cinquenta e três minutos, acabou indo embora.

Não havia nada que a obrigasse a partir, mas ela dera sua palavra de que voltaria naquela mesma noite. Além disso, Charles estava esperando por ela; e ela já sentia em seu coração aquela docilidade covarde que, para muitas mulheres, é, ao mesmo tempo, castigo e resgate do adultério.

Apressou-se em arrumar a mala, pagou a conta, pegou um cabriolé no pátio e, incitando o cocheiro, motivando-o, perguntando a cada minuto as horas e a distância percorrida, conseguiram alcançar a *Hirondelle* perto das primeiras casas de Quincampoix.

Assim que se sentou no canto, ela fechou os olhos e os abriu novamente na base da colina, onde reconheceu Félicité à distância, que se destacava na frente da casa do marechal. Hivert reteve seus cavalos, e a cozinheira, subindo até a abertura no teto, disse misteriosamente:

— A senhora precisa ir imediatamente à casa do sr. Homais. É algo urgente.

A aldeia estava silenciosa como sempre. Nas esquinas das ruas, havia pequenas pilhas cor-de-rosa, fumegando no ar, porque era época de fazer geleia, e todos em Yonville estavam fazendo seu suprimento no mesmo dia. Porém, em frente à farmácia, havia um monte muito maior, que se destacava dos demais devido à superioridade que um dispensário deve ter sobre os fogões burgueses, uma necessidade geral sobre fantasias individuais.

Ela entrou. A grande poltrona estava virada, e até mesmo o *Fanal de Rouen* estava no chão, esticado entre os dois pilões. Ela abriu a porta que dava para o corredor e, no meio da cozinha, entre os potes marrons cheios de groselhas descascadas, açúcar ralado, cubos de açúcar, balanças na mesa, panelas no fogo, ela viu todos os Homais, grandes e pequenos, com aventais até o queixo e garfos nas mãos. Justin, de pé, abaixava a cabeça e o farmacêutico gritava:

— Quem lhe disse para ir procurá-lo em meio ao cafarnaum?

— O que é? Qual é o problema?

— Qual é o problema? — respondeu o farmacêutico. — Estávamos fazendo geleias: elas estavam em processo de cocção; mas estavam prestes a transbordar por causa do fogo forte demais, e pedi outra bacia. Então ele, por moleza, por preguiça, foi pegar, pendurada em seu gancho no meu laboratório, a chave do cafarnaum!

O farmacêutico chamava assim um gabinete, debaixo do telhado, cheio de utensílios e artigos relacionados a sua profissão. Ele costumava passar longas horas ali, sozinho, rotulando, decantando e reabastecendo; e não o considerava uma mera oficina, mas sim um verdadeiro santuário, do qual, produzidos por suas mãos, saíam todos os tipos de pílulas, poções, chás, loções e elixires que espalhavam sua fama por toda parte. Ninguém no mundo punha os pés ali, e respeitava tanto o local que ele mesmo o varria. Enfim, se a farmácia, aberta a todos, era o lugar onde ele ostentava seu orgulho, o cafarnaum era o refúgio onde, concentrando-se de uma forma egoísta, Homais se deleitava com o exercício de suas predileções; portanto, a distração de Justin lhe parecia de uma monstruosa irreverência; e, mais rubicundo que as groselhas, repetia:

— Sim, do cafarnaum! A chave que tranca os ácidos junto com os álcalis cáusticos! Pegar uma bacia de reserva, uma bacia com tampa! E é possível que eu nunca mais a use! Tudo tem sua importância nas operações delicadas de nossa arte! Mas que diabos! Temos que fazer distinções e não usar para fins quase domésticos o que é destinado ao uso farmacêutico! É como se cortássemos uma galinha com um bisturi, como se um magistrado...

— Acalme-se! — pedia a sra. Homais.

E Athalie, puxando-o pela sobrecasaca:

— Papai! Papai!

— Não! Deixe-me! — prosseguia o farmacêutico. — Deixe-me! Maldito seja! Poderia muito bem ser um merceeiro, palavra de honra! Continue! Não respeite nada! Quebre! Esmague! Solte as sanguessugas! Queime o malvavisco! Deixe marinar os pepinos nos potes! Corte as bandagens!

— O senhor tinha... — começou Emma.

— Mas antes! Sabe a que você se expôs?... Não notou nada no canto, à esquerda, na terceira prateleira? Fale, responda, diga alguma coisa!

— Eu não... sei — balbuciou o jovem rapaz.

— Ah, você não sabe! Bem, eu sei! Você viu um frasco de vidro azul, lacrado com cera amarela, contendo um pó branco, no qual até havia escrito *"Perigoso!"?* Sabe o que tinha lá dentro? Arsênico! E você vai tocar nisso para pegar uma bacia que está ao lado!

— Ao lado?! — gritou a sra. Homais, juntando as mãos. — Arsênico? Você podia ter envenenado a todos!

E as crianças começaram a gritar, como se já sentissem dores atrozes nas entranhas.

— Ou envenenar um doente! — continuou o farmacêutico. — Então, você queria que eu me sentasse no banco dos réus, no tribunal de justiça, e ver-me arrastado para o cadafalso? Você ignora o cuidado que tenho nas manipulações, embora tenha um hábito exagerado de fazer isso? Com frequência, fico aterrorizado ao pensar na minha responsabilidade! Porque o governo nos persegue, e a legislação absurda que nos rege é como uma espada de Dâmocles pairando sobre nossas cabeças!

Emma nem pensou mais em perguntar o que queriam dela, e o farmacêutico continuava com frases ofegantes:

— É assim que você reconhece os cuidados que lhe dedicamos? É assim que me recompensa pelo cuidado paternal que lhe dedico? Pois, sem mim, onde estaria? O que faria? Quem é que lhe dá comida, educação, vestimenta e todos os meios para aparecer um dia com honra nas fileiras da sociedade? Mas, para isso, é preciso suar muito no remo e criar calos, como dizem. *Fabricando fit faber, age quod agis.*

Ele citava frases em latim, de tão exasperado que estava. Teria citado chinês e groenlandês, se conhecesse esses dois idiomas, pois estava em uma dessas crises em que toda a alma mostra indistintamente o que ela encerra, como o oceano que, nas tempestades, se entreabre, deixando visível dos sargaços das suas margens até a areia de seus abismos.

E retomou:

— Estou começando a me arrepender terrivelmente por ter cuidado de você! Eu certamente teria feito melhor se o tivesse deixado apodrecer na miséria e na sujeira em que nasceu! Nunca será bom para nada além de cuidar de animais com chifres! Não tem nenhuma aptidão para a ciência, mal consegue colar um rótulo ! E vive aqui, na minha casa, como um cônego, como um príncipe, empanturrando-se!

Mas Emma, voltando-se para a sra. Homais:

— Alguém mandou me chamar...

— Oh, meu Deus! — interrompeu a senhora tristemente. — Como posso lhe dizer? É um infortúnio!

Ela não terminou. O farmacêutico trovejava:

— Esvazie-a! Esfregue-a! Traga-a! Depressa!

E, sacudindo Justin pela gola da jaqueta, deixou cair um livro do bolso.

O garoto se abaixou. Homais foi mais rápido e, depois de pegar o livro, ficou examinando-o, com os olhos arregalados, boquiaberto.

— *O amor... conjugal!* — disse ele separando lentamente as palavras. — Ah! Muito bom! Muito bom! Muito bonito! E as gravuras!... Ah, isso é muito bom!

A sra. Homais deu um passo à frente.

— Não! Não toque nisso!

As crianças queriam ver as imagens.

— Saiam! — ordenou ele imperiosamente.

E eles saíram.

Primeiro, ele andou para cima e para baixo, a passos largos, mantendo o volume aberto entre os dedos, revirando os olhos, sufocado, intumescido, apoplético. Então se aproximou de seu aluno e, posicionando-se na frente dele com os braços cruzados:

— Mas então você tem todos os vícios, pobre coitado?... Cuidado, está indo ladeira abaixo!... Será que não pensou que esse livro infame poderia cair nas mãos de meus filhos, incendiar o cérebro deles, manchar a pureza de Athalie, desvirtuar Napoléon! Ele já está se tornando um homem. Tem certeza, pelo menos, de que eles não o leram? Pode me garantir...?

— Mas afinal, senhor — cortou Emma —, o senhor tinha algo para me dizer...?

— É verdade, minha senhora... O seu sogro morreu!

De fato, o sr. Bovary pai morrera na véspera, repentinamente, de um ataque apoplético, quando estava saindo da mesa; e, por excesso de precaução com a sensibilidade de Emma, Charles pedira ao sr. Homais que lhe contasse gentilmente essa horrível notícia.

Ele havia meditado sobre sua frase, a arredondara, polira, ritmara; era uma obra-prima de prudência e transições, de belas frases e delicadeza; mas a raiva se sobrepôs à retórica.

Emma, dispensando qualquer detalhe, saiu da farmácia, pois o sr. Homais retomara o curso de seus insultos. No entanto, ele havia se acalmado e agora resmungava em um tom paternal enquanto se abanava com seu boné grego:

— Não é que eu desaprove totalmente a obra! O autor era médico. Há certos aspectos científicos nela que não é ruim que um homem conheça e, eu ousaria dizer, que um homem deveria conhecer. Porém, mais tarde, mais tarde! Pelo menos espere até que você seja um homem e seu temperamento esteja definido.

Quando Emma bateu à porta, Charles, que estava esperando por ela, apareceu com os braços abertos e disse a ela com a voz embargada pelas lágrimas:

— Ah, minha querida...

E se inclinou bem devagar para beijá-la. Mas, ao toque de seus lábios, a lembrança do outro se apoderou dela, e ela passou a mão pelo rosto, tremendo.

Todavia, respondeu:

— Sim, eu sei... eu sei...

Ele lhe mostrou a carta em que sua mãe contava o ocorrido, sem nenhuma hipocrisia sentimental. Apenas lamentava que seu marido não tivesse recebido a ajuda da religião, tendo falecido em Doudeville, na rua, à porta de um café, depois de uma refeição patriótica com antigos oficiais.

Emma devolveu a carta; depois, no jantar, por educação, demonstrou alguma repugnância. Mas, como ele insistia, ela começou a comer decididamente, enquanto Charles, diante dela, permanecia imóvel, numa postura abatida.

De vez em quando, levantando a cabeça, lançava-lhe um longo olhar cheio de angústia. A certa hora suspirou:

— Eu teria desejado vê-lo novamente!

Ela continuava calada. Finalmente, percebendo que ele precisava falar:

— Que idade tinha seu pai?

— Cinquenta e oito anos!

— Ah!

E isso foi tudo.

Quinze minutos depois, ele acrescentou:

— E minha pobre mãe?... O que será dela, agora?

Ela fez um gesto indicando não saber.

Ao vê-la tão taciturna, Charles supôs que estava angustiada e se forçou para não dizer nada, a fim de não agravar a dor que a afligia. No entanto, balançando a cabeça:

— Você se divertiu bastante ontem? — perguntou ele.

— Sim.

Quando removeram a toalha de mesa, Bovary não se levantou, nem Emma; e, enquanto ela o observava, a monotonia daquele espetáculo gradualmente expulsava qualquer coimpaixão que pudesse haver em sua alma. Ele lhe parecia insignificante, fraco, inútil, um coitado em todos os sentidos. Como poderia se livrar dele? Que noite interminável! Algo estonteante como um vapor de ópio a entorpecia.

No vestíbulo, ouviram o baque de uma bengala no assoalho. Era Hippolyte trazendo a bagagem da senhora. Para acomodá-la, ele fez cuidadosamente um quarto de círculo com a extremidade de sua perna de madeira.

*— Ele já nem pensa mais nisso!* — disse a si mesma, olhando para o pobre diabo, cujos grossos cabelos ruivos pingavam gotas de suor.

Bovary procurava uma moeda no fundo de sua bolsa; e, sem parecer entender o quanto de humilhação havia para ele na mera presença daquele homem que estava ali como a personificação da sua incurável inépcia:

— Veja, que belo buquê você tem aí! — falou ele ao notar as violetas de Léon sobre a lareira.

— Sim — concordou ela com indiferença —; comprei-o há pouco... de uma mendiga.

Charles pegou as violetas e, refrescando com elas seus olhos vermelhos devido às lágrimas, cheirou-as delicadamente. Ela rapidamente as retirou de suas mãos e as colocou em um vaso com água.

No dia seguinte, a sra. Bovary mãe chegou. Ela e o filho choraram muito. Emma, sob o pretexto de ter ordens a dar, desapareceu.

No outro dia, teriam que tratar juntos dos assuntos relacionados ao luto. Foram sentar-se, com as caixas de costura, à beira d'água, sob a pérgula.

Charles pensava em seu pai e estava surpreso por sentir tanto afeto por aquele homem que, até então, ele acreditava amar apenas superficialmente. A mãe Bovary pensava no marido. Os piores dias do passado lhe pareciam invejáveis. Tudo se desvanecia sob o arrependimento instintivo de um hábito tão longo; e, de tempos em tempos, enquanto ela empurrava a agulha, uma grossa lágrima descia por seu nariz e ficava suspensa ali por um instante. Emma pensava que, apenas quarenta e oito horas atrás, eles estavam juntos, longe do mundo, embriagados e sem olhos suficientes para contemplar um ao outro. Ela tentava recapturar os detalhes mais imperceptíveis daquele dia que desaparecera. Mas a presença de sua sogra e de seu marido a incomodava. Queria não ter que ouvir nada, não ter que ver nada, para não perturbar a contemplação de seu amor que, não importando o que ela fizesse, se perderia sob sensações externas.

Ela descosturava o forro de um vestido, cujos retalhos se espalhavam ao seu redor; a mãe Bovary, sem levantar os olhos, fazia barulho com a tesoura, e Charles, com seus chinelos de ourela e sua velha sobrecasaca marrom que usava como roupão, permanecia com as duas mãos nos bolsos e também não falava; ao lado deles, Berthe, com seu pequeno avental branco, raspava com a pá a areia das trilhas.

De repente, viram o sr. Lheureux, o comerciante de tecidos, entrar pelo portão.

Ele vinha oferecer seus serviços, tendo *em vista a fatal circunstância*. Emma respondeu que achava que poderia passar sem eles. O comerciante não se deu por vencido.

— Mil desculpas — disse ele —; gostaria de ter uma conversa particular.

Depois, em voz baixa:

— É em relação àquele negócio..., o senhor sabe?

Charles ficou vermelho até as orelhas.

— Ah! Sim... efetivamente.

E, em sua confusão, virando-se para a esposa:

— Não poderia..., minha querida...?

Ela pareceu entendê-lo, pois se levantou, e Charles disse à mãe:

— Não é nada! Deve ser apenas uma bobagem doméstica.

Não queria que ela soubesse a história por trás da promissória, por temer suas críticas.

Assim que ficaram a sós, o sr. Lheureux começou, sem rodeios, felicitando Emma pela herança, e depois falou de coisas banais, das espaldeiras, da colheita e da saúde dele, que estava sempre *oscilando entre altos e baixos*. Na verdade, trabalhava como o diabo, embora, apesar do que as pessoas diziam, não estivesse ganhando o suficiente para passar manteiga no pão.

Emma o deixava falar. Havia dois dias que estava tão entediada!

— E agora a senhora está completamente recuperada? — continuava ele. — Minha Nossa, vi seu marido em um estado lastimável! É um ótimo rapaz, embora tenhamos tido nossas dificuldades.

Ela perguntou quais eram, porque Charles escondera dela a controvérsia sobre os fornecimentos.

— Mas a senhora sabe disso! — afirmou Lheureux. — Eram para suas pequenas fantasias, as caixas de viagem.

Ele havia abaixado o chapéu sobre seus olhos e, com as duas mãos atrás das costas, sorrindo e assobiando, olhava para o rosto dela de uma forma insuportável. Será que ele suspeitava de algo? Ela permanecia perdida em todo tipo de apreensão. Por fim, porém, ele prosseguiu:

— Nós nos reaproximamos, e eu voltei para propor um acordo a ele.

Era para renovar a nota assinada por Bovary. O senhor, aliás, agiria como bem entendesse; não deveria se atormentar, especialmente agora que iria enfrentar uma série de questões.

— E seria até melhor que ele as descarregasse em alguém, na senhora, por exemplo; com uma procuração, seria conveniente, e então teríamos alguns negócios juntos...

Ela não estava entendendo. Ele se calou. Então, voltando ao seu negócio, Lheureux afirmou que a senhora não poderia recusar algo dele. Ele lhe enviaria um *barège* preto, doze metros, o suficiente para fazer um vestido.

— Esse que a senhora está usando é bom para ficar em casa. Precisaria de outro para as visitas. Eu vi isso logo que entrei. Sou muito atento aos detalhes.

Ele não enviou o tecido, mas o trouxe. Depois, voltou para tirar as medidas; voltou outras vezes sob outros pretextos, tentando sempre se mostrar amigável e prestativo, tornando-se subserviente, como Homais teria dito, e sempre insinuando a Emma alguns conselhos sobre a procuração. Ele não falava nada sobre a nota. Ela não pensava nisso; Charles, no início de sua convalescença, lhe contara algo a respeito, mas tanta agitação havia passado por sua cabeça que ela não conseguia se lembrar. Além disso, tinha o cuidado de não iniciar qualquer discussão de interesse; a mãe Bovary ficou surpresa e atribuiu sua mudança de humor aos sentimentos religiosos que ela havia contraído quando estava doente.

Mas logo que a sogra partiu, Emma deslumbrou Bovary com seu bom senso prático. Seria necessário obter informações, verificar as hipotecas e ver se havia fundamentos para um leilão ou liquidação. Ela citava termos técnicos aleatoriamente, pronunciava grandes palavras como "ordem", "futuro", "previsão" e exagerava continuamente os embaraços da herança; tanto que, um dia, mostrou a ele o modelo de uma autorização geral para "gerenciar e administrar seus negócios, fazer todo tipo de empréstimo, assinar e endossar todas as notas promissórias, pagar todas as quantias etc.". Ela aproveitara bem as lições de Lheureux.

Charles, ingenuamente, perguntou-lhe de onde vinha o documento.

— Do sr. Guillaumin.

E, com a maior serenidade do mundo, ela acrescentou:

— Não confio muito nele. Os notários têm uma reputação tão ruim! Talvez devêssemos consultar... Somente conhecemos... Ah, ninguém.

— A não ser que Léon... — respondeu Charles, reflexivo.

Mas era difícil comunicar-se por correspondência. Então, ela se ofereceu para fazer a viagem. Ele agradeceu. Ela insistiu. Houve um ataque de amabilidade. Por fim, ela exclamou em um tom de motim simulado:

— Não, faça-me o favor, eu irei.

— Como você é boa! — elogiou ele, dando-lhe um beijo na testa.

No dia seguinte, ela embarcou na *Hirondelle* para ir a Rouen consultar o sr. Léon; e lá ficou três dias.

## III

Foram três dias plenos, deliciosos, esplêndidos; uma verdadeira lua de mel.

Eles estavam hospedados no *Hôtel de Boulogne*, no porto. E ficavam lá, com as persianas e portas fechadas, com flores no chão e bebidas geladas que lhes eram levadas pela manhã.

Ao anoitecer, eles pegavam uma embarcação coberta e iam jantar em uma ilha.

Era a hora em que se podia ouvir, nas proximidades dos canteiros, o som das marretas dos calafates nos cascos dos navios. A fumaça do piche subia por entre as árvores, e gotas grandes e espessas podiam ser vistas flutuando no rio, ondulando de forma irregular sob a luz do sol carmesim, como placas de bronze florentino.

Eles desciam em meio às embarcações atracadas, cujos cabos longos e curvos roçavam levemente a parte superior do barco.

Os sons da cidade se dissipavam gradualmente, o rolar das carroças, o tumulto das vozes, o latido dos cães no convés dos navios. Ela desatava o chapéu, e eles se aproximavam de sua ilha.

Acomodavam-se na área inferior de um cabaré, que tinha redes pretas penduradas na porta. Comiam manjubas fritas, creme e cerejas. Deitavam-se na grama; beijavam-se afastados sob os choupos; e teriam desejado, como dois Robinsons, viver para sempre naquele pequeno lugar, que lhes parecia, em sua felicidade, o mais magnífico da Terra. Não era a primeira vez que viam árvores, um céu azul e grama, que ouviam a água correndo e a brisa soprando entre as folhas; mas certamente nunca haviam admirado tudo isso, como se a natureza não existisse antes, ou só tivesse começado a ser bela depois que eles satisfizeram seus desejos.

À noite, eles retornavam. O barco acompanhava a orla das ilhas. Eles ficavam no fundo, ambos escondidos pela sombra, sem falar. Os remos quadrados ressoavam entre as forquetas de ferro; e aquilo marcava o silêncio, como a batida de um metrônomo, enquanto a corda que o barco arrastava na popa continuava seu suave murmúrio na água.

Uma vez, a lua apareceu; portanto, eles não deixaram de tecer frases, considerando o astro melancólico e cheio de poesia; ela até mesmo se pôs a cantar:

*Un soir, t'en souvient-il, nous voguions...*

Sua voz, harmoniosa e tênue, se perdia nas ondas; e o vento levava embora os arrulhos que Léon ouvia passar, como um bater de asas, ao seu redor.

Ela estava em pé na frente, apoiada no anteparo do barco a remo, onde a lua entrava por uma das persianas abertas. Seu vestido preto, cujas pregas se abriam em formato de leque, a fazia parecer mais magra e mais alta. Sua cabeça estava erguida, com as mãos entrelaçadas e os dois olhos voltados para o céu. Às vezes, as sombras dos salgueiros a escondiam completamente e, de repente, ela reaparecia, como uma visão, à luz da lua.

Léon, no chão ao lado dela, encontrou sob sua mão uma fita de seda vermelho papoula. O barqueiro a examinou e finalmente disse:

— Ah, talvez pertença a um grupo que levei para passear um dia desses. Um bando de festeiros apareceu, eram senhores e damas, com bolos, champanhe, cornetas e tudo o mais! Havia um em particular, homem alto e bonito, com um pequeno bigode, que era muito divertido! E eles diziam algo assim: "Vamos, conte-nos algo..., Adolphe..., Dodolphe..., eu acho."

Ela se arrepiou.

— Está se sentindo mal? — perguntou Léon, aproximando-se dela.

— Oh! Não é nada. Provavelmente é só o frescor da noite.

— E que tampouco deve ter falta de mulheres — acrescentou suavemente o velho marinheiro, pensando estar sendo cortês com o estrangeiro.

Depois, cuspindo nas mãos, pegou os remos novamente.

No entanto, chegou o momento de despedir-se! O adeus foi triste. Ele deveria enviar as suas cartas para a casa de mãe Rolet; e ela fez recomendações tão precisas a respeito do envelope duplo que ele admirou muito a sua astúcia amorosa.

— Então você me diz que está tudo bem? — falou ela no último beijo.

— Sim, sem dúvida! — *"Mas então por que"*, pensou ele depois, enquanto voltava sozinho pelas ruas *"estará ela tão interessada nessa procuração?"*

# IV

Léon logo assumiu um ar de superioridade perante seus colegas, absteve-se de sua companhia e negligenciou completamente os casos.

Esperava as cartas dela; relia-as. Escrevia-lhe. Evocava-a com toda a força de seu desejo e de suas lembranças. Em vez de diminuir, devido à ausência, essa vontade de revê-la aumentou, tanto que, em uma manhã de sábado, ele escapou de seu escritório.

Quando, do alto da colina, ele viu o campanário da igreja no vale, com seu catavento de folha de flandres tremulando ao vento, sentiu aquele prazer misto de vaidade triunfante e ternura egoísta que os milionários devem ter quando regressam para visitar seu vilarejo.

Ele foi rondar em torno de sua casa. Uma luz brilhava na cozinha. Ele buscou sua sombra atrás das cortinas. Nada apareceu.

Quando a mãe Lefrançois o viu, exclamou em voz alta que ele havia ficado "mais alto e magro", enquanto Artémise, por outro lado, achava que ele estava "encorpado e bronzeado".

Ele jantou na sala pequena, como antes, mas sozinho, sem o cobrador; pois Binet, *cansado* de esperar pela *Hirondelle*, decidira definitivamente adiantar a sua refeição em uma hora, e, agora, jantava às cinco em ponto, ainda insistindo na maioria das vezes que *aquela velharia estava atrasada*.

No entanto, Léon se decidiu; foi bater à porta do médico. A senhora estava em seu quarto, de onde só desceu quinze minutos depois. O senhor parecia encantado em revê-lo; mas não se moveu durante toda a noite nem no dia seguinte.

Viu-a sozinha, à noite, bem tarde, atrás do jardim, no beco (no beco, como com o outro!). Caía uma tempestade, e eles conversavam sob um guarda-chuva, à luz dos relâmpagos.

A separação tornava-se insuportável.

— É preferível morrer! — dizia Emma.

Ela se contorcia em seus braços, aos prantos.

— Adeus!... Adeus!... Quando voltarei a vê-lo?

Eles voltaram sobre seus passos para se beijar novamente; e foi ali que ela lhe fez a promessa de encontrar em breve, por qualquer meio possível, a oportunidade constante de se encontrarem em liberdade, ao menos uma vez por semana. Emma não duvidava disso. Ela estava, aliás, cheia de esperança. Estava prestes a receber dinheiro.

Assim, comprou para o seu quarto um par de cortinas amarelas com listras largas, que o sr. Lheureux elogiara pelo preço acessível; sonhou com um tapete, e Lheureux, dizendo que "não era nenhum bicho de sete cabeças", se comprometeu gentilmente a fornecer-lhe um. Ela não conseguia mais viver sem os serviços dele. Ela o mandava buscar vinte vezes por dia, e ele imediatamente deixava os seus afazeres, sem reclamar. Não se compreendia igualmente por que a mãe Rolet almoçava em sua casa todos os dias e até mesmo lhe fazia visitas privadas.

Foi por volta dessa época, isto é, cerca do início do inverno, que ela pareceu ser arrebatada por um grande ardor musical.

Uma noite, enquanto Charles a escutava, ela recomeçou quatro vezes seguidas o mesmo trecho, e sempre se mostrando contrariada, enquanto ele, sem notar nenhuma diferença, exclamava:

— Bravo!... Muito bem!... Não tem razão! Continue!

— Ah, não! É terrível! Tenho os dedos enferrujados.

No dia seguinte, ele lhe pediu *para tocar algo novamente*.

— Que seja, para agradá-lo!

E Charles reconheceu que ela havia se perdido um pouco. Ela errava de pauta, se enroscava; depois, parando abruptamente:

— Ah, acabou! Eu teria de fazer aulas; mas...

Ela mordeu os lábios e acrescentou:

— Vinte francos por aula, é muito caro!

— Sim, realmente..., um pouco... — falou Charles, com um riso um tanto bobo. — No entanto, me parece que poderíamos talvez conseguir que o fizessem por menos; porque há artistas sem reputação que muitas vezes são melhores do que as celebridades.

— Procure-os — rogou Emma.

No dia seguinte, quando chegou em casa, ele a olhou com um olhar perspicaz e, no final, não conseguiu conter a frase:

— Que teimosia você tem às vezes! Estive em Barfeuchères hoje. Bem, a sra. Liégeard me disse que as suas três mocinhas, que estudam na Miséricorde, estavam tendo aulas por cinquenta *sous* a sessão, e ainda com uma professora famosa!

Ela deu de ombros e não abriu mais o instrumento.

Mas, quando passava perto (se Bovary estivesse lá) ela suspirava:

— Ah, meu pobre piano!

E quando vinham visitá-la, não deixava de informar que abandonara a música e não podia retomá-la agora por razões de força maior. Então as pessoas se compadeciam. Era uma pena! Ela que tinha tanto talento! Falaram até com Bovary. Causavam-lhe constrangimento, especialmente o farmacêutico:

— Está cometendo um erro! Nunca se deve deixar ociosas as habilidades inatas. Além disso, pense, meu bom amigo, que ao incentivar a senhora a estudar, você economizará na futura educação musical de sua filha! Eu acredito que as mães devem instruir pessoalmente os seus filhos. É uma ideia de Rousseau, talvez um pouco nova ainda, mas que acabará triunfando, tenho certeza, assim como o aleitamento materno e a vacinação.

Charles voltou mais uma vez à questão do piano. Emma respondeu amargamente que seria melhor vendê-lo. Ver partir aquele pobre piano, que lhe tinha proporcionado tantas satisfações vãs, era para Bovary como o indefinível suicídio de uma parte dela mesma!

— Se quisesse... —dizia ele — de vez em quando, uma aula, não seria, afinal, extremamente caro.

— Mas as aulas — replicava ela — só são proveitosas quando são seguidas.

E foi assim que ela conseguiu a permissão do marido para ir à cidade uma vez por semana para se encontrar com o seu amante. Constatou-se até que, ao fim de um mês, ela fizera progressos consideráveis.

# V

Era quinta-feira. Ela se levantava e se vestia silenciosamente para não acordar Charles, que teria feito observações sobre o fato de ela estar se arrumando muito cedo. Depois, ela andava de um lado para o outro; parava em frente às janelas, observava a Praça. A luz do amanhecer circulava entre os pilares do mercado coberto, e a casa do farmacêutico, cujas persianas estavam fechadas, deixava entrever na cor pálida da aurora as letras maiúsculas de seu letreiro.

Quando o relógio marcava sete horas e quinze, ela ia para o *Lion d'or*, onde Artémise, bocejando, vinha abrir-lhe a porta. Ela desenterrava para a senhora as brasas escondidas sob as cinzas. Emma ficava sozinha na cozinha. De vez em quando, ela saía. Hivert arreava os cavalos sem pressa, enquanto ouvia a mãe Lefrançois, que, enfiando a cabeça pela janela com seu gorro de algodão, o incumbia de tarefas e fornecia explicações capazes de confundir qualquer outro homem. Emma batia as solas de suas botinhas nos paralelepípedos do pátio.

Finalmente, depois de ter tomado sua sopa, vestido sua capa, acendido seu cachimbo e empunhado seu chicote, ele se acomodava tranquilamente em seu assento.

A *Hirondelle* partia a um trote lento e, por três quartos de légua, parava de lugar em lugar para pegar passageiros, que esperavam em pé à beira do caminho, diante das portas dos pátios. Aqueles que haviam avisado no dia anterior demoravam para aparecer; alguns, inclusive, estavam ainda na cama em suas casas. Hivert chamava, gritava, praguejava, então descia do seu assento e batia fortemente nas portas. O vento soprava pelos vitrais rachados.

Nesse tempo, as quatro banquetas iam se enchendo, a carruagem se movia, as macieiras enfileiradas se sucediam; e a estrada, entre as suas duas longas valas cheias de água amarela, estreitava-se continuamente em direção ao horizonte.

Emma a conhecia de ponta a ponta; ela sabia que após um pasto havia um poste, em seguida, um olmo, um celeiro ou uma cabana de zelador; às vezes, para surpreender a si mesma, ela fechava os olhos. No entanto, nunca perdia a clara sensação da distância a percorrer.

Por fim, as casas de tijolos se aproximavam, a terra ressoava sob as rodas, a *Hirondelle* deslizava entre jardins onde se avistavam, pela claraboia, estátuas, uma parreira, teixos podados e um balanço. Então, num piscar de olhos, a cidade aparecia.

Descendo como um anfiteatro e envolta na neblina, ela se estendia além das pontes de maneira confusa. O campo aberto então se elevava em um movimento monótono, até tocar ao longe a base difusa do céu pálido. Visto assim de cima, o cenário inteiro parecia imóvel como uma pintura; os navios ancorados se agrupavam em um canto; o rio curvava sua trajetória aos pés das colinas verdes, e as ilhas, de formato oblongo, pareciam grandes peixes negros parados na água. As chaminés das fábricas expeliam enormes penachos de fumaça marrom que se dissipavam ao vento. O rugido das fundições ecoava junto com o claro carrilhão das igrejas, que se erguiam na névoa. As árvores das avenidas, sem folhas, formavam moitas roxas entre as casas, e os telhados, brilhando com a chuva, se espelhavam de maneira desigual, dependendo da altura dos bairros. Às vezes, uma rajada de vento carregava as nuvens em direção à colina Sainte-Catherine, como ondas aéreas que se quebravam silenciosamente contra um penhasco.

Ela sentia algo vertiginoso emanando dessas vidas acumuladas, e seu coração se enchia abundantemente, como se as cento e vinte mil almas ali pulsantes lhe enviassem de uma só vez o vapor das paixões que ela imaginava que tivessem. Seu amor se expandia diante do espaço e se enchia de tumulto com os murmúrios vagos que se elevavam. Ela o revertia para fora, nas praças, nas caminhadas, nas ruas, e a velha cidade normanda se espalhava perante seus olhos como uma capital descomunal, como uma Babilônia na qual ela adentrava. Inclinava-se para fora com as duas mãos pela abertura superior, aspirando a brisa; os três cavalos galopavam, as pedras rangiam na lama, a carruagem balançava, e Hivert, à distância, acenava para as carroças na estrada, enquanto os burgueses que haviam passado a noite em Bois-Guillaume desciam a colina tranquilamente em suas pequenas carruagens familiares.

Paravam junto à barreira; Emma desprendia os seus tamancos, colocava outras luvas, ajeitava seu xale, e, a vinte passos dali, descia da *Hirondelle*.

A cidade então despertava. Os balconistas, usando chapéus de feltro, esfregavam as vitrines das lojas, e mulheres, levando cestos nos quadris, soltavam ocasionalmente um grito sonoro nos cruzamentos das ruas. Ela caminhava olhando para o chão, roçando as paredes e sorria de prazer sob o seu véu negro abaixado.

Com medo de ser vista, ela não costumava pegar o caminho mais curto. Adentrava becos escuros e chegava toda suada ao final da Rue Nationale, perto da fonte. Esse é o bairro do teatro, dos bares e das damas. Frequentemente, uma carroça passava perto dela, carregando algum adereço cênico tremulante. Alguns rapazes de avental espalhavam areia sobre os ladrilhos, entre arbustos verdes. Sentia-se o cheiro de absinto, cigarro e ostras.

Ela virava uma esquina; reconhecia-o pelo cabelo encaracolado que escapava de seu chapéu.

Léon, na calçada, continuava caminhando. Ela o seguia até o hotel; ele subia as escadas, abria a porta, entrava... Que abraço!

Em seguida, as palavras, depois dos beijos, se precipitavam. Contavam um ao outro as tristezas da semana, os pressentimentos, as preocupações com as cartas; mas agora tudo se esquecia, e eles se olhavam frente a frente, com risos de deleite e chamando-se mutuamente por nomes ternos.

A cama era grande, de mogno, em forma de barca. As cortinas de tecido levantino vermelho, que desciam do teto, estavam muito baixas em direção à larga cabeceira; e nada no mundo era tão belo quanto sua cabeça castanha e sua pele branca destacando-se sobre essa cor carmesim, quando, com um gesto de pudor, ela fechava seus dois braços nus, escondendo o rosto nas mãos.

O apartamento tépido, com seu tapete discreto, seus ornamentos frívolos e sua luz tranquila, parecia totalmente adequado para as intimidades da paixão. Os bastões terminando em flecha, os cabides de cobre e os suportes de lenha redondos reluziam de repente quando o sol entrava. Na lareira, entre os candelabros, havia duas daquelas grandes conchas cor-de-rosa em que se pode ouvir o som do mar ao encostá-las no ouvido.

Como eles gostavam daquele agradável quarto cheio de alegria, apesar de seu esplendor um pouco desbotado! Os móveis estavam sempre em seus lugares, e às vezes encontravam grampos de cabelo que ela havia esquecido na quinta-feira anterior, sob a base do relógio. Almoçavam junto à lareira, em uma pequena mesa incrustada de jacarandá. Emma cortava os pedaços e os colocava em seu prato, tagarelando sobre todo tipo de coisa; e ela soltava uma gargalhada sonora e libertina quando a espuma do vinho de Champanhe transbordava da taça para os anéis em seus dedos. Estavam tão completamente imersos em sua própria existência que acreditavam estar em sua própria casa, destinados a viver ali até a morte, como dois eternos recém-casados. Diziam “nosso quarto”, “nosso tapete”, “nossas poltronas”, ela até dizia “minhas pantufas”, um presente de Léon, um capricho que ela havia tido. Eram pantufas de cetim rosa, com motivos de cisnes. Quando ela se sentava no colo dele, sua perna, naquela posição, ficava curta e balançava no ar; e o delicado calçado, que não tinha calcanhar, segurava-se apenas pelos dedos de seu pé nu.

Ele saboreava pela primeira vez a indescritível delicadeza das elegâncias femininas. Nunca antes havia conhecido essa graça na linguagem, essa reserva nas vestimentas, essas poses de pomba adormecida. Admirava a exaltação de sua alma e as rendas de sua saia. Por outro lado, não era ela *uma mulher do mundo*, e além disso, uma mulher casada? Enfim, uma verdadeira amante?

Pela diversidade de seu humor, ora mística, ora alegre, tagarela, taciturna, impulsiva, negligente, ela ia evocando nele mil desejos, despertando instintos ou reminiscências. Era a amante de todos os romances, a heroína de todos os dramas, a vaga *ela* de todos os volumes de poesia. Ele encontrava em seus ombros a cor âmbar da *odalisca no banho*; ela tinha o corpete longo das damas feudais; também se assemelhava à *mulher pálida de Barcelona*, mas, acima de tudo, simplesmente Anjo!

Com frequência, ao olhar para ela, parecia-lhe que sua alma, escapando-se em sua direção, se espalhava como uma onda ao redor de sua cabeça e descia arrastada em direção à brancura de seu peito.

Ele se sentava no chão, diante dela; e, com os dois cotovelos apoiados nos joelhos, a observava com um sorriso e a testa franzida.

Ela se inclinava para ele e murmurava, como que sufocada pelo êxtase:

— Oh, não se mexa! Não fale! Olhe para mim! Há algo tão doce saindo dos seus olhos, algo que me faz tão bem!

Ela o chamava de menino:

— Menino, você me ama?

E ela mal podia ouvir a sua resposta, em meio à precipitação dos lábios dele em sua boca.

Sobre o relógio de pêndulo havia um pequeno Cupido de bronze, que fazia pose arredondando os braços sob uma grinalda dourada. Eles riram disso muitas vezes; no entanto, quando chegava a hora de se separarem, tudo lhes parecia sério.

Imóveis, em frente um do outro, repetiam:

— Até quinta-feira!... Até quinta-feira!

De repente, ela segurava a cabeça dele com as duas mãos, dava-lhe um beijo rápido na testa, exclamando: "*Adeus!*", e lançava-se escada abaixo.

Ela ia a um cabeleireiro na Rue de la Comédie, para ajeitar o penteado. A noite caía; o gás era aceso na loja.

Ela ouvia o sino do teatro chamando os atores para a apresentação; e via, à sua frente, homens com o rosto branco e mulheres com maquiagem desbotada que entravam pela porta dos bastidores.

Fazia calor no cômodo pequeno e demasiadamente baixo, no qual o fogão zumbia em meio a perucas e pomadas. O cheiro de ferros, com aquelas mãos oleosas tocando a cabeça, logo a fazia sentir tonturas, e ela adormecia um pouco sob a capa de cabeleireiro. Muitas vezes, o rapaz, enquanto a penteava, oferecia-lhe convites para o baile de máscaras.

Então, ela partia! Subia pelas ruas; chegava à *Croix rouge*; recuperava os tamancos, que escondera pela manhã sob um banco, e se encolhia entre os passageiros impacientes. Alguns desciam ao pé da colina. Ela ficava sozinha na carruagem.

A cada curva, percebiam-se cada vez mais todas as luzes da cidade, que formavam uma ampla névoa luminosa sobre as casas indistinguíveis. Emma se ajoelhava sobre as almofadas, e seus olhos se perdiam naquele deslumbramento. Ela soluçava, chamava por Léon e lhe enviava palavras carinhosas e beijos que se perdiam ao vento.

Na colina havia um pobre infeliz vagando com um bastão, bem no meio das carruagens. Um amontoado de trapos cobria seus ombros, e um antigo chapéu deformado de pele de castor, virado para cima como uma bacia, escondia-lhe o rosto; no entanto, quando o retirava, revelava, no lugar das pálpebras, duas órbitas abertas e ensanguentadas. A carne se desfiava em pedaços vermelhos; e líquidos escorriam, solidificando-se em crostas verdes até o nariz, cujas narinas negras aspiravam convulsivamente. Para falar com alguém, ele inclinava a cabeça com uma risada idiota; então, suas pupilas azuladas, rolando continuamente, se chocavam, na direção das têmporas, contra a borda da ferida aberta.

Ele cantava uma musiquinha enquanto seguia as carruagens:

*Souvent la chaleur d'un beau jour*

*Fait rêver fillette à l'amour.*

E no resto, eram pássaros, sol e folhagem.

Às vezes, ele surgia de repente atrás de Emma, com a cabeça descoberta. Ela recuava com um grito. Hivert brincava com ele. Ele o incentivava a ocupar uma barraca na Feira de Saint-Romain ou então perguntava, rindo, como estava sua boa amiga.

Muitas vezes, estavam em movimento, quando o chapéu dele entrava repentinamente na diligência pela abertura no alto, enquanto ele se agarrava ao estribo com o outro braço, entre o salpico das rodas. A voz dele, inicialmente fraca e vacilante, tornava-se estridente. Arrastava-se pela noite, como o lamento indistinto de uma vaga angústia; e, em meio ao tilintar dos sinos, ao murmúrio das árvores e ao ronco da caixa oca, aquela voz tinha algo de distante que perturbava Emma. Ela lhe descia até o fundo da alma, como um redemoinho em um abismo, e a levava ao âmago dos espaços de uma melancolia sem limites. Mas Hivert, que sentia haver um contrapeso, afastava o cego com grandes golpes de chicote. Os açoites atingiam as suas feridas, e ele caía na lama soltando um grito.

Então, os passageiros da *Hirondelle* acabavam adormecendo, alguns com a boca aberta, outros com o queixo abaixado, apoiando-se no ombro do vizinho, ou com o braço passado pela alça, oscilando regularmente ao balanço da carruagem; e o reflexo da lanterna que balançava do lado de fora, sobre os varais que atrelavam os cavalos, penetrando no interior através das cortinas de calicô marrom chocolate, projetava sombras sanguinolentas sobre todos aqueles indivíduos imóveis. Emma, embriagada pela tristeza, tremia sob suas roupas; e sentia cada vez mais frio nos pés, com a morte na alma.

Charles, em casa, a aguardava; a *Hirondelle* sempre se atrasava às quintas-feiras. A senhora finalmente chegava! Mal cumprimentava a pequena. O jantar não estava pronto, não importa! Ela desculpava a cozinheira. Agora, tudo parecia ser permitido a essa moça.

Frequentemente, seu marido, percebendo sua palidez, perguntava se ela não estava se sentindo mal.

— Não — dizia Emma.

— Mas — respondia ele —, você está estranha esta noite.

— Ah, não é nada! Não é nada!

Havia dias, inclusive, em que, mal chegava em casa, ela subia para o quarto; e Justin, que estava lá, circulava silenciosamente, mais habilidoso em servi-la do que uma excelente camareira. Ele colocava os fósforos, o castiçal, um livro, estendia sua camisola, ajeitava os lençóis.

— Certo — dizia ela —, está tudo bem, pode ir!

Pois ele permanecia em pé, com as mãos pendentes e os olhos abertos, como se enredado nos inúmeros fios de um repentino devaneio.

O dia seguinte era terrível, e os subsequentes tornavam-se ainda mais intoleráveis pela impaciência de Emma em recuperar sua felicidade: uma amarga luxúria, inflamada por imagens conhecidas, e que, no sétimo dia, explodia à vontade nas carícias de Léon. As paixões dele, por sua vez, se escondiam sob expansões de admiração e gratidão. Emma saboreava aquele amor de maneira discreta e absorta, nutrindo-o com todos os artifícios de sua ternura e temendo um pouco que se perdesse mais tarde.

Muitas vezes ela lhe dizia, com a suavidade de uma voz melancólica:

— Ah, você me deixará!... Casar-se-á! Será como os outros.

Ele perguntava:

— Que outros?

— Ora, os homens, é claro —respondia ela.

Depois, ela acrescentava ao afastá-lo com um gesto lânguido:

— Vocês todos são vis!

Um dia, enquanto conversavam filosoficamente sobre as desilusões terrestres, ela acabou dizendo (para testar seus ciúmes ou cedendo possivelmente a uma necessidade demasiado intensa de desabafar) que, antigamente, antes dele, ela amara alguém, *"não como você!"*, acrescentou ela rapidamente, jurando pela vida de sua filha *que nada havia acontecido*.

O jovem acreditou mas, mesmo assim, lhe fez perguntas para saber o que *ele* fazia.

— Era capitão de navio, meu caro.

Não era isso impedir qualquer investigação e, ao mesmo tempo, colocar-se em uma posição muito elevada, por essa suposta fascinação exercida sobre um homem que deveria ser de natureza beligerante e acostumado ao reconhecimento?

O escriturário então sentiu a insignificância de sua posição; ele invejava as dragonas, as cruzes, os títulos. Tudo isso deveria agradar a ela: suspeitava disso por seus hábitos dispendiosos.

Entretanto, Emma guardava para si muitas de suas extravagâncias, como o desejo de ter, para levá-la a Rouen, um tílburi azul, puxado por um cavalo inglês e conduzido por um serviçal usando botas de dois tons. Foi Justin quem lhe inspirou esse capricho ao suplicar para que o aceitasse como seu criado pessoal; e, se essa privação não diminuía a cada encontro o prazer da chegada, certamente aumentava a amargura do retorno.

Muitas vezes, quando conversavam sobre Paris, ela acabava murmurando:

— Ah, quão bem viveríamos lá!

— Não estamos felizes? — perguntava docemente o jovem, passando a mão sobre os cabelos dela.

— Sim, tem razão — concordava ela. — Eu estou louca; beije-me!

Ela estava mais encantadora do que nunca com o marido, fazia-lhe cremes de pistache e tocava valsas após o jantar. Ele se considerava, assim, o mais afortunado dos mortais, e Emma vivia sem preocupações, até que, uma noite, de repente:

— É a srta. Lempereur, não é, que está te dando aulas?

— Sim.

— Bem, eu a vi mais cedo — retomou Charles — na casa da sra. Liégeard. Eu falei de você; ela não a conhece.

Foi como um raio. No entanto, ela respondeu com naturalidade:

— Ah, ela deve ter esquecido meu nome.

— Mas pode haver em Rouen — acrescentou o médico — várias srtas. Lempereur que são professoras de piano?

— É possível!

Em seguida, rapidamente:

— Porém, eu tenho os recibos dela, olha! Veja.

E ela foi até a escrivaninha, revirou todas as gavetas, misturou os papéis e acabou se descontrolando de tal forma que Charles insistiu-lhe que não se desse mais ao trabalho por aqueles recibos insignificantes.

— Oh, eu vou encontrá-los — afirmou ela.

De fato, já na sexta-feira seguinte, Charles, ao calçar uma de suas botas no armário preto onde guardava as roupas, sentindo uma folha de papel entre o couro e sua meia, pegou-a para ler:

"Recebido, por três meses de aulas, além de diversos materiais, o total de sessenta e cinco francos. FÉLICIE LEMPEREUR, professora de música."

— Como é que isto foi parar nas minhas botas?

— Deve ter caído — respondeu ela — do velho arquivo de contas que está na beira da prateleira.

A partir daquele momento, sua existência não foi mais do que uma coleção de mentiras que ela usava como véus para esconder o seu amor.

Era uma necessidade, uma mania, um prazer, a tal ponto que, se ela afirmasse ter passado pelo lado direito de uma rua na véspera, era necessário acreditar que ela tinha ido pelo lado esquerdo.

Uma manhã, quando havia acabado de sair, como era seu costume, vestindo roupa bem leve, começou a nevar de repente; e quando Charles olhou pela janela para ver o tempo, avistou o sr. Bournisien na carruagem do sr. Tuvache, que o estava levando para Rouen. Então, desceu para confiar ao clérigo um xale volumoso para que o entregasse à senhora assim que chegasse à *Croix rouge*. Mal ele chegou à estalagem, Bournisien perguntou pela esposa do médico de Yonville. A dona da hospedaria respondeu que ela raramente frequentava o estabelecimento. Assim, à noite, ao reconhecer a sra. Bovary na *Hirondelle*, o padre contou a ela a confusão, sem parecer, no entanto, dar importância àquilo; pois ele começou a elogiar um pregador que, na época, estava fazendo maravilhas na catedral, e todas as senhoras corriam para ouvi-lo.

Não importava se ele não tinha pedido explicações; outros, mais tarde, poderiam ser menos discretos. Assim, ela achou útil descer sempre na *Croix rouge*, de modo que as pessoas de seu vilarejo que a vissem na escada não suspeitassem de nada.

Um dia, no entanto, o sr. Lheureux a encontrou saindo do *Hotel de Boulogne* de braços dados com Léon; e ela sentiu medo, imaginando que ele comentaria. Ele não era tão tolo.

Mas três dias depois, ele entrou em seu quarto, fechou a porta e disse:

— Eu precisaria de dinheiro.

Ela declarou não poder lhe dar nada. Lheureux desatou a gemer e lembrou-se de todas as indulgências que ele havia feito.

De fato, das duas notas promissórias assinadas por Charles, Emma, até aquele momento, só havia pagado uma. Quanto à segunda, o comerciante, a seu pedido, concordou em substitui-la por outras duas, que inclusive foram prorrogadas por um prazo bem longo. Em seguida, ele tirou do bolso uma lista de produtos não saldados, a saber: as cortinas, o tapete, o tecido para as poltronas, vários vestidos e diversos artigos de toalete, cujo valor totalizava cerca de dois mil francos.

Ela baixou a cabeça; ele continuou:

— Mas, se não tiver dinheiro em espécie, a senhora tem *bens*.

E ele mencionou um casebre feio localizado em Barneville, perto de Aumale, que não estava rendendo muito. Pertencera a uma pequena fazenda vendida anteriormente pelo sr. Bovary pai, porque Lheureux sabia de tudo, desde a quantidade de hectares até o nome dos vizinhos.

— Se eu fosse a senhora — sugeria ele —, eu me livraria dele, e ainda sobraria o dinheiro.

Ela objetou sobre a dificuldade de encontrar um comprador; ele lhe deu esperanças de encontrar um; mas ela perguntou como poderia fazer para conseguir vendê-lo.

— Mas a senhora não tem a procuração? — respondeu ele.

Essa palavra chegou-lhe como uma lufada de ar fresco.

— Deixe-me a nota — instruiu Emma.

— Oh, não é necessário! — respondeu Lheureux.

Ele voltou na semana seguinte e se gabou de, finalmente, após muitas diligências, ter descoberto um tal Langlois, que cobiçava havia muito tempo a propriedade sem revelar o preço que estava disposto a pagar.

— O preço não importa! — exclamou ela.

Era necessário esperar, na verdade, sondar o sujeito. Valia a pena uma viagem, e, como ela não podia fazê-la, ele se ofereceu para ir até lá e falar com Langlois. Quando ele voltou, anunciou que o comprador estava oferecendo quatro mil francos.

Emma ficou entusiasmada ao ouvir a notícia.

— Sinceramente — acrescentou ele —, é um bom preço.

Ela recebeu a metade do valor de imediato e, quando foi quitar a sua dívida, o comerciante lhe disse:

— É doloroso para mim, palavra de honra, vê-la se desfazer de uma quantia tão *considerável* de uma vez só.

Então, ela olhou para as cédulas; e, sonhando com o número ilimitado de encontros que esses dois mil francos representavam:

— Como? Como? — balbuciou ela.

— Oh —respondeu ele, rindo com um ar bonachão —, pode-se colocar o que se quer nas notas. Por acaso eu não sei nada sobre assuntos domésticos?

E ele a olhava fixamente, segurando dois longos documentos que fazia deslizar entre as unhas. Finalmente, abrindo a pasta, espalhou sobre a mesa quatro notas promissórias de mil francos cada uma.

— Assine isso para mim — instruiu ele — e fique com tudo.

Ela protestou, escandalizada.

— Mas se eu lhe der o excedente — respondeu descaradamente o sr. Lheureux —, não estaria lhe fazendo um favor?

E, pegando a pena, escreveu na parte inferior da conta: "Recebidos, da sra. Bovary, quatro mil francos".

— Por que está se preocupando, sendo que daqui a seis meses a senhora receberá as parcelas devidas de sua propriedade, e eu coloquei o vencimento da última nota para depois do pagamento?

Emma se atrapalhava um pouco nos cálculos, e seus ouvidos tiniam como se moedas de ouro, saindo das sacolas, soassem ao seu redor no piso de madeira. Finalmente, Lheureux explicou que tinha um amigo, Vinçart, banqueiro em Rouen, que iria descontar essas quatro notas, e então ele mesmo entregaria à senhora o excedente da dívida real.

Mas em vez de dois mil francos, ele trouxe apenas mil e oitocentos, pois o amigo Vinçart (como *era justo*) havia deduzido duzentos para despesas de comissão e desconto.

Em seguida, ele pediu displicentemente um recibo.

— A senhora entende..., no comércio..., às vezes... E com a data, por favor, a data.

Um horizonte de fantasias realizáveis se abriu diante de Emma. Ela teve prudência suficiente para separar mil escudos, com os quais foram pagas, no vencimento, as três primeiras notas. Mas a quarta, por acaso, chegou à sua casa numa quinta-feira, e Charles, perturbado, esperou pacientemente o retorno de sua mulher para obter explicações.

Se ela não o havia informado sobre essa promissória, era para poupar-lhe preocupações domésticas; ela sentou-se em seu colo, acariciou-o, arrulhou, fez uma longa lista de todas as coisas indispensáveis adquiridas a crédito.

— E você concordará que, dada a quantidade, não é tão caro.

Charles, em seu desespero, logo recorreu ao eterno Lheureux, que prometeu acalmar as coisas se o senhor assinasse duas notas, sendo uma de setecentos francos, pagável em três meses. Buscando acalmar-se, escreveu uma carta patética para sua mãe. Em vez de enviar a resposta, ela veio pessoalmente; e, quando Emma quis saber se ele havia conseguido algo com isso:

— Sim — respondeu ele. — Mas ela quer ver a fatura.

No dia seguinte, ao amanhecer, Emma correu até o sr. Lheureux para pedir que ele fizesse outra nota que não ultrapassasse mil francos; pois, ao apresentar aquela de quatro mil, seria necessário admitir que ela havia pagado as outras parcelas e confessar assim a venda da propriedade, uma negociação habilmente conduzida pelo comerciante e que só seria efetivamente conhecida mais tarde.

Apesar dos preços módicos de cada item, a sra. Bovary mãe continuou achando que os gastos eram exagerados.

— Não seria possível renunciar a um tapete? Por que renovar a tapeçaria das poltronas? Na minha época, nas casas havia apenas uma poltrona, para as pessoas mais velhas; ao menos, era assim na casa de minha mãe, que era uma mulher de bem, eu garanto.

— Nem todos podem ser ricos! Nenhuma fortuna resiste ao desperdício! Eu ficaria envergonhada de me mimar como vocês fazem! Mesmo sendo velha e precisando de cuidados... Vejam só! Tantos ajustes! Tantos enfeites! Como? Seda para forro por dois francos... quando se encontra algodão a dez *sous*, e até a oito *sous*, que serve perfeitamente!

Emma, recostada no sofá, respondia com toda a tranquilidade:

— Ei, senhora, basta! Basta!...

A outra continuava a repreendê-la, prenunciando que eles acabariam no hospital. Aliás, era culpa de Bovary. Felizmente, ele tinha prometido anular essa procuração...

— Como?

— Ah, ele me jurou — respondeu a velha senhora.

Emma abriu a janela, chamou Charles, e o pobre rapaz foi obrigado a confessar a promessa arrancada por sua mãe.

Emma desapareceu, depois voltou rapidamente estendendo majestosamente uma grande folha de papel.

— Agradeço-lhe — disse a idosa.

E jogou a procuração ao fogo.

Emma começou a rir, um riso estridente, alto, contínuo: estava tendo um ataque de nervos.

— Ah, meu Deus! — exclamou Charles. — Ei! Você também está errada! Vem aqui fazer uma cena!...

Sua mãe, dando de ombros, afirmava que *tudo isso era simples encenação*.

Mas Charles, revoltando-se pela primeira vez, defendeu a esposa, de modo que a sra. Bovary mãe decidiu ir embora. Ela partiu no dia seguinte e, na soleira da porta, enquanto ele tentava detê-la, ela replicou:

— Não, não! Você a ama mais do que a mim, e está certo, é natural. De qualquer forma, não importa! Você verá!... Passem bem!... Porque não pretendo, como você diz, fazer uma cena.

Mesmo assim, Charles ficou bastante envergonhado diante de Emma, que não escondia o ressentimento que guardava pela sua falta de confiança; teve que suplicar muito para que ela concordasse em aceitar novamente sua procuração, e ele até a acompanhou até o sr. Guillaumin para que este lhe fizesse uma segunda, exatamente igual.

— Entendo — disse o notário —, um homem de ciência não pode se preocupar com os detalhes práticos da vida.

E Charles se sentiu aliviado por essa reflexão aduladora, que conferia à sua fraqueza as lisonjeiras aparências de uma preocupação superior.

Que extravasamento na quinta-feira seguinte, no hotel, no quarto deles, com Léon! Ela riu, chorou, cantou, dançou, mandou trazer *sorbets*, quis fumar cigarros, parecia extravagante, mas adorável, magnífica.

Ele não sabia que reação em todo o seu ser a impelia ainda mais a se precipitar nos prazeres da vida. Ela se tornava irritadiça, gulosa e voluptuosa; e passeava com ele pelas ruas, de cabeça erguida, sem medo, dizia ela, de se comprometer. Às vezes, no entanto, Emma estremecia diante da ideia súbita de encontrar Rodolphe; pois parecia-lhe, embora estivessem separados para sempre, que ela não estava completamente liberta de sua dependência.

Uma noite, ela não voltou para Yonville. Charles estava enlouquecendo, e a pequena Berthe, que não queria ir para a cama sem a mamãe, soluçava desesperadamente. Justin partira sem rumo pela estrada. O sr. Homais havia deixado a farmácia.

Finalmente, às onze horas, não suportando mais, Charles arreou seu cabriolé, pulou dentro dele, açoitou o animal e chegou por volta das duas da manhã na *Croix rouge*. Ninguém. Ele pensou que talvez o escriturário a tivesse visto; mas onde ele morava? Felizmente, Charles se lembrou do endereço de seu chefe. Ele correu até lá.

Começava a amanhecer. Ele distinguiu placas acima de uma porta; bateu. Alguém, sem abrir, lhe deu aos gritos as informações solicitadas, acrescentando muitos insultos contra aqueles que perturbavam as pessoas à noite.

A casa em que o escriturário morava não tinha campainha, nem aldrava, nem porteiro. Charles batia com força nos postigos. Um policial passou por ali; então ele ficou com medo e foi embora.

— Estou louco — dizia a si mesmo —; devem tê-la segurado para jantar na casa do sr. Lormeaux.

A família Lormeaux não vivia mais em Rouen.

— Ela deve ter ficado para cuidar da sra. Dubreuil. Não, a sra. Dubreuil morreu há dez meses!... Onde ela está então?

Teve uma ideia. Pediu, em um café, o catálogo de endereços; e rapidamente procurou o nome da srta. Lempereur, que morava na Rue de la Renelle-des-Maroquiniers, 74.

Assim que entrou por essa rua, Emma apareceu do outro lado; mais do que abraçá-la, ele se atirou sobre ela, clamando:

— Quem te segurou ontem?

— Estive doente.

— E com o quê?... Onde?... Como?...

Ela passou a mão na testa e respondeu:

— Na casa da srta. Lempereur.

— Eu sabia! Estava indo lá.

— Oh, não é necessário! — disse Emma. — Ela saiu agora há pouco; mas, no futuro, fique tranquilo. Não me sentirei livre, você entende, se eu souber que o mais mínimo atraso o perturba dessa maneira.

Era uma forma de permissão que ela se concedia para não se sentir limitada em suas escapadas. Assim, aproveitava isso plenamente, sem restrições. Quando sentia vontade de ver Léon, ela partia sob qualquer pretexto, e, como ele não a esperava naquele dia, ela ia buscá-lo em seu escritório.

Foi uma grande felicidade nas primeiras vezes; mas logo ele não conseguiu mais esconder mais a verdade: seu chefe reclamava muito dessas interrupções.

— Ah, que nada! Vamos — falava ela.

E ele escapava.

Ela quis que ele se vestisse todo de preto e deixasse crescer um cavanhaque, para ficar parecido com os retratos de Luís XIII. Desejou conhecer sua casa, achou-a medíocre; ele corou, ela não percebeu, logo aconselhou que ele comprasse cortinas semelhantes às suas, e quando ele objetou sobre o gasto:

— Ahah! Você se agarra ao seu dinheirinho! — disse ela, rindo.

Todas as vezes, Léon tinha que contar-lhe cada uma de suas ações desde o último encontro. Ela pediu versos, versos para ela, *um escrito de amor* em sua homenagem; ele nunca conseguiu encontrar a rima do segundo verso e acabou copiando um soneto de um livro de recordações.

Foi menos por vaidade do que pelo propósito único de agradá-la. Ele não contestava suas ideias; aceitava todos os seus gostos; tornava-se mais amante dela do que ela era dele. Ela proferia palavras ternas com beijos que lhe roubavam a alma. Onde ela havia aprendido essa corrupção quase imaterial pela profundidade e dissimulação?

# VI

Nas viagens que fazia para vê-la, Léon frequentemente jantava na casa do farmacêutico e sentia-se obrigado, por cortesia, a convidá-lo em retorno.

— Com prazer! —respondera o sr. Homais —; além disso, preciso arejar um pouco, porque estou me embrutecendo aqui. Iremos ao espetáculo, ao restaurante, vamos nos permitir algumas extravagâncias!

— Ah! Meu querido! — murmurou ternamente a sra. Homais, assustada com os perigos indefinidos que ele se dispunha a correr.

— O que foi agora? Acha que não estou arruinando suficientemente minha saúde ao viver entre as emanações contínuas da farmácia! Veja só, assim é o caráter das mulheres: têm ciúmes da Ciência e depois se opõem a que tenhamos as distrações mais legítimas. De qualquer forma, conte comigo; um desses dias, apareço em Rouen e, juntos, *torraremos* nosso dinheiro.

O farmacêutico, outrora, teria se guardado de uma expressão assim; mas agora ele se entregava a um estilo brincalhão e parisiense que considerava de melhor gosto; e, como a sra. Bovary, sua vizinha, ele interrogava o escriturário minuciosamente sobre os costumes da capital, até falava gírias para impressionar... os burgueses, dizendo coisas como *turne, bazar, chicard, chicandard, Breda-street* e *Je me la casse,* no sentido de "Eu vou embora".

Assim, numa quinta-feira, Emma ficou surpresa ao encontrar, na cozinha do *Lion d'or,* o sr. Homais vestindo trajes de viagem, ou seja, coberto por um velho casaco que ninguém nunca o havia visto usando, enquanto segurava com uma das mãos uma maleta e, com a outra, a manta térmica que usava em seu estabelecimento. Ele não comentara sobre seus planos com ninguém, temendo preocupar o público com sua ausência.

A ideia de revisitar os lugares onde se desenrolou sua juventude sem dúvida o exaltava, pois, ao longo de todo o caminho, ele não parou de discursar; então, mal chegou, pulou com dinamismo da carruagem para iniciar a busca por Léon; e, por mais que o escriturário tentasse resistir, o sr. Homais o arrastou na direção do *Grand café de Normandie*, onde entrou majestosamente sem tirar o chapéu, considerando bastante provinciano descobrir-se em um local público.

Emma esperou por Léon por quarenta e cinco minutos. Finalmente, ela correu até seu escritório, perdida em todo tipo de conjecturas, acusando-o de indiferença e culpando-se por sua própria fraqueza. Passou a tarde com a testa encostada na janela.

Passadas duas horas, eles ainda estavam sentados um em frente ao outro. A grande sala se esvaziava; a tubulação do fogão, em forma de palmeira, curvava-se, próxima ao teto branco, como um ramalhete dourado; e perto deles, atrás da vitrine, em plena luz do sol, um pequeno jato d'água borbulhava em uma bacia de mármore onde, entre agrião e aspargos, três lagostas entorpecidas se estendiam até as codornizes, todas empilhadas na borda.

Homais se deliciava. Embora o embriagasse mais o luxo do que a boa comida, o vinho de Pommard, no entanto, animava um pouco suas faculdades, e, quando apareceu a omelete ao rum, ele expôs teorias imorais sobre as mulheres. O que o seduzia acima de tudo era o *estilo*. Ele adorava um traje elegante em um ambiente bem decorado e, quanto às qualidades corporais, não desprezava uma mulher *voluptuosa*.

Léon olhava para o relógio com desespero. O farmacêutico bebia, comia, falava.

— O senhor deve estar — disse ele de repente — bem isolado em Rouen. Mas, seus amores não estão longe.

E, como o outro corava:

— Vamos, seja sincero! O senhor vai negar que em Yonville...?

O jovem balbuciou.

— Na casa da sra. Bovary, o senhor não cortejava...?

— Quem, por acaso?

— A criada!

Ele não estava brincando; no entanto, a vaidade superando toda prudência, Léon, mesmo contra sua vontade, protestou. Além disso, ele só gostava de mulheres morenas.

— Concordo com o senhor — falou o farmacêutico —; elas têm mais temperamento.

E inclinando-se para perto do ouvido de seu amigo, indicou os sintomas pelos quais se reconhecia que uma mulher tinha temperamento. Ele até se lançou em uma digressão etnográfica: a alemã era vaporosa, a francesa libertina, a italiana apaixonada.

— E as negras? — perguntou o escriturário.

— É um gosto de artista — declarou Homais. — Garçom! Duas meias-xícaras!

— Vamos embora? — perguntou Léon, impaciente.

— *Yes*.

Mas antes de partir, ele quis encontrar o proprietário do estabelecimento e felicitá-lo.

Então, o jovem, para ficar sozinho, alegou que tinha assuntos a tratar.

— Ah, eu o acompanho! — disse Homais.

E, enquanto descia pelas ruas com ele, falava sobre sua esposa, seus filhos, do futuro deles e da farmácia, contava como ela estava decadente no passado e o ponto de perfeição ao qual ele a elevara.

Chegando ao *Hôtel de Boulogne*, Léon o deixou abruptamente, subiu as escadas e encontrou sua amante em grande agitação.

Ao ouvir o nome do farmacêutico, ela ficou furiosa. No entanto, ele acumulava boas razões; não era culpa dele, por acaso ela não conhecia o sr. Homais? Como ela podia acreditar que preferisse a companhia dele? Mas ela se afastava; ele a segurou; e, caindo de joelhos, ele envolveu sua cintura com os dois braços, em uma pose lânguida cheia de concupiscência e súplica.

Ela estava de pé; seus grandes olhos incendiados o observavam seriamente e de uma maneira quase terrível. Em seguida, lágrimas os obscureceram, suas pálpebras rosadas se abaixaram, ela soltou suas mãos, e Léon as levava à sua boca no instante em que apareceu um criado, informando que estavam chamando-o.

— Você vai voltar? —perguntou ela.

— Sim.

— Mas quando?

— Daqui a pouco.

— É um *truque* — falou o farmacêutico ao avistar Léon. — Eu quis interromper esta visita que parecia estar lhe incomodando. Vamos à casa de Bridoux beber *garus*.

Léon jurou que precisava voltar ao escritório. Então, o farmacêutico fez piadas sobre a papelada, os processos.

— Deixe um pouco Cujas e Barthole, pelo amor de Deus! Quem o impede? Seja corajoso! Vamos visitar Bridoux; você verá o cachorro dele. É muito curioso!

E como o escriturário continuava obstinado:

— Eu o acompanho então. Ficarei lendo um jornal enquanto o espero, ou folheando um Código.

Léon, atordoado pela raiva de Emma, pelo tagarelar do sr. Homais e talvez pelos efeitos do almoço, permanecia indeciso, como se estivesse sob o encanto do farmacêutico, que repetia:

— Vamos ver Bridoux! É bem ali, na Rue Malpalu.

Então, por covardia, por estupidez, por esse sentimento indefinível que nos leva às ações mais antipáticas, ele se deixou levar até a casa de Bridoux; e o encontraram no pequeno quintal, supervisionando três rapazes que ofegavam ao girar a grande roda de uma máquina para fazer água de Seltz. Homais lhes deu conselhos; beijou Bridoux; beberam *garus*. Léon quis ir embora vinte vezes; mas o outro o detinha pelo braço, dizendo:

— Daqui a pouco! Estou saindo. Vamos ao *Le Fanal de Rouen*, ver aqueles senhores. Vou apresentá-lo a Thomassin.

Entretanto, ele conseguiu se livrar dele e correu de um salto até o hotel. Emma não estava mais lá.

Ela acabara de partir, exasperada. Agora o odiava. A falta de palavra no encontro lhe parecia uma afronta, e ainda procurava outras razões para se afastar dele: ele era incapaz de heroísmo, fraco, banal, mais hesitante que uma mulher, além disso, avarento e pusilânime.

Depois, acalmando-se, ela acabou percebendo que sem dúvida aquilo era uma calúnia. Mas desonrar aqueles que amamos sempre nos distancia um pouco deles. Não se deve tocar nos ídolos: o dourado fica nas mãos.

Eles passaram a falar mais frequentemente de coisas não relacionadas ao seu amor; e, nas cartas que Emma lhe enviava, havia menções a flores, a versos, à lua e às estrelas, recursos ingênuos de uma paixão enfraquecida, que tentava se avivar com todos os auxílios externos. Ela continuamente prometia a si mesma uma felicidade profunda para sua próxima viagem; depois, admitia não sentir nada de extraordinário. Essa decepção desaparecia rapidamente sob uma nova esperança, e Emma voltava a ele mais inflamada, mais ávida. Despia-se bruscamente, arrancando o fino laço de seu espartilho, que assobiava ao redor de seus quadris como uma serpente que desliza. Ela ia na ponta dos pés descalços verificar mais uma vez se a porta estava fechada, depois, com um único gesto, deixava cair todas as suas roupas juntas; e, pálida, sem falar, séria, ela se lançava contra o peito dele, com um longo arrepio.

No entanto, naquele rosto coberto de gotas frias, naqueles lábios balbuciantes, naquelas pupilas errantes, no aperto daqueles braços havia algo extremo, vago e sombrio, que parecia a Léon deslizar entre eles, sutilmente, como que para separá-los.

Ele não ousava fazer-lhe perguntas; no entanto, percebendo-a tão experiente, imaginava que ela devia ter passado, dizia a si mesmo, por todas as provações da dor e do prazer. O que o encantava antes o assustava um pouco agora. Além disso, ele se revoltava contra a dominação, maior a cada dia, de sua personalidade. Ele culpava Emma por essa vitória constante. Ele até tentava não a apreciar; então, ao estalo de suas botas, ele se sentia fraco, como os bêbados diante de bebidas fortes.

É verdade que ela não deixava de lhe dispensar todo tipo de atenções, dos arranjos na mesa até as coqueterias no vestuário e os olhares languidos. Ela trazia rosas de Yonville em seus seios, que atirava em seu rosto, demonstrava preocupação com sua saúde, dava-lhe conselhos sobre sua conduta; e, na esperança de retê-lo ainda mais, talvez contando com a intervenção divina, ela lhe passou ao redor do pescoço uma medalha da Virgem. Informava-se, como uma mãe virtuosa, sobre seus colegas. Dizia-lhe:

— Não os veja, não saia, pense somente em nós; ame-me!

Ela teria gostado de poder monitorar sua vida, e ocorreu-lhe a ideia de segui-lo pelas ruas. Sempre havia, perto do hotel, uma espécie de vagamundo que abordava os viajantes e que não recusaria... Mas seu orgulho se revoltou.

— Ah, que seja! Se ele me trair, que diferença fará para mim! Eu realmente me importo?

Um dia, quando tinham se separado cedo e ela voltava sozinha pela avenida, avistou os muros de seu convento; então, ela se sentou em um banco, à sombra dos olmos. Que tranquilidade era a daqueles tempos! Como ela invejava os indescritíveis sentimentos de amor que tentava, seguindo os livros, imaginar!

Os primeiros meses de seu casamento, seus passeios a cavalo na floresta, o Visconde que valsava e Lagardy cantando, tudo passou diante de seus olhos... E Léon, de repente, lhe pareceu tão distante quanto os outros.

*"No entanto, eu o amo!"*, pensava ela.

Não importa! Ela não era feliz, nunca tinha sido. De onde vinha essa insuficiência da vida, essa putrefação instantânea das coisas em que se apoiava?... Mas, se houvesse em algum lugar um ser forte e belo, uma natureza valorosa, ao mesmo tempo cheia de exaltação e refinamentos, um coração de poeta sob a forma de um anjo, lira com cordas de bronze, ressoando para o céu elegíacos epitáfios, por que ela, por acaso, não o encontraria? Oh, que impossibilidade! Nada, aliás, valia o trabalho de uma busca; tudo mentia! Cada sorriso escondia um bocejo de tédio, cada alegria uma maldição, todo prazer sua aversão e os melhores beijos deixavam nos lábios apenas um desejo inatingível por uma voluptuosidade mais elevada.

Um gemido metálico arrastou-se pelo ar e ouviu-se o sino do convento bater quatro vezes. Quatro horas! E lhe parecia que estava ali, naquele banco, desde a eternidade. Mas uma infinidade de paixões pode caber dentro de um minuto, assim como uma multidão em um pequeno espaço.

Emma vivia absorvida pelas suas e não se preocupava com o dinheiro mais do que uma arquiduquesa.

Uma vez, no entanto, um homem de aparência frágil, corado e calvo entrou em sua casa, declarando ter sido enviado pelo sr. Vinçart, de Rouen. Ele retirou os alfinetes que fechavam o bolso lateral de sua longa sobrecasaca verde, espetou-os em sua manga e estendeu educadamente um papel.

Era uma promissória de setecentos francos, subscrita por ela, e que Lheureux, apesar de todos os seus protestos, endossara a favor de Vinçart.

Ela enviou sua empregada até a casa dele. Ele não podia vir.

Então, o desconhecido, que permanecera de pé, lançando olhares curiosos para a direita e para a esquerda que disfarçavam suas espessas sobrancelhas loiras, perguntou com um ar ingênuo:

— Qual seria a resposta a dar ao sr. Vinçart?

— Bem — respondeu Emma —, diga a ele... Que eu não tenho... Será na próxima semana... Ele que espere..., sim, na próxima semana.

E o sujeito foi embora sem dizer uma palavra.

No entanto, no dia seguinte, ao meio-dia, ela recebeu um protesto; e a visão do papel timbrado, onde se exibia várias vezes em letras grandes "*Mestre Hareng, oficial de justiça em Buchy*", a assustou tanto que ela correu com toda a pressa para a loja de tecidos.

Ela o encontrou em sua loja, amarrando um pacote.

— Seu servidor! — disse ele. — Estou à sua disposição.

Lheureux, no entanto, continuou sua tarefa, auxiliado por uma jovem de cerca de treze anos, um pouco corcunda, cuja função era, ao mesmo tempo, de atendente e cozinheira.

Então, fazendo ecoar seus tamancos nas tábuas da loja, ele subiu à frente da senhora para o primeiro andar e a levou a um estreito gabinete, onde uma grande mesa de madeira de abeto segurava alguns registros, protegidos transversalmente por uma barra de ferro trancada com cadeado. Contra a parede, sob retalhos de tecido indiano, avistava-se um cofre de tal tamanho que deveria conter algo além de promissórias e dinheiro. O sr. Lheureux, de fato, emprestava dinheiro mediante penhores, e era lá que colocara a corrente de ouro da sra. Bovary, junto com os brincos do pobre pai Tellier, que, finalmente forçado a vender, comprara em Quincampoix uma desabastada mercearia, onde sucumbia ao seu catarro em meio a velas menos amarelas do que seu rosto.

Lheureux se sentou em sua ampla poltrona de palha, dizendo:

— O que há de novo?

— Olhe.

E ela lhe mostrou o papel.

— Bem, o que posso fazer quanto a isso?

Então, ela se indignou, lembrando a promessa que ele tinha feito de não fazer circular as suas notas promissórias; ele admitiu.

— Mas eu fui forçado, estava com a faca no pescoço.

— O que vai acontecer agora? — perguntou ela.

— Oh, é bem simples: um julgamento do tribunal e, em seguida, a apreensão...; oras!

Emma se segurava para não bater nele. Ela perguntou suavemente se não havia maneira de acalmar o sr. Vinçart.

— Ah, claro! Acalmar Vinçart; a senhora mal o conhece; ele é mais feroz que um árabe.

No entanto, o sr. Lheureux precisava envolver-se.

— Escute! Parece-me que, até agora, tenho sido bastante generoso para com a senhora.

E abrindo um de seus registros:

— Veja!

Em seguida, percorrendo a página com o dedo:

— Vejamos..., vejamos... Em 3 de agosto, duzentos francos... Em 17 de junho, cento e cinquenta... Em 23 de março, quarenta e seis... Em abril...

Ele parou, como se temesse fazer alguma tolice.

— E nem estou mencionando as promissórias assinadas pelo sr. Bovary, uma de setecentos francos, outra de trezentos! Quanto aos seus pequenos adiantamentos, aos juros, isso não acaba, é um emaranhado. Não me envolvo mais nisso!

Ela chorava, chamava-o até de "seu bom sr. Lheureux". Mas ele sempre dava desculpas com esse "danado do Vinçart". Aliás, não tinha um centavo, ninguém estava pagando, tiravam vantagem dele, um pobre comerciante como ele não podia fazer adiantamentos.

Emma permanecia em silêncio; e o sr. Lheureux, que mordiscava uma pena, talvez tenha se incomodado com o seu silêncio, pois prosseguiu:

— Pelo menos, se um desses dias eu tivesse alguma entrada de dinheiro... Eu poderia...

— Aliás — disse ela —, assim que a dívida de Barneville...

— Como?...

E ao saber que Langlois ainda não pagara, ele pareceu bastante surpreso. Então, com uma voz melosa:

— E concordamos, a senhora diz...?

— Oh, com o que o senhor quiser!

Então, ele fechou os olhos para refletir, escreveu alguns números e, declarando que teria grandes dificuldades, que a situação era espinhosa e que ele estava *se sacrificando*, ditou quatro notas de duzentos e cinquenta francos cada, com intervalos de um mês entre as datas de vencimento.

— Contanto que Vinçart esteja disposto a me ouvir! De resto, está acertado, não farei rodeios, não tenho meias-voltas.

Em seguida, ele lhe mostrou displicentemente várias mercadorias novas, mas nenhuma delas, em sua opinião, era digna da senhora.

— Quando penso que aqui está um vestido a sete *sous* o metro, que tem a qualidade da tintura certificada! Mas eles engolem isso! Não lhes contamos do que se trata, é claro — querendo, por essa confissão de astúcia para com os outros, convencê-la de sua probidade.

Em seguida, ele a chamou de volta para mostrar-lhe três côvados de renda que tinha encontrado recentemente "em uma *liquidação*".

— Não é uma beleza? — perguntou Lheureux; — agora se usa muito para o encosto de poltronas, é a moda.

E, mais ágil do que um ilusionista, envolveu a renda em papel azul e a pôs nas mãos de Emma.

— Pelo menos, que eu saiba...?

— Ah, mais tarde — respondeu ele, virando-lhe as costas.

Já naquela noite, ela instigou Bovary a escrever para sua mãe pedindo que ela enviasse rapidamente tudo o que restava da herança. A sogra respondeu dizendo que não tinha mais nada; a liquidação estava encerrada, e restava-lhes, além de Barneville, seiscentas libras de renda, que ela pagaria pontualmente.

Então, a senhora enviou faturas para dois ou três clientes, e logo fez amplo uso desse método, que lhe rendia frutos. Ela sempre se certificava de adicionar em um pós-escrito: *"Não falem sobre isso com meu marido, sabem como ele é orgulhoso... Desculpem-me... À sua disposição..."* Houve algumas reclamações; ela as interceptou.

Para conseguir dinheiro, ela começou a vender suas luvas antigas, seus chapéus antigos, quinquilharias antigas; e ela negociava com avidez: seu sangue de camponesa a impulsionava em direção ao lucro. Em suas viagens à cidade, ela negociava objetos inúteis que o sr. Lheureux, na falta de outros, certamente aceitaria. Ela comprou penas de avestruz, porcelana chinesa e baús; pegava dinheiro emprestado de Félicité, da sra. Lefrançois, da dona da hospedaria *Croix rouge*, de todo mundo, de qualquer lugar. Com o dinheiro que finalmente recebeu de Barneville, ela pagou duas promissórias; os outros mil e quinhentos francos se esvaíram. Ela se endividou novamente, e assim continuou!

Às vezes, é verdade, ela tentava fazer cálculos; mas chegava a resultados tão exorbitantes que não conseguia acreditar. Então, ela recomeçava, se confundia rapidamente, deixava tudo de lado e não pensava mais no assunto.

A casa estava bem triste, agora! Os fornecedores saíam de lá com expressões furiosas. Havia lenços espalhados sobre os fogões; e a pequena Berthe, para grande escândalo da sra. Homais, usava meias furadas. Se Charles, timidamente, ousava fazer uma observação, ela respondia com brutalidade, dizendo que não era sua culpa!

Por que esses acessos de raiva? Ele atribuía tudo à sua antiga doença nervosa; e, culpando-se por ter considerado suas enfermidades como defeitos, acusava a si mesmo de egoísmo, tinha vontade de correr e beijá-la.

*"Oh, não"*, pensava ele, *"eu a aborreceria!"*

E assim ficava.

Após o jantar, ele caminhava sozinho pelo jardim; sentava a pequena Berthe sobre seus joelhos e, abrindo seu jornal de medicina, tentava ensinar-lhe a ler. A criança, que nunca havia estudado, logo ficava com os olhos tristes e começava a chorar. Então, ele a consolava; ia buscar água no regador para fazer rios na areia ou quebrava galhos de alfeneiros para plantar árvores nos canteiros, o que não fazia mal ao jardim, que estava abarrotado de ervas altas; estavam devendo tantos dias a Lestiboudois! Depois, a criança ficava com frio e pedia a mãe.

— Chame a criada — dizia Charles. — Você sabe, minha querida, que sua mamãe não quer que a incomodem.

O outono estava começando e as folhas já caíam.

— Como há dois anos, quando ela estava doente! Quando isso tudo vai acabar?... — E ele continuava a andar, com as duas mãos atrás das costas.

A senhora estava em seu quarto. Ninguém subia lá. Ela ficava lá o dia todo, aletargada, malvestida, e, de vez em quando, fazia queimar pastilhas aromáticas que comprara em Rouen, na loja de um argelino. Para não o ter à noite ao lado dela, aquele homem estendido que dormia, ela acabou, através de caras feias, relegando-o ao segundo andar; e ela lia até o amanhecer livros extravagantes que continham quadros orgíacos com situações sanguinolentas. Muitas vezes, um terror se apoderava dela, ela soltava um grito, Charles acudia.

— Ah, vá embora! — ordenava ela.

Ou, em outros momentos, queimada mais intensamente por essa chama íntima que o adultério avivava, ofegante, emocionada, em desejo, ela abria sua janela, aspirava o ar frio, espalhava ao vento sua pesada cabeleira e, olhando para as estrelas, desejava os amores de um príncipe. Pensava nele, em Léon. Nesse momento, teria dado tudo por um único daqueles encontros que a saciavam.

Eram seus dias de gala. Ela os queria esplêndidos! E quando ele não podia arcar sozinho com as despesas, ela completava o que faltava generosamente, algo que acontecia praticamente todas as vezes. Ele tentou fazer com que ela entendesse que estariam igualmente bem em outro lugar, em algum hotel mais simples; mas ela objetava.

Um dia, ela tirou de sua bolsa seis pequenas colheres de prata dourada (eram o presente de casamento do pai Rouault), pedindo-lhe que fosse imediatamente levar isso para ela ao montepio; e Léon obedeceu, embora não gostasse dessa tarefa. Ele tinha medo de se comprometer.

Então, pensando sobre isso, ele percebeu que sua amante estava agindo de maneira estranha e que talvez aqueles que queriam afastá-los não estivessem errados.

Na verdade, alguém enviou uma longa carta anônima à mãe dele, alertando-a de que ele estava *se perdendo com uma mulher casada*; e imediatamente a senhora, vislumbrando a eterna ameaça às famílias, ou seja, a vaga criatura perniciosa, a sereia, o monstro, que habita fantasmagoricamente as profundezas do amor, escreveu ao sr. Dubocage, seu patrão, que foi perfeito nesse assunto. Ele o segurou por quarenta e cinco minutos, tentando abrir-lhe os olhos, adverti-lo sobre o abismo. Tal intriga prejudicaria futuramente o seu estabelecimento. Ele lhe implorou para que rompesse, e se não fizesse esse sacrifício por seu próprio bem, que o fizesse pelo menos por ele, Dubocage!

Léon finalmente jurou não se encontrar mais com Emma; e se culpava por não ter mantido sua palavra, considerando tudo o que essa mulher ainda poderia lhe trazer de complicações e críticas, sem contar as brincadeiras de seus colegas, que eram lançadas pela manhã, ao redor da estufa. Além disso, ele estava prestes a se tornar primeiro escriturário: era hora de se tornar sério. Assim, ele renunciava à flauta, aos sentimentos exaltados, à imaginação; porque todo burguês, no calor de sua juventude, mesmo que apenas por um dia, um minuto, acreditou-se capaz de paixões imensas, de grandes empreendimentos. O mais medíocre libertino já sonhou com sultanas; cada notário carrega em si os destroços de um poeta.

Ele agora se aborrecia quando, de repente, Emma soluçava em seu peito; e seu coração, como as pessoas que só conseguem suportar uma certa dose de música, adormecia na indiferença ao tumulto de um amor cujas delicadezas não mais distinguia.

Conheciam-se demais para terem esses deslumbramentos da posse que centuplicam a alegria. Ela estava tão descontente com ele quanto ele estava cansado dela. Emma encontrava no adultério todas as banalidades do casamento.

Mas como poderia livrar-se dele? Além disso, por mais que se sentisse humilhada pela baixeza de uma felicidade assim, ela a mantinha por hábito ou corrupção; e, a cada dia, se dedicava mais a isso, esgotando toda a felicidade ao querê-la grande demais. Ela culpava Léon por suas esperanças frustradas, como se ele a tivesse traído; e até desejava uma catástrofe que levasse à separação deles, já que não tinha coragem de decidir isso por si mesma.

Mesmo assim, ela continuava a escrever-lhe cartas amorosas, em virtude da ideia de que uma mulher sempre deve escrever ao seu amante.

Mas, ao escrever, ela percebia outro homem, um fantasma feito de suas mais ardentes lembranças, de suas leituras mais belas, de suas mais intensas cobiças; e ele se tornava tão real e acessível no final, que ela palpitava maravilhada, sem conseguir, no entanto, imaginá-lo claramente, pois se perdia, como um deus, sob a abundância de seus atributos. Ele habitava a terra azulada onde as escadas de seda balançam em sacadas, sob a respiração das flores, à luz da lua. Ela o sentia perto dela, prestes a vir e a raptá-la inteira em um beijo. Em seguida, ela caía de volta, exausta; pois esses impulsos de amor vago a cansavam mais do que grandes devassidões.

Ela agora experimentava uma fadiga constante e generalizada. Muitas vezes, Emma recebia intimações, em papel timbrado que ela mal olhava. Ela desejava não viver mais, ou dormir continuamente.

No dia de *mi-carême*, ela não voltou para Yonville; à noite, foi a um baile de máscaras. Vestiu uma calça de veludo e meias vermelhas, com uma peruca em rabo-de-cavalo e um tricórnio apoiado sobre a orelha. Ela pulou a noite toda ao som furioso dos trombones; as pessoas formavam um círculo ao seu redor; e ela se encontrou pela manhã no peristilo do teatro entre cinco ou seis mascarados, trabalhadoras do cais e marinheiros, colegas de Léon, que falavam sobre ir cear.

Os cafés ao redor estavam cheios. Eles avistaram no porto um restaurante bem medíocre, cujo dono abriu para eles, no quarto andar, um pequeno cômodo.

Os homens cochicharam num canto, provavelmente consultando sobre os gastos. Havia um escriturário, dois estudantes de medicina e um representante: que companhia para ela! Quanto às mulheres, Emma percebeu rapidamente, pelo tom de suas vozes, que quase todas deveriam ser de uma classe social muito baixa. Ela ficou com medo, então recuou sua cadeira e baixou os olhos.

Os outros começaram a comer. Ela não comeu; sua testa ardia, suas pálpebras formigavam e um frio glacial percorria sua pele. Podia sentir em sua cabeça o chão da sala de baile, ainda pulsando sob a batida rítmica dos mil pés que dançavam. Em seguida, o cheiro do ponche misturado à fumaça dos cigarros a atordoou. Estava desfalecendo; eles a levaram até a janela.

Começava a amanhecer, e uma grande mancha de cor púrpura se espalhava no céu pálido, em direção a Sainte-Catherine. O rio lívido tremia ao vento; não havia ninguém nas pontes; os lampiões se apagavam.

Entretanto, ela se reanimou e começou a pensar em Berthe, que dormia lá, no quarto de sua criada. Mas uma carroça cheia de longas barras de ferro passou, lançando contra a parede das casas uma vibração metálica ensurdecedora.

Ela se esquivou bruscamente, tirou sua fantasia, disse a Léon que precisava voltar e enfim ficou sozinha no *Hôtel de Boulogne*. Tudo, inclusive ela mesma, lhe era insuportável. Desejava, escapando como um pássaro, ir rejuvenescer em algum lugar, bem longe, nos espaços imaculados.

Ela saiu, atravessou o bulevar, a Place Cauchoise e o subúrbio, até chegar a uma rua aberta que delineava alguns jardins. Ela caminhava rapidamente, o ar fresco a acalmava: e pouco a pouco as figuras da multidão, as máscaras, as quadrilhas, os lustres, a ceia, aquelas mulheres, tudo desaparecia como brumas levadas pelo vento. Depois, de volta à *Croix rouge*, ela se jogou na cama, no pequeno quarto do segundo andar, onde havia imagens da *Torre de Nesle*. Às quatro da tarde, Hivert a acordou.

Ao voltar para casa, Félicité lhe mostrou um papel cinza que estava atrás do relógio. Ela leu:

*"Em virtude da intimação, sob a forma executória de uma sentença..."*

Qual sentença? Na véspera, de fato, haviam lhe trazido um outro papel do qual não tinha conhecimento; por isso, ela ficou perplexa com estas palavras:

*"Mandado por parte do rei, da lei e da justiça, à sra. Bovary..."*

Então, pulando várias linhas, ela avistou:

*"Em um prazo máximo de vinte e quatro horas."*

— O quê?

*"Pagar a quantia total de oito mil francos."* E ainda mais abaixo: *"Ela será obrigada por todos os meios legais, especialmente pela penhora executória de seus móveis e pertences."*

O que fazer?... Seria em vinte e quatro horas; amanhã! Lheureux, pensou ela, sem dúvida ainda queria assustá-la; pois ela percebeu de imediato todas as suas manobras, o propósito de suas complacências. O que a tranquilizava era o próprio exagero na quantia.

Entretanto, comprando incessantemente, deixando de pagar, contraindo empréstimos, assinando notas promissórias e depois renovando essas notas, que cresciam a cada novo vencimento, ela acabou constituindo para o sr. Lheureux um capital que ele aguardava ansiosamente para suas especulações.

Ela se apresentou diante dele com um ar desenvolto.

— O senhor sabe o que está acontecendo comigo? Só pode ser uma brincadeira! Não é possível!

— Não.

— Como não?

Ele se virou lentamente e lhe disse, cruzando os braços:

— A senhora pensava, minha pequena dama, que eu seria, até o fim dos séculos, seu provedor e banqueiro pelo amor de Deus? Preciso recuperar o que desembolsei, sejamos justos!

Ela se queixou da dívida.

— Ah, fazer o quê?! O tribunal a reconheceu! Há uma sentença! Eles a notificaram! Além disso, não sou eu, é Vinçart.

— Será que o senhor não poderia...?

— Oh, de jeito nenhum.

— Mas..., no entanto..., convenhamos.

Ela se pôs a divagar; não sabia de nada... foi uma surpresa...

— De quem é a culpa? — perguntou Lheureux, saudando-a ironicamente. — Enquanto eu estou aqui, matando-me de trabalhar, a senhora está se divertindo.

— Ah, nada de sermão!

— Isso nunca está demais — replicou ele.

Ela foi covarde, implorou-lhe; e até mesmo apoiou sua bela mão branca e longa nos joelhos do comerciante.

— Deixe-me! Pareceria que a senhora quer me seduzir!

— O senhor é um miserável! — exclamou ela.

— Oh! Oh! A senhora está indo longe demais! — retomou ele rindo.

— Farei com que descubram quem o senhor é. Contarei ao meu marido...

— Então, eu vou mostrar uma coisa ao seu marido!

E Lheureux retirou de seu cofre o recibo de mil e oitocentos francos, que ela lhe dera na ocasião do desconto de Vinçart.

— A senhora acredita — acrescentou —, que esse pobre e caro homem não perceberá o seu pequeno roubo?

Ela desabou, mais estonteada do que se tivesse levado um golpe de maça. Ele andava da janela até a escrivaninha, repetindo:

— Ah, vou lhe mostrar... Vou lhe mostrar...

Em seguida, ele se aproximou dela e, com uma voz suave:

— Não é divertido, eu sei; afinal, ninguém morreu por isso, e, já que é o único meio que lhe resta para devolver meu dinheiro...

— Mas onde vou encontrá-lo? — indagou Emma, retorcendo os braços.

— Ah, bem! Quando se tem amigos como a senhora!

E ele a olhava de uma maneira tão perspicaz e terrível, que a fez estremecer até as entranhas.

— Eu prometo — disse ela —, eu assinarei...

— Assinaturas suas, eu já tenho suficientes!

— Continuarei vendendo...

— Oras — falou ele, dando de ombros —, a senhora já não tem mais nada!

E ele gritou pelo visor que se abria para a loja:

— Annette, não esqueça os três cupons do nº 14!

A criada apareceu; Emma entendeu e perguntou *"quanto dinheiro seria necessário para parar com todas as ações"*.

— É tarde demais!

— Mas, e se trouxer milhares de francos, um quarto da quantia, um terço, quase tudo?

— Ah, não, é inútil!

Ele a empurrava suavemente em direção à escada.

— Eu lhe imploro, sr. Lheureux, mais alguns dias!

Ela soluçava.

— Olhe só, agora! Lágrimas!

— O senhor me deixa desesperada!

— Não me importo nem um pouco! — disse ele, fechando a porta.

# VII

Ela foi estoica no dia seguinte quando o sr. Hareng, oficial de justiça, apareceu em sua casa com duas testemunhas, para fazer o registro oficial da penhora.

Eles começaram pelo gabinete de Bovary e não registraram o busto de frenologia, que foi considerado *instrumento profissional*; mas, na cozinha, contaram os pratos, as panelas, as cadeiras, os candelabros, e, em seu quarto, todas as quinquilharias da prateleira. Examinaram seus vestidos, as demais roupas, o armário do toucador; e sua existência, nos recantos mais íntimos, foi exposta aos olhos daqueles três homens como um cadáver durante uma autópsia.

O sr. Hareng, vestindo um fino traje preto abotoado, com uma gravata branca e usando elásticos sob os pés que mantinham suas calças bem esticadas, repetia de vez em quando:

— Permite, senhora? Permite?

Muitas vezes exclamava:

— Encantador!... Muito bonito!

Então, ele voltava a escrever, mergulhando a pena no tinteiro de chifre que segurava com a mão esquerda.

Quando terminaram com os quartos, subiram ao sótão.

Ela mantinha ali uma escrivaninha onde estavam trancadas as cartas de Rodolphe. Era preciso abri-la.

— Ah, correspondência! — observou o sr. Hareng com um sorriso discreto. — Mas permita-me! Porque devo garantir que a caixa não contém mais nada.

E ele inclinou os papéis levemente, como se estivesse tentando fazer cair algumas moedas. Então, a indignação a tomou ao ver aquela mão grande, com dedos vermelhos e flácidos como lesmas, sendo apoiados sobre aquelas páginas onde seu coração batera.

Eles finalmente partiram! Félicité voltou. Ela a enviara como vigia para desviar Bovary; e elas rapidamente instalaram o executor da penhora na mansarda, que jurou que permaneceria lá.

À noite, Charles lhe pareceu preocupado. Emma o observava com um olhar cheio de angústia, acreditando perceber acusações nas rugas de seu rosto. Então, quando seus olhos se voltavam para a lareira guarnecida de telas chinesas, para as largas cortinas, para as poltronas, para todas aquelas coisas que haviam amenizado a amargura de sua vida, um remorso a dominava, ou melhor, um arrependimento imenso que irritava a paixão, longe de aniquilá-la. Charles atiçava o fogo placidamente com os dois pés apoiados sobre os suportes de lenha.

Houve um momento em que o executor, provavelmente entediado em seu esconderijo, fez um pouco de barulho.

— Alguém está andando lá em cima? — perguntou Charles.

— Não! — respondeu ela. — É uma claraboia que ficou aberta e o vento a está balançando.

Ela partiu para Rouen no domingo seguinte para visitar todos os banqueiros cujos nomes conhecia. Eles estavam ou no campo ou viajando. Ela não desanimou; e aos que conseguiu encontrar, pediu dinheiro, protestando que precisava, que o devolveria. Alguns riram em sua cara; todos recusaram.

Às duas horas, ela correu para a casa de Léon, bateu à porta. Ninguém abriu. Finalmente, ele apareceu.

— O que a traz aqui?

— Isso o incomoda?

— Não..., mas...

E ele confessou que o dono não gostava que se recebesse "mulheres" na propriedade.

— Tenho que falar com você — continuou ela.

Então ele pegou sua chave. Ela o deteve.

— Oh, não. Lá, em nossa casa.

E foram para o quarto deles, no *Hôtel de Boulogne.*

Ao chegar, ela bebeu um grande copo d'água. Estava muito pálida. Disse a ele:

— Léon, você vai me fazer um favor.

E, sacudindo-o pelas duas mãos, que ela apertava firmemente, acrescentou ainda:

— Escute, eu preciso de oito mil francos!

— Mas você está louca!

— Ainda não!

E, imediatamente, contando a história da penhora, expôs sua angústia; pois Charles não sabia de nada, sua sogra a detestava, o pai Rouault não podia fazer nada; mas ele, Léon, ia se empenhar para encontrar essa soma indispensável...

— De que forma...?

— Como você é covarde! —exclamou ela.

Então ele disse bobamente:

— Você está exagerando o problema. Talvez uns mil escudos deixem esse sujeito mais tranquilo.

Motivo a mais para tentar alguma coisa; não era possível que não se conseguisse encontrar três mil francos. Além disso, Léon poderia empenhar-se em seu lugar.

— Vá! Tente! É necessário! Corra!... Oh, tente! Tente! Eu vou apreciar muito!

Ele saiu, voltou uma hora depois e disse com uma expressão solene:

— Fui à casa de três pessoas... inutilmente!

Então eles permaneceram sentados, um de frente para o outro, nos cantos opostos da lareira, imóveis e em silêncio. Emma encolhia os ombros enquanto batia o pé. Ele a ouviu murmurar:

— Se eu estivesse em seu lugar, eu encontraria!

— Onde?

— No seu escritório!

E olhou para ele.

Uma ousadia infernal emanava de seus olhos flamejantes, e as pálpebras se aproximavam de uma maneira lasciva e encorajadora; de tal forma que o jovem se sentiu enfraquecer diante da silenciosa vontade dessa mulher que lhe aconselhava a cometer um crime. Então, ele teve medo, e para evitar qualquer explicação, bateu na testa e exclamou:

— Morel deve voltar esta noite! Ele não me negará, espero (era um dos seus amigos, filho de um comerciante muito rico), e eu levarei o dinheiro para você amanhã — acrescentou ele.

Emma não pareceu receber essa esperança com tanta alegria quanto ele havia imaginado. Estaria ela desconfiando da mentira? Ele retomou, corando:

— Mas se você não me encontrar às três horas, não me espere mais, querida. Preciso ir, desculpe-me. Adeus!

Ele apertou sua mão, mas a sentiu completamente inerte. Emma não tinha mais a força de nenhum sentimento.

Bateram as quatro horas; e ela se levantou para voltar a Yonville, obedecendo como um autômato ao impulso dos hábitos.

O dia estava bonito; era um daqueles dias de março claros e rigorosos, em que o sol brilha em um céu totalmente branco. Os moradores de Rouen, em seus melhores trajes de domingo, passeavam felizes. Ela chegou à praça do átrio da catedral. As pessoas saíam da celebração das vésperas; a multidão fluía pelos três portais, como um rio através das três arcadas de uma ponte; e no meio, mais imóvel do que uma rocha, estava o suíço.

Então, ela se lembrou daquele dia em que, toda ansiosa e cheia de esperanças, entrara sob essa grande nave que se estendia diante dela, menos profunda do que o seu amor; e ela continuou a andar, chorando sob o véu, aturdida, cambaleante, prestes a desfalecer.

— Cuidado! — gritou uma voz vinda de uma porta-cocheira que se abria.

Ela parou para deixar passar um cavalo negro que trotava entre os varais de um tílburi conduzido por um cavalheiro com um casaco de pele de marta-zibelina. Quem seria? Ela o conhecia... A carruagem acelerou e desapareceu.

Era ele, o Visconde! Ela se virou: a rua estava deserta. E ficou tão abalada, tão triste, que se apoiou contra uma parede para não cair.

Depois pensou que havia se enganado. Aliás, ela já não sabia mais nada. Tudo, dentro e fora dela, a abandonava. Sentia-se perdida, rodando ao acaso em abismos indefiníveis; e foi quase com alegria que ela avistou, ao chegar à *Croix rouge*, o bom Homais observando o carregamento de uma grande caixa cheia de suprimentos farmacêuticos na *Hirondelle*. Ele segurava na mão, envoltos num lenço, seis *cheminots* para a sua esposa.

A sra. Homais gostava muito desses pequenos pães densos, em forma de turbante, que se comem durante a Quaresma com manteiga salgada: último vestígio das iguarias góticas, que talvez remonte à época das cruzadas, e dos quais os robustos normandos costumavam se empanturrar, acreditando ver sobre a mesa, à luz das tochas amarelas, entre jarras de *hypocraz* e gigantescos produtos de charcutaria, cabeças de Sarracenos para devorar. A esposa do farmacêutico os mastigava como eles, heroicamente, apesar de sua detestável dentição; assim, sempre que o sr. Homais fazia uma viagem à cidade, ele não deixava de levá-los para ela, sempre comprando-os do grande fornecedor, na Rue Massacre.

— Encantado de vê-la! — disse, oferecendo a mão a Emma para ajudá-la a subir na *Hirondelle*.

Então, ele pendurou o embrulho com os *cheminots* nas alças da rede e ficou com a cabeça descoberta e os braços cruzados, em uma atitude pensativa e napoleônica.

Mas, quando o Cego, como de costume, apareceu no sopé da colina, ele exclamou:

— Não entendo como as autoridades toleram práticas industriais tão questionáveis! Deveriam prender esses infelizes e obrigá-los a algum tipo de trabalho! O Progresso, juro por minha honra, anda a passos de tartaruga! Estamos atolados na completa barbárie!

O Cego estendia seu chapéu, que balançava à beira da porta, como um bolso da tapeçaria solta.

— Eis aqui — falou o farmacêutico — uma afecção escrofulosa!

E, embora conhecesse o pobre infeliz, fingiu vê-lo pela primeira vez, murmurou as palavras *córnea, córnea opaca, esclerótica, fácies,* e então lhe perguntou com um tom paternal:

— Faz já muito tempo, meu amigo, que você tem essa espantosa doença? Em vez de se embebedar no cabaré, seria melhor seguir um regime.

Ele o incentivava a beber bom vinho, boa cerveja, a comer boas carnes assadas. O Cego continuava sua canção; ele parecia, aliás, quase idiota. Por fim, o sr. Homais abriu sua bolsa.

— Tome, aqui está um *sou*, devolva-me dois *liards*; e não se esqueça das minhas recomendações, você ficará bem.

Hivert permitiu-se expressar em voz alta uma dúvida sobre a sua eficácia. Mas o farmacêutico assegurou que o curaria pessoalmente, com uma pomada antiflogística que ele mesmo fabricava, e deu-lhe seu endereço:

— Sr. Homais, perto do mercado, bastante conhecido.

— Pois bem, pelo esforço — disse Hivert —, você vai nos *oferecer um número*.

O Cego se afundou em seus jarretes e, com a cabeça para trás, rolando seus olhos esverdeados e estendendo a língua, esfregava o estômago com as duas mãos, enquanto emitia um tipo de gemido surdo, como um cachorro faminto. Emma, sentindo-se enojada, jogou-lhe por cima do ombro uma moeda de cinco francos. Era toda a sua fortuna. Parecia-lhe bonito atirá-la assim.

A carruagem já estava partindo quando, de repente, o sr. Homais se inclinou para fora da janela e gritou:

— Nada de farináceos ou laticínios! Vestir lã diretamente na pele e expor as partes doentes à fumaça de bagas de zimbro!

O espetáculo dos objetos familiares que passavam diante de seus olhos gradualmente desviava Emma de sua dor presente. Um cansaço intolerável a oprimia, e ela chegou à sua casa embotada, desanimada, quase adormecida.

"*Venha o que vier!*", pensava consigo mesma.

E quem sabe? Por que, a qualquer momento, não poderia surgir um evento extraordinário? Lheureux até poderia morrer.

Ela foi acordada, às nove horas da manhã, pelo barulho de vozes na praça. Havia uma aglomeração ao redor do mercado para ler um grande cartaz afixado em um dos postes, e ela viu Justin, que subia em um marco e rasgava o cartaz. Mas, nesse momento, o guarda municipal colocou a mão em seu colarinho. O sr. Homais saiu da farmácia, e a sra. Lefrançois, no meio da multidão, parecia estar perorando.

— Senhora! Senhora! — exclamou Félicité ao entrar. — Isso tudo é uma abominação!

E a pobre moça, abalada, lhe entregou um papel amarelo que acabara de arrancar da porta. Emma leu em um piscar de olhos que todos os seus móveis estavam à venda.

Então elas se entreolharam silenciosamente. Elas, a criada e a senhora, não tinham nenhum segredo entre si. Finalmente, Félicité suspirou:

— Se eu fosse a senhora, iria até o sr. Guillaumin.

— Você acha?...

E essa pergunta queria dizer:

— Você que conhece a casa por meio do criado. Será que o patrão falou de mim alguma vez?

— Sim, vá em frente, a senhora se sairá bem.

Ela se vestiu, pôs seu vestido preto com um chapéu de contas de azeviche; e, para não ser vista (pois ainda havia muitas pessoas na praça), ela pegou o caminho por fora do vilarejo, pela trilha à beira da água.

Ela chegou ofegante ao portão do notário; o céu estava escuro e caía um pouco de neve.

Ao som da campainha, Théodore, de colete vermelho, apareceu na escadaria da entrada; ele veio abrir-lhe de forma quase familiar, como se eles se conhecessem, e a conduziu para a sala de jantar.

Uma ampla estufa de porcelana zumbia sob um cacto que ocupava o nicho, e, em molduras de madeira escura, contra o papel de parede imitando carvalho, estavam a *Esmeralda* de Steuben e o *Potifar* de Schopin. A mesa posta, dois fogareiros de prata, as maçanetas das portas de cristal, o piso e os móveis, tudo reluzia com uma limpeza meticulosa, inglesa; as vidraças estavam decoradas, nos cantos, por vidros coloridos.

*"Eis uma sala de jantar"*, pensava Emma, *"como eu precisaria."*

O notário entrou, apertando com o braço esquerdo contra o corpo seu roupão bordado com palmas, enquanto tirava e recolocava rapidamente com a outra mão seu gorro de veludo marrom, pretensiosamente posicionado no lado direito, onde caíam as pontas de três mechas loiras que, começando na nuca, contornavam sua cabeça calva.

Depois de lhe oferecer uma cadeira, ele se sentou para almoçar, desculpando-se pela impolidez.

— Senhor — começou ela —, eu gostaria de lhe pedir...

— O quê, senhora? Estou ouvindo.

Ela se pôs a explicar-lhe a situação.

O sr. Guillaumin a conhecia, pois tinha ligações secretas com o comerciante de tecidos, de quem sempre conseguia capital para as hipotecas que lhe eram solicitadas.

Portanto, ele sabia (e melhor do que ela) a longa história dessas notas, inicialmente pequenas, com diversos nomes endossando-as, espaçadas em prazos longos e continuamente renovadas, até o dia em que, recolhendo todos os protestos, o comerciante incumbira seu amigo Vinçart de executar, em seu próprio nome, as medidas legais necessárias, não querendo parecer um leão entre seus concidadãos.

Ela entremeava seu relato com queixas contra Lheureux, as quais o notário respondia de vez em quando com uma palavra insignificante. Comendo sua bisteca e bebendo seu chá, ele abaixava o queixo na sua gravata azul-celeste, adornada por dois alfinetes de diamantes presos por uma corrente de ouro; e ele sorria com um sorriso peculiar, de maneira adocicada e ambígua. Mas, percebendo que ela tinha os pés úmidos:

— Aproxime-se da estufa... mais para cima..., contra a porcelana.

Ela temia sujá-la. O notário respondeu em tom galante:

— As coisas belas não estragam nada.

Então, ela tentou comovê-lo, e, emocionando-se ela mesma, começou a contar a ele sobre sua estreiteza doméstica, seus apertos, suas necessidades. Ele entendia isso: uma mulher elegante! E, sem parar de comer, virou-se completamente para ela, de modo a roçar-lhe o joelho na sua botinha, cuja sola se curvava enquanto fumegava junto ao fogão.

Mas, quando ela lhe pediu mil escudos, ele apertou os lábios, e depois declarou-se muito triste por não ter tido, outrora, o controle de sua fortuna, pois havia cem meios muito convenientes, mesmo para uma dama, de fazer render seu dinheiro. Teria sido possível, tanto nas turfeiras de Grumesnil quanto nas terras de Le Havre, fazer excelentes especulações; e ele a deixou consumir-se de raiva pela ideia das somas fantásticas que ela certamente teria ganhado.

— Por que será — retomou ele — que a senhora não veio me procurar?

— Não sei ao certo — respondeu ela.

— Por quê, hein?... Eu a assustava? Deveria ser eu, pelo contrário, que deveria me queixar! Mal nos conhecemos! No entanto, sou muito dedicado à senhora; já não duvida disso, espero?

Ele estendeu a mão, pegou a dela, cobriu-a com um beijo voraz, depois a manteve em seu joelho; e brincava delicadamente com seus dedos, enquanto lhe contava mil doçuras.

Sua voz insípida sussurrava como um riacho que corre; uma centelha brotava de sua pupila através do brilho de seus óculos, e suas mãos se deslizavam pela manga de Emma, apalpando seu braço. Ela sentia o sopro de uma respiração ofegante contra sua bochecha. Aquele homem a incomodava terrivelmente.

Ela se levantou de um salto e lhe disse:

— Senhor, estou esperando!

— O quê? — perguntou o notário, que, de repente, ficou extremamente pálido.

— Aquele dinheiro.

— Mas...

Em seguida, cedendo à irrupção de um desejo forte demais:

— Bem, sim!...

Ele se arrastava de joelhos em direção a ela, sem se preocupar com seu roupão.

— Por favor, fique! Eu a amo!

Ele a agarrou pela cintura.

Um fluxo de rubor subiu rapidamente ao rosto da sra. Bovary. Ela recuou com uma expressão terrível, exclamando:

— O senhor está se aproveitando indecentemente da minha aflição! Eu sou digna de compaixão, mas não estou à venda!

E ela saiu.

O notário ficou perplexo, os olhos fixos em suas belas pantufas de tapeçaria. Eram um presente de amor. Aquela visão, no fim, o consolou. Além disso, ele pensava que uma aventura como essa o teria levado longe demais.

*"Que miserável! Que grosseiro!... Que infâmia!..."*, pensava ela, fugindo nervosamente sob os choupos da estrada. A decepção do insucesso reforçava

a indignação de sua honra ultrajada; parecia-lhe que a Providência estava empenhada em persegui-la, e, elevando-se em orgulho, nunca tivera tanto respeito por si mesma nem sentira tanto desprezo pelos outros. Algo beligerante a dominava. Ela queria derrotar os homens, cuspir em seus rostos, esmagá-los todos; e seguia rapidamente em frente, pálida, tremendo, furiosa, olhando com lágrimas nos olhos o horizonte vazio, como se estivesse se deleitando no ódio que a sufocava.

Quando avistou a sua casa, uma apatia apossou-se dela. Não conseguia avançar; no entanto, precisava fazê-lo. Além disso, para onde fugiria?

Félicité a esperava na porta.

— E então?

— Não! — disse Emma.

E, por quinze minutos, ambas ponderaram que poderiam ser as pessoas de Yonville que talvez estivessem dispostas a socorrê-la. No entanto, sempre que Félicité mencionava alguém, Emma retrucava:

— É possível? Eles não vão querer!

— E o senhor já está para chegar!

— Eu sei muito bem... Deixe-me só.

Ela tentara de tudo. Agora, não havia mais nada a fazer; e quando Charles aparecesse, ela iria lhe dizer:

— Retire-se. Este tapete onde você pisa não é mais nosso. Da sua casa, você não tem um móvel, um alfinete, uma palha, e fui eu quem o arruinou, pobre homem!

Então, soluçaria muito, choraria abundantemente e, finalmente, superada a surpresa, ele perdoaria.

— Sim —murmurava ela, rangendo os dentes —, ele vai me perdoar, ele que não teria dinheiro suficiente para me oferecer para desculpá-lo por ter me conhecido... Nunca! Nunca!

Essa ideia da superioridade de Bovary sobre ela a exasperava. Então, quer ela confessasse ou não, agora, mais tarde, amanhã, ele não deixaria de descobrir a catástrofe; portanto, era preciso esperar por essa cena horrível e suportar o peso de sua magnanimidade. A vontade dela era voltar a visitar Lheureux: para quê? Escrever para o pai; era tarde demais; e talvez ela agora se arrependesse de não ter cedido ao outro, quando ouviu o trote de um cavalo na alameda. Era ele, abrindo o portão, mais pálido que a parede de gesso. Saltando escada abaixo, ela escapou rapidamente pela praça; e a esposa do prefeito, que conversava em frente à igreja com Lestiboudois, a viu entrar na casa do cobrador de impostos.

Ela correu para contar à sra. Caron. As duas senhoras subiram ao sótão; e, escondidas por trás das roupas estendidas nos varais, se posicionaram confortavelmente para avistar todo o interior da casa de Binet.

Ele estava sozinho em sua mansarda, imitando, com madeira, uma daquelas obras de arte em marfim indescritíveis, compostas por meias-luas, esferas talhadas umas dentro das outras, tudo em linha reta como um obelisco e sem utilidade alguma; e ele começava a última peça, estava prestes a terminar! Na penumbra do ateliê, a poeira amarela voava de sua ferramenta, como uma crista de faíscas sob os cascos de um cavalo a galope; as duas rodas giravam, ronronavam; Binet sorria, queixo baixo, narinas abertas, e parecia finalmente perdido em uma daquelas felicidades completas, pertencentes provavelmente apenas às ocupações medíocres, que divertem a mente com dificuldades fáceis e a satisfazem em uma realização além da qual não há nada a sonhar.

— Ah! Ali está! — observou a sra. Tuvache.

Mas era difícil, devido ao torno, ouvir o que ela estava dizendo.

Finalmente, as senhoras acreditaram distinguir a palavra *francos*, e a mãe Tuvache sussurrou bem baixinho:

— Ela lhe pede para conseguir um adiamento de suas contribuições.

— Aparentemente! — respondeu a outra.

Elas a viram andando de um lado para o outro, examinando contra as paredes os aros de guardanapo, os castiçais, as terminações do corrimão, enquanto Binet acariciava a barba com satisfação.

— Será que ela veio lhe encomendar alguma coisa? — sugeriu a sra. Tuvache.

— Mas ele não vende nada! — objetou a vizinha.

O cobrador de impostos parecia prestar atenção, arregalando os olhos, como se não estivesse entendendo. Ela continuava de maneira terna, suplicante. Aproximou-se; seu peito ofegava; eles não falavam mais.

— Será que ela está se insinuando? — perguntou a sra. Tuvache.

Binet estava vermelho até as orelhas. Ela pegou suas mãos.

— Ah, isso é demais!

E, sem dúvida, ela estava lhe fazendo uma proposta abominável; pois o cobrador (ele era corajoso, tinha lutado em Bautzen e em Lützen, fez campanha na França e chegou a ser *nomeado para a cruz*), de repente, como se tivesse visto uma serpente, recuou bem longe exclamando:

— Senhora! Está pensando direito?...

— Deveriam açoitar mulheres assim! — afirmou a sra. Tuvache.

— Onde ela está então? — continuou a sra. Caron.

Pois ela havia desaparecido durante aquelas palavras; então, ao perceberem que ela estava indo pela Grande-Rue e virando à direita como se fosse em direção ao cemitério, elas se perderam em conjecturas.

— Mãe Rolet — disse ela ao chegar à casa da ama —, estou sufocando!... desamarre-me.

Ela caiu na cama; estava soluçando. A mãe Rolet a cobriu com uma anágua e ficou de pé ao lado dela. Em seguida, como não respondia, a mulher se afastou, pegou sua roca e começou a fiar linho.

— Oh, pare! — murmurou ela, pensando ouvir o torno de Binet.

*"O que a está incomodando?"*, perguntava-se a ama. *"Por que ela estaria vindo aqui?"*

Ela correu para lá impulsionada por uma espécie de pavor que a expulsava de sua casa.

Deitada de costas, imóvel e com os olhos fixos, ela discernia vagamente os objetos, embora aplicasse sua atenção a eles com uma persistência idiota. Ela contemplava as lascas da parede, dois tições fumegantes lado a lado e uma grande aranha que caminhava acima de sua cabeça, na fenda da viga. Finalmente, ela reuniu seus pensamentos. Lembrava-se... Um dia, com Léon... Ah, como isso estava distante... O sol brilhava sobre o rio, e as clematites perfumavam o ar... Então, levada por suas recordações como em uma torrente borbulhante, ela logo pensou no dia anterior.

— Que horas são? — perguntou.

A mãe Rolet saiu, levantou os dedos da mão direita para o lado, onde o céu estava mais claro, e voltou lentamente, dizendo:

— Três horas, em breve.

— Ah, obrigada! Obrigada!

Porque ele viria. Isso era certo! Ele teria conseguido dinheiro. Mas ele talvez fosse para lá, sem duvidar que ela estivesse lá; e ordenou à ama que corresse até sua casa para trazê-lo.

— Apresse-se!

— Mas, minha cara senhora, estou indo! Estou indo!

Agora, ela estava surpresa por não ter pensado nele imediatamente; ontem, ele tinha dado a sua palavra, não falharia; e ela já se via na loja de Lheureux, espalhando as três promissórias sobre sua mesa. Depois, seria necessário inventar uma história que explicasse as coisas para Bovary. Qual seria?

No entanto, a ama de leite demorava muito para voltar. Mas, como não havia relógio na cabana, Emma temia talvez estar exagerando a duração do tempo. Ela começou a dar voltas no jardim, passo a passo; seguiu o caminho ao longo da cerca e voltou rapidamente, esperando que a mulher tivesse retornado por outro caminho. Finalmente, cansada de esperar, assaltada por suspeitas que repelia, sem saber se estava lá havia um século ou um minuto, ela se sentou num canto, fechou os olhos, tapou os ouvidos. O portão rangeu: ela deu um salto; antes que pudesse falar, a mãe Rolet lhe disse:

— Não há ninguém em sua casa!

— Como?

— Oh, ninguém! E o senhor está chorando. Ele a chama. Estão procurando a senhora.

Emma não respondeu nada. Ela ofegava, girando os olhos ao seu redor, enquanto a camponesa, assustada pelo seu rosto, recuava instintivamente, pensando que ela estivesse louca. De repente, ela bateu na testa, soltou um grito, pois a lembrança de Rodolphe, como um grande relâmpago em uma noite escura, lhe passou pela alma. Ele era tão bom, tão delicado, tão generoso! E, além disso, se ele hesitasse em lhe fazer esse favor, ela saberia como obrigá-lo, lembrando com apenas um piscar de olhos o seu amor perdido. Ela partiu, portanto, em direção à Huchette, sem perceber que corria para se oferecer àquele que a enfurecera tão fortemente anteriormente, sem ao menos suspeitar dessa prostituição.

# VIII

Enquanto caminhava, ela se perguntava: *"O que vou dizer? Por onde vou começar?"* E à medida que avançava, ela reconhecia os arbustos, as árvores, os juncos marinhos na colina, o castelo lá ao longe. Ela se encontrava imersa nas sensações de sua primeira paixão, e seu pobre coração oprimido se dilatava amorosamente. Um vento morno soprava em seu rosto; a neve, derretendo, caía gota a gota dos brotos sobre a grama.

Ela entrou, como antigamente, pela pequena porta do parque, e depois chegou ao pátio principal, ladeado por uma dupla fileira de tílias exuberantes. Elas balançavam, assobiando, os seus galhos longos. Todos os cães no canil latiram, e o eco de suas vozes ressoava sem que ninguém aparecesse.

Ela subiu a larga e reta escadaria, com balaustradas de madeira, que levava ao corredor pavimentado com lajes empoeiradas, onde se abriam vários quartos em sequência, como em mosteiros ou pousadas. O seu ficava no final, lá no fundo, à esquerda. Quando colocou os dedos na fechadura, suas forças a abandonaram subitamente. Tinha medo de que ele não estivesse lá, quase desejava que não estivesse; no entanto, ele era a sua única esperança, a última chance de salvação. Deteve-se por um minuto e, retomando sua coragem com o sentimento da necessidade iminente, entrou.

Ele estava diante da lareira, com os dois pés sobre o rebordo, fumando um cachimbo.

— Olha só, é você! — disse ele, levantando-se abruptamente.

— Sim, sou eu!... Gostaria, Rodolphe, de lhe pedir um conselho.

E, apesar de todos os seus esforços, era-lhe impossível abrir a boca.

— A senhora não mudou, continua encantadora!

— Oh — respondeu ela amargamente —, são encantos tristes, meu caro, já que o senhor os desdenhou.

Então ele iniciou uma explicação sobre seu comportamento, desculpando-se com termos vagos, incapaz de inventar algo melhor.

Ela se deixou envolver por suas palavras, ainda mais por sua voz e pela visão de sua pessoa; tanto que fingiu acreditar, ou talvez tenha acreditado, na desculpa para o fim do relacionamento deles; era um segredo que afetava a honra e até a vida de uma terceira pessoa.

— Não importa! — disse ela, olhando-o tristemente. — Eu sofri muito!

Ele respondeu com um tom filosófico:

— A existência é assim!

— Ela tem sido boa para o senhor, ao menos, desde a nossa separação? — retrucou Emma.

— Oh, nem boa... nem má.

— Talvez fosse melhor nunca termos nos separado.

— Sim..., talvez!

— Você acha? — perguntou ela, aproximando-se.

E suspirou.

— Oh, Rodolphe! Se você soubesse!... Eu o amei muito!

Foi então que ela pegou sua mão, e eles ficaram um tempo com os dedos entrelaçados, como no primeiro dia, na Feira Agrícola! Por uma questão de orgulho, ele resistia ao enternecimento. Mas, afundando-se contra o peito dele, ela disse:

— Como você queria que eu vivesse sem você? Não podemos nos desacostumar da felicidade! Eu estava desesperada! Pensei que ia morrer! Contarei tudo a você, verá. E você... você fugiu de mim!...

Pois, nos últimos três anos, ele a havia evitado cuidadosamente devido a essa covardia natural que caracteriza o sexo forte; e Emma continuava com gestos adoráveis de cabeça, mais afetuosa do que uma gata apaixonada:

— Você ama outras, admita. Oh, eu entendo, vá! Eu as desculpo; você as terá seduzido, assim como me seduziu. É homem, tem tudo para ser amado. Mas vamos recomeçar, certo? Vamos nos amar! Veja, estou rindo, estou feliz!... Fale, então!

E ela estava encantadora de se ver, com seu olhar no qual tremulava uma lágrima, como a água de uma tempestade em um cálice azul.

Ele a puxou para o colo, acariciando com as costas da mão seus cabelos lisos, nos quais, na claridade do crepúsculo, cintilava como uma seta de ouro um último raio de sol. Ela inclinou a testa; ele acabou beijando suas pálpebras, bem delicadamente, com a ponta dos lábios.

— Mas você chorou! — falou ele. — Por quê?

Ela irrompeu em soluços. Rodolphe pensou que era a explosão de seu amor; como ela permanecia em silêncio, ele interpretou esse silêncio como uma última reserva, e então exclamou:

— Ah, perdoe-me! Você é a única que me agrada. Fui tolo e cruel! Eu a amo, vou amá-la sempre!... O que aconteceu? Diga, por favor!

Ele se ajoelhou.

— Bem!... Eu estou arruinada, Rodolphe! Você vai me emprestar três mil francos!

— Mas..., mas... — objetou ele, levantando-se aos poucos, enquanto seu rosto assumia uma expressão séria.

— Você sabe — prosseguia ela rapidamente — que o meu marido havia deixado toda a sua fortuna com um notário; ele fugiu. Pedimos dinheiro emprestado; os clientes não pagavam. Além disso, a liquidação ainda não terminou; conseguiremos dinheiro mais tarde. Mas, hoje, por falta de três mil francos, vão confiscar nossos bens; agora, neste exato momento; e, contando com sua amizade, eu vim.

*"Ah!"*, pensou Rodolphe, que subitamente ficou muito pálido, *"é por isso que ela veio!"*

Finalmente, ele disse com uma expressão calma:

— Eu não os tenho, minha cara senhora.

Ele não estava mentindo. Se tivesse, certamente os teria dado, embora seja geralmente desagradável realizar tais atos nobres: um pedido financeiro, dentre todas as tempestades que caem sobre o amor, é a mais fria e a mais alienante.

Primeiro, ela permaneceu alguns minutos olhando-o.

— Você não os tem!

Ela repetiu várias vezes:

— Você não os tem!... Eu deveria ter me poupado desta última vergonha. Você nunca me amou! Não vale mais do que os outros!

Ela se traía, se perdia.

Rodolphe a interrompeu, afirmando que ele mesmo estava "atribulado".

— Ah, sinto muito por você! — disse Emma. — Sim, muito!...

E, fixando seu olhar em uma carabina ornamentada com damasquinado que brilhava na panóplia:

— Mas quando se é tão pobre, não se põe prata na coronha da espingarda! Não se compra um relógio de pêndulo incrustado com casco de tartaruga! — continuava ela, apontando para o relógio de Boulle. — Nem badulaques em *vermeil* para os chicotes. — Ela os tocava! — Nem berloques para o relógio! Ah, nada lhe falta! Até mesmo um porta-licores em seu quarto; porque você se ama, vive bem, tem um castelo, fazendas, bosques; caça a cavalo, viaja para Paris... Ah, mesmo que fosse só isso! — exclamou ela, pegando suas abotoaduras na lareira. — Com a menor dessas bobagens, dá para fazer dinheiro!... Oh, eu não quero! Fique com elas!

E ela lançou bem longe as duas abotoaduras, cuja corrente de ouro se rompeu ao bater contra a parede.

— Mas eu, eu lhe teria dado tudo, vendido tudo, trabalhado com as minhas mãos, mendigado pelas estradas por um sorriso, por um olhar, para ouvi-lo dizer: "Obrigado!" E você fica aí tranquilamente na sua poltrona, como se já não tivesse me feito sofrer o suficiente? Saiba que sem você, eu poderia ter vivido feliz! Quem o obrigava? Era um desafio? No entanto, você dizia que me amava... E há pouco tempo ainda... Ah, teria sido melhor me expulsar! Tenho as mãos quentes dos teus beijos, e aqui está o lugar, no tapete, onde você jurava aos meus pés amor eterno. Você me fez acreditar nisso: me arrastou, por dois anos, para o sonho mais magnífico e suave!... Hein! Nossos planos de viagem, você lembra? Ah, sua carta, sua carta! Ela rasgou meu coração!... E então, quando volto para ele, para ele, que é rico, feliz, livre! Para implorar por uma ajuda que qualquer um daria, suplicante e trazendo todo o meu carinho, ele me rejeita, porque isso lhe custaria três mil francos!

— Eu não os tenho! — respondeu Rodolphe com a calma perfeita que recobre como um escudo as iras resignadas.

Ela saiu. As paredes tremiam, o teto a esmagava; e ela atravessou novamente o longo corredor, tropeçando nos montes de folhas secas que o vento dispersava. Finalmente, chegou ao fosso diante da grade; quebrou as unhas na fechadura, de tão apressada que estava para abri-la. Então, cem passos adiante, ofegante, prestes a cair, parou. E então, virando-se, avistou mais uma vez o imperturbável castelo, com o parque, os jardins, os três pátios e todas as janelas da fachada.

Ela permaneceu perdida em estupefação, tendo consciência de si mesma apenas pelo pulsar de suas artérias, que acreditava ouvir escapar como uma música ensurdecedora que enchia o campo. O chão sob seus pés estava mais macio que uma suave correnteza, e os sulcos pareciam-lhe imensas ondas marrons quebrando. Tudo o que havia em sua mente de reminiscências, de ideias, escapava de uma só vez, como os mil pedaços de fogos de artifícios. Ela viu seu pai, o escritório de Lheureux, o quarto deles lá longe, outra paisagem. A loucura a envolvia, teve medo e conseguiu se recuperar, de uma maneira confusa, é verdade; pois não lembrava da causa de seu terrível estado, ou seja, a questão do dinheiro. Somente sofria por seu amor e sentia que sua alma a abandonava por essa lembrança, assim como os feridos, agonizando, sentem a existência se esvaindo por sua ferida que sangra.

A noite caía, os corvos voavam.

De repente, pareceu-lhe que glóbulos cor de fogo explodiam no ar como balas fulminantes, achatando-se, e giravam, giravam, indo fundir-se na neve entre os galhos das árvores. No meio de cada um deles, surgia a figura de Rodolphe. Multiplicavam-se, aproximavam-se, penetravam-na; tudo desapareceu. Ela reconheceu as luzes das casas, que resplandeciam ao longe na névoa.

Então, a sua situação, como um abismo, se apresentou novamente diante dela. Ela ofegava até sentir seu peito prestes a se romper. Em seguida, em um ímpeto de heroísmo que a tornava quase alegre, desceu correndo a encosta, atravessou a prancha das vacas, a trilha, a alameda, o mercado e chegou diante da loja do farmacêutico.

Não havia ninguém lá. Ela estava prestes a entrar; mas, ao som da campainha, alguém poderia vir; então, deslizando pelo portão, segurando a respiração, tateando as paredes, avançou até a soleira da cozinha, onde uma vela queimava sobre o fogão. Justin, só de camisa, carregava um prato.

— Ah, estão jantando. Vamos esperar.

Ele voltou. Ela bateu no vidro. Ele saiu.

— A chave! A de cima, onde estão as...

— Como?

E ele a olhava, espantado pela palidez de seu rosto, que se destacava em sua brancura contra o fundo escuro da noite. Ela lhe parecia extraordinariamente bela, e majestosa como um fantasma; sem entender o que ela queria, ele pressentia algo terrível.

Mas ela retomou rapidamente, em voz baixa, uma voz suave, dissolvente:

— Eu a quero! Dê-me.

Como a parede era fina, podia-se ouvir o tilintar dos talheres sobre os pratos na sala de jantar.

Ela alegou precisar matar os ratos que a impediam de dormir.

— Acho que devo avisar o senhor.

— Não! Fique!

Em seguida, com um ar indiferente:

— Ahn, não vale a pena, eu lhe direi mais tarde. Vamos, ilumine-me!

Ela entrou no corredor que dava para a porta do laboratório. Havia na parede uma chave etiquetada *cafarnaum*.

— Justin — gritou o farmacêutico, que começava a ficar impaciente.

— Vamos subir!

E ele a seguiu.

A chave girou na fechadura, e ela foi direto para a terceira prateleira, tão bem guiada pela memória, agarrou o frasco azul, arrancou a rolha, enfiou a mão, e, retirando-a cheia de um pó branco, começou a comer diretamente.

— Pare! — exclamou ele, lançando-se sobre ela.

— Cale-se! Alguém pode vir...

Ele se desesperava, queria chamar.

— Não diga nada, tudo recairia sobre o seu patrão!

Então, ela voltou subitamente tranquilizada, quase na serenidade de uma missão cumprida.

Quando Charles, abalado pela notícia da penhora, voltou para casa, Emma acabara de sair. Ele gritou, chorou, desmaiou, mas ela não voltou. Onde poderia estar? Ele enviou Félicité à casa de Homais, à casa do sr. Tuvache, à de Lheureux, ao *Lion d'or*, a toda parte; e, nas intermitências de sua angústia, via sua estima aniquilada, a fortuna perdida, o futuro de Berthe arruinado! Qual a razão?... Nem uma palavra! Ele esperou até as seis da tarde. Finalmente, incapaz de suportar mais e imaginando que ela havia ido para Rouen, ele foi até a estrada principal, percorreu meia légua, não encontrou ninguém, esperou novamente e voltou.

Ela havia retornado.

— O que aconteceu?... Por quê?... Explique-me!...

Ela sentou-se à sua escrivaninha e escreveu uma carta, lacrando-a lentamente, adicionando a data e a hora. Então, ela disse com um tom solene:

— Você a lerá amanhã; até lá, eu imploro, não me faça nenhuma pergunta!... Não, nenhuma!

— Mas...

— Oh, deixe-me!

E ela se estendeu na cama.

Um sabor amargo na boca a acordou. Entreviu Charles e voltou a fechar os olhos.

Ela se observava com curiosidade, para discernir se não estava sofrendo. Mas não! Nada ainda. Ouvia as batidas do relógio, o som do fogo e Charles, de pé, perto de sua cama, respirando.

*"Ah, é uma coisa tão insignificante, a morte!"*, pensava ela. *"Vou adormecer, e tudo estará acabado!"*

Tomou um gole de água e virou-se para a parede.

Aquele horrível gosto de tinta continuava.

— Estou com sede!... Oh, estou com muita sede! — suspirou.

— O que você tem? — perguntou Charles, estendendo-lhe um copo.

— Não é nada!... Abra a janela..., estou sufocando!

Ela foi tomada por uma náusea tão repentina que mal teve tempo de pegar o lenço sob o travesseiro.

— Leve-o! — disse ela rapidamente. — Jogue-o fora!

Ele lhe fez perguntas; ela não respondeu. Permanecia imóvel, com medo de que a mínima emoção a fizesse vomitar. Entrementes, sentia um frio glacial subindo-lhe dos pés até o coração.

— Ah, está começando! — murmurou ela.

— O que está dizendo?

Ela movia a cabeça com um gesto suave cheio de angústia e, ao mesmo tempo, abria continuamente as mandíbulas, como se tivesse levado algo muito pesado à sua língua. Às oito horas, os vômitos retornaram.

Charles observou que, no fundo da bacia, havia uma espécie de cascalho branco, colado às paredes da porcelana.

— É extraordinário! É singular! — repetiu ele.

Mas ela disse com uma voz firme:

— Não, você está enganado!

Então, delicadamente e quase acariciando-a, ele lhe passou a mão sobre o estômago. Ela soltou um grito agudo. Ele recuou, assustado.

Em seguida, ela começou a gemer, primeiro de forma fraca. Um grande arrepio sacudiu seus ombros, e ela ficou mais pálida que o lençol onde seus dedos contraídos se afundavam. Seu pulso irregular agora estava quase imperceptível.

Gotas formavam-se em seu rosto azulado, que parecia como se estivesse congelado na exalação de um vapor metálico. Seus dentes batiam, seus olhos dilatados olhavam vagamente ao redor dela e, a todas as perguntas, ela respondia apenas balançando a cabeça; até sorriu duas ou três vezes. Pouco a pouco, seus gemidos ficaram mais altos. Um uivo surdo escapou dela; alegou que estava melhor e que se levantaria em breve. Mas as convulsões a dominaram; ela exclamou:

— Ah, é atroz, meu Deus!

Ele se ajoelhou ao lado de sua cama.

— Fale! O que você comeu? Responda, pelo amor de Deus!

E ele a olhava com olhos de uma ternura que ela nunca havia visto.

— Bem, ali..., ali!... — disse ela com uma voz fraca.

Ele saltou para a escrivaninha, quebrou o lacre e leu em voz alta: *Que ninguém seja acusado...* Parou, passou a mão pelos olhos e leu novamente.

— Como?... Socorro! Ajuda!

E ele só conseguia repetir essa palavra: *"Envenenada! Envenenada!"* Félicité correu até a casa de Homais, que gritou na praça; a sra. Lefrançois o ouviu no *Lion d'or*; alguns se levantaram para contar aos vizinhos, e todo o vilarejo passou a noite toda em vigília.

Desorientado, balbuciante, prestes a cair, Charles andava de um lado para o outro no quarto. Ele esbarrava nos móveis, arrancava os cabelos, e o farmacêutico jamais imaginara que pudesse haver um espetáculo tão terrível.

Ele voltou para casa para escrever ao sr. Canivet e ao dr. Larivière. Estava enlouquecendo; fez mais de quinze rascunhos. Hippolyte partiu para Neufchâtel, e Justin fez o cavalo de Bovary trotar tão forte que o deixou na subida do bosque Guillaume, exaurido e quase morrendo.

Charles quis folhear seu dicionário médico; não conseguia enxergar, as linhas dançavam.

— Calma! — disse o farmacêutico. — Trata-se apenas de ministrar algum antídoto potente. Qual é o veneno?

Charles mostrou a carta. Era arsênico.

— Bem — prosseguiu Homais —, seria necessário fazer um exame.

Porque ele sabia que, em todos os envenenamentos, era necessário fazer um exame; e o outro, que não entendia, respondeu:

— Ah, faça! Faça! Salve-a...

Depois, voltando para perto dela, afundou-se sobre o tapete e ficou com a cabeça apoiada na beira da cama, soluçando.

— Não chore! — disse ela. — Em breve não vou mais atormentá-lo!

— Por quê? Quem a obrigou?

Ela respondeu:

— Era necessário, meu caro.

— Você não estava feliz? Foi culpa minha? Mas eu fiz tudo o que pude!

— Sim... é verdade..., você é bom!

E ela passava a mão nos cabelos dele, lentamente. A doçura dessa sensação agravava sua tristeza; ele sentia todo o seu ser desmoronar de desespero diante da ideia de que teria que perdê-la, quando, ao contrário, ela confessava mais amor por ele do que nunca; e ele não encontrava nada; não sabia, não ousava, a urgência de uma decisão imediata o deixava ainda mais perturbado.

Ela havia acabado, pensava ela, com todas as traições, mesquinhezes e inúmeras cobiças que a torturavam. Não odiava mais ninguém agora; uma confusão de crepúsculo caía sobre seus pensamentos, e de todos os sons da terra, Emma só ouvia o intermitente lamento desse pobre coração, suave e indistinto, como o último eco de uma sinfonia que se distancia.

— Traga-me a pequena — pediu ela, levantando-se pelo cotovelo.

— Você não está pior, está? — perguntou Charles.

— Não! Não!

A criança chegou nos braços da criada, em sua longa camisola, com os pés descalços à mostra, séria e quase sonhando ainda. Ela olhava, surpreendida, o quarto bagunçado e piscava, ofuscada pelas lamparinas que queimavam em cima dos móveis. Elas provavelmente lhe lembravam as manhãs do dia de Ano Novo ou de *mi-carême*, quando, acordada assim, cedo, à luz das velas, vinha à cama de sua mãe receber seus presentes, pois começou a dizer:

— Onde está, mamãe?

E como todos ficaram em silêncio:

— Mas eu não estou vendo o meu sapatinho!

Félicité inclinou-a em direção à cama, enquanto ela continuava olhando para o lado da lareira.

— Será que a criada o pegou? — perguntou ela.

E, ao ouvir esse nome, que a remetia à lembrança de seus adultérios e desgraças, a sra. Bovary virou a cabeça, como se sentisse aversão por outro veneno mais forte que lhe subia à boca. Berthe, entretanto, permanecia sentada na cama.

— Oh, como você tem olhos grandes, mamãe! Como está pálida! Como está suando!...

Sua mãe a olhava.

— Tenho medo! — falou a pequena, recuando.

Emma pegou sua mão para beijá-la; ela se debatia.

— Chega! Levem-na! — exclamou Charles, que soluçava na alcova.

Então os sintomas pararam por um momento; ela parecia menos agitada, e a cada palavra insignificante, a cada respiração de seu peito um pouco mais calmo, ele recobrava a esperança. Finalmente, quando Canivet entrou, ele se lançou em seus braços aos prantos.

— Ah, é o senhor! Obrigado! O senhor é gentil! Mas ela está melhor. Veja, olhe para ela...

O colega não compartilhava dessa opinião de forma alguma e, como ele mesmo dizia, *sem rodeios*, prescreveu um emético para limpar completamente o estômago.

Ela logo começou a vomitar sangue. Seus lábios se cerraram ainda mais. Seus membros estavam crispados, o corpo coberto de manchas marrons e o pulso escorregava sob os dedos como um fio tenso, como uma corda de harpa prestes a se romper.

Então ela começava a gritar, horrivelmente. Amaldiçoava o veneno, o injuriava, suplicava para que se apressasse e afastava com os braços rígidos tudo o que Charles, mais agonizante do que ela, tentava fazê-la beber. Ele estava de pé, o lenço nos lábios, gemendo, chorando e sufocado por soluços que o abalavam até os calcanhares; Félicité corria de um lado para o outro no quarto; Homais, imóvel, soltava suspiros profundos e o sr. Canivet, mantendo sempre a compostura, começava, entretanto, a se sentir perturbado.

— Diabo!... No entanto... ela está purgada, e uma vez que a causa cessa...

— O efeito deve cessar — concluiu Homais —; é evidente.

— Mas salvem-na! — exclamava Bovary.

Assim, sem dar ouvidos ao farmacêutico, que ainda aventurava a hipótese: "Pode ser um paroxismo salutar", Canivet estava prestes a administrar uma teriaga quando se ouviu o estalo de um chicote; todas as janelas tremeram, e uma berlinda puxada a toda velocidade por três cavalos cobertos de lama até as orelhas, chegou de um salto à esquina do mercado. Era o dr. Larivière.

A aparição de um deus não teria causado mais comoção. Bovary ergueu as mãos, Canivet parou abruptamente e Homais tirou seu chapéu de feltro muito antes que o médico entrasse.

Ele pertencia à grande escola cirúrgica que surgiu do jaleco de Bichat; àquela geração, agora desaparecida, de praticantes filósofos que, nutrindo um amor fanático pela sua arte, a exerciam com exaltação e sagacidade! Tudo tremia em seu hospital quando ele se enraivecia, e seus alunos o veneravam tanto que, uma vez estabelecidos, se esforçavam o máximo para imitá-lo; de modo que, pelas cidades vizinhas, podia-se ver neles sua longa bata de merino e sua grande vestimenta preta, cujos punhos desabotoados cobriam um pouco suas mãos rechonchudas, mãos muito bonitas, que nunca usavam luvas, como para estarem prontas a mergulhar nas misérias. Desdenhoso de cruzes, títulos e academias, hospitaleiro, liberal, paternal com os pobres e praticando a virtude sem acreditar nela, o dr. Larivière teria quase passado por um santo se a perspicácia de sua mente não o tivesse feito temido como um demônio. Seu olhar, mais afiado que seus bisturis, ia direto à alma e desarticulava toda mentira formada por alegações e recatos. E assim ele seguia, cheio daquela majestade afável que vem da consciência de um grande talento, da fortuna e de quarenta anos de uma existência laboriosa e irrepreensível.

Ele franziu a testa assim que entrou pela porta, ao avistar o rosto cadavérico de Emma, deitada de costas com a boca aberta. Em seguida, enquanto parecia estar ouvindo Canivet, deslizava o indicador sob as narinas e repetia:

— Está bem, está bem.

No entanto, ele fez um gesto lento com os ombros. Bovary o observou: eles se olharam; e esse homem, embora tão acostumado à visão do sofrimento, não pôde conter uma lágrima que caiu sobre seu jabô.

Ele quis levar Canivet para o quarto ao lado. Charles o seguiu.

— Ela está muito mal, não é? E se colocássemos sinapismos? Qualquer coisa! Encontre algo, o senhor que já salvou tantos!

Charles envolvia o corpo dela com seus dois braços e o contemplava de maneira assombrada, suplicante, meio desfalecido contra seu peito.

— Vamos, meu pobre rapaz, coragem! Não há mais nada a ser feito.

E o dr. Larivière virou-se.

— O senhor está indo embora?

— Vou voltar.

Ele saiu como se fosse dar uma ordem ao cocheiro, acompanhado do sr. Canivet, que tampouco tinha muito interesse em ver Emma morrendo sob seus cuidados.

O farmacêutico os alcançou na praça. Por temperamento, ele não conseguia se afastar de pessoas célebres. Assim, instou o sr. Larivière a lhe conceder a distinta honra de aceitar um convite para o almoço.

Logo enviaram alguém para buscar pombos no *Lion d'or*, todas as costeletas disponíveis no açougue, creme com Tuvache, ovos com Lestiboudois, e o próprio farmacêutico ajudava nos preparativos, enquanto a sra. Homais dizia, apertando os cordões de sua blusa:

— Por favor, desculpe, senhor; pois em nossa desafortunada região, quando não se tem aviso desde a véspera...

— As taças!!! — sussurrou Homais.

— Ao menos, se estivéssemos na cidade, teríamos a opção dos pés de porco recheados.

— Cale-se!... À mesa, doutor!

Achou apropriado, após as primeiras porções, fornecer alguns detalhes sobre a catástrofe:

— Primeiro, ela apresentou uma sensação de secura na garganta, seguida de dores insuportáveis no epigástrio, superpurgação, coma.

— Como ela se envenenou, então?

— Eu não sei, doutor, e nem tenho ideia de onde ela poderia ter obtido esse ácido arsênico.

Justin, que naquele momento trazia uma pilha de pratos, foi tomado por um tremor.

— O que você tem? — perguntou o farmacêutico.

Com essa pergunta, o jovem deixou tudo cair no chão, fazendo um grande barulho.

— Imbecil! — exclamou Homais. — Desajeitado! Tosco! Maldito burro!

Mas de repente, controlando-se:

— Eu quis, doutor, fazer um exame, e *primeiro*, delicadamente introduzi em um tubo...

— Teria sido melhor — replicou o cirurgião — introduzir seus dedos na garganta dela.

Seu colega ficava em silêncio, pois pouco antes havia recebido confidencialmente uma severa repreensão sobre o uso de seu emético, fazendo com que o sempre arrogante e loquaz Canivet estivesse bastante modesto hoje; ele sorria incessantemente, com ar de aprovação.

Homais se deleitava em seu orgulho de anfitrião, e a ideia aflitiva de Bovary contribuía vagamente para o seu prazer, por meio de uma comparação egoísta que ele fazia sobre si mesmo. Além disso, a presença do médico o entusiasmava. Ele exibia sua erudição, citando indiscriminadamente as cantáridas, o upas, a mancenilha, a víbora.

— E até li que várias pessoas ficaram intoxicadas, doutor, e como que fulminadas por embutidos que haviam sido submetidos a uma fumigação intensa demais! Pelo menos, isso estava em um relatório muito bom, elaborado por uma de nossas autoridades farmacêuticas, um de nossos mestres, o ilustre Cadet de Gassicourt!

A sra. Homais reapareceu, trazendo uma daquelas máquinas oscilantes de aquecer alimentadas a álcool; pois Homais insistia em preparar seu café sobre a mesa, tendo-o, aliás, feito ele mesmo a torra, a moagem e a mistura.

— *Saccharum*, doutor — disse ele, oferecendo açúcar.

Então ele fez com que todos os seus filhos descessem, curioso para ouvir a opinião do cirurgião sobre o aspecto deles.

Finalmente, quando o sr. Larivière estava prestes a partir, a sra. Homais pediu uma consulta para o seu marido. O sangue dele estava ficando espesso ao adormecer todas as noites após o jantar.

— Oh! Não é esse o *sentido* que o entorpece.

E, sorrindo um pouco com sua ironia, o médico abriu a porta. Mas a farmácia estava lotada; e ele teve dificuldades em se livrar do sr. Tuvache, que temia que sua esposa estivesse sofrendo de uma inflamação no peito, porque ela costumava cuspir nas cinzas; depois do sr. Binet, que às vezes sentia desejos súbitos, e da sra. Caron, que tinha formigamentos; de Lheureux, que sofria de vertigem; de Lestiboudois, que tinha reumatismo; da sra. Lefrançois, que tinha azia. Finalmente, os três cavalos dispararam, e a percepção geral foi que ele não mostrou complacência.

A atenção pública foi desviada pela aparição do sr. Bournisien, que passava pelo mercado com os santos óleos.

Homais, conforme seus princípios, comparava os padres a corvos atraídos pelo cheiro dos mortos; a visão de um clérigo lhe era pessoalmente desagradável, pois a batina o fazia sonhar com a mortalha, e ele detestava um pouco uma por medo da outra.

Contudo, não se furtando ao que chamava de *sua missão*, ele retornou à casa dos Bovary acompanhado por Canivet, a quem o sr. Larivière, antes de partir, havia fortemente instigado a dar esse passo; e mesmo, sem as objeções de sua esposa, levaria consigo seus dois filhos, a fim de acostumá-los às circunstâncias difíceis, para que fosse uma lição, um exemplo, uma imagem solene que permanecesse na mente deles no futuro.

O quarto, quando entraram, estava preenchido por uma solenidade lúgubre. Sobre a mesa de trabalho, coberta por uma toalha branca, havia cinco ou seis pequenas bolas de algodão em um prato de prata, perto de um grande crucifixo, entre dois castiçais acesos. Emma, com o queixo encostado no peito, abria desmesuradamente as pálpebras; e suas mãos trêmulas se arrastavam pelos lençóis, com aquele gesto horrendo e suave dos agonizantes, que parecem querer se cobrir com o sudário. Pálido como uma estátua e com os olhos vermelhos como brasas, Charles, sem derramar lágrimas, permanecia diante dela, ao pé da cama, enquanto o padre, apoiado em um joelho, falava palavras entredentes.

Ela virou lentamente o rosto e pareceu ser tomada pela alegria ao ver de repente a estola violeta, sem dúvida reencontrando, em meio a uma extraordinária tranquilidade, a voluptuosidade perdida de seus primeiros arrebatamentos místicos, com visões de beatitude eterna que se iniciavam.

O padre se levantou para pegar o crucifixo; então ela estendeu o pescoço como alguém sedento e, pressionando seus lábios no corpo do Homem-Deus, depositou com toda a força de sua expiração o maior beijo de amor que já havia dado. Em seguida, ele recitou o *Misereatur* e o *Indulgentiam*, mergulhou o polegar direito no óleo e começou as unções: primeiro nos olhos, que tanto tinham desejado todas as magnificências terrenas; depois nas narinas, ávidas de brisas mornas e fragrâncias amorosas; depois na boca, que se abrira para a mentira, que gemera de orgulho e gritara na luxúria; depois nas mãos, que se deliciavam com toques suaves, e finalmente na planta dos pés, tão rápidos outrora quando corriam para a satisfação de seus desejos, e que agora não caminhariam mais.

O padre secou os dedos, jogou no fogo os pedaços de algodão embebidos em óleo e voltou a sentar-se perto da moribunda para lhe dizer que agora deveria unir suas dores às de Jesus Cristo e se entregar à misericórdia divina.

Ao terminar suas exortações, ele tentou colocar em sua mão um círio, símbolo das glórias celestiais com as quais ela estaria prestes a ser cercada. Emma, muito fraca, não conseguiu fechar os dedos, e o círio teria caído no chão se não fosse pelo sr. Bournisien.

No entanto, ela não estava mais tão pálida, e seu rosto tinha uma expressão de serenidade, como se o sacramento a tivesse curado.

O padre não deixou de observar isso; ele até explicou a Bovary que o Senhor, às vezes, prolongava a existência das pessoas quando julgava apropriado para a sua salvação; e Charles se lembrou de um dia em que, igualmente prestes a morrer, ela recebera a comunhão.

*"Talvez não fosse necessário desesperar-se"*, pensou ele.

De fato, ela olhou ao redor lentamente, como alguém que acorda de um sonho; então, com uma voz clara, pediu seu espelho e permaneceu inclinada sobre ele por algum tempo, até que lágrimas grossas escorreram de seus olhos. Então ela virou a cabeça, soltou um suspiro e caiu de volta no travesseiro.

Imediatamente, seu peito começou a ofegar rapidamente. Sua língua inteira saiu para fora da boca; seus olhos, girando, empalideciam como duas lâmpadas que se apagavam, fazendo-a parecer já morta, não fosse pela aterrorizante aceleração de suas costelas, sacudidas por um sopro furioso, como se a alma saltasse para se libertar. Félicité ajoelhou-se diante do crucifixo, e o farmacêutico também flexionou um pouco os joelhos, enquanto o sr. Canivet olhava vagamente para a praça. Bournisien voltara a rezar, com o rosto inclinado sobre a borda da cama, com sua longa batina preta arrastando atrás dele pelo quarto. Charles estava do outro lado, de joelhos, os braços estendidos em direção a Emma. Ele pegou suas mãos e as apertou, estremecendo a cada batida de seu coração, como se fosse o eco de uma ruína que desaba. À medida que os gemidos se intensificavam, o clérigo acelerava suas orações; elas se misturavam aos soluços abafados de Bovary, e às vezes tudo parecia desaparecer no murmúrio surdo das sílabas em latim, que ecoavam como o toque de um sino fúnebre.

De repente, ouviu-se na calçada o barulho de grandes tamancos, com o arrastar de um bastão; e uma voz se ergueu, uma voz rouca, que cantava:

*Souvent la chaleur d'un beau jour*
*Fait rêver fillette à l'amour.*

Emma se levantou como um cadáver galvanizado, os cabelos soltos, as pupilas fixas, arregaladas.

*Pour amasser diligemment*
*Les épis que la faux moissonne,*
*Ma Nanette va s'inclinant*
*Vers le sillon qui nous les donne.*

— O Cego! — exclamou ela.

E Emma começou a rir, uma risada atroz, frenética, desesperada, acreditando ver o rosto horrendo do miserável, que se erguia nas trevas eternas como um pavor.

*Il souffla bien fort ce jour-là,*
*Et le jupon court s'envola !*

Uma convulsão a empurrou de volta para o colchão. Todos se aproximaram. Ela não existia mais.

# IX

Após a morte de alguém há sempre uma espécie de perplexidade que emana, tão difícil é compreender essa chegada do nada e resignar-se a crer nela. Mas, quando finalmente percebeu a sua imobilidade, Charles se atirou sobre ela gritando:

— Adeus! Adeus!

Homais e Canivet o levaram para fora do quarto.

— Controle-se!

— Sim — dizia ele, debatendo-se —, serei razoável, não causarei mal. Mas deixem-me! Quero vê-la! É a minha mulher!

E chorava.

— Chore — continuou o farmacêutico —, deixe fluir a natureza, isso o aliviará!

Agora mais fraco do que uma criança, Charles deixou-se conduzir para o andar de baixo, na sala, e logo depois, o sr. Homais voltou para casa.

Ele foi abordado na praça pelo Cego, que, tendo se arrastado até Yonville na esperança da pomada antiflogística, perguntava a cada pessoa que passava onde encontrar o farmacêutico.

— Oras, por favor! Como se eu não tivesse coisas mais importantes para fazer! Ah, que seja, volte mais tarde!

E entrou precipitadamente na farmácia.

Ele tinha que escrever duas cartas, preparar uma poção calmante para Bovary, encontrar uma mentira que pudesse esconder o envenenamento e redigi-la como um artigo para o *Fanal*, sem contar as pessoas que o aguardavam para obter informações; e, quando todos em Yonville ouviram sua história sobre o arsênico que ela teria confundido com açúcar ao fazer um creme de baunilha, Homais, mais uma vez, voltou para a casa de Bovary.

Ele o encontrou sozinho (o sr. Canivet acabara de partir), sentado na poltrona, perto da janela, e contemplando com um olhar abobalhado os ladrilhos do chão.

— Agora seria necessário — falou o farmacêutico — que o senhor mesmo definisse a hora da cerimônia.

— Por quê? Que cerimônia?

Então, com uma voz balbuciante e assustada:

— Oh, não, não é? Não, eu quero conservá-la.

Homais, para se compor, pegou uma jarra na prateleira para regar os gerânios.

— Ah, obrigado — disse Charles —, o senhor é gentil!

E não concluiu, sufocando sob a abundância de lembranças que esse gesto do farmacêutico lhe trazia.

Então, para distraí-lo, Homais achou apropriado conversar um pouco sobre horticultura; as plantas precisavam de umidade. Charles baixou a cabeça em sinal de aprovação.

— Aliás, os dias bonitos agora vão voltar.

— Ah! — soltou Bovary.

O farmacêutico, sem mais ideias, começou a afastar suavemente as cortinas da janela.

— Olhe, o sr. Tuvache está passando.

Charles repetiu como uma máquina:

— O sr. Tuvache está passando.

Homais não ousou falar novamente com ele sobre os arranjos fúnebres; foi o clérigo que conseguiu motivá-lo.

Ele se trancou em seu escritório, pegou uma pena e, depois de soluçar por um tempo, escreveu:

> *Quero que ela seja enterrada em seu vestido de noiva, com sapatos brancos, uma coroa. Seus cabelos serão espalhados sobre os ombros; três caixões, um de carvalho, um de mogno, um de chumbo. Que ninguém me diga nada, eu terei forças. Será colocada por cima de tudo uma grande peça de veludo verde. Quero que assim seja. Façam-no.*

Os senhores ficaram muito surpresos com as fantasias românticas de Bovary, e imediatamente o farmacêutico foi até ele e disse:

— Esse veludo me parece um exagero. A despesa, aliás...

— Isso é de sua conta? — replicou Charles. — Deixe-me! O senhor não a amava! Vá embora!

O clérigo o pegou pelo braço para levá-lo a dar uma volta pelo jardim. Ele discorria sobre a vaidade das coisas terrenas. Deus era grandioso, benevolente; devíamos nos submeter sem murmúrios aos seus decretos, inclusive agradecê-los.

Charles explodiu em blasfêmias.

— Eu detesto o seu Deus!

— O espírito de revolta continua no senhor — declarou o eclesiástico, suspirando.

Bovary estava longe. Ele caminhava a passos largos ao longo do muro, perto da espaldeira, e rangia os dentes, lançava olhares de maldição aos céus; mas nem uma folha se mexeu por isso.

Caía uma garoa. Charles, que tinha o peito descoberto, acabou tremendo; ele voltou para se sentar na cozinha.

Às seis horas, ouviu-se um barulho de ferro-velho na Praça: era a *Hirondelle* que estava chegando; e ele apoiou a testa sobre o vidro, vendo descer um por um todos os passageiros. Félicité estendeu-lhe um colchão na sala; ele se jogou ali e adormeceu.

Embora filósofo, o sr. Homais respeitava os mortos. Assim, sem guardar rancor ao pobre Charles, ele voltou à noite para velar o cadáver, trazendo consigo três volumes e uma pasta, a fim de fazer anotações.

O sr. Bournisien estava lá, e duas grandes velas queimavam na cabeceira da cama que haviam puxado para fora da alcova.

O farmacêutico, para quem o silêncio era pesado, não demorou a formular alguns lamentos a respeito daquela "pobre jovem mulher"; e o padre respondeu que agora só restava rezar por ela.

— No entanto — continuou Homais —, de duas uma: ou ela morreu em um estado de graça (como a Igreja expressa), e, portanto, não precisa em absoluto de nossas orações; ou faleceu impenitente (essa é, creio eu, a expressão eclesiástica), e então...

Bournisien o interrompeu, replicando de maneira brusca que nem por isso se podia deixar de rezar.

— Mas — objetou o farmacêutico —, uma vez que Deus conhece todas as nossas necessidades, para que serve a oração?

— Como?! — exclamou o eclesiástico. — A oração! O senhor não é cristão, então?

— Perdoe-me! — rogou Homais —; admiro o cristianismo. Eu admiro o cristianismo. Ele primeiro libertou os escravos, introduziu no mundo uma moral...

— Não é disso que se trata! Todos os textos...

— Oh! Oh! Quanto aos textos, consulte a história; sabe-se que foram falsificados pelos jesuítas.

Charles entrou e, aproximando-se da cama, puxou lentamente as cortinas para o lado.

Emma tinha a cabeça inclinada sobre o ombro direito. O canto de sua boca, que permanecia aberto, parecia um buraco negro na parte inferior do rosto; os dois polegares permaneciam dobrados na palma das mãos; uma espécie de poeira branca salpicava seus cílios e seus olhos começavam a desaparecer em uma palidez viscosa que se assemelhava a uma fina teia, como se aranhas tivessem tecido sobre eles. O lençol afundava desde seus seios até seus joelhos, elevando-se depois novamente até a ponta dos dedos dos pés; e parecia a Charles que massas infinitas, que um peso enorme se impunha sobre ela.

O relógio da igreja bateu duas horas. Ouvia-se o murmúrio pesado do rio que corria na penumbra, aos pés do terraço. De vez em quando, o sr. Bournisien assoava o nariz ruidosamente, e Homais fazia a pena ranger sobre o papel.

— Vamos, meu caro — instou ele —, retire-se, este espetáculo o está dilacerando!

Uma vez que Charles partiu, o farmacêutico e o padre retomaram suas discussões.

— Leia Voltaire! — dizia um —; leia d'Holbach, leia a *Enciclopédia*!

— Leia as *Cartas de alguns judeus portugueses* — rebatia o outro —; leia *a Razão do cristianismo*, por Nicolas, antigo magistrado!

Eles se exaltavam, estavam vermelhos, falavam ao mesmo tempo sem se ouvir; Bournisien escandalizava-se com tamanha audácia; Homais admirava-se com tamanha tolice; e não estavam longe de trocarem insultos quando Charles, de repente, reapareceu. Uma fascinação o atraía. Ele subia continuamente a escada.

Ele se posicionava diante dela para vê-la melhor e se perdia nessa contemplação, que já não era dolorosa devido à sua profundidade.

Lembrava-se de histórias de catalepsia, dos milagres do magnetismo; e pensava que, querendo intensamente, talvez conseguisse ressuscitá-la. Uma vez até se inclinou em direção a ela, e exclamou baixinho: "*Emma! Emma!*" Sua respiração, exalada com força, fez tremer a chama das velas contra a parede.

Ao amanhecer, a sra. Bovary mãe chegou; Charles, ao abraçá-la, teve uma nova torrente de lágrimas. Ela tentou, assim como o farmacêutico, fazer algumas observações sobre os gastos do funeral. Ele ficou tão zangado que ela se calou, e inclusive a incumbiu de ir imediatamente à cidade comprar o que era necessário.

Charles ficou sozinho durante toda a tarde: Berthe tinha sido levada para a casa da sra. Homais; Félicité permanecia no andar de cima, no quarto, com a mãe Lefrançois.

À noite, recebeu visitas. Levantava-se, apertava as mãos sem conseguir falar, e então todos se sentavam, um ao lado do outro, formando um grande semicírculo diante da lareira. Com a cabeça baixa e uma perna sobreposta ao outro joelho, balançavam a perna enquanto soltavam, de vez em quando, um suspiro profundo; e cada um se entediava de uma maneira desmedida; no entanto, ninguém tinha coragem de ser o primeiro a sair.

Homais, quando voltou às nove horas (ele era a única pessoa que se via na Praça nos últimos dois dias), estava carregado com uma provisão de cânfora, benjoim e ervas aromáticas. Ele também carregava um recipiente cheio de cloro, para banir os miasmas. Nesse momento, a empregada, a sra. Lefrançois e a mãe Bovary circulavam ao redor de Emma, terminando de vesti-la; e elas baixaram o longo véu rígido, que a cobria até os sapatos de cetim.

Félicité soluçava:

— Ah, minha pobre patroa! Minha pobre patroa!

— Olhem para ela — rogava a dona da hospedaria, suspirando —, como ela ainda é bonita! É possível jurar que ela vai se levantar a qualquer momento.

Então elas se inclinaram para colocar-lhe a coroa.

Foi preciso levantar um pouco a cabeça, e nesse momento, uma onda de líquidos escuros saiu, como um vômito, de sua boca.

— Ah, meu Deus! O vestido, cuidado! — exclamou a sra. Lefrançois.

— Vá, ajude-nos! — dizia ela ao farmacêutico. — O senhor está com medo, por acaso?

— Eu, com medo? — negou ele, dando de ombros. — Ah, claro! Eu já vi outros no Hôtel-Dieu quando estudava farmácia! Nós fazíamos ponche na sala de dissecação! O nada não assusta um filósofo; e, como digo frequentemente, tenho até mesmo a intenção de legar meu corpo aos hospitais para servir à Ciência mais tarde.

Ao chegar, o padre perguntou como estava o senhor; e, diante da resposta do farmacêutico, continuou:

— O golpe, o senhor compreende, ainda é muito recente!

Então, Homais o congratulou por não estar sujeito, como todo mundo, a perder uma esposa querida; o que levou a uma discussão sobre o celibato dos padres.

— Porque — dizia o farmacêutico —, não é natural que um homem viva sem mulheres! Já vimos crimes...

— Mas, céus! — exclamou o eclesiástico. — Como o senhor espera que alguém comprometido pelo casamento possa manter, por exemplo, o segredo da confissão?

Homais atacou a confissão. Bournisien a defendeu; discorreu sobre as recuperações que ela fazia acontecer. Citou várias anedotas de ladrões que se tornaram honestos de repente. Militares que, ao se aproximarem do tribunal da penitência, sentiam as escamas caindo de seus olhos. Havia em Fribourg um ministro...

Seu companheiro estava dormindo. Então, como estava se sentindo um pouco sufocado na atmosfera pesada do quarto, abriu a janela, o que acordou o farmacêutico.

— Vamos, um trago! — convidou-lhe. — Aceite, isso dispersa.

Latidos contínuos arrastavam-se ao longe, em algum lugar.

— O senhor ouve os uivos de um cachorro? — perguntou o farmacêutico.

— Dizem que eles farejam os mortos — respondeu o eclesiástico. — É como as abelhas: elas voam para longe da colmeia quando alguém morre. — Homais deixou passar esses comentários, pois voltara a dormir.

O sr. Bournisien, mais robusto, continuou por um tempo mexendo os lábios baixinho; então, lentamente, foi abaixando o queixo, largou seu grosso livro preto e começou a roncar.

Eles estavam um diante do outro, a barriga para a frente, o rosto inchado, com uma expressão carrancuda, após tantos desentendimentos, encontrando-se finalmente na mesma fraqueza humana; e eles não se moviam mais do que o cadáver ao lado deles, que parecia estar dormindo.

Charles, ao entrar, não os acordou. Era a última vez. Ele estava lá para se despedir dela.

As ervas aromáticas ainda fumegavam, e redemoinhos de vapor azulado se misturavam à beira da janela com a névoa que entrava. Havia algumas estrelas, e a noite estava suave.

A cera das velas caía em grossas lágrimas sobre os lençóis da cama. Charles as observava queimar, cansando os olhos com o brilho de suas chamas amarelas.

Sombras tremeluziam sobre o vestido de cetim, branco como o luar. Emma desaparecia nele; e parecia-lhe que, expandindo-se para além de si mesma, ela se perdia confusamente no entorno das coisas, no silêncio, na noite, no vento que passava, nos aromas úmidos que subiam.

Então, de repente, ele a via no jardim de Tostes, sentada no banco, junto à sebe de espinheiros, ou nas ruas de Rouen, na soleira de sua casa, no pátio de Les Bertaux. Ainda ouvia a risada alegre dos meninos que dançavam sob as macieiras; o quarto era preenchido pelo perfume de seus cabelos, e seu vestido tremulava nos braços dele com um som de centelhas. Aquela era a mesma!

Ele passou muito tempo lembrando-se assim de todas as felicidades desaparecidas, suas atitudes, seus gestos, o timbre de sua voz. Após um desespero, vinha outro, e sempre, inesgotavelmente, como as ondas de uma maré que transborda.

Ele teve uma curiosidade terrível: lentamente, com a ponta dos dedos, palpitando, ele levantou seu véu. Mas ele soltou um grito de horror que acordou os outros dois. Eles o levaram para baixo, para a sala.

Então, Félicité veio dizer que ele estava pedindo por cabelos.

— Corte alguns! — respondeu o farmacêutico.

E, como ela não ousava, ele mesmo se aproximou com a tesoura na mão. Ele tremia tanto que picou a pele das têmporas em vários lugares. Finalmente, controlando-se contra a emoção, Homais fez dois ou três grandes cortes ao acaso, deixando marcas brancas naqueles belos cabelos negros.

O farmacêutico e o padre voltaram aos seus afazeres, não sem cochilar de vez em quando, acusando-se por isso mutuamente a cada novo despertar. Nesses momentos, o sr. Bournisien borrifava água benta pelo quarto e Homais espalhava um pouco de cloro no chão.

Félicité teve o cuidado de colocar para eles, em cima da cômoda, uma garrafa de aguardente, um queijo e um grande *brioche*. Assim, o farmacêutico, que já não aguentava mais, suspirou por volta das quatro da manhã:

— Bem, eu me serviria com prazer!

O eclesiástico não se fez rogar; saiu para ir celebrar a missa, voltou; depois comeram e brindaram, rindo um pouco, sem saber o porquê, excitados por essa alegria vaga que surge após períodos de tristeza; e, no último trago, o padre disse ao farmacêutico, dando-lhe um tapinha no ombro:

— Vamos acabar nos entendendo!

No andar de baixo, no vestíbulo, encontraram os trabalhadores que chegavam. Então, Charles, por duas horas, teve que suportar o suplício do martelo ressoando nas tábuas. Depois, desceram-na em seu ataúde de carvalho, que foi encaixado nos outros dois; mas, como o caixão externo era muito largo, foi necessário preencher os intervalos com a lã de um colchão. Finalmente, quando as três tampas foram aplainadas, pregadas e soldadas, o féretro foi exposto em frente à porta; abriram completamente a casa, e as pessoas de Yonville começaram a chegar.

O pai Rouault chegou. Ele desmaiou na Praça ao avistar o pano preto.

# X

Ele só recebeu a carta do farmacêutico trinta e seis horas após o acontecimento; e, por consideração à sua sensibilidade, o sr. Homais a tinha redigido de tal maneira que era impossível saber ao certo o que havia acontecido.

O bom homem primeiro caiu como se tivesse sofrido uma apoplexia. Em seguida, ele entendeu que ela não estava morta. Mas poderia estar... Finalmente, ele vestiu sua bata, pegou seu chapéu, prendeu uma espora no sapato e partiu a toda velocidade; e ao longo do caminho, o pai Rouault, ofegante, foi consumido pela angústia. Em um momento, até teve que descer. Não enxergava mais, ouvia vozes ao seu redor, sentia que estava ficando louco.

O dia amanheceu. Ele avistou três galinhas pretas que dormiam em uma árvore; e estremeceu, apavorado com esse agouro. Então, prometeu à Santa Virgem três casulas para a igreja e que iria descalço desde o cemitério de Les Bertaux até a capela de Vassonville.

Ele entrou em Maromme chamando as pessoas da hospedaria, abriu a porta empurrando-a com o ombro, pulou até o saco de aveia, despejou uma garrafa de sidra doce na manjedoura e montou novamente em seu cavalo, que fazia o chão faiscar com os quatro cascos.

Ele dizia a si mesmo que sem dúvida a salvariam; os médicos descobririam um remédio, isso era certo. Lembrou-se de todas as curas milagrosas das que lhe haviam contado.

Então, ela lhe aparecia morta. Estava ali, diante dele, deitada de costas, no meio da estrada. Ele puxava as rédeas e a alucinação desaparecia.

Em Quincampoix, para juntar forças, ele tomou três cafés seguidos.

Ele pensou que haviam confundido os nomes ao escrever. Procurou a carta no bolso, sentiu que estava lá, mas não ousou abri-la.

Chegou a supor que talvez fosse uma brincadeira de mau gosto, uma vingança de alguém, a invenção de um homem ébrio; e, aliás, se ela estivesse morta, não se saberia? Claro que não! No campo não havia nada de extraordinário: o céu estava azul, as árvores balançavam; um rebanho de ovelhas passou. Ele avistou o vilarejo; todos o viram correndo inclinado sobre seu cavalo, batendo-lhe vigorosamente, e as correias pingavam de sangue.

Quando recobrou a consciência, desabou em prantos nos braços de Bovary:

— Minha filha! Emma! Minha menina! Explique-me...!

E o outro respondia entre soluços:

— Eu não sei, eu não sei! É uma maldição!

O farmacêutico os separou.

— Esses detalhes horríveis são desnecessários. Eu informarei o senhor. Veja as pessoas vindo. Dignidade, diabos! Filosofia!

O pobre rapaz tentou parecer forte e repetiu várias vezes:

— Sim... Coragem!

— Bem — exclamou o bom homem —, vou conseguir, pelo trovão de Deus! Vou levar isso até o fim.

O sino tocava. Tudo estava pronto. Era hora de começar.

E, sentados em um banco do coro, lado a lado, viram passar, uma e outra vez, diante deles, continuamente, os três cantores que entoavam salmos. O serpentão soprava com toda força. O sr. Bournisien, solenemente paramentado, cantava com uma voz aguda; saudava o tabernáculo, erguia as mãos, estendia os braços. Lestiboudois circulava na igreja com seu bastão cerimonial; perto do leitorado, o caixão descansava entre quatro fileiras de velas. Charles sentia vontade de se levantar para apagá-las.

No entanto, ele tentava estimular a si mesmo para a devoção, lançar-se na esperança de uma vida futura em que a veria novamente. Imaginava que ela partira em uma viagem para muito longe, havia já muito tempo. Mas quando pensava que ela estava ali embaixo, e que tudo havia acabado, que a levavam para dentro da terra, era tomado por uma raiva selvagem, sombria, desesperada. Às vezes, pensava que não sentia mais nada; e saboreava esse alívio de sua dor, ao mesmo tempo em que se acusava de ser um miserável.

Ouviu-se sobre os ladrilhos o som seco de um bastão de ferro golpeando-os em intervalos regulares. Vinha do fundo e parou abruptamente nos corredores laterais da igreja. Um homem com um grosso casaco marrom ajoelhou-se com dificuldade. Era Hippolyte, o carroceiro do *Lion d'or*. Havia colocado sua perna nova.

Um dos cantores veio dar a volta na nave para pedir doações, e os grandes *sous*, uns após outros, ressoavam na bandeja de prata.

— Apresse-se! Estou sofrendo! — exclamou Bovary, lançando-lhe com raiva uma moeda de cinco francos.

O sacerdote agradeceu com uma longa reverência.

Cantavam, ajoelhavam-se, levantavam-se, aquilo não tinha fim! Ele recordou que, uma vez, nos primeiros tempos, haviam ido juntos à missa e tinham se colocado do outro lado, à direita, junto à parede. O sino recomeçou. Houve um grande movimento de cadeiras. Os carregadores deslizaram seus três bastões sob o caixão, e todos saíram da igreja.

Justin então apareceu na soleira da farmácia. Voltou a entrar de repente, pálido, cambaleante.

As pessoas se posicionavam nas janelas para ver o cortejo passar. Charles, na frente, mantinha a postura ereta. Ele ostentava uma expressão corajosa e cumprimentava com um aceno aqueles que, saindo das vielas ou portas, se juntavam à multidão.

Os seis homens, três de cada lado, marchavam a passos lentos e um pouco ofegantes. Os padres, os cantores e os dois coroinhas recitavam o *De profundis*; e suas vozes se perdiam pelo campo, subindo e descendo com ondulações. Às vezes desapareciam nas curvas do caminho; mas a grande cruz de prata sempre se erguia entre as árvores.

As mulheres seguiam, cobertas por mantos negros com capuz abaixado; seguravam na mão uma vela grande acesa, e Charles sentia-se desfalecer com essa repetição contínua de rezas e chamas, sob esses odores enjoativos de cera e batina. Uma brisa fresca soprava, o centeio e as colzas estavam verdes, gotículas de orvalho tremiam à beira do caminho, nas cercas de espinheiros. Todo tipo de sons alegres preenchia o horizonte: o estrondo de uma carroça rolando ao longe nos sulcos, o canto de um galo que ecoava ou o galope de um potro que se via fugindo sob as macieiras. O céu puro estava manchado de nuvens cor-de-rosa; fumaças azuladas se estendiam sobre as casas cobertas de íris; Charles, ao passar, reconhecia os pátios. Ele se lembrava de manhãs como esta, quando, após visitar algum doente, saía e voltava para ela.

O pano negro, salpicado de lágrimas brancas, se erguia de vez em quando, revelando o caixão. Os carregadores cansados diminuíam o passo, e ele avançava em movimentos intermitentes, como um barco que balança a cada onda.

Chegaram.

Os homens seguiram até embaixo, para um lugar na grama onde a cova fora cavada.

Todos se posicionaram ao redor; e, enquanto o padre falava, a terra vermelha, espalhada nas bordas, escorria pelos cantos, sem ruído, constantemente.

Em seguida, quando as quatro cordas foram dispostas, empurrou-se o caixão sobre elas. Ele o observou descer. Continuava descendo.

Finalmente, ouviu-se um impacto; as cordas, rangendo, subiram. Então, Bournisien pegou a pá que Lestiboudois lhe oferecia; com a mão esquerda, enquanto aspergia com a direita, empurrou vigorosamente uma generosa quantidade de terra; e a madeira do caixão, batendo nas pedras, fez aquele som formidável que nos parece ser o eco da eternidade.

O eclesiástico passou o aspersório ao seu vizinho. Era o sr. Homais. Ele o sacudiu com ar grave, depois o estendeu a Charles, que se afundou até os joelhos na terra e a jogava com ambas as mãos enquanto gritava: *"Adeus!"* Ele lhe enviava beijos; arrastava-se em direção à cova para ser tragado com ela.

Retiraram-no; e não demorou muito para que ele se acalmasse, talvez experimentando, como todos os demais, a leve satisfação de haver terminado com aquilo.

O pai Rouault, ao retornar, começou tranquilamente a fumar um cachimbo; algo que Homais, em seu foro íntimo, considerou pouco apropriado. Ele notou também que o sr. Binet se abstivera de aparecer, que Tuvache "sumira" depois da missa e que Théodore, o criado do notário, usava um terno azul, *"como se não se pudesse encontrar um terno preto, pois é o costume, diabo!"* E para compartilhar suas observações, ele ia de grupo em grupo. Neles, lamentava-se a morte de Emma, especialmente Lheureux, que não deixara de comparecer ao enterro.

— Essa pobre senhora! Que dor para o marido!

O farmacêutico continuava:

— Sem mim, sabem, ele teria se entregado a alguma ação funesta!

— Uma pessoa tão boa! E pensar que a vi ainda no último sábado na minha loja!

— Eu não tive tempo — compartilhou Homais —, de preparar algumas palavras que teria lançado sobre sua sepultura.

Ao voltar para casa, Charles se despiu, e o pai Rouault vestiu novamente sua blusa azul. Era nova, e, como ele enxugara frequentemente os olhos com as mangas durante a viagem, a cor havia se desbotado em seu rosto; e as marcas das lágrimas criavam linhas na camada de poeira que a sujava.

A sra. Bovary mãe estava com eles. Os três permaneciam em silêncio. Finalmente, o bom homem suspirou:

— Lembra-se, meu amigo, de quando vim a Tostes uma vez, quando o senhor acabara de perder sua primeira falecida. Eu o consolava naquela época! Sabia o que dizer; mas agora...

Então, com um longo gemido que ergueu todo seu peito:

— Ah, é o fim para mim, veja só! Vi partir minha mulher..., depois meu filho... e agora minha filha!

Quis voltar imediatamente para Les Bertaux, dizendo que não conseguiria dormir naquela casa. Recusou até mesmo ver sua neta.

— Não! Não! Isso me traria muita tristeza. Apenas dê-lhe um grande abraço! Adeus!... O senhor é um bom rapaz! E, além disso, nunca esquecerei isso — afirmou ele, batendo na coxa —, não se preocupe! O senhor continuará recebendo seu peru.

Mas, quando chegou ao topo da colina, virou-se, assim como fizera antes no caminho para Saint-Victor, quando se separou dela. As janelas do vilarejo estavam totalmente iluminadas pelos raios oblíquos do sol, que se punha no campo. Colocou a mão na frente dos olhos; e avistou, no horizonte, um recinto murado onde árvores, aqui e ali, formavam buquês escuros entre pedras brancas, então continuou seu caminho, em um trote lento, pois seu cavalo mancava.

Charles e sua mãe, apesar do cansaço, ficaram conversando juntos à noite por um longo tempo. Falaram dos dias passados e do futuro. Ela viria morar em Yonville, cuidaria de sua casa, e eles não se separariam mais. Ela foi perspicaz e carinhosa, alegrando-se interiormente por recuperar um afeto que lhe escapava há tantos anos. Soou meia-noite. O vilarejo, como de costume, estava silencioso, e Charles, acordado, continuava pensando nela.

Rodolphe, que, para se distrair, percorrera o bosque o dia inteiro, dormia tranquilamente em seu castelo; e lá longe, Léon também dormia.

Havia outro que, naquela hora, não estava dormindo.

Sobre a sepultura, entre os abetos, uma criança chorava de joelhos, e seu peito, partido pelos soluços, arfava na sombra, sob a pressão de um imenso pesar mais doce que a lua e mais profundo do que a noite. A grade rangeu de repente. Era Lestiboudois; ele vinha buscar sua pá que esquecera mais cedo. Reconheceu Justin escalando o muro e, então, entendeu o que esperar do malfeitor que lhe roubava as batatas.

# XI

No dia seguinte, Charles fez a pequena voltar. Ela perguntou por sua mamãe. Disseram-lhe que ela estava ausente, mas que lhe traria brinquedos. Berthe voltou a falar sobre isso várias vezes; depois, com o tempo, parou de pensar a respeito. A alegria daquela criança entristecia Bovary, e ele tinha que suportar as intoleráveis consolações do farmacêutico.

Os problemas financeiros logo recomeçaram, com o sr. Lheureux voltando a incitar seu amigo Vinçart, e Charles voltando a se endividar por quantias exorbitantes; pois ele nunca permitiu a venda de qualquer um dos móveis que pertenciam *a ela*. Sua mãe ficou enfurecida. Ele se indignou ainda mais. Ele mudara completamente. Ela abandonou a casa.

Então cada um começou a tirar *proveito*. A srta. Lempereur exigiu pagamento por seis meses de aulas, embora Emma nunca tivesse participado de nenhuma (apesar da fatura paga que ela mostrara a Bovary): era um acordo entre as duas; o locador de livros exigiu o equivalente a três anos de assinatura; a mãe Rolet pediu a quantia correspondente ao porte de cerca de vinte cartas; e, quando Charles pediu explicações, ela teve a delicadeza de responder:

— Ah, eu não sei de nada! Era para os assuntos dela.

Cada vez que quitava uma dívida, Charles pensava que havia terminado. Mas surgiam outras continuamente.

Ele exigiu os atrasados das visitas anteriores. Mostraram-lhe as cartas que sua esposa enviara. Então, foi necessário apresentar desculpas.

Félicité agora usava os vestidos da senhora, não todos, pois ele guardara alguns, e ia vê-los em seu quarto de toucador, onde ele se trancava; elas eram quase da mesma estatura, e, muitas vezes, Charles, ao vê-la por trás, era arrebatado por uma ilusão e exclamava:

— Oh, fique! Fique!

Mas, na festa do Pentecostes, ela fugiu de Yonville, levada por Théodore, e roubando tudo o que restava do guarda-roupa.

Foi por volta dessa época que a viúva sra. Dupuis teve a honra de lhe comunicar do *"casamento do sr. Léon Dupuis, seu filho, notário em Yvetot, com a srta. Léocadie Lebœuf, de Bondeville"*. Charles, entre as felicitações que lhe dirigiu, escreveu a seguinte frase:

*"Como minha pobre esposa teria ficado feliz!"*

Um dia, vagando sem rumo pela casa, ele subiu até o sótão e sentiu sob a sua pantufa uma bolinha de papel fino. Ele a abriu e leu: *"Coragem, Emma! Coragem! Não quero ser a ruína de sua existência."* Era a carta de Rodolphe, caída no chão entre caixas, que ficara lá e que o vento da claraboia acabara de empurrar em direção à porta. E Charles permaneceu imóvel e boquiaberto no mesmo lugar onde, no passado, ainda mais pálida do que ele, Emma, desesperada, quisera morrer. Finalmente, ele descobriu um pequeno "R" no final da segunda página. O que significava? Ele se lembrou das atenções de Rodolphe, de seu desaparecimento súbito e do ar constrangido que ele exibira ao encontrá-la depois, duas ou três vezes. Mas o tom respeitoso da carta o iludiu.

— Talvez eles tenham se amado platonicamente — disse a si mesmo.

Além disso, Charles não era daqueles que investigam profundamente as coisas; ele recuava diante das provas, e seu ciúme incerto se perdeu na imensidão de sua tristeza.

*"Devem tê-la adorado"*, pensou ele. *"Todos os homens, sem dúvida, a teriam cobiçado."* Ela lhe pareceu ainda mais bela; e ele concebeu um desejo permanente, furioso, que inflamava seu desespero e que não tinha limites, porque agora era irrealizável.

Para agradá-la, como se ela ainda estivesse viva, ele adotou suas preferências, suas ideias; comprou botas envernizadas, passou a usar gravatas brancas. Aplicava cosméticos no bigode, assinava promissórias como ela. Ela o corrompia além do túmulo.

Ele foi obrigado a vender a prataria peça por peça, depois vendeu os móveis da sala. Todos os cômodos foram ficando vazios; mas o quarto, o quarto dela, permanecia como antes. Após o jantar, Charles subia lá. Ele empurrava a mesa redonda para perto do fogo e aproximava *sua* poltrona. Sentava-se diante dela. Uma vela queimava em um dos castiçais dourados. Berthe, perto dele, coloria gravuras.

Ele sofria, o pobre homem, ao vê-la tão malvestida, com suas botinas sem cadarços e a manga de suas blusas rasgada até o quadril, pois a empregada doméstica não se preocupava muito com isso. Mas ela era tão doce, tão gentil, e sua cabecinha se inclinava tão graciosamente, deixando cair sobre as bochechas rosadas sua linda cabeleira loira, que um deleite infinito o invadia, um prazer misturado com amargura como esses vinhos malfeitos que cheiram a resina. Ele consertava seus brinquedos, fazia fantoches de papelão para ela e costurava a barriga rasgada de suas bonecas. Depois, se seus olhos encontrassem a caixa de costura, uma fita que estivesse largada ou mesmo um alfinete esquecido em uma fenda da mesa, ele começava a sonhar, e parecia tão triste que ela ficava triste também.

Ninguém mais vinha visitá-los; pois Justin fugira para Rouen, onde começou a trabalhar em um comércio de especiarias, e os filhos do farmacêutico frequentavam cada vez menos a companhia da pequena, já que o sr. Homais não se importava, dada a diferença em suas condições sociais, que a intimidade se prolongasse.

O Cego, a quem ele não conseguiu curar com sua pomada, voltara para a colina de Bois-Guillaume, onde contava aos viajantes sobre a tentativa frustrada do farmacêutico, de tal maneira que, quando ia à cidade, Homais se escondia atrás das cortinas da *Hirondelle* para evitar um encontro. Ele o detestava; e, em prol de sua própria reputação, desejando livrar-se disso a todo custo, lançou contra ele uma campanha secreta, que revelava a profundidade de sua inteligência e a malícia de sua vaidade. Por seis meses consecutivos, podia-se ler no *Fanal* de Rouen pequenas notas concebidas da seguinte maneira:

> *"Todas as pessoas que se dirigem para as férteis terras da Picardia devem ter notado, sem dúvida, na colina de Bois-Guillaume, um miserável afligido por uma horrível ferida facial. Ele incomoda, persegue e cobra um verdadeiro imposto aos viajantes. Ainda estamos, por acaso, naqueles tempos monstruosos da Idade Média, quando era permitido aos vagabundos exibirem em nossas praças públicas a lepra e as escrófulas que haviam trazido das cruzadas?"*

Ou ainda:

> *"Apesar das leis contra a vagabundagem, os arredores de nossas grandes cidades continuam sendo infestados por bandos de pobres. Observamos alguns que circulam isoladamente e que, talvez,*

> *não sejam os menos perigosos. O que pensam nossos representantes municipais?"*

Depois, Homais inventava anedotas:

> *"Ontem, na colina de Bois-Guillaume, um cavalo assustadiço..."* E seguia o relato de um acidente causado pela presença do Cego.

Foi tudo tão bem feito, que o encarceraram. No entanto, foi libertado. Ele recomeçou, e Homais também recomeçou. Era uma luta. Ele obteve a vitória; pois seu adversário foi condenado à reclusão perpétua em um sanatório.

Esse sucesso o encorajou; e a partir de então, não houve no distrito um cachorro atropelado, um celeiro incendiado ou uma mulher espancada dos quais imediatamente ele não comunicasse ao público, sempre guiado pelo amor ao progresso e pelo ódio aos padres. Ele estabelecia comparações entre as escolas primárias e a educação dos frades ignorantinos, em detrimento destes últimos, lembrava a São Bartolomeu em relação a uma doação de cem francos feita à igreja, denunciava abusos e disparava comentários sarcásticos. Era a sua palavra. Homais buscava desestabilizar; tornava-se perigoso.

No entanto, ele se sentia sufocado pelos estreitos limites do jornalismo, de modo que logo se tornou necessário escrever um livro, a obra! Então, ele compôs uma *Estatística geral do cantão de Yonville, seguida por observações climatológicas*, e a estatística o impeliu em direção à filosofia. Preocupava-se com as grandes questões: os problemas sociais, a moralização das classes pobres, a piscicultura, a borracha, as ferrovias etc. Chegou a sentir vergonha de ser um burguês. Adotava o *estilo artista*, fumava! Comprou duas estatuetas Pompadour *chiques* para decorar a sala.

Ele não abandonava a farmácia; pelo contrário, mantinha-se a par das descobertas! Acompanhava o grande movimento dos chocolates. Foi o primeiro a trazer para o departamento de Seine-Inférieure o *cho-ca* e a *revalentia*. Apaixonou-se pela corrente galvânica Pulvermacher; ele mesmo usava uma; e à noite, quando tirava o jaleco de flanela, a sra. Homais ficava totalmente deslumbrada diante da espiral de ouro sob a qual ele desaparecia, sentindo suas paixões aumentarem por esse homem mais restrito que um cita e esplêndido como um mago.

Ele teve belas ideias sobre o túmulo de Emma. Primeiro, propôs um fragmento de coluna com drapeados, depois uma pirâmide, depois um templo de Vesta, uma espécie de rotunda... e até mesmo *"um monte de ruínas"*. E, em todos os planos, Homais não deixava de incluir o salgueiro-chorão, que considerava o símbolo obrigatório da tristeza.

Charles e ele fizeram juntos uma viagem a Rouen para ver túmulos com um empreiteiro funerário, acompanhados de um pintor, um certo Vaufrylard, amigo de Bridoux, que, durante todo o tempo, soltou trocadilhos. Finalmente, depois de examinarem uma centena de desenhos, pedirem um orçamento e fazerem uma segunda viagem a Rouen, Charles decidiu-se por um mausoléu que teria, nas duas faces principais, a imagem de "*um gênio segurando uma lamparina apagada*".

Quanto à inscrição, Homais não encontrava nada tão bonito como: *Sta viator*, mas ficava nisso; ele exercitava a imaginação; repetia continuamente: *Sta viator*... enfim descobriu: *amabilem conjugem calcas!* Foi essa a escolhida.

Uma coisa estranha é que Bovary, mesmo pensando em Emma continuamente, a esquecia; e ele se desesperava ao sentir essa imagem escapar de sua memória no meio dos esforços que fazia para retê-la. No entanto, todas as noites, sonhava com ela; era sempre o mesmo sonho: aproximava-se; mas, quando ia abraçá-la, ela se desfazia, apodrecida em seus braços.

Durante uma semana inteira, viram-no entrando na igreja à noite. O sr. Bournisien até lhe fez duas ou três visitas, depois o abandonou. Além disso, o homem estava se tornando "*intolerante, fanático*", dizia Homais; ele fulminava contra o espírito do século e não deixava de, a cada quinze dias, durante o sermão, contar a agonia de Voltaire, que morreu devorando seus próprios excrementos, como todo mundo sabe.

Apesar da economia na qual vivia Bovary, ele estava longe de poder amortizar suas antigas dívidas. Lheureux se recusou a renovar qualquer promissória. A penhora tornou-se iminente. Então, ele recorreu à sua mãe, que concordou em deixá-lo fazer uma hipoteca sobre seus bens, mas enviando-lhe muitas recriminações contra Emma; e em troca de seu sacrifício, ela exigia um xale, que escapara dos estragos causados por Félicité. Charles recusou. Eles discutiram.

Ela fez as primeiras tentativas de reconciliação, oferecendo levar a menina para sua casa, onde a ajudaria nos afazeres. Charles concordou. No entanto, no momento da partida, toda a coragem o abandonou. Então, foi uma ruptura definitiva, completa.

À medida que desapareciam seus afetos, ele se apegava mais estreitamente ao amor pela filha. No entanto, ela o preocupava; pois às vezes tossia e tinha manchas vermelhas nas bochechas.

Diante dele se espalhava, próspera e alegre, a família do farmacêutico, que tudo no mundo contribuía para satisfazer. Napoléon o ajudava no laboratório, Athalie bordava para ele um gorro grego, Irma cortava rodelas de papel para cobrir as geleias e Franklin recitava de uma só vez a tabela de Pitágoras. Ele era o mais feliz dos pais, o mais afortunado dos homens.

Erro! Uma ambição silenciosa o consumia: Homais desejava a Cruz. As credenciais não lhe faltavam:

— Primeiro: durante a cólera, ter me destacado por uma devoção sem limites; segundo: ter publicado, por conta própria, diferentes obras de utilidade pública, tais como... — e ele mencionava seu ensaio intitulado: *A sidra: Sua produção e seus efeitos*; além disso, observações sobre o pulgão lanígero enviadas à Academia; seu volume de estatística e até mesmo sua tese de farmacêutico —; sem contar que sou membro de várias sociedades científicas. — Ele era membro de apenas uma. — Enfim — exclamava ele, dando uma pirueta —, mesmo que seja apenas por me destacar em incêndios!

Então Homais se curvou ao Poder. Ele prestou secretamente grandes serviços ao senhor prefeito durante as eleições. Vendeu-se, finalmente, prostituiu-se. Até enviou uma petição ao soberano, *suplicando por justiça*; chamou-o de *nosso bom rei* e o comparou a Henrique IV.

E todas as manhãs, o farmacêutico se lançava sobre o jornal para encontrar sua nomeação; ela não vinha. Finalmente, sem conseguir esperar mais, fez desenhar em seu jardim um gramado representando a estrela da honra, com dois pequenos cachos de grama que partiam do topo para imitar a fita. Passeava ao redor, com os braços cruzados, meditando sobre a estupidez do governo e a ingratidão dos homens.

Por respeito ou por uma espécie de deleite que o fazia realizar suas investigações lentamente, Charles ainda não havia aberto o compartimento secreto de uma escrivaninha de jacarandá que Emma costumava usar. Um dia, finalmente, ele se sentou diante dela, girou a chave e pressionou a mola. Todas as cartas de Léon estavam lá. Desta vez, não havia mais dúvidas! Devorou-as da primeira até a última, vasculhou todos os cantos, todos os móveis, todas as gavetas, atrás das paredes, soluçando, gritando, desorientado, enlouquecido. Descobriu uma caixa, a arrombou com um chute. O retrato de Rodolphe saltou-lhe diante dos olhos, em meio às cartas de amor reviradas.

As pessoas ficaram surpresas com seu desânimo. Ele não saía mais, não recebia ninguém, recusava-se até mesmo a ir ver seus pacientes. Então, assumiram que ele se *trancava para beber*.

Às vezes, no entanto, algum curioso se erguia sobre a sebe do jardim e via com espanto aquele homem de barba longa, vestido de roupas sujas, selvagem, chorando alto enquanto caminhava.

À noite, no verão, ele pegava sua filhinha e a levava ao cemitério. Eles voltavam ao cair da noite, quando não havia mais luz na praça além da que saía da claraboia de Binet.

Entretanto, o desfrute de sua dor era incompleto, pois não tinha ninguém ao seu redor para compartilhá-la; e ele fazia visitas à mãe Lefrançois para poder falar *dela*. Mas a dona da hospedaria mal o escutava, pois ela também tinha suas preocupações, uma vez que o sr. Lheureux finalmente estabelecera a publicação *Favorites du commerce*, e Hivert, que desfrutava de uma grande reputação para as comissões, exigia um aumento de salário e ameaçava ir trabalhar "*para a Concorrência*".

Um dia, ele foi ao mercado de Argueil para vender seu cavalo (último recurso), e encontrou Rodolphe.

Eles empalideceram ao se avistarem. Rodolphe, que enviara apenas um cartão, balbuciou algumas desculpas no início, depois ganhou coragem e até mostrou audácia (estava muito quente, era agosto), convidando-o para tomar uma garrafa de cerveja no bar.

Inclinado diante dele, ele mascava seu charuto enquanto conversavam, e Charles se perdia em devaneios diante daquela figura que ela havia amado. Parecia-lhe estar revendo algo dela. Era uma sensação de encantamento. Ele teria desejado ser aquele homem.

O outro continuava a falar sobre cultivo, animais, adubos, preenchendo com frases banais todos os intervalos onde uma alusão poderia se infiltrar. Charles não o escutava; Rodolphe percebia isso e observava o desfile das lembranças na mobilidade do rosto de Charles, que ia corando pouco a pouco; suas as narinas pulsavam rapidamente, os lábios tremiam; houve até um momento em que, cheio de uma fúria sombria, ele fixou os olhos em Rodolphe, que, como que tomado por certo terror, interrompeu a si mesmo. Mas logo, o mesmo abatimento fúnebre apareceu em seu rosto.

— Eu não guardo rancor do senhor — esclareceu.

Rodolphe permanecera em silêncio. E Charles, com a cabeça entre as mãos, continuou com uma voz apagada e com o tom resignado das dores infinitas:

— Não, eu não guardo mais rancor!

Ele até acrescentou uma impactante expressão, a única que já dissera:

— É culpa do destino!

Rodolphe, que guiara esse destino, considerou-o bastante indulgente para um homem em sua situação, até mesmo cômico, e um pouco vil.

No dia seguinte, Charles foi se sentar no banco sob a pérgola. Os dias passavam pelas treliças; as folhas de videira desenhavam suas sombras na areia, o jasmim exalava fragrância, o céu estava azul, cantáridas zumbiam ao redor dos lírios em flor, e Charles sufocava como um adolescente sob as ondas dos suaves aromas de amor que enchiam seu triste coração.

Às sete horas, a pequena Berthe, que não o vira durante toda a tarde, veio buscá-lo para o jantar.

Ele tinha a cabeça encostada na parede, os olhos fechados, a boca aberta e segurava em suas mãos uma longa mecha de cabelos negros.

— Papai, vem logo! — instava ela.

E, pensando que ele queria brincar, ela o empurrou suavemente. Ele caiu no chão. Estava morto.

Trinta e seis horas depois, a pedido do farmacêutico, o sr. Canivet acudiu. Ele o abriu e não encontrou nada.

Quando tudo foi vendido, restaram doze francos e setenta e cinco centavos que serviram para pagar a viagem da srta. Bovary à casa de sua avó. A pobre mulher morreu no mesmo ano; como o pai Rouault estava paralisado, foi uma tia quem se encarregou. Ela é pobre e a envia, para ganhar a vida, a um moinho de algodão.

Desde a morte de Bovary, três médicos passaram por Yonville sem conseguir se estabelecer, pois o sr. Homais os desacreditou imediatamente. Ele construiu uma clientela incrível; as autoridades zelam por ele, e a opinião pública o protege.

Ele acaba de receber a Cruz de Honra.

FIM

# NOTA TÉCNICA SOBRE OS DESENHOS DE YVES SAINT LAURENT

Domitille Éblé, responsável pelas coleções de artes gráficas
Museu Yves Saint Laurent Paris

A coleção de artes gráficas mantida pelo Museu Yves Saint Laurent, em Paris, é composta por dezenas de milhares de lâminas, documentando principalmente seu trabalho como estilista e figurinista para cinema, balé, teatro e music hall. Um fundo menos conhecido reúne os trabalhos da juventude de Yves Saint Laurent (1936-2008), incluindo seis livros ilustrados pelo jovem rapaz entre 1949 e 1951.

A série de desenhos inspirados no romance *Madame Bovary*, de Gustave Flaubert, data de 1951. Yves Saint Laurent tinha apenas quinze anos na época e vivia em Oran, Argélia, onde nasceu. A obra consiste em dezesseis páginas de texto manuscrito e treze desenhos em formato grande (32,3 × 24 cm) agrupados em uma pasta ilustrada como uma capa de livro. Nesta última, bem como em alguns dos desenhos, aparece seu nome completo, Yves Mathieu Saint Laurent[1], e também a data.

Na capa, o retrato da sra. Bovary a apresenta em um vestido de noite, com o rosto marcado por olhos de corça e a testa descoberta devido aos cabelos

---

[1] A maior parte dos primeiros trabalhos é assinada por Yves Mathieu Saint Laurent, mas o nome "Mathieu" desaparece por volta de 1957, quando Yves Saint Laurent assume a direção da *maison* Christian Dior.

presos em um coque. Ele parece inspirar-se nas feições da atriz Jennifer Jones, que interpretou a protagonista do filme *A Sedutora Madame Bovary*, dirigido por Vincente Minnelli em 1949 e lançado na França em 1950. Pode-se também entrever ali algumas referências a *pin-ups* dos anos 1950 e aos retratos do pintor Jean-Gabriel Domergue (1889-1962). Yves Saint Laurent se afasta da estrita descrição Flaubertiana e se permite algumas digressões, notadamente ao revelar os seios nus de Emma Bovary em várias lâminas, demonstrando assim um certo desejo de subversão.

As ilustrações, nas quais as roupas e seus tecidos são particularmente bem representados, são todas feitas em páginas soltas. Apenas uma delas é desenhada frente e verso e parece ser um esboço para representar o baile de Vaubyessard. São trabalhadas com tinta preta realçada por guache branco e, às vezes, em rosa pálido, permitindo destacar certos detalhes.

Yves Saint Laurent também se encarregou de copiar todo o primeiro capítulo e o início do segundo. Essas páginas de escrita são meticulosamente elaboradas, com linhas finamente traçadas a lápis grafite sobre folhas dobradas em quatro. A escrita se desdobra em uma direção e, em seguida, na outra, semelhante ao que ocorre nos cadernos planejados para serem recortados e posteriormente unidos por um encadernador. O jovem devia estar familiarizado com as técnicas de encadernação de livros para ter organizado as páginas dessa maneira.

Essa preciosa obra da juventude, publicada aqui pela primeira vez, revela não apenas o imenso talento de Yves Saint Laurent como desenhista, mas também as paixões que continuariam a inspirá-lo ao longo de sua carreira como estilista.

# CENAS DO ROMANCE ILUSTRADAS POR YVES SAINT LAURENT

*Visto que Yves Saint Laurent não deixou anotações referentes às cenas do romance ilustradas nos desenhos reproduzidos no início desta obra, as propostas de correspondências sugeridas abaixo são exclusivamente o resultado de pesquisas posteriores.*

*Primeiro desenho* (p. 21 desta edição)

PRIMEIRA PARTE, CAPÍTULO IV

"Como a prefeitura se localizava a meia légua da fazenda, as pessoas foram para lá a pé e, depois de terminada a cerimônia realizada na igreja, voltaram da mesma forma. O cortejo, de início compacto como uma só echarpe colorida, que ondulava pelo campo ao longo do estreito caminho que serpenteava em meio aos trigais verdes, alongou-se rapidamente e logo se separou em grupos diferentes, que se atrasavam conversando." (p. 74)

*Segundo e terceiro desenhos* (p. 22-23)

PRIMEIRA PARTE, CAPÍTULO VIII

"Eles giravam: tudo girava em torno deles, as lâmpadas, os móveis, os lambris e o piso, como um disco sobre um pivô. Ao passar perto das portas, a parte inferior do vestido de Emma roçava nas calças dele; as pernas de ambos se entrelaçavam; ele baixou os olhos para ela, que levantou os olhos para ele; um torpor tomou conta dela e Emma parou." (p. 97)

*Quarto desenho* (p. 25)

SEGUNDA PARTE, CAPÍTULO III

"Naquele momento, o sr. Léon saiu de uma porta vizinha com um maço de papéis debaixo do braço. Aproximou-se para cumprimentá-la e ficou na sombra em frente à loja de Lheureux, sob o toldo cinza que avançava.

A sra. Bovary disse que estava indo ver sua filha, mas que estava começando a se sentir cansada." (p. 131)

*Quinto desenho* (p. 27)

SEGUNDA PARTE, CAPÍTULO IV

"Poucas pessoas compareciam aos eventos sociais noturnos organizados pelo farmacêutico, pois suas calúnias e opiniões políticas haviam afastado sucessivamente várias pessoas respeitáveis. [...] Quando terminava a partida de cartas, o farmacêutico e o médico jogavam dominós, e Emma, mudando de lugar, sentava-se e, com os cotovelos apoiados sobre a mesa, folheava o jornal *L'Illustration*." (p. 138)

*Sexto desenho* (p. 29)

SEGUNDA PARTE, CAPÍTULO VI

"Ela levantou a cabeça com um movimento brusco:

— Sim, adeus..., vá!

Avançaram um em direção ao outro; ele estendeu a mão, ela hesitou.

— À maneira inglesa, então — concluiu ela, soltando a sua e procurando rir.

Léon a sentiu entre os dedos, e a própria substância de seu ser parecia mergulhar naquela palma úmida.

Em seguida, ele abriu a mão, seus olhos se encontraram novamente e ele desapareceu." (p. 157)

*Sétimo desenho* (p. 31)

SEGUNDA PARTE, CAPÍTULO IX

"Ele estendeu o braço e envolveu a cintura dela. Ela tentou se afastar de mansinho. Ele a amparava enquanto ela caminhava.

Mas ouviram os dois cavalos que pastavam na folhagem.

— Oh, mais uma vez! — rogou Rodolphe. — Não partamos! Fique!" (p. 194)

*Oitavo desenho* (p. 33)

SEGUNDA PARTE, CAPÍTULO XII

"— Como você é adorável! — disse ele, tomando-a nos braços.

— Sério? — Ela riu com prazer. — Você me ama? Jure!

— Se eu a amo! Se eu a amo! Eu a adoro, meu amor!

A lua, redonda e carmesim, despontava baixa sobre o prado. Ela se elevava rapidamente entre os galhos dos choupos, que a escondiam aqui e ali como uma cortina negra perfurada." (p.226)

*Nono desenho* (p. 35)

SEGUNDA PARTE, CAPÍTULO XV

"Ela não tinha olhos suficientes para contemplar os figurinos, os cenários, as personagens, as árvores pintadas que balançavam ao caminharem, os chapéus de veludo, as capas, as espadas, todas aquelas criações que se agitavam em harmonia, como se estivessem na atmosfera de outro mundo." (p. 248)

*Décimo desenho* (p. 37)

TERCEIRA PARTE, CAPÍTULO VII

"Sua voz insípida sussurrava como um riacho que corre; uma centelha brotava de sua pupila através do brilho de seus óculos, e suas mãos se deslizavam pela manga de Emma, apalpando seu braço. Ela sentia o sopro de uma respiração ofegante contra sua bochecha. Aquele homem a incomodava terrivelmente." (p. 321)

*Décimo primeiro desenho* (p. 39)

TERCEIRA PARTE, CAPÍTULO VIII

"— Eu não os tenho! — respondeu Rodolphe com a calma perfeita que recobre como um escudo as iras resignadas.

Ela saiu. As paredes tremiam, o teto a esmagava; e ela atravessou novamente o longo corredor, tropeçando nos montes de folhas secas que o vento dispersava. Finalmente, chegou ao fosso diante da grade; quebrou as unhas na fechadura, de tão apressada que estava para abri-la. Então, cem passos adiante, ofegante, prestes a cair, parou." (p. 329)

*Décimo segundo desenho* (p. 41)

TERCEIRA PARTE, CAPÍTULO VIII

"E Emma começou a rir, uma risada atroz, frenética, desesperada, acreditando ver o rosto horrendo do miserável, que se erguia nas trevas eternas como um pavor.

> *Il souffla bien fort ce jour-là,*
> *Et le jupon court s'envola !*

Uma convulsão a empurrou de volta para o colchão. Todos se aproximaram. Ela não existia mais." (p. 340)

Este livro foi impresso nas oficinas gráficas da Editora Vozes Ltda.,
Rua Frei Luís, 100 – Petrópolis, RJ.